KNAUR

ANNE LÜCK

Zeig mir für immer

Roman

KNAUR

Besuche uns im Internet:
www.droemer-knaur.de

Hat dir dieses Buch gefallen? Lesetipps und vieles mehr rund um unsere romantischen Lieblingsbücher findest du auf Instagram: @knaurromance

MIX
Papier | Fördert gute Waldnutzung
FSC® C083411
FSC
www.fsc.org

Originalausgabe August 2024

Ein Imprint der Verlagsgruppe
Droemer Knaur GmbH & Co. KG, München

Redaktion: Tamara Reisinger
Covergestaltung: Guter Punkt, München
Coverabbildung: Guter Punkt unter Verwendung einer Illustration von Mi Ha
Illustration im Innenteil: TheMumins / Shutterstock.com
Illustrationen der Overlays in der Erstauflage: CozKa Studio
Satz und Layout: Adobe InDesign im Verlag
Druck und Bindung: CPI books GmbH, Leck
ISBN 978-3-426-44618-8

2 4 5 3 1

Für Marie, meine beste Freundin und liebste Stütze.

Kapitel 1

EMILIA

»Tu es schon.«

Alica, die hinter mir auf der Kante meines Bettes saß, tippte ungeduldig mit den Füßen. Ich spürte ihre Unruhe überdeutlich in der Luft, als wäre es meine eigene. Dabei war ich eigentlich ruhig. Ich fühlte mich so ruhig wie lange nicht mehr, obwohl der Cursor meiner Maus gerade über dem vielleicht wichtigsten Button meiner Zukunft schwebte. Zum zweiten Mal in meinem Leben.

Und obwohl ich nicht wusste, ob es diesmal klappen würde.

Ganz leicht legte ich den Kopf schief, damit ich meine beste Freundin ansehen konnte, die auf meinem Bett im Wohnheimzimmer saß. Sie trug bereits ihren Pyjama, obwohl es erst acht Uhr abends an einem Freitag war. Aber das zweite Ausbildungsjahr war deutlich anstrengender als das erste, und vor allem diese Woche war wegen der bevorstehenden Jahresprüfungen anspruchsvoll gewesen. Wir hatten so viel Anatomie-Unterricht gehabt, dass selbst mir der Kopf rauchte, und da war es nur verständlich, dass Alica völlig fertig war. Sie hatte dunkle Ringe unter den Augen, als ich sie ansah. Trotzdem strahlte sie, wie immer, eine unbändige Lebendigkeit aus.

»Klick drauf«, drängte sie mich. »Sonst mache ich es!«

Langsam drehte ich mich wieder zu meinem Laptop um. Meine Augen brannten von dem hellen Licht, aber mein Blick wanderte sofort wieder zu dem Button, auf dem stand: »Bewerbungsunterlagen hochladen«.

Okay, vielleicht war ich doch nicht so ruhig, wie ich gedacht hatte. Aber weil ich das auf keinen Fall zeigen wollte, riss ich mich zusammen und betätigte den Knopf. Ein paar Sekunden lud die Seite, dann erschien in großen Buchstaben: *Herzlichen Glückwunsch! Sie haben Ihre Unterlagen eingereicht. Sie werden in wenigen Wochen über den Stand Ihrer Bewerbung informiert!*

Ich ließ die Luft entweichen, und Alica hinter mir tat es zeitgleich.

Ich hatte es getan. Ich hatte mich für das Medizinstudium beworben.

Es war nicht einmal ein besonders großer Act gewesen. Die Unterlagen, mit denen ich mich vor anderthalb Jahren beworben hatte, waren noch größtenteils aktuell gewesen.

Die Unterlagen, mit denen ich damals abgelehnt worden war.

Ich versuchte, nicht zu viel darüber nachzudenken, aber es war wirklich schwer, weil ich mich noch gut an mein gebrochenes Herz erinnerte. Vielleicht war auch das der Grund, warum ich mich letztes Jahr nicht beworben hatte – nicht etwa, weil ich die Ausbildung unbedingt hatte durchziehen wollen, wie ich es den anderen hatte weismachen wollen.

Sondern aus Angst.

»Wie fühlst du dich?«

Ich drehte mich auf meinem Schreibtischstuhl wieder zu Alica um und zuckte mit den Schultern. »Wie soll ich mich schon fühlen? Ich habe ja nur die Unterlagen eingereicht. Jetzt kann ich nur abwarten.«

Meine Freundin hob sofort die Augenbrauen, als würde sie meinen Worten auf keinen Fall glauben. »Komm schon, Emilia. Wir wissen beide, dass es nicht so einfach ist. Das ist dein großer Lebenstraum, also muss es doch was mit dir machen.«

Langsam ließ ich eine Hand zu meiner Brust wandern. Legte sie darauf ab und tastete nach meinem Herzschlag, obwohl er eigentlich durch meinen ganzen Körper donnerte. »Na ja«, gab ich dann leise zu. »Vielleicht war es ein wenig aufregend.«

Alica lachte laut auf, bevor sie sich rücklings auf mein Bett fallen ließ. »Du bist wirklich gut darin, deine Gefühle zu verstecken.«

War ich das? Meine Mundwinkel zuckten. »Ich versuche nur, mich nicht verrückt zu machen. Letztes Mal hat es mir ja auch nichts gebracht.« Da war er wieder. Dieser kleine, aber deutlich spürbare Stich in meinem Herzen, der mich an das erinnerte, was ich vor anderthalb Jahren gefühlt hatte, als die Absage reingeflattert war. Unwillkürlich fragte ich mich, ob ich den Schmerz endlich vergessen konnte, falls es diesmal klappte.

WENN es diesmal klappte.

Ich musste positiv denken, das hatte Filina mir gesagt. *Das Universum wird dir schon antworten,* hatte sie außerdem gesagt, aber weil ich nicht an so etwas glaubte, klammerte ich mich vor allem an dem ersten Teil fest.

Alica beobachtete mich vom Bett aus, als ich zum Balkon ging und die Tür aufriss, um frische Luft in mein Zimmer und meine Gedanken zu lassen.

»Klappt das? Das Nicht-verrückt-Machen, meine ich.« Das Bett hinter mir raschelte, wahrscheinlich, weil meine Freundin sich auf die Seite gerollt hatte. »Denn ich weiß, dass es das bei mir ganz sicher nicht würde.«

»Die Effektivität hält sich tatsächlich in Grenzen.«

Sie lachte wieder. »Ist das der Grund, warum du nicht wolltest, dass Lio dabei ist?«

Bei der Erwähnung meines Zwillingsbruders konnte ich nicht verhindern, dass ich leicht zusammenzuckte. Etwas schuldbewusst schielte ich über meine Schulter und bemerkte, wie Alica die Augen aufriss. »Halt, es gibt noch einen anderen Grund? Ich dachte, dass das nur wieder so ein komisches Ding zwischen euch ist, dass du keine Schwäche mehr vor ihm zeigen willst, seit … du weißt schon. Entschuldige.«

Ich schüttelte sanft den Kopf. Dann setzte ich mich wieder auf meinen Schreibtischstuhl, diesmal in Blickrichtung zu Alica. Sie richtete sich auf, vielleicht, weil sie die plötzliche Ernsthaftigkeit der Situation wahrnahm. Ein paar Sekunden starrten wir uns nur an, dann seufzte ich tief. »Kannst du ein Geheimnis für dich behalten?«

Sofort wirkte Alica verunsichert, und ich verstand, warum. Sie und mein Bruder waren jetzt seit fast einem Jahr zusammen, und ich bezweifelte, dass sie viele Geheimnisse voreinander hatten. Sie waren selten ohne einander anzutreffen, und es war immer noch seltsam, Lio in einer Beziehung zu sehen, nachdem er sich so lange gegen alles gewehrt hatte, was Commitment bedeutete. Schön, aber seltsam.

Trotzdem wartete ich ihre Reaktion ab. Und als Alica endlich nickte, wusste ich, dass sie definitiv dichthalten würde. Auch vor Lio.

Ich seufzte erneut und griff eher unbewusst nach dem kleinen Frosch auf meinem Schreibtisch, den ich letzte Woche fertig genäht hatte. Mir war der grüne Stoff ausgegangen, also war dieser hier mein erstes blaues Exemplar zwischen mittlerweile bestimmt dreißig grünen. Anfangs hatte ich sie gemacht, um das Nähen zu üben – irgendwann war es einfach nur ein seltsames Hobby geworden. Ich drückte ihn in meiner Hand zusammen, bevor ich sagte: »Wir haben dieses komische Ding, dass ich nicht mehr so gut Schwäche vor Lio zeigen kann, weil er sich solche Sorgen um mich macht. Da hast du recht. Aber es ist wirklich nicht nur das.« Alica wirkte irgendwie nervös, und das brachte mich wieder zum Lächeln. »Kennst du dich mit dem Prozess der Bewerbung um ein Medizinstudium aus?«

»Überhaupt nicht. Ich weiß nur, dass du dich online beworben hast.« Sie deutete auf meinen Laptop, der immer noch aufgeklappt hinter mir stand. »Und dass es offensichtlich sehr schwer ist, einen Platz zu bekommen. Selbst für jemanden wie dich.«

Ich wusste, was sie meinte. Die Menschen, die mich kannten, taten das als eine verdammt gewissenhafte Person, die die meiste Zeit ihres Lebens damit verbrachte, zu lernen. Das war schon in meiner Schulzeit so gewesen – ich hatte immer gern gelernt. Aber seit meiner Diagnose vor ein paar Jahren hatte sich das auf ein neues Höchstmaß gesteigert. Es gab in meinem Leben kaum noch etwas, das wichtiger war als mein Medizinstudium. Als Ärztin zu werden. Onkologin. Ich dachte seit Jahren an nichts anderes.

Nur meine Freunde waren da noch. Und Lio.

Leider war das genau das, wo meine Probleme ansetzten.

»Man kann seine Wunsch-Unis angeben«, sagte ich leise. »Und natürlich habe ich die Unis hier in Berlin angegeben und in der Umgebung. Aber das heißt nicht, dass ich unbedingt einen Platz dort bekomme. Es kann sein, dass ich bei einer anderen Uni eine Chance bekomme.«

Es dauerte ein paar Sekunden, bis Alica realisierte, was ich damit sagen wollte. Dann wurden ihre Augen wieder tellergroß. »Es kann sein, dass du irgendwo anders hinmusst?«

»Ja.«

»Irgendwo in Deutschland, auch wenn es ganz weit weg ist?«

Ich nickte. Und Alicas Schultern sanken ein. Ich hatte befürchtet, dass sie so reagieren würde, und ich verstand es. Sie war mir über die letzten anderthalb Jahre wirklich, wirklich wichtig geworden. Meine beste Freundin. Ich konnte mir nur schwer vorstellen, dass wir uns nicht mehr jeden Tag auf dem Flur des Wohnheims über den Weg liefen. Aber lieber sagte ich es ihr zuerst als Lio. Wie mein Bruder auf die Nachricht reagieren würde, dass ich vielleicht wegziehen musste, wollte ich mir gar nicht erst vorstellen.

Er würde wahrscheinlich durchdrehen. Und ich hatte nicht die geringste Ahnung, wie ich damit umgehen sollte. Mein Bruder war ein Freigeist, und wenn man ihn nur flüchtig kannte, würde man ihn wahrscheinlich für sehr locker halten. Das war er auch … wenn es nicht um mich ging. Wir hatten schließlich unser ganzes Leben zusammen verbracht, ganz lange hatte es nur uns beide gegeben. Er hatte die Jungen, die mich in der Grundschule ärgerten, verprügelt und nach meinem ersten Liebeskummer nächtelang mit mir Videospiele gespielt. Meine Krankheit damals und dass unser Vater uns verlassen hatte, hatte uns nur noch enger zusammengeschweißt. Ich wusste, dass er mich immer beschützen würde. Ich wusste, dass er sich Sorgen um mich machte. Wie würde das erst werden, wenn wir uns nicht mehr täglich sehen konnten?

»Okay.« Alica versuchte offensichtlich, sich zu sammeln. Sie verschränkte die Arme vor der Brust. Vor dem Kapuzenpulli von Lio, den ich in den letzten Monaten nur noch an ihr gesehen hatte. »Es kann also sein, dass du einen Platz in einer anderen Stadt bekommst. Was ist dann mit deiner Ausbildung? Willst du sie abbrechen?«

Ich schüttelte sofort den Kopf und drückte den armen Frosch in meiner Hand noch etwas fester. »Ich ziehe durch, was ich angefangen habe. Aber du weißt auch, dass wir das dritte Jahr, das praktische Jahr, in jedem Klinikum in Deutschland machen können. Es sollte also kein Problem sein.« Eigentlich hatte ich keine Ahnung, ob ich es schaffte, noch genug Praxisstunden reinzuquetschen, wenn ich erst mein Studium begann. Aber ich hatte vor, es mit allen Mitteln zu versuchen – bis es meine Leistungen beeinträchtigte und ich die Reißleine ziehen musste.

Etwas erhellte sich in Alicas Gesicht. »Na, dann passt es ja.«

Überrascht musterte ich sie. »Tut es?«

»Ja. Denn wenn du dein letztes Jahr in einem anderen Klinikum machen kannst, dann können wir das doch auch, oder?«

Ich starrte sie an. Dann, ganz langsam, breitete sich etwas Warmes in meinem Magen aus. Etwas Süßes, das einen bitteren Touch hatte. Denn sosehr ich den Gedanken schätzte, dass sie mich begleiten würde, wenn es mich woandershin verschlug – ich wusste, wie sehr sie Berlin inzwischen liebte.

Alica hatte sich ihren Platz hier regelrecht erkämpft. Sie war zu Beginn der Ausbildung aus München hierhergekommen, hatte alles, was sie kannte, das üppige Geld ihrer Familie und alle Sicherheiten zurückgelassen, um die Ausbildung hier zu machen. Sie war geblieben, als alles dagegen gesprochen hatte, und mittlerweile war sie beinahe ein Teil meiner Familie.

Ich wusste außerdem, wie sehr mein Bruder Berlin liebte. Wir waren hier aufgewachsen, unsere sicher nicht jünger werdende Mutter lebte hier. Er hatte seine Freunde hier.

Und obwohl das alles auch auf mich zutraf, würde mich hier nichts mehr halten, wenn es um meinen Traum ging.

Ich lächelte Alica an und warf ihr den blauen Frosch zu, den sie überrascht auffing. »Wir machen uns darüber Gedanken, wenn es so weit ist, ja? Momentan gehen wir davon aus, dass ich endlich meinen Platz in Berlin bekomme, in Ordnung?«

»Klar.« Sie grinste breit. »Und jetzt, wo der erste Schritt in deine glorreiche Zukunft getan ist, können wir dann endlich etwas essen? Filina hat vorhin eine riesige vegane Lasagne gemacht, und ich bin mir sicher, dass ein großer Teil davon noch in der Küche steht.« Sie wackelte mit den Brauen, was mich zum Lachen brachte.

Aber dann fiel mein Blick auf mein Handy, und ich sprang sofort vom Schreibtischstuhl auf. »Leider keine Zeit.«

»Wie, keine Zeit?« Alica starrte mich entrüstet an, als ich zur Tür eilte und in meine Schuhe schlüpfte. »Wo willst du denn hin? Ich dachte, dass wir uns heute, wo Lio mit Gino unterwegs ist, einen schönen Mädelsabend machen. Filme schauen, ungesunden Kram essen und die Theoriewoche ausklingen lassen. Das gesamte Programm.«

»Tut mir leid, das müssen wir verschieben.« Beim Aufstehen schlug mir das Herz wieder bis zum Hals hoch. Aber dieses Mal aus Vorfreude. Aus dem kribbelnden Gefühl von etwas Verbotenem, das mich seit ein paar Wochen jeden Freitag begleitete. Ich drehte mich zu Alica um. »Filina und Marlon wollten einen Filmmarathon machen, da kannst du dich doch sicher anschließen.«

Alica wirkte ein wenig beleidigt, aber ich wusste, dass sie das nicht wirklich war. Dafür funkelten ihre Augen zu sehr. »Was hast du denn vor an einem so schönen Freitagabend?«

»Das kann ich dir leider nicht sagen.«

»Also eine verbotene Liebe? Ein geheimes Date?« Sofort schoss sie vom Bett hoch und tapste mir hinterher, bis sie auf der Schwelle meines Zimmers stand. »Als beste Freundin hast du übrigens die Verpflichtung, mir alles ganz genau zu berichten, das weißt du hoffentlich.«

»Von dieser Verpflichtung wusste ich nichts«, sagte ich, während ich mir im Laufen die Jacke über die Arme zog.

»Stand im Kleingedruckten.«

»Natürlich.« Ich blieb auf dem Gang stehen. Aus dem Wohnzimmer waren leise Stimmen zu hören, ansonsten lag das Wohnheim still vor uns. Ein Gefühl von Heimat überfiel mich so warm und plötzlich, dass ich mir auf die Unterlippe beißen musste.

Bitte, Universum, gib mir diesen Studienplatz in Berlin, flehte ich in meinen Gedanken, obwohl ich wirklich nicht an diesen Kram glaubte. Dann schenkte ich Alica ein Lächeln über meine Schulter. »Ein Date, ja. Mit meiner großen Liebe.«

Eine steile Falte bildete sich auf ihrer Stirn, als sie meine Zimmertür hinter sich zufallen ließ. »Ich bin verwirrt. Aber ich bin mir plötzlich ziemlich sicher, dass es nichts Romantisches ist.«

Ich lachte und hob zum Abschied die Hand. Wenn ich mich jetzt nicht beeilte, dann würde ich zu spät kommen, und das konnte ich mir wirklich nicht leisten. Nicht, wenn das, was ich da tat, eigentlich verboten war. Ich war schon an der Tür zu den

Aufzügen, als ich noch einmal abstoppte und mich umdrehte. Alica hob sofort den Kopf.

»Danke«, sagte ich mit Inbrunst. »Für deine seelische Unterstützung gerade. Das hat wirklich geholfen.«

Kurz wirkte Alica überrascht, aber dann begann sie übers ganze Gesicht zu strahlen. Sie winkte ab. »Du wirktest nicht so, als würdest du sie brauchen.«

Oh doch, das habe ich. Mehr, als du denkst.

Diesmal verließ ich den Flur wirklich in Richtung Treppenhaus. Mein Herz raste, aber wie immer, wenn es um das ging, was ich am meisten liebte, war ich mir so sicher wie sonst nie, dass ich das Richtige tat.

Auch wenn es vielleicht ein paar Herzen brach.

Oder ein paar Regeln.

Kapitel 2

EMILIA

Die Gänge des Sankt Alex waren beinahe menschenleer, als ich durch den Haupteingang hetzte. Immer wieder warf ich einen Blick auf meine Uhr und zählte die Minuten, die mir noch blieben.

Drei Minuten. Noch drei Minuten, dann würde die Vorlesung offiziell starten, und ich hatte keine Chance mehr, unerkannt in den Raum für das Seminar zu kommen. Und das bedeutete, dass ich auch keine Chance mehr hatte, überhaupt daran teilzunehmen.

Denn die Abmachung, die ich mit Doktor Schober hatte, war von Anfang an eindeutig gewesen: nicht auffallen. Nicht erwischen lassen. Und vor allem: ihn nicht verpfeifen.

Während ich den Gang entlanghetzte, schickte ich wieder einmal tausend Dankesgebete an den freundlichen Oberarzt der Onkologien im Haus, auf dessen einer Station ich im letzten Halbjahr meinen Praxiseinsatz gehabt hatte. Dass er mich, als ich ihm von meinem Wunsch erzählt hatte, auf sein abendliches Seminar hingewiesen hatte. Er hatte im selben Atemzug erklärt, dass es für Nicht-Medizinstudenten natürlich verboten war, daran teilzunehmen. Und dass jemand, der es trotzdem tat, unheimlich vorsichtig sein musste, um nicht erwischt zu werden. Es hatte in der Vergangenheit Fälle gegeben, in denen Nichtstudenten sich reingeschlichen, den Datenschutz des Krankenhauses verletzt und TikTok-Videos gedreht hatten. Seitdem gab es die strenge Vorschrift, dass man beim Klinikum beantragen musste, wenn man ein Seminar besuchen wollte. Aber den Anträgen wurde eigentlich nie stattgegeben. Ich hatte es versucht und nie Antwort erhalten.

Doktor Schober hatte mir mit seiner Aussage quasi trotzdem ein Ticket zu einem seiner großartigen Onkologie-Seminare zukommen lassen. Und in den ersten zwei Wochen hatte ich nicht einmal darüber nachgedacht, es einzulösen. Ich hatte viel zu große Angst davor gehabt, die Regeln zu brechen. Weil meine Ausbildung möglicherweise daran hängen könnte. Im schlimmsten Fall sogar meine Zukunft. Und weil ich in meinem Leben noch nie irgendetwas Verbotenes getan hatte. Ich war schon als Kind viel zu brav gewesen. Während mein Bruder Lio irgendwann angefangen hatte zu rebellieren, sich rauszuschleichen, heimlich mit seinen Freunden feiern zu gehen, hatte ich die Abende immer zu Hause verbracht. Hatte gelernt und mich eingeigelt.

Aber dann war die Diagnose gekommen, und ich war monatelang ans Bett gefesselt gewesen – mit der Aussicht, dass ich vielleicht nie wieder daraus aufstehen würde, wenn alles ganz schieflief.

Seitdem hatten sich meine Prioritäten etwas verschoben. Ich war natürlich immer noch jemand, der sich an die Regeln hielt. Meistens. In neunzig Prozent der Fälle. In den anderen zehn Prozent ging es um etwas, das ich mehr liebte als alles andere: die Medizin. Die Onkologie. Sie ließ mich alles vergessen, was sonst wichtig war. Sie ließ mich nach vorne blicken.

Und sie ließ mich Regeln brechen.

Nur deswegen hatte ich vor drei Wochen das erste Mal einen Blick in das Seminar von Doktor Schober geworfen. Hatte gesehen, wie viele Medizinstudenten auf den langen Bankreihen saßen, unter denen ich beinahe ganz verschwinden konnte. Berlin war riesig, und es gab unzählige Medizinstudenten, die sich nicht alle untereinander kannten. Und weil Doktor Schober so eine Koryphäe in seinem Gebiet war, gab es hier Studenten von mehreren Unis in Berlin, die seine Vorlesungen besuchten.

Also hatte ich mich getraut, den Raum zu betreten. Ich hatte mich ganz hinten hingesetzt, hatte jeden Kontaktversuch von anderen Studierenden abgebrochen und nur den Ausführungen von Doktor Schober gelauscht. Seinen Ausführungen über die Onkologie, die mich so faszinierte. Und obwohl das Risiko nicht gering war, war ich wiedergekommen. Woche für Woche. Hatte mich in die Veranstaltung geschlichen, während Doktor Schober so getan hatte, als würde er mich nicht bemerken. Wir hatten nie darüber geredet, auch nicht auf Station. Aber es war zu meiner liebsten Freitagabendbeschäftigung geworden. Zu etwas, auf das ich mich jede Woche freute.

Noch eine Minute.

Ich beschleunigte noch einmal und prallte endlich gegen die Tür des Seminarsaals. Geschafft! Erleichtert riss ich sie auf und stockte im nächsten Moment.

Denn es war nicht Doktor Schober, der vor den Studierenden stand, die sich schon in den Saal gedrängt hatten und sich laut unterhielten. Und der Mann drehte mir auch nicht, wie Doktor Schober es sonst immer demonstrativ tat, den Rücken zu, als würde er mich nicht bemerken. Nein, er drehte sich sogar zu mir um und musterte mich eindringlich aus seinen messerscharfen grauen Augen, als wäre ich schreiend hereingekommen. Als hätte ich seine Ausführungen unterbrochen, die er noch nicht einmal begonnen hatte.

Was zur Hölle war hier los?

Ich wandte mich ab, sah mich um. Aber da stand »Onkologie« an der Wand, wie immer, wenn dieses Seminar stattfand. Und die Gesichter, die in der ersten Reihe saßen, kamen mir auch bekannt vor. Es waren die gleichen wie immer. Das hier war definitiv das richtige Seminar – das von Doktor Schober.

Aber das war ganz sicher NICHT Doktor Schober. Auch wenn der Typ hier mir seltsam bekannt vorkam. Ich wusste nur in der Schrecksekunde nicht, woher.

Er hatte eine unheimlich gerade Haltung. Beinahe wie ein Soldat. Seine Miene wirkte kühl, aber nicht feindselig, als er fragte: »Haben Sie sich verlaufen?« Seine Stimme war deutlich zu hören, obwohl die Gespräche um uns herum noch laut waren.

Ich erstarrte. »I-ich weiß nicht«, brachte ich mühevoll hervor.

»Das ist das Seminar von Doktor Schober«, sagte der Typ langsam und verschränkte die Arme hinter dem Rücken. »Ich vertrete ihn heute. Also … haben Sie sich verlaufen?«

Doktor Schobers Vertretung. Es war das richtige Seminar, aber er war nicht hier. Und ich hatte gerade gegen die oberste Regel verstoßen: Ich war aufgefallen. Obwohl – momentan machte das noch nichts, oder? Immerhin hatte ich immer noch die Möglichkeit, einfach zu gehen. So zu tun, als hätte ich mich nur in der Tür geirrt, oder?

Aber ein Blick zur Seite zeigte mir, dass die Ersten mich schon anstarrten. Sich verwirrt fragten, was mich denn so zögern ließ. Schließlich kam ich seit Wochen in dieses Seminar. Und obwohl ich mit niemandem sprach, wusste ich, dass ein paar von ihnen sicher mein Gesicht erkannten.

Ich war aufgefallen, und es gab keinen Weg zurück.

»Setzen Sie sich bitte, oder verlassen Sie den Raum. Ich möchte gern mit meinem Vortrag anfangen«, sagte Doktor Schobers Vertretung. Zu meiner Überraschung klang er immer noch nicht verärgert. Seine Stimme war ein ruhiger Bariton, und aus irgendeinem Grund brachte mich das tatsächlich dazu, endlich etwas zu tun.

Mein Körper setzte sich wie von selbst in Bewegung, und ich huschte die Reihen entlang nach hinten. Diesmal fand ich keinen Platz mehr in der letzten Reihe, auch wenn ich gerade heute am liebsten in der Menge verschwunden wäre. Stattdessen setzte ich mich auf einen freien Stuhl in der dritten Reihe von hinten und sank so tief wie möglich hinter dem Pult zusammen.

Versteckte mich vor den Blicken des Dozenten, nur um nach ein paar Sekunden zu merken, dass er mich gar nicht mehr beachtete.

Er räusperte sich laut, und langsam wurde es leiser im Vorlesungssaal. Jetzt traute ich mich doch, mich ein wenig nach vorn zu beugen und ihn etwas näher zu betrachten, um meinem Gedächtnis vielleicht auf die Sprünge zu helfen. Er war jung, vielleicht Ende zwanzig, Anfang dreißig, und sein Gesicht war eine neutrale Maske, in der man nicht die geringste Empfindung lesen konnte. Sein Kittel war lang, er war also definitiv ein vollwertiger Arzt. Und verdammt, er sah gut aus. So richtig. So »Model war mir zu langweilig, deswegen bin ich Arzt geworden«-gut, dass Marlon wahrscheinlich schon angefangen hätte, ihm vor die Füße zu sabbern.

Halt. Marlon. Langsam formte sich tatsächlich eine Erinnerung in meinem Gehirn.

»Sie alle haben sicher Doktor Schober erwartet.« Der Arzt brauchte nicht einmal ein Mikro, seine Stimme war so laut und klar, dass sie durch den ganzen Raum schallte. Allerdings fiel mir bereits bei seinen ersten Worten auf, dass er nicht ins Publikum sah, sondern auf einen unsichtbaren Punkt vor seinem Gesicht. »Er ist leider krank und lässt sich deshalb von mir vertreten. Ich bin Doktor Jasper Bennik, Onkologe im Sankt Alexander, und arbeite unter der Leitung von Doktor Schober auf der Erwachsenenonkologie. Und auch wenn er nicht hier ist, knüpfe ich nahtlos an der Stelle an, an der Sie letzte Woche mit ihm aufgehört haben: bei der Klassifizierung maligner Tumore.« Ohne Umschweife drehte er sich um und startete den Vortrag auf seinem Laptop, der sofort auf die große Wand hinter ihm projiziert wurde, und begann mit seinen Ausführungen.

Doktor Jasper Bennik. Natürlich. Ich hatte ihn bereits getroffen. In unserem ersten Ausbildungsjahr hatte er die Aufsicht über eine unserer Prüfungen gehalten. Im Sankt Alex war ich ihm noch nicht begegnet, aber offensichtlich, weil er auf anderen Stationen arbeitete als ich bisher.

Er kannte mich also nicht. Weder als Auszubildende noch als Studentin.

Langsam beruhigte sich mein Herz, denn ich wusste, dass so keine Gefahr für mich bestand. So sehr, wie er bereits nach wenigen Minuten in seinen Vortrag vertieft war, hatte er mich sicher schon wieder vergessen. Also lehnte ich mich nach vorn und lauschte seinem Vortrag, als wäre er Doktor Schobers.

Doktor Bennik hielt offensichtlich nichts davon, den Unterricht abwechslungsreich und spannend zu gestalten, denn er ratterte einfach seine Fakten runter und raste durch die vorbereiteten Folien, als würde er einen Wettbewerb gewinnen wollen. Hätte ich mir in den letzten Jahren nicht so viel Onkologiewissen angeeignet, wäre es mir wahrscheinlich unheimlich schwergefallen, ihm zu folgen. So wie den Studierenden um mich herum, denn mit jeder Minute wurden die Gesichter etwas verzweifelter, die Kulis etwas schneller auf den Blättern und das Geflüster mehr.

Es war offensichtlich, dass Doktor Bennik sonst keine Vorträge hielt. Als er sich das erste Mal wieder an das Publikum wandte und eine Frage stellte, waren alle so verwirrt, dass er keine Reaktion bekam.

Er wartete kurz, dann fragte er erneut: »Maligne Tumore, die keine Metastasen bilden.« Noch ein paar Sekunden, dann wanderten seine Brauen nach oben. »Weiß das wirklich niemand von Ihnen?«

Oje. Den leeren Gesichtern um mich herum nach zu urteilen, tat das tatsächlich niemand. Doktor Schober war das mit uns durchgegangen, letzte Woche. Aber er hatte nur an der Oberfläche gekratzt, und ich war mir sicher, dass er diese Information schuldig geblieben war. Niemand wusste es.

Außer mir.

Die Bilder, die der Beamer an die Wand hinter Doktor Bennik warf, kamen mir nur allzu bekannt vor. Ich hatte sie schon Hunderte Male gesehen, war sie noch öfter in meinem Kopf durchgegangen – und ich wusste die Antwort auf seine Frage.

Aber durfte ich sie aussprechen?

Durfte ich auffallen, nur weil Doktor Schober heute nicht da war?

Konnte ich das wirklich riskieren?

Doktor Bennik wartete noch ein paar Sekunden. Dann seufzte er tief. Er wollte sich gerade wieder seinem Laptop zuwenden, als er stockte und den Kopf hob. Überrascht sah er mich an. »Ja?«

Ich blinzelte. Und merkte erst eine Sekunde später, dass ich offensichtlich meinen Arm in die Höhe gerissen hatte, ohne darüber nachzudenken. Ganz langsam ließ ich ihn sinken, während sich immer mehr Studierende zu mir umdrehten und mich anstarrten.

Shit. Jetzt kam ich aus der Nummer nicht mehr raus, oder?

Ich räusperte mich. »Das Basaliom.«

Doktor Benniks Brauen hüpften wieder nach oben. Plötzlich lag unverhohlene Neugierde in seinem Blick. »Korrekt.«

Das Wort floss durch meinen Körper wie ein warmer Strom. Korrekt. Ich hatte eine Frage in einem Medizinseminar korrekt beantwortet, obwohl ich noch nicht einmal Studentin war. Mir wanderte ein breites Lächeln ins Gesicht.

Etwas in Doktor Benniks Gesicht klärte sich auf. »Und können Sie mir auch erklären, was der Begriff Carcinoma in situ bedeutet?«

»Ja«, kam es mir über die Lippen. Jetzt war ich nicht mehr zu bremsen, das ganze angesammelte Wissen wollte raus. »Das ist ein Oberflächenkarzinom, das die Basalmembran noch nicht durchbrochen hat.«

Seine Augen weiteten sich ein Stück mehr, und ich erkannte,

dass der Ausdruck auf seinem Gesicht Anerkennung war. Anerkennung für meine Antwort. »Sehr gut.« Er wandte sich ab, um die nächste Folie aufzurufen.

Mein Herz flatterte in meiner Brust. Das war ein berauschendes Gefühl. Und jetzt, wo ich davon gekostet hatte, wollte ich mehr.

Es war in Ordnung, oder? Doktor Schober war nicht da. Niemand hier kannte mich. Und ich konnte endlich so richtig mitmachen. Wenigstens heute. Wenigstens in diesem Seminar.

Also tat ich es. Ich warf meine Bedenken über Bord und hob direkt bei Doktor Benniks nächster Frage wieder die Hand. Beantwortete sie wieder richtig und ließ mich von der Anerkennung in seinem Gesicht fluten, als wäre sie eine Droge. Es fühlte sich zumindest so an, wie ich mir das vorstellte.

Bei der dritten Frage, die er am Ende der sechsten Folie stellte, zuckte sein Blick sofort zu mir. Es wirkte wie ein Reflex, aber er sah nicht weg, bis ich wieder den Arm hob.

»Die OP nach Wertheim-Meigs«, sagte ich, fast eine Spur atemlos.

Wieder drehten sich von allen Seiten Studierende zu mir um, und ich versuchte, sie zu ignorieren. Es war mir egal, ob die anderen mich für eine Streberin hielten. Das war es schon immer gewesen. Ich wollte heute nur auskosten, was ich vielleicht bald auf legale Weise haben konnte. Jetzt, wo ich meine Bewerbung erneut abgeschickt hatte.

Das Spiel wiederholte sich das ganze Seminar lang. Ich beantwortete zehn Fragen von Doktor Bennik mit Bravour, und als er die Stunde beendete, brannten meine Wangen vor Stolz. Es war ein kleiner Vorgeschmack auf das, was ich vielleicht bald haben würde, und er hatte mir gefallen. Der Gedanke, dass ich nächste Woche wieder still wie ein Mäuschen in der hintersten Reihe sitzen und mich unsichtbar machen musste, war beinahe ein wenig drückend.

Nicht mehr lange, sagte ich mir in Gedanken, als ich die Reihen des Vorlesungssaals vorbeiging Richtung Ausgang. *Dann sitzt du offiziell in diesem Vorlesungssaal und kannst alle Fragen beantworten, die gestellt werden.*

Der Gedanke trieb mich an, und meine Lippen verzogen sich zu einem Lächeln. Als ich auf der untersten Ebene angekommen war, breitete sich plötzlich ein Kribbeln in meinem Nacken aus, als würde mich jemand beobachten. Ich drehte mich um, und mein Blick wurde direkt von den hellen Augen von Doktor Bennik angezogen. Er war gerade dabei, seinen Laptop einzupacken, aber jetzt musterte er mich. Sein Blick bohrte sich in meinen, abwartend, neugierig, und aus irgendeinem Grund fegte das einen großen Teil meiner Euphorie wieder weg.

Wirkte er etwa … misstrauisch? Ahnte er etwas? Dass ich nicht hierhergehörte, dass ich illegal hier war?

Als er sich aufrichtete, bildete sich Eis in meinen Blutbahnen. Aber statt etwas zu sagen, nickte er mir nur zu. Wie ein kurzer, harter Abschiedsgruß. Nach kurzem Zögern tat ich es ihm gleich, dann wandte ich mich abrupt ab und stürmte aus dem Vorlesungssaal.

Das hier, das war riskant gewesen. Es durfte nicht wieder passieren, wenn ich nicht aus meiner Ausbildung fliegen wollte.

Und doch konnte ich mich nicht gegen den Gedanken wehren, dass es sich verdammt gut angefühlt hatte.

Kapitel 3

EMILIA

Als ich am Montagmorgen die Station betrat, auf der ich die nächsten Wochen meinen Praxiseinsatz machte, spürte ich sofort, wie sich meine Eingeweide ineinander verknoteten. Ich hatte bereits vor ein paar Wochen, als ich erfahren hatte, wo es mich hin verschlagen würde, ein seltsames Kribbeln in meiner Magengegend verspürt. Aber ich hatte mir eine ganze Weile erfolgreich eingeredet, dass das alles hinter mir lag und ich kein Problem mehr damit hatte.

In dem Moment, in dem ich allerdings unter dem Schild mit der Aufschrift »Onkologische Ambulanz« hindurchlief, war trotzdem alles wieder da. Die Erinnerung an die Zeit vor drei Jahren, wo ich dreimal die Woche auf eine ähnliche Station musste, wenn auch in einem anderen Krankenhaus. Die Angst von damals. Die Übelkeit. Die Schmerzen. Wie von selbst wanderte meine Hand an die Stelle kurz über meinem Schlüsselbein, und ich rieb über die kleine Narbe, unter der sich mein Port befunden hatte. Der, in den die Nadeln immer gestochen wurden. Der, durch den die Chemotherapie in meinen Körper gelaufen war.

Ich rief mich selbst zur Ordnung, als ich am Empfang die Stationsleitung Mona entdeckte, die mir aufmunternd entgegenlächelte. Ich hatte sie bereits letzte Woche getroffen, als ich hier meinen Dienstplan abgeholt hatte, und genau wie damals kam sie auch jetzt mit offener Miene auf mich zu.

»Emilia, schön, dich zu sehen«, sagte sie. »Wie ich sehe, bist du auch schon umgezogen. Dann kannst du dich mir auch direkt anschließen.«

Ich nickte und folgte ihr über den Gang. Immer wieder zuckte mein Blick zu den offenen Räumen, in denen die Patienten saßen. Manche hatten den Vorhang vor ihren Sitzen zugezogen, um etwas Privatsphäre zu bekommen – andere saßen ganz offen da, lasen Bücher, unterhielten sich mit ihren Begleitpersonen oder starrten einfach die Beutel mit der Chemotherapie an, die über ihren Köpfen in ihre Körper floss.

Ich verstand sie alle, aber ganz besonders die letzte Gruppe. Die meiste Zeit über hatte ich wie sie hier gesessen und dieses teuflische Zeug angestarrt. Hatte gedanklich entweder darauf geschimpft oder es angefleht, mir endlich zu helfen. Ich musste hart schlucken und mich abwenden, um nicht weiter darüber nachzudenken.

»Du weißt ja sicher von der Schule, wie es auf einer Onkologie-Ambulanz wie unserer abläuft.« Die Stationsleitung sah mich über ihre Schulter hinweg freundlich an. »Morgens kommen die ersten Patienten, die du hier schon siehst, und lassen sich ihre Chemotherapie anschließen. Während der Behandlung kümmern wir uns um sie. Um ihre Schmerzen, ihre Übelkeit, alles, was gerade für sie ansteht. Manche brauchen es, dass wir uns zu ihnen setzen und ein wenig mit ihnen reden, was wir natürlich immer machen, wenn die Zeit es zulässt. Am Ende werden sie abgesteckt und dürfen zurück nach Hause – und dann geht es mit den nächsten Patienten weiter. Warst du schon auf einer Onkologie?«

Ich nickte gedankenversunken, weil ich gerade eine junge Frau mit aschfahlem Gesicht beobachtete, die am Ende des Raums saß und den Arm über ihre Augen gelegt hatte.

»Hier im Sankt Alex?« Mona blieb stehen, und endlich schaffte ich es, mich wieder ihr zuzuwenden.

Ich blinzelte zweimal, bevor ich über die Lippen bekam: »Äh ja, letztes Jahr war ich drei Wochen auf der Kinderonkologie hier im Haus.«

»Ah, bei Tessa?« Sie schmunzelte. »Da hast du sicher ein paar gute Erklärungen bekommen.«

Tatsächlich war die Stationsleitung dort, Theresa, immer sehr auskunftsfreudig gewesen und hatte mir viele Dinge erklärt. Insgesamt hatte ich aber auch festgestellt, dass es auf Station für die Krankenpfleger tatsächlich nur noch wenige Dinge gab, die für mich neu waren. Die ich lernen konnte. Ich hatte mir in den letzten Jahren so viel Wissen zum Thema Onkologie angeeignet, dass es außerhalb von den Vorlesungen und dem Seminar von Doktor Schober kaum noch Dinge gab, die die Schwestern mir beibringen konnten. Es war zum Teil eine Bestätigung für mich, aber auch ein wenig frustrierend.

»Ja, Theresa war super«, sagte ich trotzdem, ehe ich fragte: »Was kann ich tun?« Ich ließ den Blick erneut über die Patienten schweifen. Ich erkannte nur wenige Pflegekräfte, die zwischen ihnen herumhuschten, und konnte mich auch nicht groß daran erinnern, in meiner eigenen Zeit auf so einer Station viele gesehen zu haben.

Mona lächelte wieder. »Du kommst jetzt mit auf meine Runde. Wir schauen mal, wie es den Patienten geht und ob sie etwas brauchen. Danach gebe ich dir eine kleine Einweisung zu den Medikamenten, in Ordnung?«

»Ja«, murmelte ich, weil mir auch irgendwie keine andere Wahl blieb, und folgte ihr in den ersten Raum. Die Patienten dort wirkten relativ entspannt, einige scherzten mit Mona und schenkten mir ein freundliches Lächeln.

Es war seltsam, bei den Gesprächen zuzuhören, weil sie so fernab von dem waren, was ich damals gehabt hatte. Die ganze Angst hatte mich immer permanent an die nächste Untersuchung denken lassen und an das, was man mir dann wohl sagen würde. An die Gesichter von meiner Mutter und von Lio, die immer versucht hatten, gute Miene zum bösen Spiel zu machen. Die immer nur geweint hatten, wenn sie dachten, dass ich sie nicht sah oder hörte.

Ich presste die Lippen zu einer dünnen Linie zusammen.

Andererseits war es ja genau das, was ich machen wollte. Genau das, was später meine Arbeit sein sollte, wenn ich mit dem Studium fertig war. Ich konnte also genauso gut daran arbeiten, jetzt damit klarzukommen. Also achtete ich darauf, was Mona zu ihnen sagte und wie sie darauf reagierten. Machte mir die ganze Zeit innerlich Notizen. Die Kommunikation war seltsamerweise immer noch das, was mir am meisten zu schaffen machte, obwohl ich eigentlich wusste, wie man sich auf der anderen Seite fühlte. Trotzdem war es interessant, das Ganze von einem neuen Blickwinkel aus zu beobachten.

Nach der Patientenrunde gab Mona mir eine Einweisung in die Chemotherapien und die Begleitmedikamente. Obwohl ich alles davon wusste, hörte ich angestrengt zu, filterte nach neuen Informationen und begann irgendwann, tiefere Fragen zu stellen. So hatte ich es schon die letzten Monate getan, immer wenn ich auf Station war. Meistens wurden meine Fragen nur bis zu einem gewissen Grad beantwortet, irgendwann wussten die Schwestern auch nicht weiter, und ich bekam dann Sätze wie »So was müssen wir nicht wissen«. Es war immer leichter, so etwas zu sagen, als »Das weiß ich leider nicht« – das hatte ich mittlerweile kapiert.

Bei Mona kam der Punkt, an dem sie nicht weiterwusste, als ich sie nach der Zusammensetzung einer Chemotherapie fragte und warum gerade diese Medikation für diese Patienten genutzt wurde. Sie lachte auf meine Frage hin und meinte: »Du willst es ja ganz genau wissen. Denkst du, dass das für deine Prüfungen wichtig sein könnte?«

»Nein«, gab ich knapp zurück. »Aber es interessiert mich einfach.«

»Leider kann ich dir diese Frage nicht beantworten«, gab sie zu – eine ungewöhnliche Antwort. Sie lächelte trotzdem. »Aber vielleicht kannst du nachher Doktor Wehner danach fragen, sie wird es ganz sicher wissen. Sie hat nur leider immer nicht so viel Zeit, weil sie aktuell eine der wirklich wenigen Ärzte ist, die die Ambulanz betreuen.«

Bei dem Namen klingelte irgendetwas in meinem Gedächtnis. Ich runzelte die Stirn. »Doktor … Nina Wehner?«

»Ja, sie ist unsere Stationsärztin. Kennst du sie?«

»Flüchtig. Sie hat die Palliativwoche in unserer Ausbildungsklasse gehalten«, murmelte ich und folgte Mona, die sich gerade die Kurven unter den Arm geklemmt hatte und schon wieder auf dem Weg aus dem Stationszimmer war.

»Davon hat sie, glaube ich, erzählt.«

Hoffentlich nicht zu viel. Die Palliativwoche war in unserem ersten Ausbildungsjahr eine ganze Woche gewesen, in der wir uns mit dem Tod beschäftigt hatten. Es war faszinierend gewesen, das Wissen aus dieser Zeit hatte mir noch einmal auf einer ganz anderen Ebene geholfen und neue Erkenntnisse gebracht. Das war allerdings auch nicht der Grund dafür, dass mir etwas Kaltes den Rücken hinabzulaufen schien. Denn leider konnte ich mich nur zu gut an den letzten Tag dieser Woche erinnern, an dem ich vor allen aus meiner Klasse, der Klassenleitung Luna Seeger UND Doktor Nina Wehner über meine Erkrankung gesprochen hatte.

Es war ein Emotionsding gewesen. Eine Affekthandlung. Ich war so in dem Moment gewesen, dass es mir einfach über die Lippen gekommen war, weil ich mich so wohl gefühlt hatte. Aber jetzt war ich auf der Station von Doktor Wehner gelandet, und sie wusste von meiner Vergangenheit. Ich wollte nicht, dass irgendwer wegen so etwas Rücksicht auf mich nahm oder meine Kompetenzen infrage stellte, nur weil ich selbst … Ich schüttelte den Kopf.

Hoffentlich erzählte sie niemandem davon. Hoffentlich erwähnte sie nichts. Hoffentlich hatte sie mich einfach schon vergessen.

Nachdem Mona mit mir noch einmal alle Patienten durchgegangen war, wurde ich ziemlich schnell auf sie losgelassen. Es war eigentlich nicht verwunderlich, immerhin war das mittlerweile mein sechster Einsatz auf Station, und bei meinen Aufgaben hier konnte nicht besonders viel schiefgehen. Ich brachte den Patienten Essen, half ihnen, sich bequemer hinzusetzen, maß ihre Vitalwerte oder brachte ihnen Mittel gegen Übelkeit. Ab und zu, wenn ich das Gefühl hatte, dass die Patienten es brauchten, blieb ich auch ein paar Minuten stehen und unterhielt mich mit ihnen. Entgegen meiner Befürchtungen fiel es mir gar nicht so schwer, sie ein wenig abzulenken. Und ich schlug auch direkt zwei Fliegen mit einer Klappe, weil sie mir bereitwillig alles erklärten, was sie bereits mit ihrer Erkrankung durchgemacht hatten. Welchen Krebs sie hatten und welche Chemotherapien bisher nicht angeschlagen und welche doch endlich Verbesserungen gezeigt hatten. Das war interessanter als alles andere, deswegen ging der Vormittag für mich relativ schnell rum.

Gegen Mittag stand dann plötzlich mein Zwillingsbruder Lio in der Tür der Stationsküche. Ich war gerade dabei, die Spülmaschine einzuräumen, als er sich an den Rahmen lehnte und breit grinste. »Na, Emmi, wie läuft's?«

Ich richtete mich nur sehr langsam auf und warf ihm einen prüfenden Blick zu. »Gut«, gab ich dann zurück. »Willst du mir vielleicht erklären, was du hier machst? Du hast doch heute auch deinen ersten Tag auf Station.«

»Ja, aber ich habe Mittagspause und wollte nur mal sehen, was meine allerliebste Schwester so treibt.« Er legte den Kopf schief, und dabei fielen ihm ein paar seiner schwarzen Locken ins Gesicht. Dieser verdammte Hundeblick, der immer bei mir funktionierte, auch wenn ich es wirklich nicht wollte. Knurrend schlug ich die Spülmaschine zu. »Du kontrollierst, ob ich schon zusammengebrochen bin unter der Last?«, fragte ich unschuldig.

Lio zuckte zusammen, das konnte ich selbst im Augenwinkel sehen. »Unsinn, ich dachte nicht, dass du zusammenbrichst«, sagte er dann etwas sanfter. »Aber … vielleicht wollte ich sehen, ob es etwas mit dir macht, hier zu sein. Du warst schließlich selbst …« Er brach ab und lächelte entschuldigend. Natürlich machte er sich Sorgen, andersherum wäre es wahrscheinlich genauso gewesen.

Seufzend winkte ich ab. »Du erinnerst dich schon noch daran, dass ich Onkologin werden will, oder? Früher oder später werde ich auf einer solchen Station arbeiten. Ich muss also damit klarkommen.« Ich stockte, bevor ich anfügte: »Und das tue ich auch.«

»Na ja, aber dann ist eben auch schon einiges an Zeit vergangen.« Lio schüttelte den Kopf, als würde er sich selbst von ein paar Gedanken befreien wollen, dann grinste er wieder breit. »Ich hätte mir nie Sorgen machen sollen, und eigentlich habe ich das auch nie. Vergiss, dass ich etwas gesagt habe.«

Ich boxte ihm freundschaftlich gegen die Schulter und konnte mich nicht gegen das Schmunzeln wehren, das mir auf die Lippen wanderte. »Hast du mir dann wenigstens etwas zum Mittagessen mitgebracht, um von deiner offensichtlich nicht vorhandenen Sorge abzulenken?«

»Äh. Ehrlich gesagt nicht. Ich habe den Plan nicht so weit gedacht.«

Ich verdrehte die Augen und merkte, dass hinter Lio Mona auf uns zukam.

Ihr Lächeln wurde breiter. »Lio, wie schön, dich mal wiederzusehen! Wie läuft die Ausbildung?«

»Frau K!« Er strahlte sie an. »Sehr gut, kann mich nicht beschweren. Wie läuft es hier?«

Natürlich kannten die beiden sich. Mein Bruder hatte im Sankt Alex ein FSJ gemacht und kannte fast jeden, der in diesem Krankenhaus arbeitete. Ich wandte mich von ihrem Gespräch ab und ließ den Blick über die Station schweifen. Als ich in der Ferne Doktor Nina Wehner sah, die gerade aus einem der Büroräume trat, dachte ich kurz darüber nach, mich mit meinen Fragen von vorhin an sie zu wenden. Oder sie darum zu bitten, niemandem zu erzählen, dass ich selbst schon einmal als Patientin auf einer onkologischen Ambulanz war.

Aber ich hatte gerade einmal einen Schritt in ihre Richtung gemacht, als ich wieder innehielt. Denn sie war nicht allein. Und ich kannte denjenigen, mit dem sie sich unterhielt. Den geraden Rücken. Die ernsten grauen Augen. Diese unglaubliche, kühle Ausstrahlung. Doktor Jasper Bennik.

Unwillkürlich machte ich einen Schritt zurück und verschwand halb hinter der Tür der Küche, damit er mich nicht entdeckte. Es war wahrscheinlich lächerlich, weil er sich sicher nicht mehr an eine einzelne Studentin erinnerte, aber mir schoss trotzdem Angst durch meine Glieder.

»Emmi?«

Ich hob den Kopf und bemerkte, dass Lio mich irritiert ansah. Mona war nicht mehr da, ich hatte gar nicht bemerkt, dass sie gegangen war. »Ja?«

»Ob wir Mittagessen gehen wollen, hab ich gefragt.« Er lachte. »Was hat dich denn so abgelenkt?«

Er folgte meinem Blick zu den zwei Ärzten, die sich gerade offensichtlich voneinander verabschiedeten und in unterschiedliche Richtungen davongingen. Seine Augenbrauen wanderten nach oben. »Hast du Nina oder Jasper so angegeiert? Ich würde dich für keinen von ihnen verurteilen, ich bin nur neugierig.«

»Ich habe niemanden angegeiert«, gab ich brummend zurück. Erst als sie außer Sichtweite waren, traute ich mich wieder hinter der Tür hervor. »Und du bist mit beiden per Du?« Warum war ich eigentlich überrascht?

»Eigentlich nur mit Nina. Doktor Bennik ist nicht der Typ, der viel mit anderen redet.« Lio verschränkte die Arme vor der

Brust, und an seinen Lippen zupfte ein Lächeln. »Wieso fragst du?«

Ich zuckte mit den Schultern, konnte mich aber nicht daran hindern, Doktor Bennik hinterherzusehen. Hoffentlich würde er mich nicht erkennen, solange ich hier war. Oder mich verpfeifen, wenn er es tat.

»Ich will dir nicht deine Hoffnungen nehmen«, sagte Lio mit einem süffisanten Grinsen. »Aber es geht das Gerücht um, dass die beiden zusammen sind. Dr. Bennik und Dr. Wehner. Sie werden sehr viel zusammen gesehen, und sie kennen sich wohl schon seit Ewigkeiten.«

Das passte irgendwie. Die beiden sahen wirklich gut zusammen aus. »Das ist mir wirklich egal«, gab ich zurück und hakte mich bei meinem Bruder unter. »Lass uns essen gehen.«

Lio ließ sich zum Glück ablenken. Während er mir von seinem ersten Tag erzählte, warf ich noch einen Blick über meine Schulter und fragte mich, ob es besser war, Doktor Schobers Seminar erst einmal fern zu bleiben, damit ich nicht aufflog.

Und ob ich das überhaupt noch konnte.

Kapitel 4

JASPER

Ich war kein großer Fan von Medizinstudenten.

Das war ich nicht einmal gewesen, als ich selbst noch einer gewesen war. Sie verkörperten in der Regel eine unangenehme Mischung aus »Ich bin der König der Welt, niemand kann mir das Wasser reichen« und gefährlichem Halbwissen, das sie für volles Wissen hielten. Sie wussten wenig, waren aber der festen Überzeugung, ALLES zu wissen.

Dass ich ab und zu die Seminare von Ullrich Schober übernahm, lag also an dem massiven Respekt, den ich ihm entgegenbrachte – und sicher nicht an der Freude an der Sache. Auch wenn Ulli, wie er genannt werden wollte, der Meinung war, dass ich »ein großartiger Lehrer sein würde, wenn ich mich nicht so dagegen sträuben würde«.

Dem konnte ich nicht zustimmen. Denn meiner Meinung nach waren Menschen, die ihren Job nur halbherzig machten, nicht geeignet – für was auch immer. Auch wenn sie das nötige Wissen hatten.

Wenn also wieder einer dieser unleidlichen Freitage kam, an denen Ulli wegen seiner Arthrose nicht aus dem Bett kam, machte ich es mir zur Aufgabe, die Überflieger-Studenten auf den Boden der Tatsachen zurückzubefördern. Ihnen Fragen zu stellen, die sie nicht beantworten konnten, ihnen Aufgaben zu geben, die ihnen auf ihrem aktuellen Wissensstand nicht gelingen konnten. Nicht, weil ich sie schikanieren wollte oder mich an der aufkeimenden Verzweiflung in ihren Gesichtern ergötzte, sondern weil ich ihnen den Spiegel vorhalten wollte.

Du hast keine Ahnung von diesem Thema. Also hör gefälligst zu, denk mit, beschäftige dich damit. Sonst wirst du nie ein guter Arzt.

Ich hatte mich langsam daran gewöhnt, dass es in den Seminaren, die ich übernahm, still war wie auf Beerdigungen, weil niemand auf meine Fragen antworten konnte. Ich hatte mich an diese Gesichter gewöhnt.

Bis letzten Freitag.

Und als ich jetzt, das zweite Mal in Folge, in den Vorlesungssaal im Sankt Alexander trat, ließ ich den Blick sofort über die Reihen an Studierenden wandern. Suchte nach diesem Gesicht, das sich letzte Woche so hervorgetan hatte. Und fand es schließlich in der letzten Reihe, halb verborgen hinter einem Buch. Ich sah nur eine Millisekunde zu ihr, bevor ich zum Pult ging, aber es reichte merkwürdigerweise, um eine Welle an Zufriedenheit durch meinen Körper zu schicken.

Sie war wieder da. Die junge Frau, die vor einer Woche ALLE meine Fragen hatte beantworten können. Das hier war ein Kurs für Zweitsemester, in ihrem aktuellen Studienjahr konnte sie das alles also gar nicht wissen – außer sie hatte sich außerhalb des Studiums mit dem Thema beschäftigt. Und das hatte sie. Definitiv.

Während ich meine Sachen auf das Pult packte, zuckte mein Blick noch einmal nach oben. Jetzt blitzte nur noch ihr Haaransatz hinter dem Buch hervor, der Rest ihres Gesichts war verborgen. Beinahe, als würde sie sich verstecken wollen. Das war mehr als ungewöhnlich. Normalerweise saßen Studierende mit ihrem Wissensstand in den ersten Reihen und beugten sich bereits vorfreudig über ihre Tische, sobald die Dozenten hereinkamen.

Ein Gefühl breitete sich in mir aus. Ich war mir nicht ganz sicher, was genau es war, aber es fühlte sich an wie … War das Sympathie? War mir eine Medizinstudentin tatsächlich sympathisch? Das war ungewöhnlich. Vielleicht war es, weil sie mich merkwürdigerweise an den einzigen Menschen erinnerte, den ich größtenteils verstand – mich selbst. Ich sah beinahe schon ein Bild von meinem jüngeren Ich vor mir, wie ich in der letzten Reihe der Vorlesung saß. Still, niemals den Arm erhoben, um ja nicht aufzufallen.

Ich räusperte mich laut, und sofort drehten sich auch die letzten Studierenden zu mir um. Im Saal wurde es still, und ich verschränkte die Arme vor der Brust. »Wie Sie vielleicht sehen, ist Doktor Schober noch nicht wieder gesund, und Sie müssen erneut mit mir vorliebnehmen. Für die, die mich letzte Woche verpasst haben: Mein Name ist Doktor Bennik, und ich knüpfe heute nahtlos an meine Ausführungen von letzter Woche über die Einordnung maligner Tumore an.«

Das Rascheln von Schreibzeug, das Klicken von Kulis. Ich wartete die Geräusche ab, und wieder zuckte mein Blick zu der jungen Frau in der letzten Reihe. Sie hatte das Buch endlich auf dem Tisch abgelegt, aber sie hatte weder Stift noch Papier gezückt, im Gegensatz zu den anderen. Sie schien vielmehr auf die Folien konzentriert zu sein, die ich über den Beamer auf die Wand hinter mir geworfen hatte.

Interessant.

Ich begann mit meinem Vortrag über die Physiologie von Tumorzellen, ohne auf die Notizen zu achten. Ich brauchte sie nicht, das Thema hatte sich in mein Gehirn gebrannt, seit ich auf der Onkologie im Haus angefangen hatte. Irgendwo in meinem Hinterkopf meldete sich Ullis Stimme, dass es wichtig war, den Unterricht für die Studenten ansprechend und spannend zu gestalten. Ich hatte das schon nicht verstanden, als er das erste Mal darüber gesprochen hatte. Wenn man das hier wirklich wollte – Arzt werden und über Medizin lernen –, dann brachte man doch seine eigene Lernmotivation mit, oder etwa nicht?

Als ich aufsah, bemerkte ich, dass sich schon wieder Verzweiflung auf den Gesichtern meiner Studierenden abbildete, und stieß ein innerliches Seufzen aus. War ich zu schnell? Ein paar von ihnen wirkten beim Mitschreiben gehetzt. Also bemühte ich mich, etwas langsamer zu sprechen, aber vielleicht war das jetzt auch zu langsam, denn mir begegneten ein paar neue, verständnislose Gesichter.

Wie zur Hölle konnte Ulli diesen Kram hier gern machen?

»Das ist eine ganz neue Generation an Ärzten, und wir sind in der Lage, sie zu formen«, hörte ich seine Stimme in meinem Kopf.

Ich presste die Lippen zusammen und entschied mich, an meiner Methode zu arbeiten. Also stoppte ich ab, wartete, bis alle fertig waren mit Mitschreiben, und fragte dann: »Weiß jemand noch ein oder zwei Merkmale maligner Tumoren?«

Das war eine einfache Frage. Eine, die sie leicht beantworten konnten, wenn sie mir letzte Woche ordentlich zugehört hatten. Vielleicht die erste Frage von mir, die sie definitiv wussten.

Aber kein Arm in dem Meer an Studenten ging in die Höhe. Auch nicht, als ich ein paar Sekunden abwartete und meinen Blick immer wieder über sie alle schweifen ließ. Nicht einer meldete sich. Da lag wieder nur Unverständnis auf ihren Gesichtern.

Jetzt war nur die Frage: Hatte keiner von ihnen Lust auf die ganze Sache, oder lag es an mir? Wenn ich in der Schule etwas nicht verstanden hatte, hatte das meistens an den Erklärungen des Lehrers gelegen. Vielleicht sollte ich das nächste Mal doch einfach ablehnen, wenn Ulli mich darum bat, damit ich nicht die neue Generation an Ärzten versaute, in die er so viel Hoffnung legte.

In meinem Augenwinkel war eine Bewegung zu sehen. Und als ich mich zur Seite drehte, war tatsächlich ein Arm in der Luft. Und es war, natürlich, der der jungen Frau von letzter Woche. Irgendwann während meiner Ausführungen der letzten

Minuten hatte sie ihre braunen Locken zu einem unordentlichen Knoten nach oben gebunden. Ihr Gesicht wirkte angespannt, ihre Lippen waren zu einer dünnen Linie zusammengepresst – beinahe so, als würde sie gerade gegen sich selbst kämpfen und verlieren.

Mein Körper stockte nur für eine Sekunde. Dann hob ich die Hand und deutete auf sie.

Sofort ließ sie den Arm wieder sinken. Ihre Stimme war beinahe eine Oktave zu hoch, als sie laut sagte: »Schnelles Wachstum und die unscharfe Abgrenzung zu anderem Gewebe.«

Richtig. Eine richtige Antwort. In meinem Mundwinkel zuckte etwas, was mich noch mehr überraschte als ihre Antwort. Ich nickte anerkennend, verschränkte die Arme vor der Brust und fragte: »Und können Sie mir sagen, was eine Präkanzerose ist?«

Ich musste es einfach tun. Ich musste sie aus sich herauslocken. Dieses Thema hatte ich letzte Woche noch nicht behandelt, es war Teil meines heutigen Vortrages. Aber irgendwo in mir drin war ich mir sicher, dass sie auch diese Frage beantworten konnte.

Es wirkte, als würde die junge Frau die Luft anhalten. Darüber nachdenken, ob ich wirklich sie meinte. Und obwohl ich es in der Regel nicht sehr angenehm fand, Blickkontakt zu halten, tat ich es in diesem Moment.

Na, komm schon. Zeig mir, dass Doktor Schober recht hat mit dieser Generation.

»Eine Krankheit, die häufig, aber nicht zwangsläufig zu Krebs führt.« Sie platzte mit der Antwort heraus, als hätte sie sie schon eine ganze Weile auf der Zunge, aber noch überlegt, ob sie es wirklich sagen sollte. Jetzt leuchtete ihr Gesicht auf, und bevor ich nachhaken konnte, schob sie noch hinterher: »Wie Darmpolypen oder Gallenblasenentzündungen.«

Ich atmete tief durch. Spürte, wie meine Brust sich hob und

senkte, wie die Luft durch meine Lunge strömte. *Okay, Ulli, nächstes Mal höre ich wieder besser auf dich. Offensichtlich hast du doch auch manchmal recht, wenn ich das Gefühl habe, dass du es nicht hast.*

»Sehr gut.« Mir wanderte tatsächlich ein kleines Lächeln aufs Gesicht.

Ihre Mundwinkel verzogen sich ebenfalls nach oben, sie schien sich ehrlich zu freuen. Dass die anderen neugierig zu ihr hochsahen oder sich eindeutige Blicke zuwarfen, schien sie auch nicht zu stören. Obwohl sie vor fünfzehn Minuten noch hinter ihrem Buch verschwinden wollte. Ihre Wangen waren etwas rot geworden, und ihre Augen leuchteten. Das bemerkte ich selbst auf die Distanz.

Und Nina hatte immer behauptet, dass es keinen größeren Nerd in Bezug auf die Onkologie gab als mich.

Schmunzelnd wandte ich mich ab und machte mit meinem Vortrag weiter. Ich versuchte mich an den Methoden von Doktor Schober und sprach bewusst langsamer, sodass man mir besser folgen konnte. Zu meinen Fragen meldete sich trotzdem kaum jemand, auch die restliche Stunde nicht. Nur sie. Immer und immer wieder schnellte ihr Arm in die Höhe. Und wenn sich doch mal jemand anderes mit meldete, musste ich mich wirklich zwingen, die andere Person zu Wort kommen zu lassen. Denn die Antworten der jungen Frau waren einfach immer besser. Detaillierter. Richtiger.

Himmel, wenn ich einen Vorlesungssaal voller Studierender wie sie hätte, würde ich diesen Job wahrscheinlich genauso gern machen wie Doktor Schober. Vielleicht konnte ich seine Begeisterung jetzt ein bisschen besser verstehen. Wenn auch wirklich nur ein bisschen.

Denn die meisten Gesichter waren am Ende meines Vortrages so leer wie am Anfang, und ich war mir ziemlich sicher, dass einige von ihnen es nicht mal durch das Latinum schaffen würden. Oder durch die nächsten Semester. Die Abbruchquote würde einem großen Teil das Genick brechen. Es tat mir beinahe ein wenig leid. Für sie, nicht für die Patienten.

Als ich meinen Vortrag beendete und die Studierenden entließ, brachen sofort wieder laute Gespräche aus. Im Saal summte es, als alle sich erhoben, lachten, zusammen zum Ausgang strömten. Ich griff nach meinem Laptop, und wieder – warum nur? – ging mein Blick nach oben. Folgte der jungen Frau, die in den Strom aus anderen Studierenden eintauchte und in Richtung des Ausgangs verschwand. Sie hob den Kopf. Und diesmal schenkte sie mir ein breites Grinsen. Die Stunde hatte ihr offensichtlich gefallen.

Wieder zuckten meine Mundwinkel nach oben. Ich konnte mich gar nicht dagegen wehren. Aber plötzlich erstarrte sie. Ihre Augen weiteten sich. Da stand Schreck in ihrem Gesicht, als hätte sie ein Gespenst gesehen.

Etwas überrascht wandte ich mich zum Eingang des Vorlesungssaals, um zu sehen, was ihr so einen Schreck eingejagt hatte, und entdeckte Nina. Sie hatte sich an ein paar der Studierenden vorbeigequetscht und kam nun mit großen Schritten auf das Pult zu, hinter dem ich immer noch stand.

»Wusste ich es doch, dass du Ullis Bitte nicht abschlagen konntest, Jasper«, sagte sie mit einem frechen Lächeln. Offensichtlich hatte sie schon vor einer Weile Feierabend gemacht, denn statt eines Kittels trug sie ein knielanges, enges Kleid, und ihre blonden Haare, die immer noch einen letzten Rest Rosa von ihrem letzten Färbeversuch trugen, waren offen und fielen ihr auf die Schultern.

»Mir sind die Gegenargumente ausgegangen«, sagte ich ruhig und schob meinen Laptop in die Hülle. Dann erst hob ich den Kopf wieder und sah über Ninas Schulter zurück zu der Studentin. Sie hatte sich in Windeseile an allen anderen vorbeigedrängt und … floh. Anders konnte man es nicht bezeichnen.

Sehr seltsam.

»Dabei sollte er doch eigentlich wissen, dass deine Methoden nicht für die Studierenden gemacht sind.« Nina tätschelte meinen Arm, ihr Blick war warm. »Und dass du das nicht so gern machst.«

Ich atmete tief durch. »Es … war in Ordnung.«

»Wirklich?« Ihre Augen weiteten sich, als ich neben ihr ebenfalls zum Ausgang des Vorlesungssaals ging. »Das sind ja ganz neue Töne. Entdeckst du deine Liebe für die Studierenden doch noch?«

»Sicher nicht.« Zumindest nicht für alle. Ich blieb stehen, um in dem großen Schlüsselbund der Uni nach dem zu suchen, mit dem ich den Vorlesungssaal absperren konnte.

Nina wippte neben mir auf den Füßen herum, sie wirkte wie immer außerordentlich gut gelaunt. »Bekommst du dann jetzt wenigstens mehr Gehalt, wenn sie dich schon extra schuften lassen?«

»Für ein paar Vertretungsstunden? Nein.«

Sie blies sich eine rosa-blonde Strähne aus dem Gesicht wie ein Teenager, dann hakte sie sich bei mir unter. »Ich verstehe schon – alles für den Oberarztposten nächstes Jahr. Den würde Ulli dir aber sicher auch überlassen, wenn du ab und zu nach Hause gehst.« Nina zog mich vom Saal weg zur Pforte, wo ich den Schlüsselbund abgab, und dann weiter in Richtung Ausgang.

Das war nicht der Weg, den ich eigentlich einschlagen wollte.

»Ich muss noch mal hoch auf Station«, brummte ich.

»Das sagst du immer. Aber das kannst du sicher auch noch morgen machen«, gab Nina gnadenlos zurück. »Jetzt gehst du erst mal mit mir essen. Ich hatte einen wirklich irren Vierundzwanzig-Stunden-Dienst, und mein Magen hängt mir in den Kniekehlen.«

Ich schmunzelte. »Und du hast außerdem deinen Geldbeutel vergessen?«

»Erwischt.« Sie grinste breit und atmete gierig die kühle Abendluft ein, als wir auf den Platz vor dem Alex traten. Als wäre sie seit Wochen nicht draußen gewesen. Bei ihrem Anblick strömte etwas Wärme in meinen Magen, und ich schmunzelte. »In Ordnung. Unter einer Bedingung.«

Nina zog fragend die Brauen nach oben. »Ich soll die nächste Vorlesung für dich machen, wenn Ulli dich wieder bittet, ihn zu vertreten?«

»Nein«, kam es mir, vielleicht eine Spur zu schnell, über die Lippen. Huch, hatte eine einzige Studentin etwa wirklich meine Meinung dazu geändert? Ich schüttelte abwehrend den Kopf und ließ mich bereitwillig über den Platz ziehen. »Du übernimmst den Pflanzendienst für mich. Ich verstehe sowieso nicht, wieso wir so etwas überhaupt machen müssen, aber die Stationsleitung von der Erwachsenenonkologie hat mir letzten Monat schon dreimal auf dem Gang die Hölle heiß gemacht, weil ich es vergessen habe.«

»Ich soll nur die Pflanzen in den Arztzimmern gießen?« Nina zuckte mit den Schultern. »Das mache ich mit Freuden. Schon allein, weil du bei deinen letzten Diensten dafür verantwortlich warst, dass zwei Kakteen das Zeitliche gesegnet haben. KAKTEEN.« Sie schüttelte ungläubig den Kopf und schmiegte dann ihren Kopf an meinen Arm. »Dann gehen wir jetzt Sushi essen.«

»Was immer du willst«, gab ich lächelnd zurück und verabschiedete mich endgültig von dem Gedanken, heute noch mal auf Station zu kommen.

Und von dem Gedanken an die Studentin.

Zumindest größtenteils.

Kapitel 5

EMILIA

Obwohl mir die Arbeit auf der Onkologie-Ambulanz gefiel und ich mit den Patienten und den Aufgaben dort gut klarkam, war ich froh, als es endlich Mittwoch wurde und wir wieder theoretischen Unterricht in der Schule hatten. Anatomie – mein Lieblingsfach. Außerdem war es schön, endlich wieder mit den anderen die Schulbank drücken zu können.

Seit wir ins zweite Jahr unserer Ausbildung gestartet waren, hatten wir um einiges mehr Praxisstunden im Krankenhaus, was uns wohl auf das dritte Jahr vorbereiten sollte, in dem wir komplett auf Station arbeiten und uns auf unsere praktische Prüfung vorbereiten sollten.

Ich sah Alica, Lio, Marlon und Filina, meine besten Freunde, zwar jeden Tag im Wohnheim, in dem wir seit anderthalb Jahren zusammenwohnten, aber es war nicht das Gleiche wie im ersten Jahr. Vor allem, weil wir zu unterschiedlichen Zeiten Dienst hatten und daher nicht mehr so oft alle zusammen zu Hause waren. Und der Gedanke, dass wir in sechs Monaten vielleicht komplett getrennt sein würden, hatte sich wie ein sanftes Brennen in meinem Magen eingenistet.

»Hast du schon eine Antwort auf deine Bewerbung?«, fragte Alica, als hätte sie meine Gedanken gelesen.

Sofort schnippten die Blicke der anderen zu mir herum. Wir saßen, wie so oft in unseren Pausen, auf der halbhohen Mauer hinter der Schule, und weil Lio direkt neben mir saß, war es schwer, dem schiefen Grinsen meines Bruders auszuweichen, als ich mit den Schultern zuckte.

»Noch nicht«, sagte ich. »Das wird sicher noch ein paar Wochen dauern, bis sie alle Bewerbungen abgearbeitet und entschieden haben, wer einen Platz bekommt.«

»Diesmal klappt es sicher!«, sagte Marlon mit so viel Inbrunst, dass ich ihm ein Lächeln schenkte.

»Wir werden sehen.«

Filina machte ein brummendes Geräusch und bedachte ihn mit einem Blick, der wohl streng sein sollte. »Und wenn es nicht klappt«, ergänzte sie seinen Satz, »ist es auch nicht so schlimm, oder? Dann klappt es eben das nächste Mal. Und dann hast du wenigstens genug Zeit, deine Ausbildung erst mal ohne Stress fertig zu machen. Es eilt ja alles nicht.«

Nur dass es das eigentlich doch tat. Irgendwie. Ich wusste, dass sie es gut meinte, um mich nicht unter Druck zu setzen. Aber in mir brannte das Verlangen, endlich mit diesem Studium anzufangen, lichterloh. Ich war so heiß darauf, endlich legal in einem Vorlesungssaal zu sitzen, dass ich es kaum noch aushielt.

»Wenn du wirklich glaubst, dass es nicht eilt, dann kennst du Emmi schlecht.« Lio legte den Arm um meine Schulter und zog mich ein Stück zu sich heran. Seine Augen blitzten vergnügt. »Sie kann es doch überhaupt nicht abwarten, endlich ihre Hände in Patienten zu stecken.«

Tja, er kannte mich eben.

Schnaubend wischte ich seine Hand von mir, konnte mir ein Lächeln aber nicht verkneifen. »Ich will keine Chirurgin werden, meine Hände bleiben also außerhalb meiner Patienten. Aber ansonsten: Ja. Ich will diesen Studienplatz. Jetzt, am besten.«

»Und den kriegst du.« Lio sagte das mit so viel Überzeugung, dass mir tatsächlich ein wenig schwer ums Herz wurde. Ob sich irgendwann noch ein guter Moment ergeben würde, in dem ich ihm gestand, dass ich vielleicht gar nicht in Berlin bleiben konnte? Es war ja auch für mich selbst merkwürdig, darüber nachzudenken, von ihm getrennt zu sein. Das waren wir nie gewesen. Seit unserer Geburt hatten wir so unheimlich viel Zeit miteinander verbracht, dass der Gedanke an ein Leben ohne ihn sich mehr als unvollständig anfühlte.

Aber ich wusste auch, dass ich für meinen Traum nicht zögern würde.

Und ich wusste, dass ich mit ihm darüber reden musste.

Irgendwann, aber nicht jetzt. Das hatte sicher noch etwas Zeit. Vielleicht, bis ich genau wusste, wie es weiterging.

Alica bemerkte wohl meine Zerrissenheit, denn sie lehnte sich an meinen Bruder und fragte mit einem Lächeln: »Wie sind eigentlich eure neuen Einsätze? Gefallen sie euch?«

Ein allgemeines Brummen in der Runde, das mich auflachen ließ. »Was denn, wir alle?«

Mein Bruder grinste wieder. »Also ich bin zufrieden mit der Erwachsenenonkologie. Ich versteh mich sogar sehr gut mit Felix.« Er zwinkerte Alica zu, die sofort belustigt die Augen verdrehte. Felix war einer der Pfleger dort und der Grund, warum Alica nach Berlin gekommen war. Er hatte ihr die Hand gehalten, als ihre Schwester einen Unfall gehabt hatte, und sie hatte sich wohl ein bisschen in ihn verknallt – bis sie hier Lio begegnet war.

Filina zuckte mit den Schultern. »Marlon und ich sind auf der Erwachsenenpalli gelandet, und das Team ist … gewöhnungsbedürftig.«

»Die meisten von ihnen sind sehr abgebrüht«, fügte Marlon hinzu. »Und damit muss man erst mal klarkommen. Aber immerhin lassen sie uns sehr viel selbstständig arbeiten. Sehr viel.«

»Man könnte fast denken, dass sie keine Lust darauf haben, aber na ja.« Filina lachte, dann wandte sie sich neugierig an mich. »Aber was ist mit dir? Du solltest doch auf die onkologischen Einsätze stehen wie keine andere! Ist das Team in der Ambulanz nicht nett?«

»Doch, alle sind sehr zuvorkommend«, gab ich seufzend zurück und lehnte mich auf der Mauer ein wenig nach hinten. »Das ist überhaupt nicht das Problem. Aber ehrlich gesagt … Ich will jetzt nicht vermessen klingen, aber ich lerne dort absolut nichts Neues.« Ich zuckte mit den Schultern. »Das Wissen, das sie mir dort vermitteln wollen, habe ich mir größtenteils bereits selbst angeeignet. Die Patientenfälle sind auch nicht neu. Ich hatte gehofft, wenigstens ein bisschen praktische Übung zu bekommen. Blut abnehmen. Zugänge legen. So etwas eben. Aber die Schwestern sagen, dass das dort Arztaufgabe ist oder die von Schwestern, die schon ewig dort sind. Also wird daraus wohl doch nichts.«

»Aber ist das nicht die Station von Doktor Nina Wehner?«, merkte Alica an. »Die Ärztin, die letztes Jahr unsere Palliwoche gemacht hat? Die war doch großartig. Vielleicht kann sie dir ein paar Dinge erklären, die du noch nicht weißt. Oder dir zeigen, wie man Blut abnimmt.«

Ich schüttelte seufzend den Kopf. Zwar hatte ich darüber auch schon nachgedacht, und ich hatte Doktor Wehner auch schon mehrfach gesehen in den letzten beiden Tagen. Aber bisher hatte ich mich noch nicht getraut, sie anzusprechen und danach zu fragen. Vor allem, weil ich sie meistens zu den Visiten sah, und da war auch Doktor Bennik oft anwesend.

Jedes Mal, wenn er auf Station auftauchte, würde ich mich am liebsten mit einem Hechtsprung hinter etwas Großes retten. Letzten Freitag war ich wieder in seinem Vertretungsseminar gewesen und hatte mich, erneut, nicht zurückhalten können und alle seine Fragen beantwortet. Und obwohl ich wusste, dass das ein Risiko war, hatte ich ausnahmslos jede Sekunde davon genossen. Seine Vorträge, auch wenn die meisten anderen Studierenden sie trocken fanden. Seine intelligenten Fragen. Und die Anerkennung in seinem Blick, wenn ich sie richtig beantwortete. Nach dem Seminar hatte ich kurz darüber nachgedacht, nicht wieder hinzugehen, um nicht doch noch aufzufliegen. Vor allem, weil ich beinahe wirklich Doktor Wehner in die Arme gelaufen wäre, als ich nach draußen gegangen war.

Aber auf dem Heimweg zurück zum Wohnheim hatte ich den Gedanken sofort wieder verworfen. Nicht nur, weil mein Herz mir bis zum Hals schlug und ich mich seltsam lebendig fühlte – auch, weil dieses Gefühl mit nichts anderem zu vergleichen war. Das Seminar war momentan der einzige Ort, an dem ich noch wirklich etwas Neues lernte, und das wollte ich mir nicht von meiner eigenen Angst kaputt machen lassen.

»Hast du sie denn schon gefragt?«, wollte Lio wissen und zwickte mich freundschaftlich in die Seite. Sein Blick war eindeutig, und er schob direkt hinterher: »Oder hast du dich nicht getraut, weil du in ihrer Nähe ganz schwitzige Hände bekommst?«

Ich stöhnte genervt auf, und sofort wandten sich alle wieder mir zu.

»Nee, du stehst auf Doktor Wehner?«, wollte Alica, vielleicht eine Spur zu laut, wissen. Ihr war deutlich anzusehen, dass sie ein wenig beleidigt war, dass ich ihr nicht davon erzählt hatte.

»Unsinn. Mein Bruder wünscht sich nur, dass ich nicht hetero bin«, gab ich zurück und boxte Lio in die Seite.

Er lachte auf. »Dann ist es also doch Doktor Bennik? Denn einem von beiden hast du letztens definitiv hinterhergeschaut.«

»Oooh«, machte Marlon auf meiner anderen Seite. Sein Gesicht wirkte direkt ein wenig verträumt. »Wenn er es ist, dann ist das ja wohl verständlich. Doktor Bennik ist wirklich heiß.«

Die anderen nickten, absolut ohne Ausnahme. Obwohl Alica und Lio offensichtlich wirklich glücklich miteinander waren. Obwohl Marlon letzte Woche bereits sein viertes Date mit dem Klassensprecher Dennis gehabt hatte. Offensichtlich war das etwas, in dem sie sich trotzdem alle einig waren. Wenn ich darüber nachdachte, stimmte ich ihnen ebenfalls zu. Doktor Bennik war gut aussehend. Ein wenig kühl, aber sehr, sehr hübsch. Allerdings war es gar nicht das, was mich an ihm reizte. »So was ist mir egal. Ich interessiere mich eher für sein Gehirn.«

»Makaber«, meinte Lio.

»Nicht so.« Ich verdrehte lachend die Augen. »Laut dem, was ich gehört habe, ist er ein großartiger Onkologe.« Das war ein wenig ins Blaue geraten. Ich hatte bisher nicht wahnsinnig viel über ihn gehört, hoffte aber, so unauffällig mehr Infos über ihn herauszubekommen. Irgendwie hatte ich das Gefühl, dass meine Nervosität, meine Angst, erwischt zu werden, ein wenig verschwinden würde, wenn ich ihn besser einschätzen konnte. Wenn ich wüsste, ob er jemand war, der mich verraten würde. Der sich überhaupt an mich erinnern würde.

Glücklicherweise nickte Filina sofort und wischte sich eine Strähne ihrer langen blonden Haare hinter die Ohren. »Das ist er. Letztes Jahr war ich auf der Erwachsenenonkologie, und immer, wenn die anderen Ärzte nicht weiterwussten, haben sie entweder Doktor Schober oder Doktor Bennik gefragt. Und das, obwohl er erst seit wenigen Jahren als Arzt arbeitet und noch nicht lange seinen Facharzt hat.«

»Das kann ich nur bestätigen. Es geht sogar das Gerücht um, dass er der nächste Oberarzt der Onkologie werden soll«, sagte Lio. »Es sind wohl nur er und Doktor Hansen im Rennen um den Posten von Doktor Schober, wenn er nächstes Jahr in Rente geht. Dabei ist Doktor Hansen schon seit über zehn Jahren in der Klinik und hat um einiges mehr Erfahrung. Er ist wohl nicht sehr glücklich darüber, aber Doktor Schobers Liebling ist und bleibt angeblich Doktor Bennik, weil der Typ wirklich was draufhat.«

Ich zuckte etwas abwesend mit den Schultern. »Der Beste sollte es werden, oder?«

Lio wirkte nicht so ganz überzeugt. »Ich weiß nicht, ob er der Beste ist.« Er zuckte mit den Schultern. »Fachlich sicher. Aber ich habe schon Geschichten über ihn gehört. Sicher ist vieles davon nur Krankenhausklatsch, dem man nicht einfach so glauben sollte, aber es lässt einen schon vorsichtiger werden.«

»Warum?«, fragte ich alarmiert. Wieder musste ich an den Blick denken, den er mir zugeworfen hatte, als ich aus dem Vorlesungssaal gestürmt war.

»Er soll wohl eher unterkühlt sein. Wenig verständnisvoll für seine Kollegen. Nicht der Typ, der ein offenes Ohr für alle hat und dessen Tür immer offen steht.« Lio seufzte und winkte ab. »Wer weiß, ob das alles stimmt. Ich habe ihn nie wütend erlebt, aber die meisten im Krankenhaus gehen ihm wohl eher aus dem Weg.«

Filina wirkte, als würde sie sich an etwas erinnern. »Die Schwestern haben öfter gemeint, dass er sich wohl nicht wirklich für andere Menschen interessiert.« Ihre Mundwinkel wanderten nach oben. »Auch wenn das irgendwie niemanden davon abhält, sich für ihn zu interessieren. Sie schwärmen ständig von seinen schönen grauen Augen.«

Ich schluckte hart. Das mit seinen grauen Augen war mir weiterhin mehr als egal, aber sein Profil sprach gerade nicht unbedingt dafür, dass er ein verständnisvoller Mensch war, der mein Geheimnis für sich behalten würde. Sollte ich vielleicht doch aufhören, das Seminar zu besuchen, und einfach darauf hoffen, dass ich in ein paar Jahren legal in ihren Genuss kam?

Bevor ich nachhaken konnte, schrillte die Schulglocke über den kleinen Platz zu uns rüber. Die anderen sprangen sofort von der Mauer, und ich hatte keine andere Wahl, als ihnen zurück zur Schule zu folgen und die Gedanken über Doktor Bennik zu verdrängen.

Das fiel mir mit einem Mal auch gar nicht mehr so schwer. Denn als ich gerade über die Schwelle in den Flur der Schule trat, vibrierte mein Handy in meiner Tasche. Die Nummer auf dem Display erkannte ich sofort, und mein Herz machte einen Satz.

Ich konnte Sie noch für einen Termin in zwei Wochen reinquetschen. Kommen Sie am 12. um 13 Uhr zu mir in die Sprechstunde. Dann machen wir die letzten Untersuchungen für eine lange Zeit ;) Bis dann, Dr. W.

»Alles klar?« Lio war zurückgeblieben und beobachtete mich mit einem besorgten Gesichtsausdruck.

Ich wiegte langsam den Kopf und hielt ihm das Handy hin. »Ich habe Doktor Waldhaus gebeten, meinen Termin für die Untersuchungen zu verschieben, damit ich die Examensvorbereitung nächste Woche nicht verpasse. Ich dachte eigentlich nicht, dass es klappt, weil man sonst Monate auf einen Termin warten muss. Aber anscheinend ist irgendwer ausgefallen. Gut für mich.«

»Die *Vorbereitung?*« Lios Brauen wanderten zusammen. »Ist deine Untersuchung nicht wichtiger?«

»Liegt im Auge des Betrachters.«

»Emmi …«

»Es ist doch nur eine Woche«, gab ich lachend zurück und zupfte an seinem Shirt, damit er mich nicht mehr so streng musterte. »Und dann ist es meine letzte Kontrolluntersuchung für über ein Jahr. Das ist doch großartig, oder?« Ich wusste zwar noch nicht, wie ich mich damit fühlte, aber das sagte ich natürlich nicht. Lio sollte meine Unsicherheit nicht spüren, auch wenn die Kontrolluntersuchungen in den letzten drei Jahren für mich ein Anker gewesen waren. Eine Sicherheit, die mir jetzt wegbrach. Aber ich konnte schließlich nicht für immer so weitermachen. Es musste weitergehen. Ich musste weitermachen, ohne mich ständig kontrollieren zu müssen.

Lio stockte kurz, bevor er seufzte und wieder den Arm um mich legte. Die anderen waren bereits im Klassenraum verschwunden. »Willst du sicher nicht, dass ich dich begleite?«

Ich schüttelte den Kopf. »Ich kriege das allein hin«, sagte ich mit mehr Selbstbewusstsein, als ich wirklich empfand. Und dann fügte ich an, für ihn und für mich: »Es wird schon gut gehen.«

Kapitel 6

EMILIA

Das geht nicht.« Mona schüttelte den Kopf, ihre Augenbrauen waren so weit nach unten gebogen, wie ich es bei ihr noch nie gesehen hatte. Sie blickte einmal auf meine bittend zusammengelegten Hände hinab und schüttelte dann erneut den Kopf. »Ich verstehe, dass du das Blutabnehmen üben möchtest. Wirklich. Aber unsere Patienten sind da nicht die Richtigen für.«

Enttäuschung machte sich in mir breit, während ich langsam die Hände sinken ließ. Eigentlich hatte ich schon mit einer solchen Antwort gerechnet. Es war die gleiche, wie ich sie schon auf anderen Stationen bekommen hatte. *Hier machen das nur die Ärzte. Unsere Patienten sind keine Versuchsobjekte.*

Und ich verstand das. Wirklich. Aber das machte es irgendwie trotzdem nicht einfacher.

Mona warf die letzte Kurve auf einen Stapel, zögerte bei meinem enttäuschten Gesicht und schob mir dann die Kanne mit dem Kaffee über den Tisch. Wir saßen schon seit einer halben Stunde hier im Schwesternzimmer und gingen die neuen Anordnungen und die Blutwerte durch. Es war ihr hoch anzurechnen, dass sie sich wirklich viel Zeit ließ, mir alles ganz genau zu erklären. Ich war ihr so dankbar, dass sie sich extra vom Stationsalltag freinahm, dass ich es einfach nicht übers Herz brachte, ihr zu sagen, dass ich alles davon schon wusste. Die Patienten waren jeden Tag die gleichen, und ich hatte schon am ersten Tag alles durchgearbeitet und mich mit den Fällen beschäftigt. Seitdem gab es, leider auch hier, nichts Neues mehr für mich.

Und ich wollte Neues lernen. Ich wollte Praxis sammeln, die ich im Medizinstudium brauchte. Das war schließlich der Grund, warum ich so sehr darauf drängte.

»Du wirst bestimmt auf einer der anderen Stationen noch die Möglichkeit bekommen, das zu üben.« Mona lächelte. »Oder in der Ausbildung? Das ist doch mittlerweile Standard, oder nicht?«

»Es gehört nicht zum Lehrplan«, gab ich zurück. »Aber es wird schon passen, irgendwann.«

Nur hatte ich leider keine Geduld. Ich hatte sie vor drei Jahren verloren, als ich in einem Krankenhausbett beinahe vor mich hin vegetiert war. Mein Bruder hatte aus dieser ganzen Sache für sich mitgenommen, dass man jede Sekunde des Lebens genießen sollte, und das tat er. In meinem Kopf hatte sich leider besonders eine Sache festgesetzt: *Ich habe keine Zeit. Es könnte jederzeit die Sanduhr durchgelaufen sein, also habe ich keine Zeit zu verschwenden.*

Ich dachte das so oft, obwohl ich mittlerweile gesund war. Aus irgendeinem Grund bekam ich das trotzdem einfach nicht aus meinen Gedanken.

Mona sah mich mitleidig an, als hinter uns die Tür aufging.

»Bitte sagt mir, dass es hier noch Kaffee gibt?« Die Stimme klang hell und erschöpft.

Ich warf einen kurzen Blick über meine Schulter und erkannte das strahlende Gesicht von Doktor Nina Wehner, die gerade über die Schwelle getreten war. Wie immer trug sie die pinken Klamotten der Onkologie, die gut zu dem Rosastich in ihren Haaren passten, und darüber ihren perfekt sitzenden Arztkittel.

Sie schenkte mir ein warmes Lächeln und nahm dann dankend die Tasse entgegen, die die Stationsleitung ihr entgegenstreckte. »Danke, Mona. Das ist mein zweiter Hintergrunddienst in zwei Wochen, ich habe keine Ahnung, wie ich das weiter machen soll, wenn Doktor Schober nicht endlich wiederkommt.« Sie nahm einen großen Schluck, bei dem sich ihre Lippen wohlig verzogen, dann erst sah sie mich wieder an. »Kennen wir uns eigentlich? Ich weiß, dass du Schülerin hier auf Station bist, aber du kommst mir so bekannt vor.«

In meinem Inneren fror etwas ein. Ich brauchte ein paar Sekunden, bevor ich langsam den Kopf neigte. »Sie haben bei uns die Palliativwoche gemacht, letztes Jahr.«

»Oh. Ja.« Wieder strahlte Doktor Wehner übers ganze Gesicht. »Das war wunderbar. Dieses Jahr mache ich das auch wieder, und ich freue mich wirklich darauf. Eine tolle Sache.«

Meine Muskeln entspannten sich etwas. Offensichtlich hatte sie keine genaue Erinnerung an mich – oder an meine Diagnose. Das war tatsächlich eine Erleichterung, auch wenn ich mich nicht unbedingt dafür schämte oder es verstecken wollte. Es war nur leichter, wenn ich nicht mit jedem darüber reden musste und wenn nicht jeder bei der Arbeit davon wusste. Vor allem nicht in diesem Kontext hier.

»Hier sind wir übrigens Kollegen.« Sie zwinkerte. »Also darfst du mich gern Nina nennen.« Sie setzte sich an unseren Tisch, und sofort schob Mona ihr eine der Kurven zu.

»Die neue Anordnung für Frau Müller fehlt noch. Ihr wolltet euch noch mal Gedanken zu den Medikamenten machen, wegen ihrer Übelkeit?«

»Sie hat das Standardmittel nicht vertragen«, murmelte Nina nickend. »Ich habe Jasper mal gefragt, was er machen würde, habe aber noch keine Antwort von ihm. Das muss also noch ein paar Minuten warten.«

Jasper. Doktor Bennik. Ich konnte nicht verhindern, dass mir ein leichter Schauer über den Rücken lief. Ich war heute das erste Mal mit der Visite zusammen gelaufen, und ich war wahnsinnig erleichtert gewesen, dass Doktor Bennik ausgerechnet heute nicht dabei war. Auch wenn ich mir immer noch relativ sicher war, dass er mich wahrscheinlich nicht erkennen würde, hielt ich es trotzdem für besser, ihm so gut wie möglich aus dem Weg zu gehen.

Nina starrte auf ihr Handy und tippte etwas.

»Eine Frage habe ich noch.« Mona warf mir einen vielsagenden Blick zu, bevor sie sich wieder an Nina wandte: »Du hast nicht zufällig ein oder zwei Patienten mit guten Venen, denen mal wieder Blut abgenommen werden muss, oder?«

Eine warme Welle schlug sich ihre Bahnen durch meinen Körper. Fragte sie etwa ernsthaft …?

Nina ließ ihr Handy sinken und wirkte verwirrt. »Über den Port, meinst du?«

»Nein. Ich meine jemanden, der vielleicht normal Blut abgenommen bekommen muss.« Sie deutete mit dem Kopf in meine Richtung. »Emilia würde gern das Blutabnehmen üben, aber es ist etwas schwierig, hier einen Patienten für sie zu finden.«

Ninas Kopf fuhr sofort zu mir herum, und ihre roten Lippen formten sich zu einem stummen »Oh«. »Die meisten meiner Patienten haben einen Port«, sagte sie dann entschuldigend. »Aber ich kann mich mal umhören, ob es vielleicht auf anderen Stationen möglich wäre.«

Ich hielt kurz die Luft an, bevor ich sie langsam entweichen ließ. Meine Wangen fühlten sich an, als würden sie glühen. »Das wäre wirklich toll.«

Nina lächelte freundlich, legte dann aber den Kopf schief. »Das steht nicht in eurem Lehrplan, oder?«

»Nein. Ich würde es trotzdem gern lernen.« Ich räusperte mich verlegen. »Ich … möchte auch Medizin studieren, und ich denke, dass es mir helfen würde, das schon zu können.«

Die Ärztin stockte. Und dann leuchtete in ihrem Gesicht etwas auf. »Ich erinnere mich an dich! Du hast damals in der großen Runde schon erzählt, dass du gern Medizin studieren willst! Ich weiß noch, dass ich das sehr beeindruckend fand, wie selbstbewusst du von deinem Wunsch gesprochen hast. Und von …«

Da war eindeutig Erkenntnis. Sie hatte sich wieder erinnert. Daran, dass ich von meiner Diagnose erzählt hatte. Verdammt.

Bevor sie den Satz beenden konnte, riss ich die Augen auf. *Bitte nicht.*

Sie verstand sofort und schloss den Mund. Ein paar Sekunden starrten wir uns nur an, dann räusperte sie sich verlegen. »Also … ja, ich höre mich gern mal um. Wir brauchen schließlich ein paar gute Onkologen.« Sie zwinkerte mir zu, und ich spürte, wie meine Schultern erleichtert einsanken.

Kugel abgewehrt. Für den Moment.

Und dieser Moment war wirklich, wirklich kurz.

Denn als das nächste Mal hinter uns die Tür aufging und Nina den Kopf hob, leuchtete ihr Gesicht noch ein wenig mehr auf. »Oh, Jasper, bist du wegen Frau Müller hier? Du hättest nicht extra kommen müssen.«

»Ich musste eh mal aus dem Büro raus.«

Die dunkle Stimme jagte mir einen Schauer durch den Körper. Ich war froh, dass ich mit dem Rücken zur Tür saß und er mich deshalb noch nicht erkennen konnte. Aber das war definitiv Doktor Bennik, der nur wenige Meter von mir entfernt in der Tür stand. Nah genug, um mich auf jeden Fall zu erkennen, wenn er sich noch an mich erinnerte.

Scheiße, scheiße, scheiße.

»Großartig.« Nina stand vom Tisch auf, die Kurve der Patientin bereits in der Hand. »Wir können in meinem Büro darüber reden. Willst du einen Kaffee?« Sie drehte sich, obwohl er verneinte, zurück zum Tisch. Dabei blieb ihr Blick wieder an mir hängen.

Ich sah förmlich, wie sich etwas in ihrem Gesicht veränderte, und konnte nichts dagegen tun. Ich konnte nur dasitzen und dabei zusehen, wie die Katastrophe ihren Lauf nahm. Konnte nur beobachten, wie ihre Mundwinkel nach oben wanderten und wie sie sich dann wieder an Doktor Bennik wandte.

»Hast du gerade zufälligerweise ein paar Patienten, die noch ohne Port sind?«, fragte sie. »Oder die in den nächsten Tagen kommen und denen noch Blut abgenommen werden muss? Unsere Pflegeauszubildende Emilia würde gern das Blutabnehmen üben.«

So direkt, wie sie ihn ansprach, war es dumm, den Kopf nicht zu drehen, oder? Es war viel zu auffällig, einfach weiter mit dem Rücken zur Tür sitzen zu bleiben. Es würde nur noch mehr unangenehme Aufmerksamkeit auf mich ziehen.

Vielleicht erinnerte er sich ja nicht an mein Gesicht. Vielleicht wusste er nicht, wer ich war.

Doktor Bennik brummte verstimmt. »Meine Patienten sind keine Versuchskan…« Er stockte. Ich sah in der Sekunde, in der ich mich zu ihm umdrehte, wie seine beeindruckend stahlgrauen Augen sich weiteten. Er starrte mich an, und ich starrte zurück, völlig der Hoffnung beraubt, dass er mich nicht erkannte. Denn das tat er. Es stand ihm so sicher ins Gesicht geschrieben wie mir wahrscheinlich meine Angst.

Von so Nahem kam mir Doktor Bennik noch ein ganzes Stück größer vor als vor dem Pult des Vorlesungssaals. Oder von Weitem in der Visite. Seine Haltung war genauso gerade, aber seine Miene war nicht so neutral wie sonst. Er wirkte ehrlich erschrocken. Ehrlich … verwirrt.

Ich presste die Lippen zusammen und überlegte fieberhaft, was ich sagen sollte.

Doktor Bennik hatte sich aber offensichtlich etwas schneller wieder gefangen. Er klappte den Mund zu und machte ihn dann wieder auf, um erneut anzusetzen. »Meine Patienten sind keine Versuchskaninchen für … Pflegeauszubildende.« Er sagte es nicht wütend. Seine Stimme klang nicht einmal besonders kühl. Trotzdem spürte ich, wie meine Hände zu zittern begannen.

Oh Gott, was hatte ich nur getan? Ich sah mich schon meine Sachen in der Schule zusammensammeln, als Nina einen Schritt auf ihn zumachte und ihn sanft gegen die Schulter boxte.

»Jetzt sei nicht so, Jasper.« Sie wandte sich wieder entschuldigend zu mir um. »Ich werde mich trotzdem umhören, vielleicht finden wir noch jemanden für dich, Emilia. Bis später.« Sie tippte Doktor Bennik noch einmal an die Schulter, damit er ihr aus dem Raum folgte.

Doktor Bennik blieb noch ein paar Sekunden stehen, in denen er mich mit unverhohlener Verwirrung musterte, dann machte er endlich auf dem Absatz kehrt und folgte Nina nach draußen.

»Kennt ihr euch?«, wollte Mona wissen. Als ich mich zu ihr drehte, waren ihre Brauen weit nach oben geschossen. Es war also offensichtlich gewesen, dass diese ganze Sache sehr komisch gewesen war.

Ich schluckte. Schüttelte den Kopf und entschloss mich mitten in der Bewegung doch zu einem Nicken. »Äh … auf einer anderen Station haben wir uns kurz kennengelernt. Aber das ist schon ein paar Monate her, und er wusste offensichtlich nicht mehr, wo er mich hinstecken sollte.«

Mona lachte auf. »Ja, das klingt nach ihm. Doktor Bennik hat immer den Kopf voll mit der Arbeit, und er hat es auch nicht so sehr mit Menschen. Sieh es ihm aber nach. Ich kenne die Gerüchte über ihn, aber er ist wirklich nicht verkehrt.« Sie gab ein nachdenkliches Brummen von sich, und es war offensichtlich, dass sie mit den Gedanken schon wieder bei anderen Dingen war. Ihr Blick glitt über die Kurven und dann wieder zu mir. »Ich muss hier noch ein bisschen Ordnung reinbringen. Würde es dir etwas ausmachen, die Patientenrunde allein zu machen und nach ihnen zu sehen? Komm einfach zu mir, wenn du etwas nicht weißt, dann helfe ich dir.«

»Klar.« Ich sprang so schnell von meinem Stuhl auf, dass mir etwas schwindlig wurde. Aber mein Herz raste so sehr, dass ich einfach nicht mehr stillsitzen konnte. Also verließ ich beinahe fluchtartig das Stationszimmer. Mein Blick wanderte sofort zu dem Büro von Doktor Wehner, in dem sie wahrscheinlich gerade mit Doktor Bennik verschwunden war.

Er war noch hier. Ich hatte vielleicht noch eine Möglichkeit, mit ihm zu sprechen. Ihm das Ganze zu erklären, bevor er zu meinen Ausbildern ging und mich verpfiff. Ich wusste zwar nicht, ob er das überhaupt vorhatte, aber ich musste auf Nummer sicher gehen. Also ließ ich die Tür zu Doktor Wehners Büro nicht aus den Augen, während ich mich um die Patienten kümmerte.

Es dauerte fast zwanzig Minuten, bis die Tür sich wieder öffnete. Ich ließ beinahe das Essenstablett fallen, das ich gerade abgeräumt hatte, und meine Beine froren mitten im Flur ein.

Doktor Bennik sagte noch etwas in den Raum hinein, bevor er sich umwandte und mit schnellem Schritt und wehendem Kittel in Richtung Flur davonging.

Ich schnappte nach Luft, sammelte meinen ganzen Mut zusammen und warf das Tablett auf einen der Tische, um ihm nacheilen zu können. »Doktor Bennik, haben Sie eine Minute?«

Er stoppte nicht sofort ab, aber sein Schritt wurde etwas langsamer. Seine grauen Augen wirkten kühl. Unnahbar. Er erkannte mich und drehte sich sofort wieder um. »Ich muss zu einem Patienten. Wenn Sie Fragen haben, wenden Sie sich an Doktor Wehner.«

Ich bemerkte, dass er sein Telefon in der Hand hatte. Offensichtlich war er gerufen worden. Ich durfte seine Zeit wirklich nicht verschwenden, aber …

Ich schluckte. »Ich halte Sie nicht lange auf.« Eilig folgte ich ihm auf den Flur, als er sich schon in Richtung Aufzüge bewegte. »Ich … wollte Sie nur bitten … mich nicht zu verraten.«

So, jetzt war es ausgesprochen.

Doktor Bennik stoppte erst vor dem Fahrstuhl ab, und er drehte sich auch erst zu mir um, als er den Knopf betätigt hatte. Dann traf mich sein ernster Blick wieder und schickte mir Eisbahnen durch den Körper. Eine Sekunde dachte ich, dass er vielleicht so tun würde, als wüsste er von nichts. Aber dann sagte er ruhig: »Es ist nicht erlaubt, sich in die Onkologie-Seminare der Medizinstudenten zu schleichen.«

»Ich weiß«, presste ich heraus.

»Ist Ihnen auch bewusst, dass es gerade für Angestellte des Klinikums harte Strafen dafür geben könnte, wenn Sie sich bei so etwas erwischen lassen?«

Wieso klang seine Stimme nur so verdammt ruhig? So verdammt gelassen, obwohl in mir gerade ein solcher Sturm losbrach?

Ich räusperte mich, aber meine Stimme zitterte trotzdem, als ich antwortete: »Ich weiß.«

Er musterte mich fragend. Neugierig fast. Dann nickte er einfach. »Gut.«

Die Aufzugtüren öffneten sich, und er machte einen Schritt hinein.

Beinahe wäre ich ihm nachgesprungen.

»Warten Sie! Heißt das, dass Sie mich verraten werden?«, wollte ich etwas schrill wissen.

Er drückte den Knopf für die richtige Etage. Dann drehte er sich wieder zu mir um, die Hände in seinen Kitteltaschen versenkt. »Und wem sollte ich davon verraten?«, fragte er, und es klang, als würde er wirklich nicht wissen, wer zum Teufel sich für so etwas interessieren sollte.

Ich klappte den Mund auf, wusste aber nicht, was ich dazu sagen sollte.

Und Doktor Bennik starrte mich nur abwartend an. Bis die Türen des Aufzugs sich langsam zwischen uns schlossen.

Ich blieb allein zurück, mit schlagendem Herzen und einem sehr unguten Gefühl im Bauch.

Kapitel 7

EMILIA

Alica kaute so fest auf ihrer Unterlippe herum, dass ich tatsächlich Angst bekam, jeden Moment Blut zu sehen. Ihre Finger tippten ungeduldig auf ihrem Kinn herum, und ihr Blick zuckte unsicher durch die Cafeteria, als hätte ich ihr gerade von einem Mord erzählt, den ich begangen hatte.

»Das ist … schlecht«, kommentierte sie schließlich und beugte sich über den kleinen Tisch zwischen uns ein Stückchen weiter zu mir rüber. »Das ist doch schlecht, oder?«

»Ja, ist es«, antwortete ich seufzend und schrumpfte in meinem Stuhl ein wenig zusammen. Alica war die Erste, der ich von meinen Ausflügen in die Medizinvorlesungen erzählt hatte … und außerdem davon, dass Doktor Bennik mich erwischt hatte. Ich hatte eine ganze Weile mit mir gerungen, ob ich überhaupt noch jemanden in die Sache mit reinziehen sollte. Aber die letzten Tage hatte mich das Ganze einfach überhaupt nicht mehr losgelassen. Tagsüber hatte ich es zwar gut verbergen können, vor allem, wenn ich im Wohnheim etwas mit den anderen gemacht hatte, aber sobald ich abends in meinem Bett gelegen hatte, musste ich wieder daran denken, was er gesagt hatte – und das musste ich jetzt einfach loswerden.

Das war auch der Grund gewesen, warum ich Alica vorhin geschrieben hatte, ob wir uns in der Mittagspause treffen könnten. Aber bei ihrem besorgten Blick fragte ich mich ernsthaft, ob das eine gute Idee gewesen war. Vor allem, weil sie immer noch auf ihrer Unterlippe herumkaute, als wäre sie ein Stück Brot.

»Okay.« Sie atmete tief durch und schien sich zu sammeln.

»Was kann denn schlimmstenfalls passieren, wenn die Schule erfährt, dass du in dem Seminar warst?« Sie schüttelte den Kopf, dann fügte sie an: »Ernsthaft, ich wusste nicht mal, dass das verboten ist.«

Ich seufzte und leierte ihr alles vor, was ich wusste: »Manche Unis gehen mit der Sache strenger um als andere. Hier im Sankt Alex ist es eher streng. Ich bezahl schließlich nicht dafür, im Gegensatz zu den richtigen Medizinstudenten mit ihren Semestergebühren. Außerdem wird über Patienten geredet, es gibt manchmal pathologische Untersuchungen … Und es gab schon Fälle, wo Nichtstudierende Blödsinn angestellt haben in den Seminaren und Vorlesungen.«

Alica stoppte mich mit blassem Gesicht. »Manchmal werden da Leichen auseinandergenommen?«

»Es kommt vor. Oder es sind nur einzelne, von Krebs befallene Organe.«

»Und das schaust du dir an?«

»Das ist unglaublich faszinierend.« Ich winkte ab. »Aber genau darum geht es. Ich habe von einem Fall gelesen, als jemand sich in so eine pathologische Vorlesung geschlichen hat, weil er unbedingt mal eine Leiche sehen wollte. Der wurde dann von der Polizei rausgeschleift, da kannten die Dozenten keine Gnade.« Ich spürte, wie sich wieder Übelkeit in meinem Magen sammelte. »In anderen Fällen wurden Zuschauer, die erwischt wurden, einfach nur rausgeworfen, und ihnen wurde Hausverbot erteilt. Aber … ich arbeite hier. Hausverbot würde bedeuten …«

»Dass du aus der Ausbildung fliegst?« Ich hätte es nicht für möglich gehalten, aber Alica wurde tatsächlich noch eine Spur blasser. Sie schob sogar ihren belegten Bagel wieder ein Stückchen von sich weg. »Das darf nicht passieren.«

Das wollte ich auch überhaupt nicht. Die Ausbildung war mir zwar nicht so wichtig wie das Medizinstudium, aber aus der

Ausbildung zu fliegen, war trotzdem eine Horrorvorstellung. Und es könnte sich schlecht auf meine Zukunft auswirken. Mir im schlimmsten Fall ein Medizinstudium verbauen. Ich schüttelte den Kopf und stützte ihn dann in meine Hände. »Was soll ich denn jetzt machen? Er klang nicht, als würde er mich verpfeifen, aber ich kenne ihn eigentlich auch gar nicht. Und die Sache will mir einfach nicht aus dem Kopf gehen.«

»Dann sprich noch mal mit ihm«, sagte Alica eindringlich. »Erklär ihm, warum du das gemacht hast, vielleicht versteht er es. Oder er sagt dir, wie kacke er das fand, und dann kannst du ihm versprechen, dass du es nie wieder machst. So oder so gewinnst du Klarheit.«

Ich seufzte tief. »Ja. Wahrscheinlich ist das die beste Lösung. Aber dafür muss ich ihn erst mal länger als zwei Minuten erwischen.«

»Das wird schon.« Alica griff über den Tisch nach meiner Hand und drückte sie aufmunternd. »Aber bitte, Emmi, sprich mit Lio darüber. Ich glaube, er ist eine größere Hilfe dabei. Er kennt schließlich jeden hier im Krankenhaus. Und ehrlich gesagt glaube ich auch, dass er es ziemlich cool fände, dass du die Regeln gebrochen hast.« Sie verdrehte die Augen. »Er kann dir zur Not sicher aus der Patsche helfen.«

Obwohl ich immer noch ein mulmiges Gefühl im Magen hatte, kräuselten sich meine Mundwinkel ein wenig bei ihren Worten. »Das würde er ganz sicher.« Ich hatte tatsächlich schon eine ganze Weile nicht mehr mit meinem Bruder geredet. Nicht allein. Und ich wusste, dass sowieso noch ein Gespräch über die Sache mit dem Studium ausstand. Ich musste das Ganze hinter mich bringen. Dann konnte ich auch mit etwas starten, das ihn milde stimmte.

»Wir sollten zurück auf Station«, murmelte ich. »Pack dir den Bagel ein.«

»Ich glaube nicht, dass sich der Knoten in meinem Magen

heute noch lösen wird, damit ich ihn essen kann. Aber ich versuch's.« Grinsend stand Alica auf und wickelte ihr Essen in ein paar Servietten ein.

Bei ihrem Satz bekam ich direkt ein schlechtes Gewissen. »Sorry«, sagte ich zerknirscht, während ich mein Tablett wegräumte. »Ich wollte dich nicht damit belasten.«

»Oh, das musst du aber. Für so etwas ist eine beste Freundin schließlich da.« Sie schob den Bagel in ihre Tasche und hakte sich dann bei mir unter. Tatsächlich wirkte sie schon ein kleines bisschen weniger blass, seit ich zugestimmt hatte, mit Lio zu reden. Sie mochte es nicht, Geheimnisse vor ihm zu haben.

Also nickte ich. »Daran muss ich mich gewöhnen.«

»Immer noch?« Sie lachte, und ich wusste, was sie meinte.

Wir waren seit anderthalb Jahren befreundet, aber aus irgendeinem Grund war es für mich immer noch seltsam. Ich hatte davor nie viele Freunde gehabt, weil mir die Kommunikation mit anderen Menschen schwerfiel. Lio war eher der extrovertierte Typ, der sich leicht Freunde machte, und ich war immer so mitgezogen worden. Alica war eine der Ersten, bei der es nicht so war. Und obwohl es sich auch nach all der Zeit noch etwas ungewohnt anfühlte, merkte ich doch, dass sie diejenige war, der ich immer alles als Erstes erzählen wollte. Oft sogar noch vor Lio, der sonst immer meine Vertrauensperson gewesen war. Aber er machte sich nun mal meistens zu viele Sorgen.

»Klär das, okay?«, sagte Alica noch einmal eindringlich, als wir im Aufzug standen und die Tür sich zu ihrer Etage öffnete. »Und dann sag mir sofort Bescheid, was er gesagt hat, in Ordnung?«

»Versprochen«, gab ich schmunzelnd zurück. Auch wenn ich mich ein wenig vor dem Gespräch mit Doktor Bennik fürchtete, wusste ich selbst, dass ich keine andere Wahl hatte.

Wir winkten uns zum Abschied, dann setzte der Aufzug sich wieder in Bewegung.

Die Ambulanz lag im Erdgeschoss, und wie immer war es ruhig, als ich sie betrat. Aktuell waren nur drei Patienten hier, die geduldig auf das Ende ihrer Chemotherapie warteten. Ich sah nach ihnen, aber weil niemand etwas brauchte, beschäftigte ich mich mit dem, was ich hier am meisten machte: putzen.

Die anderen Pflegekräfte beschwerten sich über diese Aufgabe, aber ich persönlich liebte es, sauber zu machen. Staub zu wischen, die Geräte zu reinigen, die Blumen zu gießen. Aus irgendeinem Grund waren das Dinge, die mir Ruhe gaben. Mein Wohnheimzimmer und das Kinderzimmer, das ich mir mit Lio geteilt hatte, waren auch immer tadellos aufgeräumt gewesen. Immer wenn ich mich unwohl gefühlt hatte, hatte ich geputzt, und danach war es meistens besser gewesen. Und so war es auch heute noch.

Eine Gelegenheit, mit Doktor Bennik zu sprechen, ergab sich kurz vor der Übergabe. Ich hatte gerade einer Patientin eine Tablette gegen ihre Rückenschmerzen gebracht, und als ich zurück ins Schwesternzimmer kam, stöhnte die Stationsleitung gerade auf.

»Das macht er so oft«, sagte sie. »Mittlerweile glaube ich nicht mehr, dass es ein Versehen ist.«

Eine der Schwestern, die sich gerade Kaffee einschenkte, schnaubte. »Er hat den Kopf eben immer so voll, da kann man schon mal das Telefon vergessen. Soll ich mal zu ihm hochgehen?« Sie fuhr sich mit einer Hand in die vollen, lockigen Haare und lächelte mich dann an.

Ich schlüpfte an ihr vorbei zu der Kurve der Patientin, bei der ich gerade gewesen war, um ihr Medikament abzuzeichnen. Währenddessen spitzte ich die Ohren, denn ich war ziemlich sicher, dass es bei dem Gespräch um Doktor Bennik ging. Die Schwester, Paula, nutzte nämlich jede Gelegenheit, den gut aussehenden Arzt aufzusuchen. Genau wie ein paar der anderen hier war sie ein wenig verknallt in ihn, aber ich fragte mich, warum sie es überhaupt versuchten. So oft, wie er mit Nina Wehner abhing, war es offensichtlich, dass zwischen ihnen etwas lief.

»In zwei Minuten ist Übergabe, Paula.« Mona schüttelte den Kopf, dann schien sie auch endlich zu merken, dass ich eingetreten war. Um ihre Augen erschienen Lachfältchen. »Emilia! Ich schicke dich wirklich ungern auf Botengänge, aber könntest du uns vielleicht einen Gefallen tun?«

Darauf hatte ich gewartet. Ich schnippte sofort herum und konnte mich gerade so noch davon abhalten, zu salutieren. »Natürlich, um was geht es?«

»Doktor Bennik hat sich nach der Visite die Kurve von Frau Karls mit hoch in sein Büro genommen, und ich glaube, dass sie immer noch da oben liegt.« Sie hob wie zur Erklärung das Stationstelefon. »Und er ist auf seinem Arzthandy nicht zu erreichen. Er hat wahrscheinlich vergessen, es umzustellen, und ich will ihn wegen dieser Kleinigkeit nicht anpiepsen. Könntest du vielleicht nach oben gehen und die Kurve holen?« Mona stockte kurz, dann kramte sie in einem der Schubfächer und zog von einem Bund an Schlüsseln einen einzelnen ab. »Hier, das ist der Generalschlüssel von seinem Büro. Falls Doktor Bennik nicht da ist, kannst du einfach reingehen und die Kurve rausholen.«

»Wird er dann nicht sauer, wenn man einfach in sein Büro geht?«, hakte ich vorsichtig nach, als ich den Schlüssel an mich nahm.

Aber Mona winkte ab. »Damit hat er kein Problem. Er hat keine persönlichen Sachen in seinem Büro, und er hat uns sogar erlaubt, einfach reinzugehen, wenn wir etwas brauchen. Soll wohl seinen vollen Kopf entlasten.« Sie lachte, dann deutete sie zur Tür. »Weißt du, wo die Büros der ärztlichen Kollegen sind?«

Ich umklammerte das kalte Metall in meiner Hand. »Ja. Auf der Zwischenetage zwischen Erdgeschoss und erstem Stock, richtig?«

»Genau. Es wäre toll, wenn wir die Kurve vor Ende der Übergabe hätten, falls es noch etwas zu klären gibt.«

»Ich beeile mich.« Ich nickte ihr und dann der etwas enttäuscht wirkenden Paula zu, bevor ich auf dem Absatz kehrtmachte und das Zimmer verließ.

Gut. Wenn ich Glück hatte, würde Doktor Bennik in seinem Büro sein. Wenn nicht, konnte ich ihm vielleicht einen Zettel dalassen. Das war zwar nicht ganz so gut wie ein Gespräch, aber das würde mir wenigstens die Konfrontation ersparen.

Ich nahm zwei Stufen auf einmal, um gar nicht erst Zweifel zuzulassen, und trotz meiner Nervosität zögerte ich auch nicht, als ich die Zwischentür im Treppenhaus aufstemmte, die zu den Büros der Ärzte führte. Hier war es sogar noch ruhiger als auf der Ambulanz, und jetzt drosselte ich meinen Schritt doch ein wenig, um die Schilder neben den Büros lesen zu können. Ich konnte mein Herz beinahe auf meiner Zunge schmecken, als ich bei der dritten Tür endlich den Namen »Dr. med. Jasper Bennik« las.

Komm schon, du kannst das, sprach ich mir selbst Mut zu, bevor ich die Hand hob und an die Tür klopfte.

Ein paar Sekunden war nichts zu hören, egal, wie angestrengt ich lauschte. Ich klopfte noch einmal und hatte die Hand schon an der Klinke, als von innen endlich ein »Herein« erklang. Er war da. Und mir rutschte wieder das Herz in die Hose, weil mir das persönliche Gespräch jetzt doch nicht erspart blieb.

Langsam schob ich die Tür auf und trat in das Büro. Es war ein wenig kleiner, als ich es erwartet hatte, und tatsächlich war nicht die geringste persönliche Note zu erkennen. Keine Fotos, keine besonderen Kulis, keine Deko. Nur Regale an den Wänden, die vollgestopft waren mit Ordnern, einer dicht an dem anderen, und ein Schreibtisch in der Mitte des Raumes, an dem Doktor Bennik saß.

Bei meinem Eintreten warf er mir einen kurzen Blick an seinem Computer vorbei zu, bevor er wieder auf das Display starrte. »Ja, bitte?«

Keine Gefühlsregung in seinem Gesicht. Keine Andeutung, kein Kommentar, nichts. Die Sache schien ihn wirklich um einiges kälter zu lassen als mich, und das war eigentlich auch kein Wunder. Für ihn stand schließlich nichts auf dem Spiel.

»Die Stationsleitung schickt mich«, sagte ich mit fester Stimme. Denn aus dem Grund war ich eigentlich hier. »Sie hat Sie nicht auf dem Handy erreicht.«

»Oh.« Eine steile Falte bildete sich auf seiner Stirn. Er drehte sich zur Seite und griff nach dem Handy, das ein Stückchen entfernt auf dem Schreibtisch lag. Nach kurzem Drücken stellte er trocken fest: »Ich habe vergessen, es aufzuladen.«

Er sah mich wieder an. Himmel, diese Augen waren wirklich beeindruckend. Vielleicht lag es an der Farbe, dass sie so kalt und gefühllos wirkten. Oder daran, dass immer noch kein Muskel in seinem Gesicht zuckte, auch wenn sein Blick mich ein paar Sekunden wirklich durchbohrte. »Was kann ich für Sie tun?«, fragte er.

»Die Kurve.« Ich räusperte mich und versuchte es dann erneut: »Sie haben noch eine Kurve von Frau Karls, die wir für die Übergabe brauchen.«

»Ah ja. Ich habe etwas an ihrer Medikation angepasst.« Er griff nach der Kurve und schob sie mir über den Schreibtisch zu. »Sie können sie haben.«

»Danke.« Ich überwand den Abstand zwischen Tür und Schreibtisch und nahm die Kurve an mich. Als ich sie an meine Brust drückte, war Doktor Bennik schon wieder auf seinen Desktop konzentriert. Gänsehaut zog sich über meine Arme, aber jetzt war ich schon mal hier, und ich musste diese Chance nutzen. »Ich wollte auch noch einmal mit Ihnen reden. Über … die Sache mit dem Seminar.«

Er sah mich nicht an, als er abwesend meinte: »Sie haben sich in ein Medizinseminar geschlichen. Was gibt es da noch zu besprechen?«

»Ich würde Ihnen gern erklären, warum.«

Sein Blick zuckte zu mir. Und auf einmal wirkte er wirklich überrascht. »Wieso wollen Sie das?«

Ich holte tief Luft, bevor ich erklärte: »Weil ich nicht will, dass Sie schlecht von mir denken.« *Weil ich nicht will, dass Sie mich verpetzen,* kam mir irgendwie ein wenig überspitzt vor, und ich wollte ihn ja nicht beleidigen.

Eine seiner Brauen wanderte nach oben. Nach ein paar Sekunden lehnte er sich in seinem Schreibtischstuhl zurück und verschränkte die Arme vor der Brust. »Na dann.«

Na dann. Das war wohl der Moment, in dem ich eine flammende Rede auspacken sollte, um mich zu erklären. Tatsächlich kam mir aber kaum mehr über die Lippen als: »Ich möchte Medizin studieren.«

Seine zweite Augenbraue folgte der ersten. »Wäre es dann nicht angebrachter, auf die Zusage zu warten und sich legal in Vorlesungen zu setzen?«

»Wahrscheinlich.« Ich presste die Lippen zusammen. »Aber ich weiß nicht, ob ich genommen werde. Ich hatte schon eine Absage.«

»Unmöglich.« Es war offensichtlich, dass ihm das Wort nur rausgerutscht war, aber er nahm es auch nicht zurück. Auch der überraschte Zug in seinem Gesicht wurde nicht weniger.

Ich blinzelte irritiert. »Was?«

»Tut mir leid. Es erscheint mir nur … unwahrscheinlich, dass Sie abgelehnt wurden. Ich habe gehört, wie Sie auf meine Fragen geantwortet haben, und …« Er schüttelte den Kopf. »Woran hat es gelegen?«

Er klang WIRKLICH bestürzt. Und sein Kompliment füllte meinen Bauch mit Wärme. Mit Zuversicht für dieses Gespräch. »An meinen Noten. Ich habe eine Weile … die Schule verpasst und konnte nicht alles wieder nachholen in der kurzen Zeit. Außerdem gab es Fächer, die einfach nicht meine Stärke waren und die meine Endnote deshalb versaut haben.« Wieso erzählte ich ihm das eigentlich alles? Hoffte ich darauf, dass es ihn milde stimmte, wenn er Mitleid hatte?

Er sah eigentlich nicht so aus, als hätte er Mitleid. Eher, als würde sein Kopf gleich anfangen zu rauchen, weil er so angestrengt nachdachte. »Was ist mit dem Medizinertest?«

»Habe ich abgelegt. Er hat meine Note von 1,7 auf 1,5 verbessert.« Ich zuckte mit den Schultern. »Es hat nicht gereicht. Aber ich habe mich dieses Jahr wieder beworben und warte aktuell auf die Zulassung. Vielleicht klappt es ja dieses Mal.«

Doktor Bennik starrte auf seine Hände. Dann hob er langsam wieder den Kopf. Sein Ausdruck war streng. »In welche Vorlesungen schleichen Sie sich noch?«

Mein Herz stockte. »In keine«, erklärte ich leise. »Ich will Onkologin werden, deswegen …« Ich zuckte mit den Schultern. »Ich werde dem Seminar fernbleiben. Ab jetzt gehe ich nicht mehr hin, versprochen. Wenn Sie also …«

»Das werden Sie nicht tun«, unterbrach er mich etwas unwirsch. »Sie sind wahrscheinlich die Einzige, die sich wirklich für dieses Seminar interessiert.« Etwas in seinen Augen funkelte, auch wenn es eher wie Verärgerung wirkte. Er erwiderte meinen Blick so fest, dass ich ihn in meiner Brust spüren konnte wie einen Herzschlag. »Bitte. Gehen Sie weiter hin.«

Kapitel 8

JASPER

Sie blinzelte. Mehrfach. Es war offensichtlich, dass meine Aussage sie völlig verwirrt hatte, und ehrlicherweise verwirrte sie mich selbst. Ich war kein Fan davon, dass Menschen die Regeln brachen. Regeln gab es schließlich aus einem sehr guten Grund. Nina betonte immer wieder, dass es auch Momente gab, in denen sie nicht zählen sollten, aber bisher hatte ich das nur für Blödsinn gehalten.

Aber diese junge Frau … diese Auszubildende … hatte sich in ein Onkologie-Seminar geschlichen, um zu lernen. Nicht, um irgendetwas Verbotenes zu tun oder weil sie scharf darauf war, menschliche Organe anzugaffen. Sie hatte es getan, weil sie Onkologin werden wollte und weil sie nicht darauf warten konnte, endlich mit dem Studium loszulegen. Nina hätte sie wahrscheinlich als einen unverbesserlichen Nerd bezeichnet.

So, wie sie es auch bei mir immer tat.

Es war seltsam, aber irgendetwas in meiner Brust war in den letzten Sekunden merkwürdig weich geworden bei ihren Worten. Etwas von ihr resonierte so heftig mit meinem Inneren, dass es schon unheimlich war. Und seltsam … aufregend. Ich unterbrach den Blickkontakt, der mir seltsamerweise nicht wie sonst unangenehm gewesen war, und griff nach einem Merkzettel und dem blauen Klinikkugelschreiber, um ein paar Notizen darauf zu kritzeln. Hoffentlich konnte sie meine Schrift besser lesen als die anderen Schwestern im Klinikum. Als ich ihr den Zettel über den Schreibtisch schob, starrte sie mich immer noch an, als hätte ich sie gerade angeschrien.

»Das sind ein paar großartige Onkologie-Vorlesungen, zu denen ich während meines Studiums gern gegangen bin. Tolle Dozenten, die ihren Stoff wesentlich besser rüberbringen können als ich. Große Vorlesungen. Da wird niemandem eine zusätzliche Zuhörerin auffallen.« Ich ließ den Zettel los, und sie griff so schnell danach wie ein Raubtier nach seiner Beute.

»Ist … ist das Ihr Ernst?« Ihre Stimme war hoch vor Unglauben. Aber die Begeisterung in ihrem Gesicht bestätigte mich in meiner Entscheidung.

Himmel, sie schaffte es sogar, dass meine Mundwinkel nach oben zuckten. »Ist es. Aber stellen Sie es diesmal besser an und lassen Sie sich nicht erwischen, verstanden?«

Sie nickte und vergaß offensichtlich, ihren Mund dabei zu schließen, so überrascht war sie.

Ich riss meinen Blick von ihren Lippen los und starrte wieder auf den Desktop, wo sich unzählige Patientendokumente vor mir auftaten. »Gut.« Mehr gab es nicht zu sagen. Ich erwartete eigentlich, dass sie sich abwandte, aber sie blieb vor meinem Schreibtisch stehen und starrte auf den Zettel, als wäre er ein Heiligtum.

Als ich nach ein paar Sekunden wieder den Kopf hob und sie ansah, strahlte ihr ganzes Gesicht.

»Danke, Doktor Bennik. Das ist … Ich werde zu jeder einzelnen davon gehen.«

Ich wollte mich abwenden, erinnerte mich in dieser Sekunde aber daran, was Nina letztens im Hinblick auf Small Talk und kleine Floskeln gesagt hatte, die von einem in sozialen Situationen erwartet wurden. »Keine Ursache. Wir sind Kollegen.« Himmel, Nina wäre stolz auf mich gewesen. Sie hätte wahrscheinlich gesagt, dass ich es mittlerweile richtig gut schaffte, mich an Menschen heranzutasten. Ich konnte mich gerade noch davon abhalten, die Augen zu verdrehen.

Sie lächelte, stockte dann aber. »Darf ich … Sie vielleicht noch etwas fragen?«

Mir entfuhr ein Seufzen. Jetzt wurde sie tatsächlich gierig. »Was denn?«

Emilia – wieso hatte ich mir ihren Namen eigentlich gemerkt? – deutete auf die Ordner hinter mir, die ich fein säuberlich in die Regale einsortiert hatte. »Sind das … alles Fallakten?«

Sie hatte also die Beschriftung bemerkt. Ich nickte langsam und ließ sie dabei nicht aus den Augen. »Alles ehemalige Patienten von mir«, erklärte ich. »Ich habe jeden einzelnen Fall anonymisiert und detailliert zusammengefasst.«

»Warum?« Ihre Stimme war so leise, als würde sie über etwas Verbotenes reden. Oder etwas Heiliges.

Ich presste die Lippen zusammen. »Damit ich sie zurate ziehen kann, wenn ich etwas nachlesen muss. Oder Inspiration für einen schwierigen Fall brauche. Oder wenn jemand von meinen ärztlichen Kollegen sie aus den gleichen Gründen lesen will.«

Emilia wirkte, als wäre sie kurz davor, vor Freude zu explodieren. Ihr war förmlich im Gesicht abzulesen, dass sie sich am liebsten in den Fallakten gewälzt hätte. Wieso zuckten meine Mundwinkel schon wieder? Es war faszinierend, dass sie offensichtlich die gleiche Begeisterung für die Onkologie aufbringen konnte, wie ich sie spürte. Bisher hatte ich immer gedacht, dass ich damit allein war. Ein Einzelexemplar, das von allen Seiten merkwürdig beäugt wurde. Das war ich im Studium schon gewesen, obwohl ich dort eigentlich mehr Gleichgesinnte erwartet hatte.

Aber na ja. Medizinstudenten.

Ihr blieb beinahe schon wieder der Mund offen stehen, als sie die Akten mit den Augen abtastete. Vielleicht zählte sie sie. Ich wusste auch so, dass es 247 waren. »Das ist … großartig.«

Großartig. Nicht unbedingt ein Wort, das ich bereits für meine Sammlung gehört hatte. »Kleinlich«, »sinnlos« und »Zeitverschwendung« waren noch die nettesten gewesen. Selbst Nina, die an meine Eigenheiten schon gewöhnt war, hatte nicht mehr als ein müdes Lächeln dafür übrig gehabt. *Wirst schon wissen, was du tust.*

Ich presste unwillkürlich die Lippen aufeinander, weil in meinem Hals eine Frage aufstieg. Ein paar Sekunden konnte ich mir einreden, dass es mich nichts anging und dass es mich eigentlich auch nicht interessierte. Dann schlüpfte sie aber doch über meine Lippen: »Warum Onkologin?«

Emilias Blick schnellte zu mir zurück. Sie hatte blaue Augen – aus irgendeinem Grund fiel mir das gerade besonders auf –, und irgendwie hatte ich das Gefühl, dass sie plötzlich dichtmachte. Nicht, dass ich in der Lage war, Menschen besonders gut einzuschätzen, aber ich hatte diesen Ausdruck schon bei Patienten gesehen. Hunderte Male. Wenn man ihnen sagte, dass die Behandlung wieder nicht angeschlagen hatte. Wenn man ihnen sagte, dass man zu einer palliativen Behandlung riet, zu einer Sterbebegleitung. Wenn man überhaupt irgendetwas sagte, was sie nicht hören wollten.

Ich war offenbar zu weit gegangen. Aber noch bevor ich die Frage zurücknehmen konnte, zuckte sie mit den Schultern.

»Persönliche Gründe.«

Natürlich. So war das oft mit der Onkologie. Eigentlich fast immer. Bei Nina war es ihre Mutter gewesen, die sie als Teenager verloren hatte. Bei Doktor Schober eine Tante, die ihn auf diesen Weg gebracht hatte. Es war verständlich, dass man sich einem solch emotional behafteten Medizingebiet nicht ohne persönliche Befindlichkeiten anschließt.

»Und Sie?«

Mein Blick war wieder in Richtung Computerbildschirm weggedriftet, aber als sie die Frage an mich zurückgab, schnellte er überrascht zurück.

Hatte sie mir gerade ernsthaft eine persönliche Frage gestellt?

Theoretisch war das wahrscheinlich nur fair, immerhin hatte ich ihr auch eine gestellt – was auch immer mich da geritten hatte. Im Gegensatz zu Nina war ich niemand, der unbedingt Freundschaft mit meinen Kollegen schließen wollte, deshalb passierte das äußerst selten, bis … nie. Diese junge Frau hier hatte das seltsamerweise aus mir herausgekitzelt, auch wenn ich nicht ganz verstand, wie. Aber selbst dass sie zurückfragte, war seltsam. Ich ging meinen Kollegen aus dem Weg und sie mir. Größtenteils.

Wie lange starrte ich sie jetzt eigentlich schon an, ohne etwas zu sagen?

Lange genug offensichtlich, dass sich ihre Lippen zu einem Lächeln verzogen. »Was denn, Sie dürfen fragen und ich nicht?«

Die Befehlskette hier war ihr offensichtlich egal. Aber warum auch nicht? Sie würde nicht ewig hier sein. Nicht ewig Auszubildende sein. Ich wandte mich ab, um wieder auf den Computer zu starren. »Es gibt keinen Grund, den Sie als befriedigend empfinden würden.«

»Mich interessiert auch ein unbefriedigender.«

»Ich bin Onkologe, weil ich gut darin bin«, gab ich zurück und fragte mich in der nächsten Sekunde, warum ich überhaupt noch mit ihr redete. Ich hätte dieses Gespräch schon längst beenden und sie aus dem Büro schicken können. Und trotzdem … trotzdem zuckte ich mit den Schultern und fügte an: »Ich habe Medizin studiert, weil ich es konnte. Ich bin Facharzt für Onkologie geworden, weil es mich fasziniert hat. Und ich bin so gut, weil ich nichts davon halte, Dinge halbherzig zu machen.«

Keine herzerwärmende Geschichte. Kein emotionaler Mehrwert.

Aber als mein Blick wieder zu ihr zuckte, schien sie nicht enttäuscht zu sein – soweit ich das beurteilen konnte. Irgendwelche Emotionen waren da in ihrem Gesicht, sprühten förmlich über, aber Himmel, ich konnte sie nicht deuten. Sie drückte die Kurve und den kleinen Zettel mit den Vorlesungen an ihre Brust und schien noch etwas sagen zu wollen. Aber da klopfte es an meine Tür. Erneut. Was war denn heute los?

Ich konnte noch nicht einmal »Herein« sagen, als die Tür schon aufgerissen wurde. »Hey, hey, Doktor Jasper, hast du mal wieder vergessen, dein verdammtes Handy aufzula…« Doktor Moritz Hansen, der wie immer wie ein Elefant in den Porzellanladen gestolpert kam, blieb auf dem Absatz stehen und riss die Augen auf. »Oh, huch, sorry. Ich wusste nicht, dass du Besuch hast. Störe ich?«

Mir entwich zum Glück nur ein inneres Stöhnen. Ihn konnte ich gerade wirklich am wenigsten gebrauchen. Und zu meinem Bedauern schien es auch, als hätte er Emilia verjagt, denn sie machte sofort ein paar Schritte vom Schreibtisch weg.

»Ich bin schon weg«, sagte sie. Aber ihr Blick suchte noch einmal meinen, und sie sagte voller Inbrunst: »Danke, Doktor Bennik.« Sie nickte, dann auch in Richtung Moritz, und verschwand aus dem Zimmer.

Meine Schultern sanken ein wenig ein. War ich etwa enttäuscht, dass sie ging? Nein. Es war eine Spur Erleichterung, die meine Muskeln dazu brachte, sich zu entspannen. Dieses ganze fürchterliche, lange Gespräch über hatte ich mich versteift, und ich wusste nicht, warum. Diese junge Frau hatte nur wenige Minuten gebraucht, um mich absolut zu irritieren. Und meine Einstellung zu Medizinstudenten zu überdenken.

Moritz wackelte mit den Brauen. »Was denn? Schon wieder eine Schwester, der du das Herz gebrochen hast?«

Ich ignorierte seine Frage. »Was willst du, Hansen?«

»Oh, du hast aber schlechte Laune.« Er feixte und kam mit federndem Schritt zum Schreibtisch gelaufen. Noch ein Mensch, der mich über alle Maßen irritierte. Vielleicht, weil er mit seinen fast vierzig Jahren in diesem Krankenhaus wahrscheinlich der größte Kindskopf war und gleichzeitig einer der besten Onkologen, die ich kannte. Vielleicht, weil er ständig hier auftauchte und den Anschein erweckte, eine Freundschaft mit mir schließen zu wollen, obwohl ich ihn jedes Mal auflaufen ließ. Obwohl wir wahrscheinlich die größten Konkurrenten um diesen verdammten Oberarztposten waren.

Warum war ich der Einzige von uns, der diesen Konkurrenzkram ernst nahm?

»Ich hab einen Patientenfall, den ich mit dir besprechen wollte.« Ohne dass ich ihn dazu aufforderte, setzte er sich auf den Stuhl, der meinem Schreibtisch gegenüberstand.

Verdammt, ich musste diesen Stuhl endlich aus dem Büro verbannen. Das würde meine Kommunikationszeit mit anderen um ein deutliches Maß verringern.

Obwohl – vielleicht nicht. SIE hatte hier schließlich auch um einiges länger gestanden, als es für den Durchschnittsbesucher üblich war. Mein Blick wanderte zu der Tür, durch die sie verschwunden war, und ich fragte mich unwillkürlich, ob sie die Vorlesungen wohl besuchen würde, die ich ihr aufgeschrieben hatte. Gerade Professor Klingen hatte einige sehr interessante Theoreme zu akutem lymphatischem Blutkr…

»Bist du noch anwesend, Bennik?« Doktor Hansen wedelte mit einer Patientenakte vor meinem Gesicht herum, seine Augen waren von tiefen Lachfältchen umgeben. »Ich brauch eine zweite Meinung. Bei meiner Patientin hilft die aktuelle Therapie nicht, und es ist schon die dritte.«

Die dritte. Danach kam nicht mehr sonderlich viel. Aber warum zum Teufel kam er mit so etwas zu mir? Die Antwort lag wahrscheinlich auf der Hand: Ulli Schober war gerade nicht im Haus, und der Einzige, der sich wissenstechnisch mit Hansen messen konnte … war ich.

Ich griff nach der Kurve und legte sie auf meinen Schreibtisch, bevor ich mich wieder meinem Computer zuwandte. »Ich werde mir das ansehen, sobald ich mit meiner Arbeit durch bin. Dafür brauche ich übrigens völlige Ruhe.«

Hansen seufzte und erhob sich zu meiner Überraschung sofort wieder aus dem Stuhl. »Meinetwegen. Dann gehe ich jetzt in den Feierabend. Aber wir reden morgen darüber, klar?« Er deutete beinahe schon in einer drohenden Geste auf mich, aber ich sah es nur aus dem Augenwinkel und machte mir auch nicht mehr die Mühe, mich zu ihm zu drehen.

»Dann bis morgen«, brummte ich nur, und Hansen verließ wieder mit federndem Schritt mein Büro.

Nachdem die Tür hinter ihm zugeschlagen war, breitete sich endlich wieder die großartige Stille hier aus, für die ich diesen Raum so schätzte. Ich atmete tief durch und lehnte mich in meinem Stuhl zurück, um mich einen Moment zu besinnen. Um alles, was sich hier in den letzten Minuten an unkontrolliertem Chaos in meinem Büro abgespielt hatte, wieder aus meinen Gedanken zu filtern und mich auf das zu konzentrieren, was wichtig war: meine Arbeit.

Atmen. Fokussieren. Alles andere ausblenden.

Das half in den stressigsten Zeiten und in den größten Notlagen. Hatte es schon so oft, dass ich es nicht mehr zählen konnte.

Aber als ich mich wieder nach vorn beugte und die Dokumente an meinem Computer zu bearbeiten begann, musste ich mir selbst eingestehen, dass mein Geist heute nicht mehr ruhig stand.

Und der Grund irritierte mich mehr als alles andere.

Kapitel 9

EMILIA

Ich kann gar nicht sagen, wie stolz ich auf dich bin.« Lios Stimme klang beinahe schon feierlich, und als er sich zu mir rüberbeugte, glänzte tatsächlich etwas in seinen Augen. Als hätte ich ihm gerade gesagt, ihm das beste Geschenk überhaupt zu unserem Geburtstag gekauft zu haben – und nicht, dass ich mich seit ein paar Wochen heimlich in Medizinseminare schlich.

Ich brummte, und Lio sprang von seinem Bett, um an den kleinen Kühlschrank zu gehen, den er neben seinem Fernseher platziert hatte. Auf den ersten Blick sah ich fast nur Coladosen darin, aber zu meiner Überraschung kam er mit zwei kleinen Glasflaschen zurück und reichte mir grinsend eine davon. Es war Brombeercider. Eine der wenigen alkoholischen Sachen, die ich trank.

Ich runzelte die Stirn. »Haben wir etwas zu feiern?«

»Deine verspätete Rebellion.« Er ließ sich wieder neben mich fallen und nahm den Controller auf, den er gerade einfach aufs Bett geworfen hatte. Dann grinste er und prostete mir mit seiner Flasche zu. »Das ist doch etwas zum Feiern, oder nicht?«

»Lio.« Ich verdrehte die Augen, konnte aber seltsamerweise nicht anders, als meine Mundwinkel ebenfalls nach oben zu ziehen. »Dir ist klar, dass das ein ziemliches Risiko für mich ist, oder?«

Er zuckte unbeeindruckt mit den Schultern, während er sich wieder dem Bildschirm zuwandte. Wir spielten bereits die dritte Runde *Mario Kart*, und so langsam hatte ich den Dreh wieder raus. In der nächsten Runde hatte ich wahrscheinlich tatsächlich eine Chance gegen ihn.

»Du wirst ab diesem Jahr doch sowieso Medizin studieren, also scheiß auf die Ausbildung.«

»Ich scheiße nicht auf die Ausbildung!«, gab ich empört zurück. »Ich habe vor, sie zu Ende zu machen, auch neben dem Studium. Und wenn es etwas länger dauert, ist das nicht so schlimm.«

»Nichts als Bewunderung für deine Ausdauer.« Lio stupste mich von der Seite mit dem Ellbogen an. »Gut, du scheißt nicht auf die Ausbildung. Trotzdem finde ich es gut, dass du die Regeln ein bisschen dehnst für etwas, das dir wirklich wichtig ist. Außerdem wirkst du seit letzter Woche schon ziemlich gut gelaunt, also ist es wohl auch für dich das Richtige.«

Ich presste die Lippen zusammen und wandte mich eine Weile wieder dem Bildschirm zu. Wirklich, wirkte ich seit letzter Woche gut gelaunt? Seit ich letzten Mittwoch dieses Gespräch mit Doktor Bennik in seinem Büro gehabt hatte, fühlte ich mich tatsächlich seltsam kribbelig. Und das lag nicht nur an den Vorlesungen, die ich seitdem besucht hatte. Ich hatte es aufgrund der Schule und meiner Dienste zwar bisher nur zu dem Seminar von Doktor Schober und einer neuen Vorlesung geschafft, aber gerade letztere war eine absolute Erleuchtung gewesen. Mehrere Experten hatten darin Fachvorträge über den neusten Forschungsstand zu verschiedenen Blutkrebsen gehalten, und das war so spannend gewesen, dass ich die ganze Zeit auf der vorderen Kante meines Stuhls gesessen hatte.

Nein, es lag auch an der Anspannung, die seit dem Gespräch mit Doktor Bennik von mir abgefallen war. Mittlerweile war ich wirklich überzeugt, dass er mich nicht verpfeifen würde. Da würde er sich ja irgendwie auch selbst in die Pfanne hauen, nachdem er mir den Zettel über den Schreibtisch geschoben hatte. Den Zettel, den ich immer noch in meinem Portemonnaie hatte und überall mit mir herumschleppte, obwohl ich die Zeiten der Vorlesungen längst auswendig wusste.

Es war irgendwie, als würde ich ein Geheimnis mit dem sonst so mürrischen Arzt teilen, der seitdem irgendwie gar nicht mehr so mürrisch wirkte. Wenn wir uns auf dem Flur trafen – mittlerweile ging ich ihm nicht mehr aus dem Weg –, dann nickte er mir immer zu, als wären wir alte Kollegen. Das machte er nicht bei jedem, das hatte ich schon festgestellt. Und ich hatte mich selbst dabei ertappt, wie ich ihm extra oft über den Weg lief, nur damit er das noch mal und noch mal und noch mal tat. Es war irgendwie ein erhebendes Gefühl, von jemanden gemocht oder zumindest toleriert zu werden, den alle anderen nicht so wirklich interessierten.

Besonders wenn es ein so guter Onkologe war wie Doktor Bennik.

»So abgelenkt, wie du heute bist, wirst du mich nie und nimmer schlagen«, stichelte Lio lachend von der Seite.

Ich nahm einen großen Schluck von meinem Brombeercider und klemmte die Flasche dann zwischen meinen Knien ein, um die Hände freizuhaben. Es war mir nicht wichtig, gegen meinen Bruder zu gewinnen. Tatsächlich genoss ich einfach, mal wieder Zeit mit ihm zu verbringen, nachdem wir in den letzten Wochen nicht so richtig dazu gekommen waren.

»Ich bin nicht abgelenkt«, gab ich zurück und rammte ihn, wie zur Bestätigung, mit meinem Wagen.

Er lachte. »Oh doch, das bist du.«

Mehr als ein Brummen kam mir wieder nicht über die Lippen. Gut, vielleicht war ich ein wenig abgelenkt. Vielleicht dachte ich, wie auch die letzten vier Tage, an kaum etwas anderes als an diesen wunderschönen Anblick in Doktor Benniks Büro.

Die Fallakten, nicht der Arzt selbst. Obwohl Doktor Bennik natürlich auch kein schlechter Anblick war. Aber mein Herz schlug nun einmal für die Onkologie, und ein Büro vollgestopft mit echten Patientenfällen, akribisch aufgeschrieben mit jeder Medikation, mit jeder Nebenwirkung, mit jedem Stadium der

Krankheit – das war das Paradies. Ein Pfuhl an Wissen, den ich nirgends anders bekommen konnte. In Büchern und Vorlesungen erfuhr ich schon manchmal von Patientenfällen, aber nie in diesem Maß, das sich dort direkt vor meiner Nase befunden hatte. Am liebsten hätte ich mich schon bei meinem Besuch im Büro darauf gestürzt und wäre nie wieder rausgegangen, bevor ich nicht alle gelesen und mir Notizen dazu gemacht hätte.

In den letzten Tagen hatte ich sogar schon darüber nachgedacht, Doktor Bennik zu bitten, die Akten lesen zu dürfen. Aber ich hatte nicht das Gefühl, dass wir schon so weit waren. Freundliches Zunicken war noch nicht unbedingt eine Freundschaft, ich traute mich ja noch nicht einmal, ihm richtig Hallo zu sagen und ein ordentliches Gespräch zu beginnen. Auch wenn ich gewollt hätte – Doktor Bennik hatte sicher eine Menge über Onkologie zu erzählen.

Ohne dass ich es wollte, entfuhr mir ein frustrierter Laut, den Lio zum Glück fehlinterpretierte.

Er gab wieder ein Lachen von sich. »Ich sag doch: So wird das nie was.« Sein Wagen fuhr über die Ziellinie, und er riss jubelnd die Arme in die Luft.

Lio war wirklich gut gelaunt. Und als ich zu ihm rübersah, fragte ich mich, ob das vielleicht der richtige Moment war. Um ihm zu sagen, dass ich vielleicht nicht in Berlin würde bleiben können, wenn ich einen Platz für das Medizinstudium bekam. Dass wir vielleicht nicht zusammenbleiben konnten. Aber dieser Gedanke schnürte mir selbst so sehr den Hals zu, dass ich ihn wieder weit von mir wegschob. Wieso ihn und mich mit etwas verrückt machen, das vielleicht nie eintreten würde?

Weil ich vielleicht einen Medizinplatz in Berlin bekam.

Weil ich vielleicht gar keinen bekam.

Ich spürte, wie sich eine Schwere auf meine Brust legte, unter der ich kaum atmen konnte. Glücklicherweise drehte Lio sich wieder mit einem Grinsen zu mir um. »So gern ich dich noch weiter in den Boden stampfen würde, aber wir sind noch verabredet.«

Mein Blick fiel auf meine Handyuhr. Es war bereits kurz vor zehn Uhr abends. Ich hatte beinahe vergessen, dass ich für heute Abend zugesagt hatte, und der Gedanke, jetzt mit den anderen auszugehen, behagte mir eigentlich überhaupt nicht.

»Du willst absagen«, stellte Lio nüchtern fest. »Ich sehe es dir an der Nase an.«

Ich pustete mir eine Strähne aus dem Gesicht und legte den Controller neben mich, bevor ich mich meinem Bruder wieder zuwandte.

Er ließ mich gar nicht zu Wort kommen, denn er hob sofort die Hand wie ein Stoppzeichen zwischen uns. »Okay, du darfst absagen. Wenn du heute etwas Besseres vorhast. Falls nicht, gehst du mit uns tanzen. Du brauchst das auch mal, statt nur rumzusitzen und zu lernen. Also? Und komm mir jetzt nicht mit der Vorlesung, denn da warst du vorhin schon, und um diese Uhrzeit wird wohl kaum noch eine sein.«

Ja, diese Ausrede hätte nicht funktioniert. Das Seminar von Doktor Schober war seit über einer Stunde vorbei, das hatte ich Lio bereits erzählt. Und jetzt zuckte wieder die Enttäuschung durch meinen Magen, die ich vorhin gespürt hatte, als Doktor Schober tatsächlich wieder da gewesen war. Ich gönnte dem Mann natürlich, dass er sich endlich von seinen schlimmen Knien erholt hatte – aber als wahrscheinlich Einzige im Vorlesungssaal hatte ich die Vorträge von Doktor Bennik ein bisschen besser gefunden. Weil er mich herausgefordert hatte mit seinen Fragen. Und weil er ehrlich beeindruckt gewesen war von meinen Antworten.

Aber weil Doktor Schober mich bereits vorgewarnt hatte, nicht aufzufallen, musste ich jetzt wieder ganz still in der hintersten Reihe sitzen. Und obwohl mir das vorher noch gereicht hatte, tat es das jetzt leider nicht mehr.

Lio grinste. »Keine besseren Pläne? Großartig, dann los.«

Ich sah an mir herunter, an dem Pulli und dem kurzen Kleid, das ich über einer Strumpfhose angezogen hatte. Dann hob ich wieder den Kopf. »Okay.« Beim Aufstehen fühlte ich mich trotzdem irgendwie schwerfällig, und ich hatte plötzlich den Wunsch, mich einfach mit einem Buch ins Bett zu legen. Das ließ sich aber leicht abschütteln, als wir im Flur auf Alica trafen.

Sie kam gerade aus dem Bad, hatte die langen blonden Haare zu Locken gedreht und trug das schimmernde Kleid, das sie nur zu besonderen Anlässen anzog.

Ich spürte regelrecht, wie mein Bruder bei ihrem Anblick neben mir dahinschmolz. Sein Gesicht wurde ganz weich, und er griff nach ihrer Hand, um sie sanft an sich zu ziehen und zu küssen. Sie kicherte. Bei dem Laut regte sich irgendwie so etwas wie Erleichterung in mir. Auch wenn das Studium mich weit weg ziehen würde, würde sie hier sein. Bei ihm. Sie würde auf meinen Bruder aufpassen, das wusste ich.

Alica erwiderte das Lächeln, das mir ins Gesicht gewandert war. Plötzlich hatte ich doch etwas mehr Lust, zu tanzen.

Filina und Marlon gesellten sich kurze Zeit später ebenfalls zu uns. Sie trugen beide ein hübsches Hemd und eine dunkle Hose, die irgendwie gut zusammenpassten.

Auf dem Weg zur Bahn redeten wir über unsere Einsätze der letzten Woche und lachten darüber, dass Lio am Montag drei Wecker verpennt hatte und zu spät gekommen war, und als wir in der Bahn saßen, merkte ich, dass ich so etwas tatsächlich gebraucht hatte. Einmal nicht an die Prüfungen und die Zukunft zu denken und mich einfach ein wenig gehen zu lassen.

Wir fuhren in den Lieblingsclub meines Bruders, das *SchwuZ,* und bereits an der Garderobe konnte ich den lauten Bass und die Popmusik hören, die tief in meine Glieder fuhren.

»Gott, ich hab so Lust zu tanzen«, sagte Alica neben mir, und ich grinste, als ich meine Jacke der Frau an der Garderobe reichte. Sie hatte gerade danach gegriffen, als ein Schlüssel aus der Tasche auf die Durchreiche fiel.

Überrascht griff ich danach und musterte ihn irritiert.

»Und, habt ihr darüber geredet?«, fragte Alica, während sie meinem Bruder hinterhersah, der bereits ein paar Schritte in Richtung der Tanzfläche gegangen war.

Ich bezahlte die Frau an der Garderobe und drehte den Schlüssel zwischen meinen Fingern, den ich immer noch nicht zuordnen konnte. »Nein«, gab ich dann mit einem Seufzen zurück und folgte meiner besten Freundin nach drinnen. »Ich weiß einfach nicht, wie ich das anfangen soll. Und ich habe gedacht, dass ich vielleicht einfach warten kann, bis es spruchreif ist. Damit er sich nicht vorher schon sinnlos Sorgen macht. Aber … vielleicht ist das auch einfach feige.«

Alica zögerte kurz, dann sagte sie bedächtig: »Ist es nicht. Ich würde es wahrscheinlich genauso machen wie du. Ich kann mir das schwer vorstellen, von einem von euch getrennt zu sein, ich will also gar nicht wissen, wie es für euch ist. Ihr habt euer ganzes Leben aneinandergeklebt.«

»Wir würden damit klarkommen«, sagte ich abwesend. Ich betrachtete die vor uns liegende Tanzfläche, meinen Bruder, der gerade mit Filina tanze, die mit der Musik die Hüften schwang. »Irgendwie. Es ist ja keine Trennung für immer. Außerdem … weiß ich ja, dass er dich hat. Und du ihn.« Ich zwinkerte ihr zu, und Alica lächelte verhalten.

»Es wäre mir trotzdem lieber, wenn wir alle zusammenbleiben könnten.«

»Mir auch.«

»Ist das ein Schlüssel von der Arbeit?« Alica deutete mit dem Kinn auf meine Hand, in der ich immer noch abwesend den Schlüssel drehte. »Hast du den etwa mit nach Hause genommen?«

»Ich weiß nicht, was das für einer ist … Oh, Mist, doch.«

Plötzlich fiel es mir siedend heiß wieder ein. Es war der Schlüssel für Doktor Benniks Büro, den Mona, die Stationsleitung, mir in die Hand gedrückt hatte, um die Kurve zu holen. Verdammt, ich hatte ihn beim Umziehen anscheinend in meine Jacke gesteckt, ohne darüber nachzudenken. »Der ist von Station.«

Alica zuckte mit den Schultern. »Den kannst du am Montag bestimmt einfach wieder abgeben, das macht sicher keinem da was aus.« Sie griff nach meiner Hand und zog mich mit sich, während ich den Schlüssel in die Tasche meines Kleides steckte.

Ich schob den Gedanken an den Schlüssel weg, während ich zwischen den Körpern der anderen eingequetscht zur Musik zu wippen begann. Aber trotz des lauten Basses und der Stimmen um mich herum konnte ich es nicht ganz abschütteln.

Ich hatte den Schlüssel zu Doktor Benniks Büro. Ich hatte den Schlüssel zu den ganzen Akten.

Aber das konnte ich nicht bringen, oder?

Der Gedanke ließ mich nicht los, auch nicht, als Marlon mit den Händen voller Shots kam, die in meiner Kehle brannten. Er ließ mich nicht los, als mein Bruder mich an der Hand über die Tanzfläche wirbelte und damit zum Lachen brachte. Er blieb auch noch in meinem Kopf, als ich schon völlig erschöpft war vom Tanzen und mich von der Gruppe entfernte, um mir etwas an der Bar zu trinken zu holen. Als ich darauf wartete, dranzukommen, tastete ich unbewusst wieder zum Schlüssel in der Tasche meines Kleides. Ich schloss die Finger darum.

Ein Schlüssel zu seinem Büro.

Doktor Bennik hat damit eigentlich kein Problem, er hat ja nichts Persönliches in seinem Büro.

Aber das waren Patientenakten, die dem Klinikum gehörten …

Die Akten sind alle anonymisiert, damit ärztliche Kollegen sie ausleihen können.

Himmel, das fühlte sich verboten an, obwohl es das wahrscheinlich nicht war. Aber HIMMEL, ich würde das tun, oder? Ich MUSSTE das tun. Ich WOLLTE das tun.

Also wandte ich mich von der Bar ab und spürte, wie mir ein Grinsen ins Gesicht wanderte, als ich zurück zu den anderen ging.

»Ich werde gehen«, schrie ich gegen die Musik an.

Alica und Lio standen mir am nächsten, deshalb hörten sie mich, und als sie mein Grinsen sahen, wurden ihre Augen groß.

»Was hast du vor?«, schrie meine beste Freundin zurück.

Ich winkte ab. »Es ist wahrscheinlich besser, wenn du das nicht weißt.«

»Oh Gott. Bitte ruf mich an, wenn sie dich in den Knast stecken. Mein Dad gibt mir bestimmt Geld, um deine Kaution zu bezahlen.«

Ich lachte über ihr erschrockenes Gesicht. »So verboten ist es auch wieder nicht.«

Mein Bruder schmunzelte. Er hatte Glitzer im Gesicht, von dem ich keine Ahnung hatte, woher er kam. »Etwas Besseres als Tanzen?«, hakte er nach.

»Etwas viel Besseres«, sagte ich überzeugt.

Er musste wahrscheinlich das Strahlen in meinen Augen gesehen haben, denn sein Seufzen wurde von einem milden Lächeln begleitet. »Na dann … viel Spaß.«

Den Weg zum Sankt Alex hatte ich noch nie in meinem Leben so schnell zurückgelegt wie an diesem Abend. Mein Herz raste die ganze Zeit, und es wurde noch schneller und schneller, als ich das Krankenhaus betrat und die Treppe zu Doktor Benniks Büro nach oben hastete.

Niemand war hier, wie ich es mir schon gedacht hatte. Es war Freitagnacht, und ich wusste, dass niemand von unseren Ärzten Wochenenddienst hatte – Doktor Louis Reichert hatte auf dem Plan gestanden, also würde erst am Montag wieder jemand hier hochkommen. Als der Schlüssel in das Schloss des Büros glitt, setzte mein Herz einen Schlag aus. Und dann war ich auch schon drin, in Doktor Benniks großem Raum, und lehnte mich mit dem Rücken an die Tür, die ich hinter mir zugezogen hatte.

Da waren sie. Die Fallakten, an die ich schon seit Tagen dachte. Direkt in meiner Griffweite. Und niemand war hier, um mich davon abzuhalten, das ganze Wochenende in ihnen zu lesen.

Ich biss mir auf die Unterlippe und legte eine Hand über mein rasendes Herz.

Das war besser als mein Geburtstag.

Ich ließ zur Sicherheit das Licht aus, als ich nach der ersten Akte griff, und leuchtete mit dem Handylicht über die Schrift. Doktor Bennik hatte wirklich detailliert über alles geschrieben. Ich ließ mich im Schneidersitz in der hintersten Ecke des Büros auf den Teppich sinken, lehnte den Rücken an die Wand und begann zu lesen.

Das hier war es definitiv wert, dafür die Regeln ein wenig zu biegen.

Kapitel 10

EMILIA

Ich wusste nicht, wie lange ich in diesem dunklen Büro saß und mich durch die Akten wühlte. Die spannenden Fälle sorgten dafür, dass ich die Zeit völlig vergaß, und selbst als meine Augen schon müde wurden und zu brennen anfingen von dem wenigen Licht, konnte ich einfach nicht aufhören. Ich lehnte den Kopf an die Wand hinter mir und las alles durch, was ich fand. Ich saugte jedes Wort auf, machte mir zwischendurch auf meinem Handy Notizen und dachte nicht länger darüber nach, dass ich eigentlich nicht hier sein dürfte.

Das hier sollte mir gehören. Nur bis Montag. Nur, bis ich den Schlüssel wieder abgab und mein Wissensdurst hoffentlich ein wenig gestillt war.

Ich war so vertieft in alles, dass ich gar nicht merkte, dass mein Kopf irgendwann zu schwer wurde, um ihn noch aufrecht zu halten. Oder dass mir die Akte irgendwann aus den Fingern rutschte, weil meine Hände zu schwach wurden. Irgendwie so musste es wohl gelaufen sein, denn als ich das nächste Mal einen bewussten Gedanken fasste, drang das Licht der Sonne durch meine Lider. Ich spürte die harte Wand in meinem Hinterkopf und wie steif sich meine Glieder anfühlten, weil ich die Nacht auf dem harten Boden eines Arztbüros verbracht hatte. Mir entfuhr ein ungläubiges Lachen, als ich mir die Augen rieb. War mir das wirklich passiert? Lio und Alica waren wahrscheinlich auch die ganze Nacht unterwegs gewesen, aber sicher auf eine ganze andere Art und Weise.

Trotzdem seufzte ich zufrieden, als ich gegen die Sonne blinzelte und mich reckte. Ich hatte die Nacht eben mit Dingen verbracht, die MIR Spaß machten. Da war nichts dabei. Und jetzt wurde ich langsam wach, registrierte den warmen Teppich unter mir, die Sonne auf meinem Gesicht und hörte das Zwitschern der Vögel vor dem Fenster und das sanfte Tippen einer Tastatur.

Eine Sekunde genoss ich die Geräusche. Eine Sekunde, bis ich checkte, was genau ich da wirklich hörte. Das sanfte Tippen einer Tastatur. Eine Tastatur. Nicht vor dem Fenster. Nicht entfernt wie einen Raum weiter.

Ich zuckte zusammen. Mein Herz machte einen so gewaltigen Sprung, dass ich mir sicher war, dass es mir jeden Moment aus der Brust springen würde. Und dann, ganz langsam, drehte ich mich zum Schreibtisch, der mitten im Raum stand.

Zu Doktor Bennik, der auf seinem Stuhl saß und irgendetwas in seinen Computer hackte. Er trug ein Hemd, das er an den Armen nach oben gekrempelt hatte, und schien wirklich vertieft in seine Arbeit.

Ich fror jegliche Bewegung meines Körpers ein und starrte einfach nur zu ihm rüber. Zu seinem ernsten Gesicht, zu seinem fokussierten Blick, der nicht eine Sekunde zu mir rüberzuckte.

Hatte … hatte er mich etwa nicht bemerkt?

Nein, das war absolut unmöglich. Ich saß zwar in der Ecke seines Büros, aber ich hatte mich ziemlich ausgebreitet. Um mich herum lagen drei aufgeschlagene Akten auf dem Teppichboden verteilt. Ich saß DIREKT in seinem Blickfeld.

Aber das alles ergab keinen Sinn. Warum hatte er mich nicht geweckt? Nicht aus seinem Büro geworfen? Was zum Teufel sollte ich jetzt machen?

Scheiße, das würde Ärger geben.

Aber steif in der Ecke seines Büros sitzen zu bleiben und so zu tun, als würde er mich vielleicht nicht bemerken, wenn ich mich nicht bewegte, würde definitiv nicht funktionieren. Also beschloss ich mit einer ängstlichen Entschlossenheit, dass ich mir meine Abreibung auch einfach direkt abholen konnte. Ein letztes Mal atmete ich tief ein, bevor ich mich langsam vom Boden erhob. Meine Beine waren vollkommen steif, und ich stolperte ungeschickt nach vorn, wobei ich beinahe über eine Akte gelaufen wäre. Ich konnte gerade noch so ausweichen.

»Es wäre schön, wenn Sie auf die Dokumente achten würden. Da steckt wirklich viel Arbeit drin.«

Ich riss den Kopf nach oben. Aber Doktor Bennik sah mich immer noch nicht an. Er war nach wie vor die ganze Zeit auf seinen Desktop konzentriert. Und Himmel, gerade war das irritierender als alles andere. Warum schrie er mich nicht einfach an? Warum warf er mich nicht einfach raus? Warum drohte er mir nicht, die Schulleitung anzurufen, wenn ich je wieder sein Büro betrat?

Aber er tat nichts davon. Und weil ich die Spannung nicht mehr aushielt, entschloss ich mich zu einem Räuspern. »Ich …« Ja, was? Ich WAS?? Ich hatte keine Ahnung, was ich sagen sollte.

Doktor Bennik sah mich auch dann nicht an, als er murmelte: »Werden Sie erst mal richtig wach. Es spricht sich besser, wenn das Gehirn vollkommen hochgefahren ist.« Dann, ganz kurz, musterte er mich. Streifte mein Gesicht, ohne dass ich irgendetwas darin lesen konnte, und wanderte dann nach unten zu meinen Füßen.

Ich schluckte und folgte seinem Blick in der Angst, dass ich vielleicht doch auf einer der Akten stand. Und dann entdeckte ich den Pappbecher, der auf einem kleinen Teller direkt neben meinen Füßen stand.

»Der ist jetzt sicher kalt.« Er stützte das Kinn in eine Hand und klickte etwas auf seinem Computer an. Dann stand er auf und ging zum Drucker, aus dem gerade quälend langsam ein Dokument rauskam.

Ich griff nach dem Pappbecher. Schnupperte daran. Und war mir dann ziemlich sicher, dass ich das gerade träumen musste.

Denn in dem Becher war Kaffee. Kalter Kaffee, ja. Aber Kaffee. Für mich. Ich riss mich davon los und starrte Doktor Benniks Schulterblätter an, die sich unter seinem Hemd hervorhoben. »Ist … da irgendetwas drin? Ist das meine Strafe?«

Doktor Benniks Rücken zuckte. Dann drehte er sich ganz langsam um und sah mich mit großen Augen an. »Wie bitte?«

Ich schwenkte den Pappbecher und kam mir dabei selbst total dämlich vor. Als würde Doktor Bennik mir ein Abführmittel oder Gift in meinen Kaffee mixen. Ich ließ die Hand sinken und fragte mit zitternder Stimme: »Sie sind doch sicher wütend, oder? Schreien Sie mich ruhig an. Ich bin wach genug, um das auszuhalten.«

Wieder dieser Ausdruck. Diese unverhohlene Verwirrung, als würde er die Sprache nicht verstehen, in der ich sprach. »Sehe ich etwa wütend aus?« Seine Hand zuckte in Richtung seines Gesichts, als würde er das wirklich überprüfen wollen.

Meine Augen weiteten sich. »N-nein, tun Sie nicht. Aber … Sie sollten doch wütend werden, oder etwa nicht?«

Seine Braue zuckte. »Weil?«

»Weil ich in Ihr Büro eingebrochen bin, um Ihre Akten zu lesen!«, sagte ich, vielleicht eine Spur zu heftig. Aber Gott, diese Situation machte mich gerade wirklich kirre. Vor allem, weil ich nicht wusste, was jetzt passierte. Was er tun und wie er reagieren würde. Er war ein Buch mit sieben Siegeln für mich.

Doktor Bennik nahm das Papier aus dem Drucker. Sein Blick zuckte zur Tür und dann wieder zu mir. »Das Schloss war heil.«

»Was?«, fragte ich atemlos.

»Das Schloss war heil. Sie sind also nicht eingebrochen, sondern haben einen Schlüssel benutzt, wie ich vermute.« Er ging zurück zu seinem Schreibtisch, aber bevor er sich wieder auf seinen Stuhl fallen ließ, starrte er mich noch einmal an. »Haben Sie den Schlüssel etwa geklaut?«

»Nein!«, rief ich sofort. »Die Stationsleitung hat ihn mir gegeben, um eine Akte aus Ihrem Büro zu holen, falls Sie nicht da sind!« Dass das letzte Woche war, verschwieg ich ihm.

»Na dann.« Er ließ sich wieder auf seinen Stuhl fallen und schien sich tatsächlich wieder auf seine Arbeit zu konzentrieren. Einfach so. Als wäre nichts passiert.

Ich blieb stehen und starrte ihn absolut verständnislos an. Das war nicht sein Ernst, oder? Er konnte das unmöglich ernst meinen. Ich musste auf Nummer sicher gehen, dass ich nicht gerade einen Unterton verpasste, deshalb fragte ich nach ein paar Sekunden: »Sie … Sie sind nicht wütend, weil ich Ihre Akten gelesen habe?«

»Nein.«

»Und … dass ich hier bin?«

»Nein.«

»Dann … kann ich bleiben?« Mein Atem stockte, als er tief seufzte und mich streng ansah. »Wenn Sie weiterlesen möchten, dürfen Sie bleiben. Ich muss Sie aber darauf hinweisen, dass ich um einiges besser arbeiten konnte, als Sie noch geschlafen haben. Weniger Gerede.«

Ich schluckte. »Sorry. Ich bin schon ruhig.« Meine Mundwinkel verselbstständigten sich wieder. Sie wanderten zu einem breiten Grinsen nach oben, ohne dass ich es verhindern konnte.

Das hier fühlte sich immer noch ein wenig nach einem Traum an. Aber ich hatte auch nicht vor, mich dagegen zu wehren. Deshalb machte ich ganz langsam und auf Zehenspitzen wieder ein paar Schritte zurück und ließ mich, zusammen mit meinem kalten Kaffee, in den Schneidersitz zurück auf den Teppich sinken. Ich riskierte einen letzten, abwartenden Blick zum Schreibtisch. Ganz kurz nur, aber Doktor Bennik sprang nicht von seinem Stuhl auf und fragte, ob ich ihn verarschen wollte. Er warf mich nicht raus. Also zog ich eine der Akten zurück auf meinen Schoß. Blätterte ganz vorsichtig um und versuchte, mich wieder in dem Fall zu verlieren.

Aus meinem Augenwinkel nahm ich eine Bewegung wahr, als hätte er den Kopf gedreht und mich angesehen. Aber als ich aufschaute, starrte er immer noch auf seinen Computer, als wäre nichts gewesen. Nein. Etwas war anders. Ich war mir sicher, dass seine Lippen sich etwas bewegt hatten. Beinahe … als würde er gegen ein echtes Lächeln ankämpfen.

Hitze floss in meine Wangen, weshalb ich mich schnell wieder der Akte auf meinem Schoß zuwendete und einen Schluck von meinem Kaffee nahm. Er schmeckte großartig. Wahrscheinlich so ein teures Teil aus der Cafeteria. Ich blätterte weiter, ging die Medikamentenliste auf der nächsten Seite durch, aber ich konnte mich nicht mehr so richtig konzentrieren.

Und dann hörte ich wieder seine dunkle Stimme: »Wenn Sie Fragen haben …« Er beendete den Satz nicht, aber es war offensichtlich, was er sagen wollte.

Ich schnappte ein wenig nach Luft und spürte ein Kribbeln in meinen Fingern. Nicht infrage stellen, Emilia. Mach es nicht kaputt.

»Ich bin froh, dass Sie das sagen.« Ich stellte den Kaffee ab, schnappte mir eine der Akten und ging mit großen Schritten auf den Schreibtisch zu. Er sah mich überrascht an, als ich ihm die Dokumente hinlegte. »Hier.« Ich deutete auf eine Medikation, an der ich in der Nacht eine Weile geknabbert hatte. »Wieso hat der Patient einen Blutverdünner bekommen? Bei seiner Erkrankung erscheint mir das völlig irrsinnig.«

Doktor Bennik stockte nur für eine Sekunde. Er sah nicht einmal auf das Dokument hinab, als er antwortete: »Wegen der Nebenwirkungen seiner anderen Therapie.« Er tippte mit dem Finger auf eine Stelle, die ich gar nicht bemerkt hatte. »Er hatte in seiner Vorgeschichte Schlaganfälle. Hervorgerufen durch seine Gehirntumore, die wir zu diesem Zeitpunkt aber noch nicht gefunden haben. Deshalb der Blutverdünner. Den haben wir am nächsten Tag abgesetzt, als wir das Röntgenergebnis hatten.«

»Oh. Verstehe.« Ich ließ den Blick über die Seite wandern und dann wieder zu ihm. »Haben Sie das etwa auswendig gewusst? Sie haben nicht mal hingeschaut.«

»Der anonymisierte Name des Patienten hat mir gereicht.«

»Wissen Sie alle Ihre Fälle noch auswendig?«

»Vieles.«

Mir blieb beinahe der Mund offen stehen. Doktor Bennik musterte mich, als würde er abschätzen wollen, was ich davon hielt. »Beeindruckend«, rutschte es mir über die Lippen. Dann schüttelte ich den Kopf. »Aber warum dann die Akten?«

»Um Dinge nachzuschlagen, an die ich mich nicht erinnere. Und, wie bereits gesagt, für meine ärztlichen Kollegen.«

Ich presste die Lippen zusammen, damit ich nicht wie eine Blöde lächelte. »Und mich.«

Er zuckte mit den Schultern und sagte, ohne mich anzusehen: »Sie sind praktisch eine medizinische Kollegin.«

Mein ganzer Körper wurde von einem Schauder geschüttelt. Wahrscheinlich hatte Doktor Bennik nicht die geringste Ahnung, was ein solcher Satz für mich bedeutete und wie sehr es mich rührte, das zu hören. Besonders aus seinem Mund. Ich atmete tief durch, damit meine Stimme nicht belegt klang, als ich leise sagte: »Emilia.«

»Ich weiß«, gab er zurück, und wieder ging ein Schauder durch meinen Körper. Er hatte sich meinen Namen gemerkt? Ich verdrängte den Gedanken. »Aber Sie siezen mich noch. Wenn wir Kollegen sind, sollten wir dann nicht zum Du wechseln?«

Das Tippen auf seiner Tastatur wurde langsamer, bis er schließlich ganz abstoppte. Dann hob er den Kopf, und im selben Moment streckte ich ihm die Hand hin.

»Emilia«, wiederholte ich lächelnd.

Er sah auf meine Finger hinab, und kurz wirkte es, als müsste er sich überwinden. Dann nahm er sie. »Jasper.«

Jasper. Das hatte ich natürlich auch schon gewusst, aber es wie ein Angebot aus seinem Mund zu hören, war trotzdem noch einmal etwas anderes. Genau wie der Hautkontakt, der sich seltsam warm in meinem ganzen Körper ausbreitete, auch wenn er ziemlich schnell meine Hand wieder losließ.

»Also, Jasper«, sagte ich etwas atemlos. Als er mich wieder ansah, fügte ich inbrünstig hinzu: »Entschuldige, dass ich ohne zu fragen in dein Büro gekommen bin.«

»Ich habe doch bereits gesagt, dass ich nicht wütend bin.«

»Ich weiß, aber es war trotzdem nicht richtig. Ich bin eigentlich jemand, der sich an die Regeln hält.«

Seine Brauen wanderten nach oben, und ich wusste, warum. Erst das Seminar, jetzt das. Ich seufzte ergeben. »Ja gut. Fast immer. Außer … außer es geht um die Onkologie.«

Überraschenderweise wurde sein Gesicht sofort eine Spur weicher. Das stand ihm unheimlich gut, musste ich zugeben.

»Du solltest besser darin werden, dich nicht erwischen zu lassen«, gab er zurück.

Ich schnaubte. »Zu meiner Verteidigung: Ich dachte nicht, dass du am Wochenende hier auftauchst. Du hast doch gar keinen Dienst, oder?«

Jetzt wirkte er tatsächlich ein wenig ertappt. Er zögerte eine Sekunde, bevor er sagte: »Nein. Aber ich hatte noch ein paar Dinge zu erledigen, deshalb bin ich gekommen.«

Irgendetwas an seinem Gesichtsausdruck sagte mir, dass das öfter vorkam. Wahrscheinlich war er wirklich so ein Workaholic, wie alle sagten. Nichts, was ihn unsympathischer machte.

Ich wollte eigentlich gerade zu einer Antwort ansetzen, da vibrierte mein Handy in meiner Tasche. Mit einem entschuldigenden Lächeln zog ich es heraus und bemerkte, dass ich fünf Nachrichten von Lio hatte, in denen er mich fragte, wo zur Hölle ich war. Seine letzte klang schon ziemlich alarmiert und gab mir noch eine halbe Stunde, bevor er die Polizei nach mir fahnden ließ. Ich biss mir auf die Lippe, musste aber innerlich grinsen. »Ich muss leider los, bevor mein Bruder vor Sorge komplett durchdreht.«

Doktor Bennik … Jasper nickte abwesend. Ich wusste gar nicht, ob er mir überhaupt zugehört hatte, so vertieft schien er schon wieder. Also machte ich auf dem Absatz kehrt, klaubte die Akten zusammen und stellte sie wieder zurück in die Regale, aus denen ich sie hatte. Dann schlüpfte ich in meine Jacke und spürte, wie sich dabei Unwillen in mir regte. Ich wollte hierbleiben, bei den Akten, bei den Fällen, bei … ihm. Seltsamerweise.

Ich hatte gerade meinen Reißverschluss zugezogen, als Jasper mich wieder ansah. »Du solltest den Schlüssel zurückgeben, bevor du Ärger bekommst.«

»Mache ich.« Ich zwang mich zu einem Lächeln, obwohl mich Enttäuschung flutete. Das war es wohl wieder mit meinem Ausflug in die medizinische Welt gewesen. Zumindest für jetzt. »Dann … danke«, brachte ich heraus. »Und bis bald, auf Station.«

Jasper brummte, ohne aufzusehen. Er wühlte in seinem Schubfach am Schreibtisch. Ich hatte mich schon abgewandt und eine Hand auf der Klinke, als er hinter mir sagte: »Hier.«

Ich drehte mich um und blickte auf den Schlüssel, den er mir hinhielt.

Nein. Das war jetzt wirklich nicht sein Ernst.

»Ich bin sehr oft hier. Aber wenn nicht, kannst du den nutzen, um trotzdem an die Akten zu kommen«, sagte er beiläufig, als wäre das nicht ein riesiges Ding.

Ich starrte auf seine Hand und dann in sein Gesicht. »Hast du dir das gut überlegt? Ich werde dich wahrscheinlich Tag und Nacht nerven, wenn du mir einen Schlüssel gibst.«

Jasper zögerte eine Sekunde, dann zuckte er mit den Schultern. »Wenn meine Arbeit darunter leidet, nehme ich ihn dir wieder ab.«

»Okay.« Ich dachte gar nicht daran, ihn noch mehr zu warnen. Dafür war das Angebot viel zu verlockend. Ich nahm den Schlüssel an mich und strahlte ihn an. »Danke. Wirklich. Vielen Dank.«

Jasper erwiderte meinen Blick. Schließlich nickte er hart und wandte sich wieder dem Computer zu.

Er war wirklich schwer einzuschätzen. Aber als ich das Büro verließ und mein heftig schlagendes Herz spürte, wurde mir klar, dass es mir eine Freude werden würde, es weiter zu versuchen.

Kapitel 11

EMILIA

Ich sehe dich kaum noch.« Lio lehnte sich in meine Tür und grinste breit. Er hatte die Arme vor der Brust verschränkt, wie unsere Mutter es immer tat, aber es war offensichtlich, dass er mir nicht wirklich einen Vortrag halten wollte.

Deshalb beantwortete ich seinen Vorwurf auch nur mit einem Schnauben und wühlte mich weiter durch meinen Kleiderschrank, auf der Suche nach einem Pulli, den ich mir überziehen konnte.

Hinter Lio war ein lautes Räuspern zu hören, und mein Bruder berichtigte sich sofort selbst: »WIR sehen dich kaum noch.«

»IHR seid überdramatisch.« Ich lachte in den Kleiderschrank, entschied mich für den grünen Pulli und zog ihn mir über dem Kopf. Als ich vor dem Spiegel meine Haare aus dem Kragen befreite und ordnete, tauchten Alica und Lio beide in der Spiegelung auf.

»Wofür machst du dich so hübsch?«, fragte meine beste Freundin, und ich konnte das Leuchten in ihren Augen sehen.

»Ich mache mich nicht hübsch, ich ziehe mir einen Pulli an, bevor ich rausgehe. Es sind keine zehn Grad.«

»Und wo gehst du hin?«, hakte mein Bruder nach, dabei wusste er ganz genau, wohin ich ging. Nicht nur, weil ich es ihnen vorhin beim Abendessen gesagt hatte, sondern auch, weil es schon das dritte Mal innerhalb der letzten Woche gewesen war. Nur für das Onkologie-Seminar und einen Lernabend für die Prüfungen in den nächsten Wochen hatte ich meinen Besuch in Doktor Benniks Büro unterlassen können. Das war mir allerdings tatsächlich schwergefallen. Schwerer, als es wahrscheinlich sein sollte.

Ich fuhr mir mit den Fingern durch die Haare, um sie grob durchzukämmen, und antwortete dem Spiegelbild von Lio: »Ich habe noch nicht einmal ein Viertel der Patientenakten von Doktor Bennik durch. Ich komme so langsam voran, dabei würde ich dieses Wissen am liebsten direkt über meine Haut aufnehmen.« Ich kam schon wieder ins Schwärmen, aber ich konnte nichts dagegen tun. Selbst ich bemerkte den Glanz in meinen Augen. »Ihr habt keine Ahnung, WIE detailliert und gut die Patientenakten geschrieben sind. Ernsthaft. Das ist das Paradies für jeden, der die Onkologie liebt.«

Alica ließ sich auf meine Bettkante fallen. »Und wie kam es noch mal dazu, dass du die Akten von Doktor Bennik einfach lesen kannst?«

»Er hat gemerkt, dass ich Interesse daran habe, und es mir erlaubt. Ich habe ihm gesagt, dass ich Medizin studieren und Onkologin werden will, das fand er wohl gut.« Ich zuckte mit den Schultern, merkte aber selbst, wie vorsichtig ich meine Worte wählte. Natürlich wollte ich nicht, dass sie irgendetwas hineininterpretierten. Doktor Bennik war nicht nur gut zehn Jahre älter als ich, wie ich herausgefunden hatte, sondern auch noch vergeben an eine der tollsten Ärztinnen unseres Klinikums. »Ehrlich gesagt glaube ich, dass wir uns ähnlich sind. Wir sind beide Onkologie-Nerds«, rutschte es mir über die Lippen, ohne dass ich groß darüber nachdachte.

Lio und Alica tauschten einen kurzen Blick, und dann fragte mein Bruder betont beiläufig: »Ist er denn auch immer da, wenn du sein Büro stürmst?«

»Nein, ist er nicht.« Ich verdrehte die Augen, als wäre es lächerlich, das überhaupt anzunehmen. Dabei war er tatsächlich die meiste Zeit über da. Nur vor zwei Tagen, als ich das letzte Mal da gewesen war, war er nicht im Büro gewesen. Ich konnte mich noch gut daran erinnern, wie dunkel mir der Raum vorgekommen war. Und wie enttäuscht ich gewesen war. Natürlich nur, weil er nicht meine Fragen beantworten konnte, die immer mal wieder aufkamen.

Aber es war normal. Doktor Bennik, Jasper, hatte ein Privatleben, natürlich. Wahrscheinlich würde er auch heute nicht dort sein, sondern endlich mal wieder mit seiner Freundin unterwegs sein. Es war immerhin Samstag.

Ich versuchte, das Zwicken in meinem Magen zu ignorieren, und drehte mich schwungvoll zu den beiden um. »Hört zu, wenn ich was mit einem vergebenen Bald-Oberarzt im Sankt Alex hätte, wärt ihr die Ersten, die davon erfahren.«

»Versprochen?« Lio grinste schon wieder. »Jedes Detail?«

»Das schließt alles mit ein«, ergänzte Alica. »Auch wenn er dich auf seinen Schreibtisch hebt und dir das Hirn rausvögelt, wollen wir jedes Detail davon hören.«

»Ähm nein, wollen wir nicht?« Mein Bruder starrte seine Freundin völlig entsetzt an. »Das könnt ihr getrost unter euch besprechen, ich will nur den familienfreundlichen Kram.«

Ich lachte und schloss den Kleiderschrank. »Schon klar. Den familienfreundlichen Kram für Lio und alle schmutzigen Details für Alica. Seid ihr dann zufrieden? Darf ich gehen?«

Die beiden warfen sich noch einen Blick zu, bevor sie gleichzeitig nickten.

Brummend griff ich nach meiner Jacke. »Dann bis später.« Ich spürte, dass sie mir hinterhersahen, und beeilte mich deshalb auch, schnell aus meinem Zimmer und dem Wohnheim zu kommen. Bevor ihnen doch noch etwas einfiel.

Es war wirklich kalt draußen, und ich musste die Jacke enger um mich wickeln, damit ich nicht fror. Dabei war die Gänsehaut auf meinen Armen besonders überdeutlich.

Wieso, zur Hölle, musste Alica mir auch ein solches Bild in den Kopf setzen? Ich wollte mir nicht vorstellen, wie Jasper mich auf den Schreibtisch hob und mir das Hirn aus dem Kopf vögelte. Zumal er wirklich nicht wie der Typ für so etwas schien. Obwohl – stille Wasser waren bekanntlich tief. Wer wusste schon, ob er und Nina schon auf dem Schreibtisch … Oh Gott, ich musste dringend mit diesen Gedanken aufhören. Mein Gesicht glühte schon.

Dabei war es gar nicht so ungewöhnlich, dass ich mir das einen Moment vorgestellt hatte, oder? Jasper war schließlich ein wirklich gut aussehender Mann. Ein großartiger Onkologe, das war eine durchaus attraktive Eigenschaft. Außerdem fand ich ihn auf eine sehr verschrobene Art und Weise irgendwie … warmherzig. Nicht, dass er sonderlich gut darin war, das auszudrücken. Aber die letzten Male, die ich bei ihm im Büro verbracht hatte, hatte er wahnsinnig geduldig alle meine Fragen beantwortet und war die Akten mit mir durchgegangen. Es wirkte beinahe, als hätte er wirklich Spaß daran. Beinahe so sehr wie ich.

Aber das alles hieß ja nicht, dass ich auf ihn stand, oder?

Er war attraktiv, aber mehr auch nicht. Ich hatte sicher kein Interesse, etwas mit einem vergebenen Arzt anzufangen. Und selbst wenn er es nicht gewesen wäre – ich hatte keine Interesse an etwas Romantischem. Immerhin wusste ich nicht einmal, wo es mich die nächsten Jahre hinverschlagen würde.

Der Gedanke an das Ergebnis meiner Bewerbung ließ mich schlucken und kühlte sofort meinen Kopf wieder ab. Es würde wahrscheinlich nicht mehr lange dauern, bis ich es bekam, bis ich wusste, wie meine nächsten Jahre werden würden. Die Akten von Doktor Bennik waren eine willkommene Abwechslung. Eine Realitätsflucht, das wusste ich selbst. Aber gerade nahm ich alles, was ich dahingehend kriegen konnte. Ich versuchte, die Gedanken zu verdrängen, aber es fiel mir sehr schwer – bis ich im Sankt Alex im ersten Stock ankam und den Lichtschein unter der Tür zu Jaspers Büro sah.

Er war da.

Ich blieb wie angewurzelt im Flur stehen, als bei dieser Erkenntnis ein warmer Schauder durch meinen Körper lief. Okay. Ich war froh darüber, dass er dieses Mal da war. Um meine Fragen zu beantworten. Ganz sicher nur, weil er meine Fragen beantworten konnte.

Jetzt bloß nicht an den Schreibtisch denken. Bloß nicht.

Ich schüttelte den Kopf und drückte die Klinke nach unten. Auf der Türschwelle fror ich zum zweiten Mal ein, und meine Stirn legte sich in Falten. »Was … was ist denn hier los?« Mein Blick glitt über die unzähligen Kartons, die sich in dem glücklicherweise großen Büro stapelten.

Jasper, der wie immer an seinem Schreibtisch saß, sah auf. Seinen Gesichtsausdruck konnte man nur als gequält bezeichnen. »Bei der Stationslieferung ist wohl etwas schiefgelaufen.«

»Tatsächlich?« Ich schloss die Tür hinter mir und unterdrückte ein Grinsen, als ich die Beschriftungen der Kartons betrachtete. Alles Materialien für die Onkologie, ganz eindeutig – aber in mehr als rauen Mengen. Kisten voller Infusionssets, Spritzen, Nährstofflösungen und allem möglichen anderen Kram. »Und wieso steht das jetzt alles hier?«

»Offensichtlich ist einer der Schwestern ein Fehler bei der Stückzahl unterlaufen.« Jasper lehnte sich in seinem Bürostuhl zurück und verschränkte die Arme vor der Brust. Seine Augenbrauen bogen sich in einem lustigen Winkel. »Und offensichtlich habe ich die Bestellung trotzdem freigegeben, weil ich sie nicht noch einmal kontrolliert habe. Was ich, offensichtlich, hätte tun sollen. OFFENSICHTLICH war Mona darüber so verärgert, dass ich es jetzt ausbaden muss. Oder zumindest mein Büro.« Er seufzte tief. »Wohl eine angemessene Strafe. In meinem Job sollte man nie unaufmerksam sein.«

»Ja. Das wäre viel zu menschlich«, warf ich mit einem belustigten Schnauben ein.

Jasper nickte abwesend, als würde er mir wirklich zustimmen. Himmel, wahrscheinlich tat er das auch. Ich legte meine Tasche mit der Wasserflasche neben der Tür ab und scannte die Kartons erneut. Das hier waren alle Materialien, die man auf der Onkologie brauchte. Viel zu viele davon. Ich musste mich wirklich zwingen, das Grinsen nicht in meine Wangen wandern zu lassen.

»Ich muss das wohl in den nächsten Wochen irgendwie auf den Stationen unterbringen«, brummte Jasper währenddessen.

»Also«, begann ich und verschränkte die Arme hinter dem Rücken. »Wenn du ein bisschen was davon loswerden willst, hätte ich vielleicht einen Abnehmer.«

»Tatsächlich? Wen?«

»Mich.«

Schwups, waren seine Augenbrauen schon wieder in der Nähe seiner Stirn. »Wofür?«, wollte er wissen, und es klang ein wenig anklagend.

»Zum Üben«, gab ich zurück und strich über einen Karton mit Blutentnahmenadeln.

»Nein.« Jasper schüttelte den Kopf und wandte sich seinem Computer zu. Fuhr ihn herunter. Offenbar wollte er gerade gehen. Warum sackte mein Herz bei der Vorstellung auf einmal ab?

»Aber ich möchte gern Blutabnehmen üben«, sagte ich schnell und legte bittend die Hände zusammen. »Auf Station lässt mich einfach niemand. Und ja, natürlich, ich verstehe es. Patienten sind keine Versuchsobjekte. Aber irgendwie muss ich doch damit anfangen, am besten, bevor ich wirklich auf Patienten losgelassen werde. Wenn ich ein paar hiervon mitnehmen dürfte, kann ich vielleicht im Wohnheim an meinen Freunden üben. Irgendwann kriege ich sie schon überredet.«

»Weiß einer deiner Freunde denn, wie das geht?« Er griff nach der Jacke, die über seinem Stuhl hing, aber sein Blick war fragend auf mich gerichtet. Wieder einmal fiel mir auf, dass er mich viel häufiger ansah als noch am Anfang. Länger meinem Blick standhielt. Wieso freute ich mich so darüber?

»Nicht direkt«, gab ich zu.

Sofort schüttelte er wieder den Kopf und schlüpfte in seine Jacke. »Dann erst recht nicht.«

»Aber …«

»Am Ende bin ich noch schuld, wenn du einen deiner Freunde mit einer Nadel erstichst.«

»So schwer kann es doch wirklich nicht sein.«

»Ist es nicht, wenn man es ordentlich lernt.«

»Dann zeig du es mir.«

Ich merkte erst, was ich gesagt hatte, als seine Bewegungen plötzlich langsamer wurden und er mich wieder mit großen stahlgrauen Augen ansah.

»Einmal«, fügte ich hinzu, statt es zurückzunehmen. »Nur damit ich es mal richtig erklärt bekommen habe.«

Jasper presste die Lippen zusammen. Ich erwartete schon, dass er ablehnen würde, immerhin war er gerade auf dem Weg nach Hause. Aber dann seufzte er leise, und zu meiner Überraschung ließ er die Jacke wieder von seinen Schultern gleiten. »Meinetwegen. Einmal.«

»Echt?« Ungläubig beobachtete ich ihn, wie er zu dem Karton ging und ihn öffnete. Er seufzte und deutete dann auf den Tisch vor seinem Schreibtisch. »Hinsetzen. Zuhören. Lernen. Ich erkläre es nur einmal.«

Ich beeilte mich, Platz zu nehmen, während Jasper alles zusammensammelte. Er überraschte mich schon wieder. Erst das mit den Akten, und jetzt auch noch das. Jedes Mal, wenn ich dachte, ich könnte ihn jetzt ein wenig einschätzen, irrte ich mich wieder. Aber das sprach definitiv für ihn.

»Desinfektionsmittel. Handschuhe. Tupfer. Nadel. Blutröhrchen«, erklärte er, während er alles vor mir auf dem Schreibtisch ablegte.

Ich freute mich, bis ich sah, dass er die Handschuhe wirklich anzog. Meine Augen wurden groß. »Du willst es mir an *mir* zeigen?«

»Wie denn sonst?«, hakte er nach, und seine Stimme klang ein wenig belustigt. »Mir selbst kann ich nur schwer Blut abnehmen. Obwohl … am Bein wäre es möglich. Aber du willst ja die normale Variante lernen, oder nicht?«

Ich schluckte. »Schon, aber …« Wie erklärte ich das? »Es ist schwierig, bei mir Blut abzunehmen. Normalerweise werde ich immer völlig zerstochen, weil niemand eine gute Vene bei mir findet.« Das lag an der Chemo von damals, aber das fügte ich nicht hinzu. Das musste er wirklich nicht wissen.

Jasper lehnte sich vor mir auf die Kante seines Schreibtisches mit nur wenig Abstand zu mir und sah mich direkt an. »Willst du es jetzt lernen oder nicht?«

Wieder schluckte ich. Dann erst konnte ich mich zu einem Nicken durchringen.

Irgendetwas in seinem Gesicht wurde weich, obwohl er nicht lächelte. »Keine Sorge.« Seine Stimme klang rau und leise und jagte mir eine Gänsehaut über den Nacken. Dann streckte er die Hand aus, und ich legte meinen Arm hinein.

Als er mit dem Daumen über meine Armbeuge fuhr, wich die Angst vor der Nadel plötzlich wieder dem Bild von mir auf seinem Schreibtisch. Ich atmete tief durch und konzentrierte mich auf ihn. Auf seine Finger, mit denen er meine Haut absuchte und sie dann desinfizierte. Ich konzentrierte mich auf seine Worte, auf seine Erklärungen, aber es war schwer, nicht an seine Berührung zu denken.

Wieso, zur Hölle, fand ich das gerade so heiß?

Jasper, mit hochgekrempelten Hemdärmeln, wie er sich sanft über die Haut auf meinem Arm tastete.

Ich hielt die Luft an, als er mit der Nadel zustach, und versuchte, das Kribbeln in meinem Körper zu ignorieren. Zu meiner Überraschung kam sofort Blut, als er das Röhrchen anschloss. Er hatte sofort eine Vene getroffen. Das war seit Jahren nicht mehr passiert.

»Siehst du? Nicht schwer.« Er zog mir die Nadel wieder und drückte einen Tupfer auf die Einstichstelle. Sein Gesicht war freundlich, beinahe, als wäre ich seine Patientin. Das Herz schlug mir plötzlich gegen die Rippen. Jasper merkte das wohl, denn er beobachtete mich auf einmal sehr genau. »Alles in Ordnung?«

»Ja«, sagte ich schnell. »Das war eine gute Erklärung. Ich glaube, das würde ich hinbekommen.«

»Gut. Dann zeig's mir.«

»Was?«

Wie zur Erklärung reichte er mir die Packung mit den Handschuhen, und mein Hals wurde trocken. »Ich soll dir Blut abnehmen?«

»Bisher hatte niemand Probleme damit, mir Blut abzunehmen. Ich bin ein leichter Fall.« Er zog die Handschuhe aus und bedeutete mir dann, aufzustehen. Als ich es tat, setzte Jasper sich auf meinen Platz und hielt mir den Arm hin. Abwartend. Fast schon herausfordernd.

Oh Gott. Ich schluckte, aber das war es doch schließlich gewesen, was ich gewollt hatte. Ich konnte mir diese Chance auf keinen Fall entgehen lassen. Also nahm ich mir Handschuhe aus der Packung und zog sie an.

»Du kriegst das schon hin«, sagte er. Wieder diese sanfte, aufmunternde Stimme. Wie konnte ihn eigentlich jemand kaltherzig finden? Ich atmete tief aus, auch um meine Hände zu beruhigen. Dann begann ich, seine Armbeuge zu betasten.

Jasper folgte meinen Bewegungen mit den Augen. »Die richtige spürst du direkt. Du musst auf das Pochen achten, aber sie sollte auch nicht zu dick sein.«

Da war eine. Ich spürte sie unter meinem Daumen. Also holte

ich tief Luft, desinfizierte die Stelle und holte die Nadel aus der Verpackung. Ja, ich konnte das hinkriegen. Ich würde das hinkriegen. Ich tastete noch einmal nach der Vene, dann stach ich die Nadel ein. Es war ein komisches Gefühl, aber nichts im Vergleich dazu, als er plötzlich mit dem freien Arm meinen berührte.

»Etwas tiefer rein«, sagte er, und ich musste mich wirklich dazu zwingen, bei den Worten nicht an ganz andere Dinge zu denken.

Das war nur Alicas Schuld. Verdammter Mist.

»Es kommt kein Blut«, presste ich zwischen meinen Lippen hindurch.

Jasper brummte zustimmend. »Versuch es noch einmal.«

Also tat ich es. Ich stach ein zweites Mal zu und dann ein drittes Mal. Jedes Mal ohne Erfolg. Obwohl ich mir so sicher gewesen war, fand ich keine Vene.

Jasper schien das nicht im Geringsten zu stören, denn er sagte wieder mit dieser beruhigenden Stimme: »Versuch es noch einmal.«

»Ich kann dich doch nicht so zerstechen«, gab ich entmutigt zurück.

»Ich bin nicht aus Zucker.« Er sah mich an, mit diesen schönen grauen Augen, und sagte leise: »Versuch es noch mal.«

Ich presste die Lippen zusammen. Dann versuchte ich es noch mal.

Und, oh Wunder, es kam tatsächlich Blut. Am liebsten wäre ich sofort aufgesprungen und hätte einen Victory Dance hingelegt.

Oh Gott, es hat funktioniert!

»Das Röhrchen«, sagte Jasper geduldig, und ich beeilte mich, das Blutröhrchen anzuschließen. Dann zog ich ihm die Nadel und drückte einen Tupfer auf die Einstichstelle, wie er es auch bei mir gemacht hatte. Mein Grinsen war so breit, dass es sicher beinahe meine Ohren berührte.

»Sehr gut.«

Ich hob den Blick zu Jaspers Gesicht. Und er … er lächelte. Hatte ich ihn schon so richtig lächeln gesehen? Himmel, es war beinahe hypnotisierend.

»Dann kann ich ja jetzt Feierabend machen.« Er stand von seinem Stuhl auf, als wäre nichts gewesen, und ging um seinen Schreibtisch herum, um das Röhrchen und die verbrauchten Materialien wegzuwerfen. Dann griff er wieder nach seinem Mantel, während ich noch dastand und auf den Stuhl starrte und versuchte zu verarbeiten, was gerade passiert war.

Ich hatte ihm Blut abgenommen. Himmel, ich hatte Blut abgenommen. Jetzt raste mein Herz, als wäre ich einen Marathon gelaufen. Und das lag nicht an dem Blut.

»Denk dran, die Akten wieder aufzuräumen, die du rausgenommen hast«, mahnte Jasper, wie jedes Mal, wenn er ging. An der Tür drehte er sich noch einmal zu mir um, sein Gesicht war streng. »Und keine Materialien mitnehmen, klar? Die nächsten Male kannst du an Patienten üben.«

»Okay. Danke.« Ich starrte ihm noch nach, als er die Tür längst hinter sich geschlossen hatte. Mit klopfendem Herzen und einer sehr unheimlichen Erkenntnis.

Mist. Ich stand wirklich auf Doktor Jasper Bennik.

Kapitel 12

JASPER

Meine Haut kribbelte. Im Auto dachte ich noch, dass es an dem neuen, kratzigen Mantel lag, den Nina mir zu Weihnachten geschenkt hatte und den ich kaum trug. Aber als ich in meine Wohnung trat und den Mantel von meinen Armen gleiten ließ, war das Kribbeln immer noch da.

Also griff ich nach meinem Hemd und krempelte es am Arm nach oben, bis die Armbeuge frei lag. Strich über das Pflaster, das Emilia mir auf die Einstichstelle geklebt hatte. Aber das Kribbeln wollte nicht verschwinden. Es blieb, breitete sich sogar noch etwas mehr aus, als ich an das Blutabnehmen dachte. Hatte sie etwa einen Nerv getroffen?

Nein, das war Quatsch.

Ich entfernte das Pflaster und sah im Licht meiner Flurlampe, dass sich langsam blaue Flecken auf meinem Arm ausbreiteten – von den Stellen aus, in die Emilia Nadeln gesteckt hatte. Das war normal. Es war ihr erstes Mal gewesen, und tatsächlich hatte sie sich ganz gut geschlagen dafür. Sie hatte eine ruhige Hand und war sehr sanft gewesen.

Was ich nicht verstand, war dieses Kribbeln auf meiner Haut. Und das Kribbeln in meinen Mundwinkeln, wenn ich an das Strahlen auf ihrem Gesicht dachte, als sie es endlich geschafft hatte.

Vielleicht war ich nur überarbeitet.

»Jasper?«

Die Stimme ließ mich zusammenzucken. Da schimmerte ein Licht unter der Wohnzimmertür hindurch. Ich zog die Schuhe aus und ging in das große Zimmer rüber.

Nina lag ausgestreckt auf der Couch, hatte einen meiner Pyjamas an, der ihr viel zu groß war, und eine große Tüte Schokoladenkekse auf dem Bauch. Ich entdeckte sofort eine neue Pflanze in meinem Bücherregal, in dem nur Bücher über Onkologie standen. Ich seufzte innerlich, das war inzwischen die fünfte Pflanze, die Nina hier reinstellte, weil sie meinte, ein bisschen Grün würde der nüchternen Wohnung nicht schaden.

Gerade fischte sie sich einen der Kekse aus der Tüte und strahlte mich an. »Du hast schon wieder Überstunden gemacht«, bemerkte sie, aber heute lag erstaunlich wenig Vorwurf in ihrer Stimme.

»Ja«, sagte ich nur, weil ich keine andere Antwort hatte. Ich machte viele Überstunden. Ich rannte den ganzen Tag über die Stationen und saß dann beinahe jeden Abend in meinem Büro, um die ganze Dokumentation nachzuholen, die sich angesammelt hatte. Es gäbe sicher eine bessere Methode, aber bisher hatte ich sie noch nicht gefunden.

»Ich habe Vietnamesisch bestellt«, sagte Nina und deutete mit einer schokoladenverschmierten Hand vage in Richtung Küche. »Deine Portion steht im Kühlschrank.«

»Danke, aber ich habe keinen Hunger.« Ich verschränkte die Arme vor der Brust und konnte mich gerade so von einem Seufzen abhalten. »Was machst du eigentlich hier?«

Sie zuckte mit den Schultern, während sie sich noch einen Keks in den Mund schob.

Statt darauf einzugehen, starrte ich sie einfach weiter an. Abwartend, weil ich wusste, dass sie irgendwann zusammenbrechen und ernsthaft reden würde, wie sie es immer tat. Und tatsächlich, es dauerte nur ein paar Sekunden, dann stellte sie die Kekstüte endlich ab und setzte sich auf in einen Schneidersitz.

»Na gut«, sagte sie. »Ich muss heute bei dir schlafen. Ich schaue auch mit dir eine dieser Arztserien, die du dir nur anschaust, um die Serienmacher für ihr fehlendes medizinisches

Wissen zu kritisieren. Ich habe gehört, es ist eine neue Staffel *The Good Doctor* rausgekommen.«

»*The Good Doctor* ist tatsächlich nicht schlecht, was das Medizinische angeht.« Ich hob die Augenbrauen. »Von was muss ich dich denn ablenken?«

Nina zögerte eine Sekunde. Dann griff sie unter das Sofakissen, an dem sie eben noch gelehnt hatte, und zog eine kleine Verpackung heraus. Selbst, als sie sie mir hinhielt, brauchte ich eine ganze Weile, um den Schwangerschaftstest als solchen zu erkennen. »Ich kann ihn erst in zwei Tagen machen«, sagte sie leise. »Und ich schwöre, davor ist es für mich absolut unmöglich, zu schlafen.«

Mein Blick zuckte von dem Test wieder zu ihrem gequälten Gesicht.

Als ich nichts sagte, fügte sie noch hinzu: »Jasper, du bist mein bester Freund. Du musst mir also beistehen, bei allem. Auch hierbei. Das ist eine Verpflichtung.«

Ich nickte. »Okay. Ich verstehe nur nicht ganz, warum du Beistand brauchst«, gab ich zurück und setzte mich langsam in den Sessel, der schräg gegenüber der Couch stand. Mein Rücken schmerzte, wahrscheinlich, weil ich schon wieder stundenlang vor dem Computer gesessen hatte. Länger, als ich eigentlich normalerweise gebraucht hätte. Es war beinahe, als hätte ich absichtlich Zeit geschunden.

Nina bekam große Augen. »Weil ich Angst vor dem Testergebnis habe, natürlich!«

»Aber warum?« Ich lehnte mich zurück und sah sie durchdringend an. »Du wünschst dir einen positiven Test, deshalb warst du schließlich in der Kinderwunschklinik. Wenn er negativ ist, dann hast du immer noch drei Versuche, bevor du wieder mehr bezahlen musst. So was klappt statistisch gesehen so gut wie nie beim ersten Versuch. Also warum machst du dir solche Sorgen?«

Sie stöhnte auf. »Jasper, du musst dich dringend mal wieder mit dem Verhalten von menschlichen Wesen auseinandersetzen. Aber kurz gesagt: Ich habe Angst davor, dass er positiv ist, weil ich Angst habe, eine schlechte Mutter zu werden. Und ich habe Angst davor, dass er negativ ist, weil ich enttäuscht sein werde, dass es so ist.«

»Das stehst du auch durch«, sagte ich vollkommen überzeugt. »So wie alles andere. Irgendwann wird es klappen, ganz sicher. Außerdem kann ich mir dich bei bestem Willen nicht als schlechte Mutter vorstellen.«

Einen Moment starrte sie mich überrascht an, dann lächelte sie endlich wieder. »Manchmal sagst du gar nicht so verkehrte Dinge.« Dann kam ihr ein leichtes Prusten über die Lippen. »Und du hast recht. Immerhin war ich für dich schon im Studium eine gute Ersatzmama, oder?«

Ich schnaubte, musste ihr aber zustimmen, denn manchmal hatte sie sich wirklich wie eine Mama aufgeführt. Aus irgendeinem Grund hatte Nina sich meiner angenommen, sich um meine Wohnung gekümmert, darum, dass ich ordentlich aß, und war eingeschritten, wenn ich zu einem meiner Kommilitonen mal wieder unbeabsichtigt etwas »Unsoziales« gesagt hatte.

Nina grinste, und ich war tatsächlich froh, dass es ihr offensichtlich besser ging. Mittlerweile war ich besser darin geworden, meine Mitmenschen zu trösten oder zu beruhigen, aber meistens war ich trotzdem noch überfordert damit.

»Für das nächste Mal: Trost spendet man sehr gut über Berührungen.« Sie hielt mir ihre Hand hin, die immer noch schokoladenverschmiert war, und ich wich sofort ein paar Zentimeter zurück.

»Auf keinen Fall.«

»Du bist herzlos.« Sie lachte, weil sie offensichtlich wusste, dass ich es nicht böse meinte. Berührungen von anderen Menschen waren nicht mein Ding. Bei Nina war es in der Regel kein

Problem, ich kannte sie gut genug und vertraute ihr – das war für mich eine Grundvoraussetzung für Hautkontakt –, aber ganz sicher nicht mit diesen Schokohänden.

Ich erhob mich, ächzend wie ein alter Mann, wieder aus meinem Sessel. »Wo steht das Essen?«, fragte ich, und als ich schon auf dem Weg in die Küche war, rief sie mir hinterher: »In der Tür.«

Mein Kühlschrank war leer genug, dass ich die Packung mit dem vietnamesischen Essen sicher auch so gefunden hätte. Als ich zurück ins Wohnzimmer kam, kassierte ich auch direkt einen abschätzigen Blick.

»Du musst außerdem mal wieder einkaufen gehen.«

»Ich weiß.« Vorsichtig zog ich das Hemd wieder ein Stück nach oben. »Mache ich nächste Woche.«

Nina seufzte, dann stockte sie plötzlich. »Was ist denn mit dir passiert? Haben dich die Medizinstudenten gestern überfallen?«

Ich verstand erst nach ein paar Sekunden, was sie meinte – sie starrte auf meinen zerstochenen, von blauen Flecken übersäten Arm. Ich winkte ab, bevor ich meine Gabel in den Nudeln versenkte. »Emilia hat an mir das Blutabnehmen geübt.«

»Emilia.« Aus irgendeinem Grund breitete sich ein Lächeln auf ihren Lippen aus. »Ach so?« Sie verschränkte die Arme vor der Brust, und ihr Grinsen wurde noch eine ganze Spur breiter. »Die Auszubildende von Station?«

»Sie will Medizin studieren«, fügte ich hinzu, auch wenn ich wirklich keine Ahnung hatte, warum ich das dazusagte. Es machte keinen Unterschied.

»Ich weiß, davon hat sie mir erzählt.« Nina hatte immer noch ein breites Lächeln auf den Lippen. Ihr Blick wollte sich mir auch nicht ganz erschließen, denn er war merkwürdig intensiv. So intensiv, dass ich mich davon abwenden und auf meine Nudeln hinabblicken musste. »Ich habe ihr erlaubt, meine Akten zu lesen, seitdem kommt sie öfter vorbei.«

»Sie ist also viel bei dir im Büro? Wie ist das für dich?«

Ich zuckte mit den Schultern. Natürlich wusste ich, warum sie das fragte. Nina kannte mich gut, schon seit Ewigkeiten, und sie wusste, wie gern ich Menschen aus dem Weg ging. Wie gern ich Situationen vermied, in denen ich zu viel Zeit mit ihnen verbringen musste – weil es mich entweder wenig interessierte, wenn sie über Oberflächlichkeiten reden wollten, oder weil ich ein wenig fürchtete, dass mir etwas »Unsoziales« über die Lippen kam. Menschen reagierten in der Regel etwas beleidigt, wenn man ihnen sagte, dass sie das eigene Interessengebiet nicht erfüllten. Dabei war das nicht böse gemeint. Es war einfach eine Tatsache, dass manche Menschen nicht gut miteinander reagierten. Und ich konnte mit Small Talk nichts anfangen. Er stahl einem die Zeit und hatte dazu noch keinerlei Inhalt, der mich den Menschen dahinter besser verstehen ließ. Ich war außerdem nicht besonders gut darin.

Während ich mir eine Gabel Nudeln in den Mund schob, spürte ich in mich hinein. Versuchte, Unbehagen in meinem Magen zu finden. Unwillen. Überforderung. Aber da war nichts, wenn ich an die Abende im Büro mit Emilia dachte. Nur wieder dieses seltsame Prickeln auf der Haut, am Arm, wo sie mich berührt hatte.

Nach einer Weile meinte ich: »Es stört mich nicht, wenn sie da ist.«

Nina formte ein überraschtes »Oh« mit den Lippen, und ja, sie hatte recht. Das war wirklich irgendwie überraschend.

»Sie interessiert sich sehr für Onkologie«, ergänzte ich. »So wirklich. Nicht, weil es zu irgendeinem Lehrplan gehört oder weil es die einzige freie Stelle im Krankenhaus ist. Sie liebt die Onkologie.«

»So wie du.« Ninas Lächeln war warm. Ich wusste, dass sie mich aufgrund meines enormen Wissensdurstes anfangs auch für einen schrägen Vogel gehalten hatte, so wie alle anderen. Mittlerweile akzeptierte sie mich auf diese Art und Weise. Aber irgendwie … war das doch etwas anderes, als wenn jemand genauso fühlte wie ich. Nicht nur akzeptierte, sondern nachvollzog.

Ich wiegte den Kopf. »Ja. Es ist schön, sich mit jemandem zu unterhalten, der es ähnlich sieht.«

»Und es kommt selten vor, dass du dich für jemanden interessierst.«

»Ja.« Ich zog die Augenbrauen nach oben, als sie den Kopf hochriss. »Was?«

»Du hast gerade zugegeben, dass du dich für sie interessierst!«

»Das … habe ich. Warum bist du so schockiert?«

Nina lachte unverständlicherweise und winkte dann ab. »Schon gut. Aber … interessiert sie sich auch für dich?«

»Ist das von Relevanz?«, wollte ich irritiert wissen. Beinahe in der gleichen Sekunde schoss ein seltsames, unangenehmes Gefühl in mir auf. Was war, wenn ich sie auf Dauer langweilte mit meinen Erklärungen? Was war, wenn sie deshalb irgendwann nicht mehr kam? Es war irritierend, dass ich darüber nachdachte, weil mir so was in der Regel egal war. Wenn Menschen nicht die gleichen Interessengebiete hatten wie ich, störte mich das nicht, weil ich es gewohnt war.

Aber bei Emilia? Ich musste zugeben, dass es mich nicht ganz so kaltließe, wenn es bei ihr so wäre.

Nina grinste. »Anscheinend ist es das, oder?«

Ich runzelte die Stirn. »Anscheinend ist es das.«

Das Leuchten in ihrem Gesicht konnte ich nicht so recht nachvollziehen. Auch nicht, dass sie sich sofort gerader aufsetzte und verkündete: »Wir sollten langsam mal mit dem Gerücht aufräumen, dass wir zusammen sind. Das hat sich schon wieder ganz schön verbreitet.«

Ich kratzte die letzten Reste meiner Nudeln zusammen. »Warum? Ich dachte, dass es dich nicht stört? Mir ist es ganz lieb, weil die Schwestern mir seitdem nicht mehr auf die Pelle rücken.«

»Ja, schon, aber dann könnte halt auch jemand denken, dass wir zusammen sind … der sich wirklich für dich interessiert. Und für den du dich interessierst.« Nina warf mir einen vielsagenden Blick zu, aber ich brauchte trotzdem wieder ein paar Sekunden, um zu verstehen, was sie sagen wollte.

»Denkst du etwa, dass sie sich für mich interessiert? Auf diese Art und Weise?«, hakte ich nach und winkte beinahe gleichzeitig ab. »Das ist doch Unsinn, Nina.«

»Ist es?« Sie wackelte mit den Augenbrauen. »Und wäre das denn schlimm?«

Ich dachte unwillkürlich an all die Situationen in den letzten Jahren, in denen sich Menschen auf diese Art und Weise für mich interessiert hatten. Nicht dass ich großartig gut darin war, so etwas zu erkennen, wenn Nina mich nicht mit der Nase darauf stupste. Aber bisher hatte so etwas ausnahmslos immer zu sehr unangenehmen Situationen geführt. Unangenehme Situationen, die ich wirklich vermeiden wollte, am besten für den Rest meines Lebens.

»Lassen wir das«, gab ich deshalb nur brummend zurück. Ich wollte nicht darüber nachdenken. Vor allem, weil dieses Thema sofort wieder das seltsame Prickeln auf meinem Arm auslöste, das ich einfach nicht loswurde. Ich rieb mir mehrfach erfolglos über die Haut, und Nina beobachtete mich dabei mit immer breiter werdendem Grinsen auf den Lippen.

Bevor sie noch etwas sagen konnte, das unschöne Gefühle in mir auslöste, sagte ich schnell: »Wollten wir nicht eine Arztserie schauen, um dich abzulenken?«

»Das hier finde ich gerade auch sehr amüsant, aber ja, wenn du darauf bestehst.« Sie kramte unter den Sofakissen nach der Fernbedienung, die normalerweise immer auf dem Couchtisch lag, und startete auf dem Fernseher die Netflix-App, die ich nur hatte, damit sie schauen konnte.

Es dauerte ein paar Sekunden, bis ich mich wieder einigermaßen entspannt an den Sessel lehnen und mich auf *The Good Doctor* konzentrieren konnte. Aber das merkwürdige Blubbern in meinem Bauch und das Kribbeln auf meiner Haut wollten sich auch den restlichen Abend nicht mehr von mir lösen.

Und irgendwann nach einer ganzen Weile merkte ich, dass ich begann, es zu genießen.

Wie überaus seltsam.

Kapitel 13

EMILIA

Ich war gerade dabei, die Stühle der Patienten abzuwischen, als das Handy in meiner Kasacktasche vibrierte. Etwas irritiert nahm ich es heraus und starrte auf das Display. Als ich die Nummer meiner Ärztin aus der Charité erkannte, spürte ich, wie mein Herz sank. Das tat es immer, wenn ich ihren Namen las, auch wenn es eigentlich keinen richtigen Grund mehr gab. Ich war gesund. Und wegen der Ergebnisse konnte sie auch nicht anrufen, denn ich war ja noch nicht bei der Untersuchung gewesen.

Meine Ängste waren also mehr als unbegründet. Abschütteln konnte ich sie trotzdem nicht.

Ich blickte mich um, ob ich eine von den Schwestern sah, aber die Ambulanz war wie ausgestorben. Es war Mittagszeit, die nächsten Patienten würden erst in etwa einer halben Stunde kommen, und meine Kollegen waren wahrscheinlich alle etwas essen oder gönnten sich eine Kaffeepause im Stationszimmer. Ich war die Einzige, die hier noch herumwuselte und eine stupide Aufgabe nach der anderen begann, nur um mich von meinen Gedanken abzulenken. Von den Gedanken an Doktor Jasper Bennik, von der Erinnerung daran, wie nah er mir am Samstag in seinem Büro gekommen war, wie sanft er über meine Armbeuge gestrichen hatte auf der Suche nach einer Vene, und an das Kribbeln in meinem Magen, das all das ausgelöst hatte. Seitdem konnte ich es einfach nicht mehr verdrängen, egal, wie sehr ich es versuchte. Mein Kopf hörte auch nicht auf vernünftige Argumente wie die Tatsache, dass er vergeben war. Dass er ein

Arzt war, einige Jahre älter als ich und sicher nicht interessiert an einer vorlauten Auszubildenden, die gern Onkologin werden wollte.

Meine Gedanken stoppten trotzdem nicht. Und es war wirklich schwer, das auszuhalten, weil ich das nicht von mir kannte.

Ein letztes Mal ließ ich einen Blick über die Ambulanz schweifen, dann verzog ich mich mit meinem immer noch klingelnden Handy in eine Ecke und nahm den Anruf an. »Ja?«

»Emilia? Hier ist Doktor Waldhaus.«

»Hey, ja. Was gibt's denn?«

»Ich melde mich wegen des Termins, den ich dir für diese Woche gegeben habe. Du weißt schon, die Verschiebung.«

Ich setzte mich auf einen der Stühle, auf denen normalerweise die Patienten während der Chemo saßen, und schluckte. »Ja?«

»Ich muss ihn leider absagen.« Doktor Waldhaus klang wirklich zerknirscht. Ich konnte mir richtig vorstellen, wie sie gerade aussah: eine Hand in eine Kitteltasche gesteckt, auf der weinrot gefärbten Unterlippe kauend, den Blick über den Rand ihrer halbmondförmigen Brille irgendwo weit in die Ferne gerichtet. »Aktuell sind viele unserer Ärzte krank. Wir hatten einige Tage, an denen wir überhaupt keine Patienten annehmen konnten, weil einfach niemand da war. Und auch diese Woche bin ich die einzige Ärztin, die hier ist und die Untersuchungen vornehmen kann – und ich muss jetzt erst mal allein die ganzen ausgefallenen Termine nachholen und gleichzeitig Zeiten freihalten für Notfälle, verstehst du?«

Ich presste die Lippen zusammen und versuchte, einigermaßen unbeschwert zu klingen, als ich sagte: »Klar, das verstehe ich völlig.« Das tat ich wirklich. Aber da waren sie wieder, diese irrationalen Ängste, die sich wie ein einzelner Knoten in meinem Magen anfühlten und gleichzeitig wie scharfe Krallen, die sich in meine Gedärme schlugen.

Die letzten Male war nie was. Nie. Du bist gesund. Es wird nichts sein, also macht es auch nichts, dass dein Termin verschoben wird.

Ich versuchte wirklich, mir Mut zuzusprechen, aber mein Mund war trotzdem seltsam trocken, als ich fragte: »Wann könnten Sie mir denn einen neuen Termin anbieten?«

Doktor Waldhaus zögerte, und das tat sie eigentlich nicht oft. Sie war eine direkte Frau, das hatte ich an ihr als meine Ärztin immer sehr geschätzt. Sie nahm kein Blatt vor den Mund und hatte mir immer ehrlich gesagt, wie der Stand war. Deshalb wusste ich auch schon in dieser Sekunde, dass mir ihre Antwort wahrscheinlich nicht gefallen würde.

Sie räusperte sich. »In etwa drei bis vier Wochen. Ich kann dir die genauen Tage noch mal per Mail schicken, und du kannst dir dann einen aussuchen.«

Drei bis vier Wochen. Das war eine verdammt lange Zeit. Was eigentlich lächerlich war, denn mittlerweile lag zwischen meinen Untersuchungen immer ein ganzes Jahr. Ein, zwei Monate mehr oder weniger machten keinen Unterschied. Sollten keinen Unterschied machen.

Aber sie taten es doch. In den ersten Monaten nach meiner Untersuchung konnte ich immer eine ganze Weile entspannt durchs Leben gehen, ohne an den Krebs zu denken, der mich einmal fast das Leben gekostet hatte und jederzeit wiederkommen konnte, wenn das Biest sich dazu entschied. Aber je mehr Zeit verstrich, je näher die nächste Untersuchung rückte, desto nervöser wurde ich. Desto öfter dachte ich darüber nach, desto öfter wachte ich nachts auf und desto mehr zog sich mein Magen vor Nervosität zusammen. Je länger es dauerte, desto schlimmer wurde die Angst.

Nicht, dass es mir irgendetwas brachte, jetzt darüber nachzudenken. Oder es auszusprechen, denn Doktor Waldhaus konnte daran nichts ändern. Wenn sie vorher keinen Termin für mich hatte, dann war das so. Andere warteten sicher schon länger darauf.

»Okay.« Ich atmete tief durch und bemühte mich, ein Lächeln in meine Stimme zu legen. »Das ist in Ordnung. Das wird ja das Risiko nicht anheben, oder?«

»Definitiv nicht.« Doktor Waldhaus klang erleichtert. »Ich gehe davon aus, dass die Ergebnisse wieder so gut sein werden wie die letzten Male. Es ist eigentlich nur noch eine Formsache. Hast du denn aktuell Beschwerden?«

Abgesehen von den schwitzigen Händen und dem trockenen Mund gerade? »Nein, alles in Ordnung.«

»Dann ist das absolut kein Problem, wenn wir die Untersuchung erst in ein paar Wochen machen. Und sollte sich etwas ändern oder du unsicher sein, dann kannst du dich natürlich jederzeit melden, und wir schauen, was sich machen lässt, okay?«

»Alles klar.« Ich unterdrückte ein Seufzen. »Danke, dass Sie mich persönlich angerufen haben, Doktor Waldhaus.«

»Immer wieder gern.« Sie lächelte breit, das konnte ich genau hören. Ich wusste, dass sie ihre Patienten alle persönlich anrief, und ich war dankbar, dass sie so war. Aber gerade konnte auch das nichts an der Angst in meinem Magen ändern.

»Wir sehen uns in drei bis vier Wochen, Emilia.«

»Ja. Bis dann.« Ich legte auf und starrte mein Display noch eine gefühlte Ewigkeit an. Meine Schultern sanken ein wenig ein, bis ich krumm und schief auf dem Stuhl saß, aber ich konnte mich auch nicht dazu überwinden, mich gerade hinzusetzen.

Drei bis vier Wochen. Das war um einiges mehr Zeit, als ich erwartet hatte. Aber ich würde das ganz sicher durchstehen. Ich hatte schon Schlimmeres durchgestanden, und Doktor Waldhaus hatte recht: Es würde wahrscheinlich nichts sein. Die Untersuchung war reine Formsache.

Aber woher kamen dann die plötzlichen Bauchschmerzen,

die in meinem Körper nach unten wanderten? Die sich plötzlich verflüchtigten und in meinem Knie zurückkamen? Die sich erschreckend so anfühlten wie damals, als ich meine Diagnose bekommen hatte?

Nein. Stopp. Ich musste dringend damit aufhören.

Ich klatschte mir die Hände links und rechts an die Wangen, um mich zurück in die Realität zu befördern. Ich war hier. Ich war gesund. Das waren nur irrationale Ängste.

»Ah, Emilia, ich wusste doch, dass ich deine Stimme gehört habe.«

Überrascht hob ich den Kopf und sah Doktor Nina Wehner, die sich zwischen den Stühlen zu mir durchschlängelte. Sie hatte ihre Hände in den Kitteltaschen verborgen und lächelte breit. »Ist alles in Ordnung? Du hast so rote Wangen.«

»Alles in Ordnung.« Ich beeilte mich, von dem Stuhl zu springen und das Handy in meinem Kasack verschwinden zu lassen. »Ich habe nur eine kleine Pause gemacht.«

»Dafür musst du dich nicht rechtfertigen.« Sie hob abwehrend eine Hand und lehnte sich dann an die halbhohe Wand, die den Platz zu den anderen abgrenzte. »Was machst du denn nach deiner Pause?«

»Also …« Ich drehte mich halb um meine eigene Achse, auf der Suche nach einer Aufgabe, die ich noch nicht erledigt hatte. Aber mein Kopf war noch so durcheinander von dem Anruf eben, dass ich nicht wirklich einen klaren Gedanken fassen konnte. »Ich denke … ich habe erst mal nichts zu tun. Also werde ich wohl mal die Stationsleitung fragen, was ich machen kann.«

»Wenn du gerade frei bist, kannst du aber auch gern mich begleiten.« Nina schien glücklicherweise nicht zu merken, wie durcheinander ich war. Sie strahlte mich an, als wäre sie bester Laune. »Ich habe diese Woche vor allem Nachuntersuchungen.«

Nachuntersuchungen. Großartig. Gerade, als ich tatsächlich

angefangen hatte, die Gedanken ein wenig zu verdrängen, stürmten sie wieder auf mich ein.

»Und … du brauchst da Hilfe?«, mühte ich mir heraus.

Nina nickte, aber ein wenig des Strahlens wich aus ihrem Gesicht. »Wenn du Lust hast, gern. Ich habe Mona schon gefragt, ob das okay wäre. Aber wenn du nicht willst, ist das auch in Ordnung.«

»Nein, alles gut. Ich komme gern mit. Hier ist eh nicht so viel los gerade«, gab ich eilig zurück. Ich wollte Nina nicht vor den Kopf stoßen. »Was kann ich denn für dich tun?«

»Na ja. Ich könnte zum Beispiel ein bisschen Hilfe beim Blutabnehmen brauchen.«

»Was?« Ich starrte sie mit großen Augen an, und sofort löste sich ein wenig der Angst und wich der Vorfreude. Auch wenn ich nicht so ganz verstand, wo das auf einmal herkam. »Ich … hab das erst einmal gemacht«, fügte ich deshalb hinzu, in der Hoffnung, dass sie es trotzdem nicht zurücknahm.

Nina grinste breit. »Ich weiß. Das macht aber nichts. Ich habe zwei Patientinnen, die da sehr hart im Nehmen sind, und sie sind einverstanden, dass du bei ihnen übst.«

»Wow. Danke.« Meine Wangen wurden heiß vor Vorfreude, und Nina lachte.

»Schön, dass du dich so freust. Dann komm mit.«

Ich nickte, vielleicht etwas übereifrig, aber in diesem Moment war mir das nicht einmal peinlich.

Als wir am Stationszimmer vorbeikamen, steckte die Stationsleitung Mona kurz den Kopf heraus. Sie zwinkerte Nina zu, als wären sie beide an einer Verschwörung beteiligt, und reichte ihr einen kleinen Plastikbeutel. »Das ist der Tee, von dem ich gesprochen habe. Der hat mir großartig geholfen.« Sie zwinkerte erneut, dann wandte sie sich an mich. »Viel Spaß beim Blutabnehmen. Lass unsere Patienten heil.«

»Klar.« Mein Blick wanderte zu der Tüte, die sich jetzt in Ninas Hand befand, und ich dachte wieder daran, was sie vorhin gesagt hatte. Dass sie wusste, dass ich erst einmal Blut abgenommen hatte.

Als wir die Ambulanz verließen und einen Bogen zu den Untersuchungsräumen machten, hakte ich nach – obwohl ich die Antwort vermutlich schon kannte: »Woher … weißt du eigentlich, dass ich das erst einmal gemacht habe?«

»Jasper hat es mir erzählt.« Sie zog die Nase wieder aus dem Beutel und lächelte mich an. »Außerdem habe ich seinen zerstochenen Arm gesehen, als er nach Hause gekommen ist.«

Eine seltsame Mischung aus Kribbeln und Hitze schoss durch meinen Körper. Ich räusperte mich und versuchte mich an einem peinlich berührten Lachen. »Und weil du die Hämatome gesehen hast, wurde dir klar, dass ich wirklich dringend noch Übung brauche?«, vermutete ich.

»Er hat gesagt, dass du dich gar nicht so schlecht angestellt hast.« Sie zuckte mit den Schultern. »Außerdem hat er mich gebeten, dir ein paar der Patienten zu überlassen. Er meinte, dass du dein Wissen sicher anwenden willst.«

Erneut ging ein Rush durch meinen Körper. Jasper hatte sie gebeten, mich bei ihren Patienten Blutabnehmen üben zu lassen. Es fiel mir echt schwer, das Grinsen zu unterdrücken, während Nina das Behandlungszimmer aufschloss. »Die erste Patientin kommt in zehn Minuten.« Sie warf einen Blick auf ihre Armbanduhr und stellte die kleine Plastiktüte auf dem Schrank neben der Tür ab. »Bis dahin können wir das Theoretische noch mal durchgehen, und dann kannst du direkt loslegen.«

Ich nickte, stockte aber, als ich die Teebeutel sah, die aus der Tüte herausragten. *Ingwer-Zitrone, eine starke Mischung gegen Übelkeit,* las ich. Als ich mich zu Nina drehte, zog diese gerade ihre Jacke aus, um sie gegen den Kittel zu tauschen. Dabei bemerkte ich das Pflaster in ihrer Armbeuge. »Bist du … okay?«, wollte ich wissen. Sie sah tatsächlich ein wenig blass um die

Nase aus. Was mir nicht aufgefallen war, weil ich selbst so tief in Gedanken versunken gewesen war. Was für eine großartige Ärztin wollte ich denn bitte abgeben?

Nina schlüpfte in den Kittel und strahlte mich dann wieder so breit an, dass die Sonne hätte einpacken können. »Mir geht es wunderbar. Großartig. Perfekt.« Das waren auch eine Menge sonnige Wörter. Sie kicherte wie ein junges Mädchen und deutete auf die Teebeutel. »Die sind zur Vorbeugung. Man soll ja eigentlich nicht so früh drüber reden, aber ich kann auch einfach kein bisschen an mich halten, deshalb: Ich bin schwanger!«

Mir klappte der Mund auf. »Das … ist toll!« Ich wusste gar nicht, was ich sagen sollte. Es war offenkundig, dass das mehr als gewünscht gewesen war. Sie freute sich offensichtlich wahnsinnig. Und ich freute mich für sie, aber was war das dann für ein seltsames Ziehen in meinem Bauch?

Nina strahlte nach wie vor über das ganze Gesicht. »Ja. Ich fürchte, dass es nicht lange dauern wird, bis ich das dem ganzen Krankenhaus erzählt habe.«

»Das ist doch okay.« Ich zwang mir ein Lächeln auf die Lippen. »Jeder sollte das selbst entscheiden und nicht danach, was die Gesellschaft für richtig hält. Ich bin eh der Meinung, dass dieses *drei Monate warten* völlig überholt ist.«

»Der Meinung bin ich auch.« Sie lächelte noch immer breit, aber plötzlich sackten ihre Mundwinkel ein Stück nach unten. Es wirkte beinahe, als wäre ihr eine Erkenntnis gekommen, dann winkte sie ab. »Ich meine … Das Baby ist eh weit weg von der gesellschaftlichen Auffassung von Familie. Ich bin mithilfe einer Kinderwunschklinik schwanger geworden.«

»Oh.« Ich presste die Lippen zusammen. Was sagte man denn jetzt dazu? *Sorry, dass es natürlich nicht geklappt hat? Herzlichen Glückwunsch, dass es doch noch geklappt hat?*

Nina nickte nur wieder heftig, während sie in den Schubladen nach Blutröhrchen kramte. »Ja. Ich werde ja auch nicht jünger, und ich will gern Mama werden. Und weil es anders nicht geklappt hat … Du verstehst?« Sie durchbohrte mich regelrecht mit ihrem Blick, in dem es seltsam funkelte, und ich verstand tatsächlich, was sie mir sagen wollte. Nur kam es mir merkwürdig intim und privat vor, dass sie mir von Zeugungsproblemen mit ihrem Freund erzählte. Ich wollte das nicht wissen. Eigentlich wollte ich gar nicht wissen, dass sie mit Jasper ein Kind bekam, egal, auf welche Art und Weise.

Ich versuchte, unauffällig meine Finger zu dehnen, um dieses unschöne Grummeln aus meinem Körper zu bekommen. Es war egal, ob er Vater wurde. Es war egal. Und es war eben nicht egal, weil ich spürte, was das mit mir machte.

Aber es musste mir egal sein. Alles andere war sinnlos und dumm.

»Dann legen wir mal los.« Nina blinzelte mir zu und deutete auf die Materialien in der Nierenschale.

Ich atmete tief durch, trat näher heran und begann, mechanisch runterzubeten, was Jasper mir am Freitag beigebracht hatte, während mein Magen sich wieder verknotete.

Na großartig.

Kapitel 14

EMILIA

Die Buchstaben des Lernbuches verschwammen vor meinen Augen, egal, wie oft ich blinzelte und mich wieder auf die Schrift konzentrierte. Mein Gehirn wollte irgendwie einfach keine Ruhe finden. Es wanderte immer wieder zurück zu heute Nachmittag, zurück zu Samstag, zurück in Jaspers Büro und zu all den Dingen, die ich mir heute den ganzen Tag vorgestellt hatte.

»Du siehst wütend aus.« Alica, die neben mir halb auf Lios Schoß lag, richtete sich ein wenig auf und pustete sich eine verirrte Haarsträhne aus dem Gesicht. »Bist du wütend?«

»Ich kann mich nicht konzentrieren.« Seufzend ließ ich das Buch sinken und warf erst einen Blick zu ihr und dann zum Fernseher, in dem irgendein alter Horrorfilm lief.

Es war relativ dunkel im Wohnzimmer unseres Wohnheims, bis auf die paar Lichterketten, die Filina um das Sideboard geschlungen hatte. Sie und Marlon lagen auf dem dicken Teppich vor der Couch und waren mal wieder in eine Diskussion über die Verwendung von Kunstblut versunken. Aber jetzt drehten sie sich doch um und suchten mein Gesicht ab.

Filina lächelte milde. »Na ja, es ist auch schwierig zu lernen, während ein Film läuft.«

»Ein Meisterwerk«, ergänzte Marlon stolz. Er hatte wieder einmal einen dieser Horrorklassiker angeschleppt, die er für eine Offenbarung des ganzen Genres hielt, und wollte offensichtlich Bestätigung dafür haben, die er nicht bekam. Wir sahen uns seine Filme eigentlich nur an, weil er immer so begeistert war und weil uns nicht so richtig interessierte, was neben unseren Gesprächen lief.

Ich schnaubte belustigt. »Ihr habt mich doch überredet, dass ich mich zu euch ins Wohnzimmer setzen soll, statt in meinem Zimmer zu lernen.«

»Weil wir eigentlich gehofft haben, dass du dann aufhörst zu lernen.« Mein Bruder zog eine Augenbraue nach oben und deutete mit dem Kinn auf das Buch, das auf meinem Schoß lag. »Es ist Montagabend. Du hast das ganze Wochenende gelernt und dich in deinem Zimmer eingesperrt. Du kannst ruhig mal eine Pause machen. Du hast das alles eh drauf.«

Ich nagte an meiner Unterlippe herum. Wahrscheinlich hatte er recht, ich konnte den Stoff für die Prüfung morgen in- und auswendig. Ich war ihn oft genug durchgegangen und hatte am Wochenende auch wieder einiges an Kraft aufgewendet, um ihn den anderen noch einmal zu erklären. Ich war bereit für die Prüfungen diese und nächste Woche.

Und trotzdem war der Gedanke, mit dem Lernen aufzuhören, unangenehm. Vielleicht, weil meine Gedanken immer wieder zu Jasper Bennik wanderten und zu diesem seltsam geladenen Moment, den wir am Samstag hatten. Vielleicht, weil ich wirklich nicht aus meinem Kopf verbannen konnte, dass ich ständig an seine grauen Augen dachte. An das sanfte Lächeln, als ich endlich die Blutentnahme geschafft hatte. Und an mein Gespräch mit Nina. An ihre Schwangerschaft. Daran, dass sie mit ihm zusammen war.

Ich dachte an alles. Aber vor allem an ihn. Verdammter Mist.

Ich sah im Augenwinkel, dass Lio mich von der Seite anstarrte, und hatte schon die Befürchtung, dass er mich irgendwie durchschaut hatte. Aber als ich mich zu ihm drehte, knabberte er an seiner Unterlippe. »Liegt es daran, dass deine Untersuchung verschoben wurde?«

Seine Worte waren wie eine eiskalte Dusche, die meine Gedanken wieder schärfte. Verdammt, das hatte ich eigentlich ganz gut verdrängen können. Bis jetzt. Ich seufzte. »Das ist schon in Ordnung. Ob diese Woche oder in drei, vier Wochen macht auch keinen Unterschied.«

Das tat es eigentlich schon, aber ich wollte Lio und die anderen nicht beunruhigen. Es war wahrscheinlich wirklich nichts, und es genügte, dass es mich ein paar Nächte kosten würde.

Lio brummte, und Alica durchbohrte mich mit einem unsicheren Blick. Dann richtete sie sich wieder auf und sagte: »Kannst du nicht Nina Wehner fragen, ob sie die Untersuchungen für dich machen kann?«

»Gute Idee!«, mischte auch Filina sich vom Boden wieder ein. »Du warst doch heute den halben Tag mit ihr in der Untersuchungsambulanz. Vielleicht hat sie noch ein Plätzchen für dich frei?«

Ja, daran hatte ich tatsächlich auch schon gedacht. Aber beinahe im gleichen Moment hatte ich es auch wieder verworfen, weil ich weder sie noch sonst irgendwen auf der Arbeit da mit reinziehen wollte. Das war meine Sache. Meine Angst, mit der ich irgendwie klarkommen musste. Mit Nina darüber zu reden, würde es nur realer machen, und das wollte ich gerade nicht.

»Ich sage doch, es macht mir nichts aus.« Ich schaffte es tatsächlich, zu lachen, und klappte endlich mein Buch zu. »Und ich werde jetzt ins Bett gehen. Das solltet ihr übrigens auch machen, wenn ihr für die Prüfung fit sein wollt. Ich will morgen früh keine Beschwerden hören.«

Die anderen stöhnten genervt, während ich mich grinsend von der Couch schob. Ich hatte gerade mal einen Schritt getan, als Alica nach meinem Handgelenk griff. Ihr Blick war leicht zu interpretieren: *Du sagst Bescheid, wenn du reden willst?*

Ich lächelte sie warm an, nickte und wünschte ihnen allen dann eine gute Nacht, um endlich in mein Zimmer verschwinden zu können.

Aber wie ich bereits vermutet hatte, brachte es überhaupt nichts, ins Bett zu gehen. Ich machte mich fertig, schlüpfte unter die Decke – und dann lag ich stundenlang nur dort und starrte an die Decke. Mein Kopf war so voll mit Dingen, dass ich einfach nicht anders konnte. Ich dachte wieder an meine verschobene Untersuchung und spürte die Angst in meinem Magen. Ich dachte an Jasper und Nina und spürte ein unangenehmes Grummeln. Egal, wie oft ich mich umdrehte, wie oft ich die Decke über meinem Kopf zusammenschlug – einer der beiden Gedanken tanzte immer wieder vor meinem inneren Auge herum.

Irgendwann schlief ich doch ein paar Stunden ein, wahrscheinlich der Erschöpfung geschuldet. Aber als ich gegen vier Uhr wieder aufwachte und mich in meinem dunklen Zimmer umsah, wusste ich, dass das wirklich das höchste der Gefühle gewesen war. Heute Nacht war definitiv nicht mehr Schlaf drin – genauso wenig wie in den nächsten Nächten.

Nach einem erneuten Blick auf die Uhr stand ich auf, zog mich an und schlurfte in die Küche. Weil ich niemanden wecken wollte, rührte ich mir einen Instantkaffee zusammen, und dann stand ich eine Weile an die Küchentheke gelehnt da und starrte in das Halbdunkel des Wohnheims.

Okay. Genug mit dem Selbstmitleid. Was konnte ich aktiv tun, um mich auf andere Gedanken zu bringen? Die Antwort kam überraschend schnell, und sie erfüllte mich mit kribbelnder Vorfreude: Ich konnte weiter die Akten von Jasper durchgehen.

Es war quasi noch mitten in der Nacht, im Krankenhaus würde kaum jemand sein, und ich wäre vollkommen für mich. Die Akten würden mich ablenken, bis die Schule losging, und dann würden die Prüfungen meinen Kopf genug einnehmen, um nicht mehr ständig an ihn oder die Untersuchung zu denken.

Also trank ich meinen Kaffee aus, zog mich an und machte mich auf den Weg zum Sankt Alex. Die kalte Luft draußen tat unheimlich gut, und es war auch ein schönes Gefühl, das Krankenhaus so leer und ruhig vor mir liegen zu sehen. Es war beinahe schon … erdend. Dementsprechend leichtfüßig machte ich mich auch an den Treppenaufstieg. Die Büros lagen vollkommen im Dunkeln, und als ich meinen Schlüssel herauskramte, war ich mit den Gedanken schon wieder bei dem Patienten, über den ich das letzte Mal gelesen hatte. Ein Mittvierziger mit einer Leukämie. Was hatte er noch einmal als erste Chemotherapie bekommen? Einen Mitosehemmer, richtig?

Ich kaute nachdenklich auf der Unterlippe herum, weshalb ich erst merkte, dass das Büro nicht abgeschlossen war, als ich den Schlüssel herumdrehen wollte. Hatte Jasper das etwa vergessen? Er hatte ja selbst gesagt, dass er in letzter Zeit etwas abgelenkt war. Aber als ich die Tür nach innen aufschob, erkannte ich sofort, dass das nicht der Fall war.

Denn Jasper war nie gegangen. Er saß an seinem Schreibtisch, die Beine auf dem Tisch abgelegt, und sein Kopf war leicht zur Seite gekippt. Nach der ersten Schrecksekunde wurde mir klar, dass er schlief. Ziemlich fest sogar.

So leise wie möglich zog ich die Tür hinter mir zu und trat an den Schreibtisch heran. Er schlief im Krankenhaus? Ich legte eine Hand auf meine Brust, als könnte ich so mein wild pochendes Herz beruhigen. Aber ich konnte nichts gegen die Geste tun, sie war ein Automatismus.

Jasper wirkte so entspannt, wie ich ihn noch nicht gesehen hatte. Selbst im Schlaf hatte er die Arme vor der Brust verschränkt, aber sein Gesicht wirkte sorglos und ruhig. Als ich noch näher trat, seine Wimpern betrachtete und dabei merkte, wie mein Puls sich immer weiter beschleunigte, biss ich mir auf die Unterlippe.

Mist. Ich mochte ihn echt gern. Und so, wie er dasaß, würde er wahrscheinlich noch die nächsten Tage schreckliche Rückenschmerzen haben. So gern, wie ich sein hübsches, schlafendes Gesicht noch betrachtet hätte – das war creepy und nicht okay.

Also räusperte ich mich nur laut. »Jasper?«

Er schreckte sofort hoch, als hätte ich ihn angeschrien. »Wa… Emilia?« Er hielt sich an den Lehnen seines Schreibtischstuhls fest, als hätte er Angst, runterzufallen. »Wie spät ist es?«

»Zwanzig nach vier«, sagte ich leise und hielt die Hände hoch, als würde ich ein scheues Reh beruhigen wollen. »Du bist am Schreibtisch eingeschlafen.«

»Oh. Mist.« Jasper fuhr sich laut seufzend durch die Haare. »Ich war so k. o. von dem Zwölf-Stunden-Dienst, dass ich nur kurz die Augen zumachen wollte.«

»Aus dem kurz ist wohl eine ganze Weile geworden.« Meine Lippen verzogen sich zu einem Lächeln. »Du solltest nach Hause gehen, oder? Nina wartet sicher schon auf dich.«

Er wirkte immer noch ein wenig durcheinander. »Ja, ich sollte nach Hause gehen.« Er erhob sich aus seinem Stuhl, stockte und blinzelte mich dann wieder an. »Was machst du denn eigentlich um diese Uhrzeit hier?«

»Ich konnte nicht mehr schlafen«, sagte ich schnell. Das war immerhin keine Lüge. Und das Grinsen danach gelang mir auch überraschend gut. »Ich musste so viel an die Patienten denken, dass ich dachte, ich kann die Zeit auch gut nutzen und vor der Schule noch ein wenig in deinen Akten herumschnüffeln.«

»Dein Wissensdurst in allen Ehren, aber ich hoffe, dass du das nicht öfter machst. Du brauchst deinen Schlaf«, brummte er, während er in seinen Mantel schlüpfte.

Ich schnaubte belustigt. »Denkst du, du bist in der Position, mir da Vorträge zu halten?« Ich deutete in Richtung seines Schreibtisches, an dem er bis eben noch geschlafen hatte.

»Touché. Dann viel Spaß beim Schnüffeln.« Ein ganz leichtes Lächeln zupfte an seinen Mundwinkeln. »Wenn du Fragen hast, schreib sie dir auf. Ich beantworte sie das nächste Mal.«

»Alles klar.« Ich sah ihm nach, als er zur Tür ging, und hätte ihn an liebsten ganz egoistisch gebeten, noch ein wenig zu bleiben. Stattdessen sagte ich: »Herzlichen Glückwunsch übrigens. Nina hat mir von dem Baby erzählt.«

Er hatte schon eine Hand an der Klinke, aber jetzt drehte er sich doch noch einmal um und musterte mich irritiert. »Damit habe ich nichts zu tun.«

»Ich weiß.« Ich presste die Lippen zusammen. Himmel, er war wirklich direkt. »Aber ... du weißt schon.«

Das tat er offensichtlich nicht, denn er wirkte immer noch verwirrt. Vielleicht der unterbrochene Schlaf. Er nickte trotzdem, drehte sich um und dann wieder zurück. Jetzt waren seine Augenbrauen zusammengewandert. »Ich habe mit dem Baby nichts zu tun, weil Nina und ich nicht zusammen sind.«

Einen Moment starrte ich ihn einfach nur an, während die Erkenntnis zu mir durchsickerte. Dann rutschte mir ein lautes »WAS?« über die Lippen.

Jasper seufzte. »Das ganze Krankenhaus denkt das, ich weiß, aber es stimmt nicht. Nina und ich sind nur Freunde. Sie betont immer gern, dass sie mich im Studium adoptiert hat.« Seine Mundwinkel zuckten. »Ich freue mich für sie, aber ... Ich habe nichts damit zu tun.«

»Oh. Okay.« Ich musste mich wirklich dazu zwingen, meine Mundwinkel nicht nach oben zu ziehen. Warum freute ich mich so darüber? Was änderte es denn, dass er Single war, wenn ich nicht die geringste Chance hatte? Er war ein zukünftiger Oberarzt und ich eine zehn Jahre jüngere Auszubildende, die keine Ahnung hatte, wo das Leben sie hinverschlagen würde. Trotzdem konnte ich nicht anders, als zu fragen: »Wenn ihr wusstet, dass alle das denken, wieso habt ihr es dann nie berichtigt?«

»Weil es uns egal war.« Er zuckte mit den Schultern. »Und weil mich dann meine Kollegen mit Flirtversuchen in Ruhe gelassen haben. Das hat sich eine ganze Weile so gehäuft, dass ich mich nicht mehr auf meine Arbeit konzentrieren konnte. So war es besser.«

Klar. Auch wenn er Single war, hatte er kein Interesse an so etwas. Das war der Eindruck, den er von Anfang an auf mich gemacht hatte. Dass ich wieder einen leichten Stich der Enttäuschung spürte, ergab also absolut keinen Sinn.

»Ich verstehe.« Hoffentlich war mein Lächeln nicht so verrutscht, wie es sich anfühlte. »Dann behalte ich das für mich. Schlaf gut, Jasper.«

Einen Moment sah er mich an, als würde er noch etwas sagen wollen. Aber dann nickte er nur. »Danke.« Er zögerte kurz, bevor er hinterherschob: »Nächstes Mal bin ich sicher wieder da, um deine Fragen zu beantworten.«

»Das wäre schön.« Ich hob die Hand und winkte ihm, bis die Tür hinter ihm ins Schloss fiel. Und ich starrte noch eine ganze Weile länger auf das dunkle Holz.

Kapitel 15

EMILIA

Der Moment, als ich das Blatt mit den Prüfungsfragen umdrehte, war auch der, in dem alles an und in meinem Körper in sich zusammensackte. Eine warme Welle der Erleichterung flutete meinen Körper, und ich brauchte nur einmal das Blatt zu überfliegen, um zu wissen, dass ich mir nie hätte Sorgen machen müssen. Ich konnte jede dieser Fragen ohne Probleme beantworten. Also das, was meine Freunde gesagt hatten.

Ich hob den Kopf, um kurz jedem von ihnen einen Blick zuzuwerfen. Marlon und Filina saßen schräg vor mir, aber ihre Schultern waren nicht angespannt. Sie hatten direkt mit dem Schreiben begonnen. Lio hatte das zwar noch nicht, aber gerade sah ich von der Seite, wie er sich entspannt streckte und ein Lächeln auf seine Lippen wanderte. Alica saß wie immer neben mir. Ihr Gesicht wirkte etwas angestrengter, aber da auch sie den Kuli schon über das Blatt flitzen ließ, machte ich mir auch um sie weniger Sorgen.

Erleichtert wandte ich mich wieder meiner Prüfung zu und begann, die Fragen zu beantworten. Weil ich keinen Zeitdruck hatte, drifteten meine Gedanken aber immer wieder ab. Erst in die Charité, in einen Warteraum, in dem ich schon so viel Zeit verbracht hatte, dass ich selbst wusste, wie viele Fliesen auf dem Boden und wie viele Dielen an der Decke waren. Sie verharrten dort, bei den Ängsten, und wanderten dann weiter in Richtung Sankt Alex, nur wenige Hundert Meter von dem Stuhl weg, auf dem ich gerade saß und eine Klausur schrieb. Hoch in den ersten Stock, durch die knarzende Tür in ein großes Büro, das nur noch zur Hälfte vollgestellt war mit Stationsmaterialien. Ich sah den zukünftigen Oberarzt hinter seinem Schreibtisch sitzen, sah, wie er mich anblickte und seine Mundwinkel sich beinahe zu so etwas wie einem Lächeln verzogen.

Ich biss mir auf die Unterlippe, um dieses dämliche Grinsen nicht zuzulassen, das der Gedanke an ihn in mir auslöste, und setzte den Kuli wieder an, um die nächste Frage zu beantworten.

So hangelte ich mich durch die ganze Prüfung. Schrieb alle anatomischen Details des Darms auf, dachte an die Charité, schrieb über die Nebenwirkungen von zytostatisch wirkenden Antibiotika und dachte an Jasper. An Jasper. Es war immer noch ein wenig seltsam, seinen Vornamen auch nur in meinem Kopf zu denken. Wann war der grummelige, großartige Onkologe eigentlich zu einfach nur Jasper geworden? Wann in den letzten Wochen, in denen ich meine Freizeit immer wieder in seinem Büro verbracht, ihn mit Fragen gelöchert hatte, war es passiert, dass dieses Kribbeln in meinem Magen entstanden war?

Ich bemühte mich, tief durchzuatmen, bevor ich mich an die letzte Aufgabe machte. Es war die Beschriftung einer Tumorzelle, und ich hatte es schnell abgehakt. Danach rieb ich mir mehrfach über die müden Augen und ließ den Kuli über dem Blatt schweben. Eigentlich wollte ich meine Antworten noch einmal überfliegen, aber es half nichts – ich konnte mich heute einfach nicht weiter konzentrieren. Mein Blick huschte wieder zu Lio, der beim Schreiben die Spitze seiner Zunge aus dem Mund gesteckt hatte. Das war schon immer eine lustige Angewohnheit von ihm gewesen, die mich auch jetzt zum Grinsen brachte.

Gut. Ich hatte zwei Probleme: Durch die Verschiebung meiner Termine lagen drei Wochen mit Ängsten vor mir, und so ungern ich das zugab – das würde ich wohl kaum durchstehen. Der Schlafmangel machte mir schon jetzt viel zu sehr zu schaffen. Und zweitens, was wahrscheinlich gleichzeitig ein kleineres und viel größeres Problem war: Ich hatte es irgendwie geschafft, mich ein bisschen in Jasper zu verknallen. Es war eine kleine Schwärmerei, wahrscheinlich nichts weiter. Aber ich konnte an kaum etwas anderes denken als an einen wirklich unerreichbaren Mann.

Zwei Probleme. Und wenn ich über meinen Schatten sprang, dann würde ich zumindest eins davon jetzt lösen können. Mit beiden konnte ich mich unmöglich die nächsten Wochen rumquälen.

Ein Blick auf meine Uhr zeigte mir, dass ich ganze zwanzig Minuten vor Ende der Stunde mit der Klausur fertig war. Plus zehn Minuten Pause blieb mir eine halbe Stunde, um zum Sankt Alex und wieder zurückzukommen. Das war mehr als machbar. Also schob ich meinen Stuhl zurück und brachte meine Prüfung nach vorn zu Luna Seeger, unserer Klassenleitung.

Sie wirkte überrascht, lächelte aber, als sie den Prüfungsbogen entgegennahm. »Wie immer vorbildlich früh«, sagte sie leise.

Ich zuckte grinsend mit den Schultern und ging zurück zu meinem Platz, um Alica auf die Schulter zu tippen. Sie sah kurz auf.

»Wir sehen uns nach der Pause«, flüsterte ich. »Ich erklär's dir später.«

Meine beste Freundin nickte, bevor sie sich wieder ihren Aufgaben zuwandte. Sie hatte etwa drei Viertel der Fragen bereits beantwortet. Den Rest würde sie auch schaffen.

Ich nahm meine Jacke vom Stuhl und schlüpfte hinein, während ich die Schule verließ und in Richtung des Sankt Alex davonging. Es nieselte ein wenig, und ich wusste, dass das wahrscheinlich zu einem frizzigen Mopp auf meinem Kopf führen würde. Glücklicherweise gehörte das heute nicht zu meinen Top-2-Problemen und war deshalb gut zu ignorieren.

Als ich fünf Minuten später die Ambulanz erreichte, sah mich Mona überrascht an. »Hast du heute nicht Prüfungstag? Hast du die Arbeit schon so sehr vermisst?«

»So ähnlich. Und ich bin schon fertig mit der Prüfung.« Ich deutete in Richtung der Arztzimmer. »Ist Nina vielleicht da? Ich muss sie was fragen.«

»Drüben in der Untersuchungsambulanz.«

»Danke.« Ich wandte mich ab und huschte über den Flur zu den Behandlungsräumen rüber, in denen Nina mich am Vortag das Blutabnehmen hatte üben lassen. Weil die Tür geschlossen war, lehnte ich mich ihr gegenüber an eine Wand und wartete mit auf die Uhr gerichtetem Blick darauf, dass wer auch immer endlich rauskam. Es dauerte nicht lang, bis die Tür aufging und eine Patientin Mitte vierzig mit verweinten Augen herauskam. Mir rutschte sofort das Herz in die Hose, weil ich wieder an damals denken musste.

»Wir kriegen das hin, Frau Müller.« Nina trat hinter der Frau auf die Schwelle. »Melden Sie sich morgen oben auf der Onkologie. Ich werde Doktor Bennik bitten, sich direkt persönlich um Sie zu kümmern.«

Doktor Bennik. Mein Magen blubberte vor sich hin, und ich fragte mich verärgert, ob er sich vielleicht langsam mal für eine Gefühlsrichtung entscheiden konnte. Dieses emotionale Schleudertrauma würde noch dazu führen, dass ich die nächsten Tage auf der Toilette verbrachte, weil mein Magen zu viel hatte.

Die beiden Frauen verabschiedeten sich, und als die Patientin über den Flur davonschlich, bemerkte Nina mich. »Oh, Emilia. Schon wieder zurück aus der Berufsschule?«

»Ich gehe gleich zurück. Ich wollte nur … kurz mit dir sprechen, wenn das okay ist?«

Sie warf einen Blick zum Wartebereich, wo sicher noch gut fünf Menschen warteten, dann wieder zu mir. Zu meiner Überraschung wirkte sie ein wenig besorgt und winkte mich sofort in ihr Büro. »Ich habe aber wirklich nicht viel Zeit, hier ist die Hölle los«, sagte sie mit bedauerndem Ton.

Ich presste den Kiefer zusammen. »Das verstehe ich. Ich

versuche, dir nicht zu viel Zeit zu stehlen.« Kaum war die Tür hinter mir ins Schloss gefallen, spürte ich, wie meine Wangen warm wurden. Wieso war mir das alles nur so unangenehm? Nina wusste Bescheid. Ich gab mir einen Ruck und platzte einfach damit heraus: »Denkst du, es wäre möglich, mich irgendwann nächste Woche zwischen deine Patienten zu schieben?« Ihre Augen wurden groß, die Sorge stieg offensichtlich, und ich schob schnell hinterher: »Es geht um meine Nachsorgeuntersuchung. Mein Termin in der Charité wurde verschoben, und der nächste ist erst in über drei Wochen. Das ist … eine verdammt lange Zeit. Und ehrlich gesagt glaube ich, dass ich völlig irre werde, wenn ich nicht früher einen bekomme.« Ich sah sie so sicher wie möglich an und zwang mich zu einem etwas künstlich klingenden Auflachen. »Also. Ich verstehe natürlich, wenn das nicht geht. Völlig. Es wäre nur gut, wenn es machbar wäre.«

»Was für Untersuchungen?«

»Blut und Röntgen.« Ich tippte gegen mein Knie. »Ich hatte Knochenkrebs.«

Sie verschränkte die Arme vor der Brust. »Einen Termin habe ich nicht mehr frei. Aber … wenn du nächsten Montag in die Sprechstunde kommst und etwas Wartezeit mitbringst … Sagen wir direkt um sieben. Dann könnte ich dich sicher reinquetschen.«

Erst als sie den Satz zu Ende gesprochen hatte, merkte ich, dass ich die ganze Zeit die Luft angehalten hatte. Sie entwich mir mit einem angestrengten Keuchen und einem erneuten Auflachen, das in meinen Ohren schon etwas echter klang als noch zuvor. »Das … wäre toll. Danke.«

»Keine Ursache, für meine liebsten Kolleginnen immer gern.« Sie lächelte, aber es wirkte noch etwas unsicher. Ein paar Sekunden druckste sie herum, dann wollte sie leise wissen: »Wirst du jemanden … mitbringen? Diese Wartezeit kann wirklich schlimm werden, vor allem wenn noch Notfälle dazwischenrutschen. Es wäre sicher gut, wenn du jemanden dabeihättest.«

Ja, daran hatte ich auch gedacht. Eigentlich hatte ich Lio einweihen und mitschleifen wollen. Schließlich hatte er mich bisher fast immer zu meinen Untersuchungen begleitet. Aber dann dachte ich wieder daran, wie viel das auch mit ihm gemacht hatte. Wie ängstlich und zusammengesunken er jedes Mal neben mir gesessen und gar nicht mehr wie er selbst ausgesehen hatte. Meine Krankheit hatte ihm und unserer Mutter einiges abverlangt, und wenn ich es vermeiden konnte, würde ich es tun. Ich konnte ihm genauso gut einfach die Ergebnisse mitteilen, wenn alles durch war.

Also winkte ich nur ab. »Ich komme allein. Die letzten Untersuchungen war ich auch allein da, und das hat super geklappt.« Das hatte es eigentlich nicht, ich war jedes Mal ein emotionales Wrack gewesen. Aber ich hatte es überlebt, und das war in dieser Sache doch das Wichtigste, oder? »Ich nehme mir ein Buch mit oder so und warte, bis du Zeit für mich hast.« Ich schenkte ihr ein Grinsen und drückte kurz ihre Hand. »Danke, Nina. Wirklich. Du ersparst mir einige schlaflose Nächte, die sich sicher auf meine Schulnoten ausgewirkt hätten. Und das ginge echt gar nicht.«

Das brachte sie glücklicherweise zum Lachen. »Wenn das dein größtes Problem ist, dann ist ja alles gut.«

»Die Zukunft ist doch das Wichtigste.« Ich grinste, die Hand schon an der Klinke. »Dann sehen wir uns am Montag?«

»Alles wird gut.« Ihre Stimme war so voll und warm, dass ich ins Straucheln kam. So aufmunternd, wie sie mich anlächelte … Meine Augen wurden tatsächlich ein wenig feucht.

Himmel, diese Zeit vor meinen Nachkontrollen war wirklich immer emotional anstrengend. Ich wandte mich schnell um und riss die Tür auf, wäre im Flur aber beinahe mit einer Person zusammengerannt, weil ich nicht aufpasste.

Jemand griff nach mir, um mich festzuhalten, und dann hörte ich eine dunkle Stimme, die mir eine Gänsehaut über die Arme trieb: »Emilia?«

Ich hob ruckartig den Kopf und starrte direkt in Jaspers graue, durchdringende Augen. Oh Himmel. Hoffentlich sah er meine Tränen nicht. Verlegen machte ich einen Schritt zurück, sodass seine Hände von meinen Armen abfielen. Da, wo er mich berührt hatte, schien meine Haut in Flammen zu stehen. Gott, es hatte mich echt krass erwischt.

Als ich mich wieder gefangen hatte und aufsah, blickte Jasper zur Seite, zu Nina, die hinter mir in der Tür stand und die Hände in die Kitteltaschen gesteckt hatte.

Ihr Lächeln war breit. »Oh, hey. Was machst du denn hier?«

»Ich wurde angepiept.« Jasper sah wieder zu mir und ließ den Blick an meinen Zivilklamotten runtergleiten.

Bevor er irgendwelche Fragen stellen konnte, mischte sich Nina ein: »Das war sicher Mona. Sie ist es doch immer.« Sie zwinkerte und deutete dann den Gang runter, wo die wahnsinnig hübsche Schwester Paula stand und gerade tatsächlich zu winken begann. »Hier, Doktor Bennik!«

Jasper gab ein Brummen von sich, das ich nicht so recht deuten konnte, dann sah er mich zu meiner Überraschung noch einmal durchdringend an. Als er sich abwandte und zu Schwester Paula ging, konnte ich nicht anders, als ihm mit dem Blick zu folgen. Wie sie ihn anstrahlte und sich eine Strähne ihrer perfekten Haare hinters Ohr klemmte. Wie sie lachte, keine Ahnung, worüber. Ich konnte Jaspers Gesicht nicht sehen, weil er mit dem Rücken zu mir stand, aber ich war mir ziemlich sicher, dass er keinen Witz gemacht hatte.

»Sie steht auf ihn«, wisperte Nina hinter mir. Als ich mich zu ihr drehte, zuckte sie grinsend mit den Schultern. »Aber er nicht auf sie.«

Ich schluckte. Nickte. »Ich muss zurück zur Schule.«

»Natürlich. Bis Montag.« Sie winkte mir noch einmal, und ich war mir beinahe sicher, dass ihr Blick mir irgendetwas sagen wollte. Irgendetwas sagte, das ich nicht ganz verstand, weil mein Kopf zu stur auf etwas anderes gerichtet war.

Also wandte ich mich ab und verließ das Krankenhaus.

Kapitel 16

JASPER

Ich war noch nie ein sonderlich ungeduldiger Mensch gewesen.

Schon in meiner Grundschulzeit hatte ich mir jegliche Zeit der Welt genommen, um meinen Klassenkameraden zu erklären, warum sie falschlagen und ich richtig. Freunde hatte mir diese Form der Geduld nicht beschert, aber darum war es mir damals wie heute nicht gegangen. In meiner Jugendzeit hatte ich angefangen, mir stundenlang Dokumentationsvideos über Anatomie anzuschauen, ohne auch nur eine Sekunde ungeduldig zu werden, egal, wie trocken und langsam der Redner gesprochen hatte. Das alles kam mir auch jetzt zugute. Ich war geduldig mit meinen Mitmenschen, ich war geduldig mit meinen Patienten, ich war geduldig bei jeder Fortbildung, die man mir im Krankenhaus aufdrückte, und bei jeder Vorlesung, die ich übernehmen sollte.

Aber jetzt – jetzt war ich das erste Mal seit einer ganzen Weile WIRKLICH ungeduldig. Ich saß auf einem der lächerlich bequemen, stoffbezogenen Stühle im Büro des Chefarztes Doktor Markus Lessing und hörte mir zum dritten Mal im letzten Monat die Beschwerden von Doktor Laura Schütz an, die um eine Versetzung auf eine andere Station bat, weil sie sich zum dritten Mal in diesem Monat mit dem Team der Intensivstation in die Haare gekriegt hatte.

Während der Chefarzt es sich mit einer Geduld anhörte, die ich normalerweise auch hatte, saß ich da und tippte mit den Fingern auf der Seitenlehne herum. Immer wieder glitt mein

Blick dabei zu der Uhr über dem breiten Schreibtisch, auf den Sekundenzeiger, der sich gefühlt viel zu langsam bewegte.

»Hast du noch Termine?«, raunte mir Moritz Hansen zu. Auf seinem Gesicht lag ein nervtötend entspanntes Lächeln, als er sich zu mir beugte, als würden wir ein Geheimnis teilen.

Ich erwiderte seinen Blick nur kurz, bevor ich mich wieder nach vorn drehte. »Nein.«

»Du wirkst so, als würdest du es hier keine Sekunde länger aushalten.« Hansen schnaubte belustigt. »Und ehrlich, mir geht es auch so. Ich habe noch ein Date mit meiner Frau heute Abend, und das kann ich nicht schon wieder verschieben. Sie macht mir die Hölle heiß.«

Wieso erzählte er mir das? Ich wollte nichts von seinem Privatleben wissen. Ich wollte mich auch nicht mit ihm verbrüdern oder mich mit ihm anfreunden. Und gleichzeitig warf seine Frage in mir einen Gedanken auf, den ich mir selbst nicht erklären konnte – nämlich, warum ich so ungeduldig war. Ich hatte nichts mehr vor. Ich hatte keine Pläne mehr. Es war kurz nach sechs Uhr am Abend, die Ärztebesprechung war ein paar Stunden nach hinten verschoben worden – aus was auch immer für schlechten Gründen –, und nach dieser elend langen Sitzung hier musste ich eigentlich nur noch wie jeden Abend meine Dokumentation abschließen und konnte dann nach Hause gehen. Heute war nicht sonderlich viel los gewesen, und ich hatte keinen Zeitdruck. Nina, die meistens mein einziger Sozialkontakt war, musste heute arbeiten. Zu Hause warteten also nur schlechte Arztserien auf mich.

Also. Warum war ich ungeduldig?

Endlich setzte Laura Schütz sich wieder hin, die Arme vor der Brust verschränkt, und obwohl ich nicht zugehört hatte, vermutete ich, dass sie ihren Willen wieder nicht durchgesetzt hatte. Es wunderte mich sowieso, dass sie es durchhielt, in einem Team zu arbeiten, und nicht schon längst in die Forschung gegangen war. Selbst ich hatte mehr Feingefühl als Laura Schütz, und das sollte etwas heißen.

»Der letzte Punkt auf der Agenda«, sagte Professor Lessing in dieser Sekunde und richtete die Brille auf seiner Nase, »wäre die Vertretung der Seminare von Doktor Schober und Doktor Carim, die entweder beurlaubt oder krank sind.«

Innerlich entfuhr mir ein Stöhnen. Ulli hatte mir bereits am Montag gesagt, dass er eine OP hatte, am Knie, und er deshalb eine Weile ausfallen würde. Aber dass das auch sein Seminar betraf, hatte ich nicht bedacht.

Noch bevor ich irgendwie reagieren konnte, hatte Moritz Hansen schon seinen Arm in die Höhe gerissen. »Ich würde gern die Onkologie-Vorlesungen übernehmen.«

Mein Blick wanderte zu ihm. Er strahlte über das ganze Gesicht, wie ein Kind, dem man vierzig Tafeln Schokolade geschenkt hatte. Und früher wäre ich über diese Euphorie wahrscheinlich froh gewesen, weil Vorlesungen absolut nicht zu meinen Lieblingsbeschäftigungen zählten. Aber das hatte sich geändert, deshalb hob ich ebenfalls die Hand. »Ich kann das auch übernehmen.«

Professor Lessing wirkte nicht einmal halb so überrascht wie Moritz. Denn der lehnte sich auf seinem Stuhl nach vorn und starrte mich mit unverfrorener Erschütterung an. »Wer bist du, und was hast du mit unserem Jasper gemacht?«

Ich zog die Augenbrauen zusammen. »Ich habe schon öfter die Vorlesungen von Doktor Schober übernommen.«

»Aber nicht ohne viel Gezeter vorher.« Er grinste breit. »Lässt du dich etwa endlich auf den Konkurrenzkampf ein, Bennik?«

Tat ich das? Ulli hatte mir am Montag nicht nur von seiner OP erzählt, als er in mein Büro gekommen war, zwei Pappbecher mit billigem Automatenkaffee in der Hand. Er hatte mir auch nahegelegt, dass ich mich für die Beförderung ein wenig in die Kurve legen sollte, weil Moritz wohl neue Wege gefunden hatte, sich bei Professor Lessing einzuschleimen. Solche Maßnahmen lagen mir natürlich fern, aber ihm den Job zu lassen, den ich unbedingt haben wollte, kam erst recht nicht infrage.

Allerdings musste ich zugeben, dass das nicht mein erster Gedanke gewesen war.

Professor Lessing winkte müde ab. »Ich schätze Ihre Motivation. Sie können die Vorlesungen untereinander aufteilen, um Ihre Überstunden nicht noch weiter in die Höhe zu treiben.«

Eine Diskussion über Überstunden brach aus, und Moritz lehnte sich entspannt zu mir. »Welche willst du?«

»Die für die Zweitsemester«, sagte ich sofort, schon wieder auf die Uhr konzentriert.

Im Augenwinkel konnte ich sehen, dass Moritz ein wenig von mir wegwich, als hätte er sich an mir verbrannt. »Die am Freitagabend?« Er hob die Hände. »Um Himmels willen, die kannst du wirklich haben. Wer will schon Freitagabend in der Uni sitzen?!«

Jemand, der noch einen winzigen Hoffnungsschimmer in die nächste Generation hatte.

Einen wirklich winzigen.

Einen eine-Frau-großen.

Nach weiteren zehn Minuten war die Besprechung endlich zu Ende, und als die Ersten begannen, sich wieder über Privates auszutauschen, sprang ich schon von meinem Stuhl.

»Du hast es also doch eilig.« Moritz war direkt an meiner Seite. Er grinste immer noch, während er mir aus dem Büro folgte wie ein Hund. »Hast du doch etwas vor und willst es mir nur nicht erzählen?«

Ich warf ihm über meine Schulter einen fragenden Blick zu. »Warum interessierst du dich so für mein Privatleben?« Ich hoffte, dass meine Stimme nicht angespannt klang, manchmal entglitt mir mein Tonfall ein wenig. Dabei war ich gerade, wie auch in ähnlichen Situationen, einfach nur wirklich neugierig, was er sich von so etwas versprach.

Moritz zuckte mit den Schultern. »Sollte man seine Kollegen nicht kennenlernen wollen? Ich fänd's schön, wenn wir Freunde wären. Mal was zusammen trinken gehen.«

»Das ist nicht mein Ding.«

»Dann vielleicht gemeinsam Onkologie-Dokumentationen sehen?« Er lachte, aber als er meinen Gesichtsausdruck bemerkte, verschluckte er sich ein wenig daran. »Das wäre wirklich dein Ding, oder?«

Ich konzentrierte mich wieder auf die Treppe vor mir. »Du hast nichts davon, dich mit mir anzufreunden. Wir sind Konkurrenten, oder nicht?«

»Ein bisschen gesunde Konkurrenz hat doch noch keiner Freundschaft geschadet, oder?«

»Hat es nicht?« Die Geschichten, die ich bisher, vor allem von Nina, gehört hatte, sprachen irgendwie eine andere Sprache.

Moritz, der zu mir aufgeschlossen hatte, zuckte wieder mit den Schultern. »Nur wenn man es zulässt.«

Davon verstand ich wahrscheinlich zu wenig. Also brummte ich nur zustimmend, weil ich das Gefühl hatte, dass die meisten Menschen das so wollten.

Während wir zusammen zu den Büros gingen, stieg wieder Ungeduld in mir auf, auch wenn es dafür keinen Grund mehr gab. Die Besprechung war vorbei. Als ich die Klinke meines Büros nach unten drückte, spürte ich, dass sie verschlossen war.

Oh.

»Alles okay?« Moritz tauchte wieder auf meiner linken Seite auf, weil sein Büro direkt neben meinem lag.

Ich hob den Blick. »Was sollte nicht okay sein?«

»Na ja, du sahst gerade so enttäuscht aus.«

»Tatsächlich?« Enttäuschung also? War es das, was mir gerade durch die Brust gefahren war? Etwa Enttäuschung, weil Emilia heute offensichtlich nicht da war? Denn das war mein erster Gedanke gewesen, als mir die verschlossene Tür aufgefallen war: dass das hieß, dass sie nicht hier sein konnte. Außer sie hatte sich im Büro eingeschlossen.

Ich drehte den Schlüssel um und drückte die Tür auf. Aber nein, der Raum war dunkel und leer.

»Da ist es schon wieder.« Moritz zeigte mit dem Finger auf mein Gesicht. »Du siehst enttäuscht aus.« Er rückte etwas näher, um ebenfalls einen Blick in mein Büro zu werfen.

»Vielleicht bin ich wirklich enttäuscht«, sagte ich nachdenklich.

»Worüber?«

Ich drehte mich ihm wieder zu. »Hast du nicht ein Date?«

»Oh, richtig!« Mein Konkurrent, der sich selbst nicht als solcher sah, machte auf dem Absatz kehrt. »Dann dir noch einen schönen Abend, Bennik. Und wir gehen irgendwann mal was trinken. Irgendwo gibt es bestimmt eine Bar, die statt Fußballspielen Dokus zeigt.« Er zwinkerte, und dann war er in seinem Büro verschwunden.

Ich konnte nur den Kopf über ihn schütteln. Aber solange er keine solche Bar fand, war ich wohl aus dem Schneider. Seufzend trat ich in mein Büro und schloss die Tür hinter mir. Plötzlich war die Ungeduld verschwunden, die ich die ganze Zeit gespürt hatte. Und langsam wurde mir tatsächlich klar, woher sie kam.

Ich ging auf meinen Schreibtisch zu und ließ mich auf den Stuhl sinken. Nina hatte mir im Studium einmal gesagt, dass ich nicht sonderlich gut mit meinen Emotionen im Kontakt war und dass es eine Methode gab, ihnen näherzukommen: sich hinzusetzen und sie wirklich zu spüren. Dass man dann einen besseren Zugang zu ihnen bekam. Und da war irgendetwas in meiner Brust, direkt unter den Rippen, ich verstand es nur nicht so richtig. Ich merkte nur, dass mein Blick immer wieder nach links zuckte, zu der Ecke meines Büros. Zu der Ecke, in der an manchen Abenden Emilia saß, mit einer meiner Akten auf dem Schoß. Und jetzt, da ich sie mir da vorstellte, wurde das Ding in meiner Brust wieder ungeduldig.

Das war interessant. Ein Gefühl, das ich nicht kannte. Aber ich war Onkologe, hatte zehn Jahre Medizinstudium hinter mir, und es wäre doch gelacht, wenn ich nicht dahinterkam, was genau es war.

Ich lehnte mich im Stuhl zurück und verschränkte die Arme vor der Brust.

Da war Ungeduld, für die es keinen Grund gab. Ungeduld … in mein Büro zu kommen. Und dann hatte sie sich in Enttäuschung gewandelt, als ich hier gewesen war.

Weil … weil Emilia nicht da war.

Ich hatte mir also gewünscht, dass sie da war. Denn ja, ich mochte es, wenn sie in meinem Büro saß. Es gab wenige Menschen, mit denen ich so gut auskam, dass ich gern Zeit mit ihnen verbrachte. Wirklich gern. Und sie war mittlerweile einer dieser Menschen. Ich freute mich, wenn sie hier war. Und ich war offenbar enttäuscht, wenn sie es nicht war.

Das war neu. Denn so gern ich zum Beispiel Zeit mit Nina verbrachte, so hatte ich doch nichts dagegen, allein zu sein. Wenn Nina mich nicht hier oder zu Hause besuchte, machte es mir nichts aus.

Aber … ein Abend, an dem Emilia nicht da war, fühlte sich irgendwie seltsam … verschwendet an.

Ich rieb mir über die Brust, über mein ungeduldig schlagendes Herz, und langsam nistete sich eine Erkenntnis in meinem Kopf ein, an die ich bisher noch gar nicht gedacht hatte.

Ich mochte Emilia. Auf eine andere Art und Weise, als ich Nina mochte.

Wieder zuckte mein Blick in ihre Ecke. IHRE Ecke? Mir entfuhr ein amüsiertes Schnauben. Was für ein Gedanke. Aber er war mir so problemlos und ohne Zweifel gekommen, dass ich ihn einfach zuließ.

Es war schließlich nicht zu ändern.

Ich wackelte an der Maus, und der Desktop schaltete sich wieder ein. Eine Weile arbeitete ich meine Dokumentationen ab und dann noch ein paar andere Aufgaben, die ich eigentlich noch gar nicht hätte machen müssen.

Ich schindete Zeit.

Die Erkenntnis kam mir in dem gleichen Moment, in dem ich auch erkannte, dass ich das die ganze Zeit schon getan hatte. Die ganzen letzten Abende. Es war beinahe lächerlich, aber ich konnte mich auch nicht über mich selbst ärgern.

Kurz nach sieben bewegte sich dann meine Klinke, und sofort blickte ich zur Tür. Und als Emilia den Kopf reinsteckte und mich angrinste, wurde mein Herz wieder ungeduldig. Das war wirklich ein Gefühl, an das ich mich noch gewöhnen musste.

»Störe ich?«, fragte sie fröhlich, trat aber trotzdem schon mal ein und schloss die Tür hinter sich.

»Nein«, gab ich sofort zurück.

»Großartig.« Mit beinahe wippendem Schritt ging sie in IHRE Ecke rüber und ließ sich mit einer der Akten im Schneidersitz auf den Teppich sinken.

Ich beobachtete jede ihrer Bewegungen, und als sie aufsah, merkte ich einen leichten Rotschleier auf ihren Wangen. Überhitzung?

»Bist du heute noch länger da, oder gehst du bald?«

Eine Weile erwiderte ich ihren Blick und fragte mich wieder einmal, warum es mir bei ihr so leichtfiel. Meistens empfand ich zu langen Augenkontakt als unangenehm, außer ich kannte die andere Person wirklich gut. Aber selbst dann wurde es mir schnell unangenehm. »Ich bleibe noch länger.«

»Viel zu tun?«

»Nein.«

Ihre Augen wurden groß. »Sondern?«

Ja, was sondern? Es gab keinen logischen Grund, länger zu bleiben, wenn ich es eigentlich nicht musste. Ich zuckte mit den Schultern. »Nichts sondern. Hast du Fragen zu den Akten?«

Irgendetwas leuchtete in ihrem Gesicht auf. Ich verstand es nicht, musste aber zugeben, dass es mir gefiel. Sie nickte wieder, diesmal um einiges energischer als zuvor. »Jede Menge.«

Ein Lächeln zupfte an meinen Mundwinkeln. Ja, das hatte ich mir schon gedacht. Und ich hatte so wahnsinnige Lust, jede von ihnen zu beantworten. Ohne groß darüber nachzudenken, schob ich den Stuhl nach hinten und stand auf, um zu ihr rüberzugehen. Ich hatte noch nie auf dem Teppich gesessen, musste aber feststellen, dass er überraschend bequem war, als ich mich neben sie setzte.

Emilia behielt mich die ganze Zeit im Blick. Ihre Wangen waren wirklich gerötet, hoffentlich bekam sie kein Fieber. Aber ihr Strahlen sprach zumindest nicht von schlimmen Symptomen.

»Alles okay?«, fragte ich trotzdem zur Sicherheit.

»Ja.« Ihre Stimme klang etwas atemlos. »Ich … freue mich nur.«

»Worüber?«

Sie zuckte mit den Schultern und schob, immer noch breit lächelnd, die Akte zu mir rüber. »Fangen wir hier an.«

Und dann verloren wir uns in einer Diskussion über Chemotherapie.

Ich hatte in meinem Leben wahrscheinlich noch nie so viel Spaß gehabt.

Kapitel 17

EMILIA

Es wurde nie leichter, im Wartezimmer zu sitzen.

Kurz nach meiner Genesung, nach der Entfernung der letzten Krebszelle, hatte ich gedacht, dass ich mich nie wieder so schlecht fühlen würde. Aber dann war die erste Nachkontrolle gekommen, ich hatte im Wartezimmer gesessen und gezittert wie Espenlaub. Nicht einmal Lio, der dicht neben mir gesessen und meine Hand gehalten hatte, hatte mich beruhigen können. Und das Warten auf die Ergebnisse hatte mich zwei Tage am Schlafen gehindert.

Und auch jetzt … Es war meine vierte Nachkontrolle. Mittlerweile waren die Abstände größer geworden, aber die Hand, mit der ich mein Buch hielt, zitterte immer noch. Ich konnte mich nicht auf die Geschichte konzentrieren und überflog deshalb schon zum sicher dritten Mal, wie der Detective die Mordszene abschritt und nach Hinweisen suchte. Lio hatte mir das Buch aus seiner Sammlung an skurrilen Horrorbüchern geliehen, weil er der Meinung war, dass man bei den ganzen Blutbädern gar nicht an etwas anderes denken konnte. Leider etwas, das ich nicht bestätigen konnte.

Mein Blick zuckte von der Seite mit den dicht geschriebenen Wörtern rüber zu meinem Arm und verharrte dort auf dem weißen Pflaster. *Die Blutentnahme hast du geschafft,* sagte diese Stimme in meinem Kopf, die mich immer zu beruhigen versuchte. *Nur noch das Röntgen, dann hast du es überstanden. Und du weißt doch, dass das immer schnell geht.*

Ich kaute auf meiner Unterlippe, versuchte, mich wieder auf

das Buch zu konzentrieren, aber es funktionierte nicht. Also hob ich stattdessen den Kopf und betrachtete die Leute, die um mich herum im Wartebereich saßen. Ich hatte mir einen Platz in der Ecke gesucht, hinter einer großen Topfpflanze, die mich halb verdeckte. So hoffte ich, den Blicken meiner Kollegen zu entgehen, die hier ab und zu vorbeihuschten. Ich hatte nicht die geringste Lust darauf, es einem von ihnen zu erklären.

Die Menschen, die um mich herum saßen, waren alle deutlich älter als ich. Eine Dame in den Sechzigern, ein Mann, der nicht viel älter wirkte, und eine weitere Frau, die höchstens zehn Jahre jünger war als die erste. Niemand von ihnen war allein hier. Ehepartner oder Kinder saßen links oder rechts neben ihnen, unterhielten sich, gingen To-dos durch oder lachten einfach nur über Geschichten aus den Zeitschriften, in denen sie blätterten. Ich wusste, dass es nicht immer so war – viele kamen hier auch allein her. Aber gerade verdeutlichte der Anblick nur noch, was mir heute fehlte. Jemand, an den ich mich klammern konnte, wenn ich mich schwach fühlte. Und das tat ich an diesem Tag seltsamerweise noch mehr als beim letzten Mal. Aber ich hatte Lio bewusst nichts davon erzählt. Ich wollte ihm das nicht antun, und ich konnte es allein schaffen.

Ich zwang mich, gleichmäßig zu atmen, um mein Herz zu beruhigen, aber es funktionierte nicht wirklich gut. Ich musste da jetzt wohl einfach durch.

»Hey.«

Ein Schaudern fuhr durch meinen Körper. Ich war so in Gedanken gewesen, dass ich gar nicht bemerkt hatte, dass jemand neben mich getreten war. Es war zum Glück nur Nina, die neben meinem Stuhl stand und entschuldigend auf mich herablächelte. Halt – entschuldigend? Mein Magen krampfte sich schon wieder zusammen.

»Es kamen ein paar Notfälle dazwischen«, sagte sie und riss damit das Pflaster einfach direkt ab. »Es wird sich mit dem

Röntgen also noch ein wenig hinziehen. Vielleicht ein, vielleicht zwei Stunden. Ich kann es noch nicht ganz sagen. Willst du warten oder einfach an einem anderen Tag wiederkommen?«

Ich presste die Lippen zusammen, schüttelte aber nach kurzem Zögern den Kopf. »Ich warte.« Meine Stimme klang überraschend fest. Überraschend überzeugt für das Chaos in meinem Innern. Aber ich war mir auch sicher, dass die Verschiebung auf einen anderen Tag das alles noch schlimmer machen würde. Also winkte ich ab. »Jetzt bin ich schon da.«

Nina musterte mich eindringlich. Sie wusste, wie ich mich fühlte. Weil sie ihre Patienten kannte und wahrscheinlich auch, weil man es mir im Moment ansah. Meine Nervosität strahlte wahrscheinlich in den gesamten Warteraum aus. »In Ordnung. Aber …« Sie zögerte, dann schob sie hinterher: »Vielleicht kannst du jemanden anrufen, der mit dir wartet? Damit du dich nicht so verrückt machst.«

Eigentlich wollte ich sagen, dass ich das nicht brauchte. Dass ich allein klarkam, so wie ich das bei Lio getan hatte. Stattdessen sagte ich: »Ich will nicht, dass sich jemand Sorgen macht. Mein Bruder ist immer selbst ein nervliches Wrack, wenn er hier mit mir sitzen muss. Er weiß nicht mal, dass ich heute hier bin.«

»Dann vielleicht eine Freundin oder ein Freund?«

Wie Alica? Filina? Marlon? Sie waren gerade alle bei der Arbeit, und ich wollte niemanden herbestellen und zugeben, dass ich gelogen hatte und nicht in einer Onkologie-Vorlesung saß. Also schüttelte ich den Kopf.

Nina nickte langsam, verstehend. Dann schenkte sie mir wieder ein Lächeln. »Ich gebe dir Bescheid, sobald es losgehen kann.«

»Danke.« Am liebsten hätte ich sie gebeten, hierzubleiben. Ich wusste natürlich, dass sie das nicht konnte, und schluckte die Worte deshalb wieder runter, während ich ihr hinterhersah. Damit musste ich jetzt klarkommen.

Ich machte mir ein gedankliches Memo, nächstes Mal doch jemanden mitzunehmen, und lehnte mich wieder an den Stuhl. Zwang meinen Kopf dazu, auf die Buchseiten zu starren, egal, wie lange es dauerte, bis er einzelne Wörter verstand. Immer wieder wanderte mein Blick nach oben, zur Uhr, zu anderen Menschen, die erst weniger und dann wieder mehr wurden, weil sie nur Blutuntersuchungen brauchten. Meine Muskeln zuckten, ich hibbelte unruhig von einer Pobacke auf die andere. Aber weil ich die Umgebung so im Auge hatte, bemerkte ich es auch sofort, als die Tür aufging und jemand eintrat, der kein Patient war.

Mir rutschte das Herz in die Hose, als ich Jasper erkannte. Er trug keinen Kittel, sondern nur sein Hemd und eine Hose. Ich war mir sicher gewesen, dass er heute nicht arbeitete, weil er am Wochenende einen langen Dienst gehabt hatte. Ich war mir sicher gewesen, dass ich ihn heute hier nicht treffen würde, weil er selten in der Ambulanz war – aber da war er. Fuhr sich durch die perfekten dunkelblonden Haare und ging dann auf das Büro von Nina zu. Ich sank tiefer in meinen Stuhl, versteckte das Gesicht hinter dem Buch. Aber als ich darüber hinwegschielte, drehte er gerade den Kopf, und unsere Blicke trafen sich.

MIST.

Seine Augen weiteten sich. Er stand bereits an Ninas Büro und hatte offensichtlich geklopft, denn nur eine Sekunde später schwang die Tür auf. Nina sagte strahlend etwas zu ihm und nahm ihm einen Beutel ab, den er in der Hand gehalten hatte. Er sah sie nur kurz an, nickte und drehte sich dann wieder zu mir.

Und ich? Ich konnte nicht mehr wegschauen. Weil meine Gedanken zurück zu seinem Büro gingen, zurück zu diesem warmen Moment, in dem wir zusammen auf seinem Teppich gesessen und über Patienten geredet hatten. Himmel, ich hatte in den letzten Tagen an nichts anderes gedacht. Und jetzt, nachdem

Nina wieder in ihrem Raum verschwunden war, kam er nach kurzem Zögern auf mich zu.

Shit. Wie sollte ich das nur erklären?

Ich ließ mein Buch sinken und grinste ihn an. Es geriet wahrscheinlich reichlich schief, aber ich versuchte es trotzdem weiter mit einer fröhlichen Maske. »Was machst du denn hier? Hast du nicht frei?«

Er wiegte den Kopf, langsam und zögerlich. »Nina hat mir geschrieben, dass sie ihr Essen zu Hause hat liegen lassen und dass ich es ihr bringen soll«, sagte er.

Hatte sie das etwa mit Absicht gemacht? Ich starrte auf ihre geschlossene Tür und hob den Blick dann wieder zu Jasper. Er hatte eine Hand in seine Hosentasche gesteckt und die Augenbrauen zusammengebogen.

»Was … machst du hier?«, fragte er.

Es waren nur wenige Wörter, aber ich wusste, dass mehr mit ihnen mitschwang. Was machst du im Wartezimmer der Onkologieambulanz? Mit einem Buch in der Hand, als würdest du warten? Mit einem Pflaster auf der Armbeuge, als wäre dir Blut abgenommen worden?

Er sah mich abwartend an, aber da war etwas in seiner Miene, das ich noch nicht bei ihm gesehen hatte. Jasper war zu schlau. Es war sinnlos, es zu leugnen.

Also hob ich den Arm, zeigte mein Pflaster und grinste wieder falsch. »Nachkontrolle.«

»Nachkontrolle«, wiederholte er. Es war keine Frage. Weil er verstanden hatte. Ich konnte an seinem Gesicht nicht ablesen, was er dachte. Aber sein Blick blieb stur auf mich gerichtet. Und schließlich fragte er: »Was für einer?«

»Osteosarkom im linken Unterschenkel«, gab ich zurück. Mein Mund fühlte sich seltsam trocken an. »Vor drei Jahren. Bisher waren alle Nachkontrollen unauffällig, und ich gehe davon aus, dass es auch jetzt so sein wird.« Tat ich das wirklich?

Warum zitterte meine Stimme dann so? Warum brach meine Maske vor ihm so schnell, wie sie es nicht einmal vor Lio tat? Vielleicht, weil ich ihn mittlerweile besser kannte und wusste, dass er nicht der emotionale Typ war. Dass er vielleicht damit klarkommen würde. Auch weil er sich mit der Onkologie auskannte und wusste, wo Risiken und so lagen.

Ein paar Sekunden sagte er nichts. Dann nickte er nur, als hätte er verstanden. Ich erwartete fast, dass er sich jetzt umdrehte und ging. Aber er blieb stehen. Und dann fragte er: »Willst du … vielleicht ein wenig Gesellschaft?«

Sofort kribbelte Wärme über meine Haut. Meinte er das ernst? Wie schaffte er es bitte, mich immer noch zu überraschen?

Ohne zu zögern brachte ich ein belegtes »Ja, bitte« heraus.

Und ebenfalls ohne zu zögern setzte er sich auf den Stuhl neben mir.

Wieso brannten meine Augen plötzlich so? Wo kam der dicke Kloß in meinem Hals her?

Jasper stützte die Arme auf seinen Beinen ab. »Hast du Angst?«, fragte er, ohne mich dabei anzusehen.

Wieder wollte mein Kopf sagen, dass es okay war. Dass ich klarkam, weil ich das immer tat. Und wieder sagte mein Mund etwas anderes: »Schlimme Angst.« Ich holte tief Luft. »Dabei habe ich wahrscheinlich keinen Grund dazu. Bisher war alles immer gut. Das Risiko ist um einiges gesunken. Aber …« Aus meinem Augenwinkel löste sich eine Träne und dann die nächste, ohne dass ich es verhindern konnte.

Jasper, der sich zu mir gedreht hatte, merkte es. Er verfolgte den Weg der Träne mit dem Blick bis zu meinem Kinn, wo ich sie peinlich berührt wegwischte.

»Entschuldige«, sagte ich und lachte leise.

Er starrte mich nur an. »Du … entschuldigst dich für deine Angst? Das kommt mir irrationaler vor als die Angst an sich.«

Wieder kam mir ein Lachen über die Lippen. »Stimmt wahrscheinlich.«

Einen Moment rutschte er etwas unsicher auf seinem Stuhl herum, dann lehnte er sich an und sah zu Ninas Büro. Ich tat es ihm gleich, in der Erwartung, dass sich dort etwas tat – und spürte dann plötzlich seine Hand an meiner. Spürte, wie seine Finger sanft zwischen meine glitten und sich darum schlossen. Er hielt meine Hand. Und mein Herz machte einen so gewaltigen Sprung, dass ich es in meinem Hals wähnte.

Als ich mich zu ihm drehte, blickte Jasper zu Boden. Seine Haltung war ein bisschen steif.

Er räusperte sich. »Nina hat gemeint, dass menschliche Berührung Trost spenden kann.«

Ich stockte, dann entfuhr mir ein Prusten. »Ist das so?« Ich grinste, und das erste Mal seit einer Ewigkeit fühlte es sich ehrlich an. »Aber … ist das auch okay für dich?«

Sein Blick zuckte kurz zu unseren Händen. Seine Brauen zogen sich zusammen, dann sah er mir in die Augen. »Ist es.« Er klang so überrascht, wie ich mich fühlte.

Wieder flutete Wärme meinen gesamten Körper. Es war ein berauschendes Gefühl, dass er mich berührte. Dass er hier war, um mir beizustehen. Leider führte die Rührung dazu, dass mir erneut Tränen über die Wangen kullerten.

Jasper betrachtete mein Gesicht eine lange Sekunde, bevor er leise sagte: »Weißt du eigentlich, dass ich die meisten meiner Patientenakten tatsächlich auswendig kenne?«

»Ernsthaft?«, gab ich schniefend zurück.

Ein Lächeln zupfte an seinen Mundwinkeln. »Ja. Wo haben wir denn letztes Mal aufgehört?«

Ich überlegte. »Bei Frau K, oder? Lymphkrebs, zweites Stadium.«

»Richtig. Dann ist der nächste … Herr W, 67 Jahre alt, Lungenkrebs nach jahrelangem Zigarettenkonsum.«

Als ich ein überraschtes Geräusch machte, lächelte er mich wirklich an, und dann begann er, die ganze Akte vorzubeten. Jedes Detail, jedes Medikament, jede Nebenwirkung. Er erzählte mir die komplette Krankengeschichte von Herrn W, und ich hing an seinen Lippen, ohne mir irgendetwas merken zu können. Dafür war ich zu fixiert auf seine leuchtenden Augen, auf das Zucken seiner Mundwinkel und auf die Sanftheit in seiner Stimme. Ohne Unterbrechung ging er zum nächsten Patienten über, und ich spürte, wie sich meine Atmung tatsächlich beruhigte und der Knoten in meinem Magen sich langsam löste. Nur mein Herz wollte sich nicht beruhigen. Erst recht nicht, als er mit dem Daumen vorsichtig über meinen Handrücken strich. Ich wusste nicht mal, ob er es bewusst machte oder ob er zu vertieft in seinen Vortrag war. Aber es war mir auch egal – ich genoss dieses wunderschöne Gefühl einfach.

Nach über einer Stunde kam Nina wieder zu uns. Ihre Augen wurden tellergroß, als sie unsere verschlungenen Hände sah, und ich war mir sicher, dass ihre Wangen einen freudigen Rotschleier bekamen, der Jasper sicher nicht auffiel. »Du kannst jetzt zum Röntgen.«

»Okay, danke.« Obwohl ich es nicht wollte, löste ich meine Hand aus Jaspers und stand auf.

Er blickte erst Nina ernst an und dann mich. »Würde … es dir etwas ausmachen, wenn ich mir deine Akte ansehe?«, fragte er dann leise.

Überrascht sah ich ihn an, nickte aber nach kurzem Zögern. »Klar, tu dir keinen Zwang an.«

»Sie liegt in meinem Büro«, meinte Nina lächelnd und führte mich zum Röntgen. Obwohl sie nichts sagte, grinste sie mich immer wieder von der Seite an, was mein Herz noch mehr zum Schlagen brachte.

Das hier war etwas Besonderes, oder? Das machte er nicht mit jedem – Händchen halten und ablenken.

Nachdem Nina mich vor dem Röntgenbereich abgesetzt hatte, musste ich noch einmal zehn Minuten warten. Die Untersuchung selbst dauerte dann nur ein paar Minuten, genauso wie die Besprechung danach. Die Röntgenbilder waren zum Glück unauffällig, das hieß, jetzt musste ich nur noch auf die Blutwerte warten.

Erleichtert ging ich zurück zur Ambulanz und spürte, wie leicht meine Schritte waren. Nina war nirgends zu sehen, wahrscheinlich war sie gerade in einem Gespräch. Jasper allerdings ... Ich blieb überrascht stehen, als ich ihn im Wartebereich sitzen sah, vollkommen vertieft in etwas, das wohl meine Akte war.

Langsam und mit einem Lächeln ging ich zu ihm. »Ich bin fertig.«

Er riss den Kopf hoch und blinzelte mich an. »Und?«

»Alles gut. Fehlen nur noch die Blutwerte. Die kriege ich in zwei Tagen.«

»Du kriegst sie morgen«, sagte er entschlossen und klappte meine Akte zu.

Wie schaffte er es nur, mit so wenigen Worten ein Kribbeln in meinem ganzen Körper auszulösen?

Er erhob sich vom Stuhl. »Ich bring die kurz zurück, warte einen Moment.« Damit ging er zum Behandlungszimmer, klopfte und schob dann die Tür auf. Als Jasper zurückkam, blieb er in wenigem Abstand stehen, die Hände in seinen Hosentaschen. »Ich bringe dich noch raus.«

»Danke.« Lächelnd folgte ich ihm nach draußen. Wir gingen langsam und so nah beieinander, dass sich unsere Hände beinahe berührten. »Danke«, sagte ich noch einmal, als wir auf dem Platz vor dem Sankt Alex ankamen. Ich sah zu ihm hoch und fügte an: »Für deine Unterstützung heute.«

»Ich kann so etwas nicht wirklich, aber ich bin froh, dass es geholfen hat«, gab er schmunzelnd zurück.

»Du warst großartig. Es tut mir leid, dass du deinen freien Tag im Wartebereich verschwendet hast.«

Seine Augenbraue zuckte wieder. »Es waren nur zwei Stunden. Außerdem muss ich ehrlich sagen, dass die Zeit mit dir mir nicht verschwendet vorkommt.«

Ein Blitz zuckte durch mich hindurch. Nicht nur dieses irre Prickeln überall, sondern auch die Erkenntnis, dass ich mich nicht verabschieden wollte. Ich wollte mehr Zeit mit ihm. Mehr, als er mir geben konnte, wahrscheinlich. Aber ich war heute gierig. Also sagte ich etwas atemlos: »Ich wohne im Wohnheim hier um die Ecke. Hast du Lust auf einen Spaziergang?«

Er musterte mich überrascht. »Brauchst du Begleitung?«

Ich überlegte erst, zu lügen, aber dann schüttelte ich den Kopf. »Nicht unbedingt.«

Jasper legte den Kopf etwas schief, dann blickte er in Richtung des Wohnheims. »Okay.«

Freude breitete sich in mir aus.

Wir setzten uns beinahe gleichzeitig in Bewegung, und als wir auf den Weg traten, fragte ich: »Warum hast du meine Akte gelesen?«

»Es gibt mir Sicherheit, Dinge bis ins Letzte zu ergründen. Also wollte ich alles über deine Erkrankung wissen.«

»Dann warst du unsicher?«, wollte ich wissen.

Jasper zögerte einen Moment, in dem er selbst seine Gedanken zu ergründen schien. Dann sagte er langsam: »Es war, irgendwie, ein wenig verunsichernd, davon zu erfahren.«

»Tut mir leid«, gab ich zerknirscht zurück, aber er schüttelte den Kopf.

»Ich bin Onkologe. Krebserkrankungen an sich verunsichern mich nicht wirklich. Aber … das war irgendwie etwas anderes.«

Wir sahen uns an, und mir blieb die Luft weg. Konnte es sein … dass er so empfand wie ich?

»Weißt du …«, sagte ich leise. »Vielleicht brauche ich doch noch etwas Trost.«

»Ja?«, hakte er überrascht nach. Ich nickte und hob die Hand vorsichtig in seine Richtung. Berührungen an sich schienen nicht sein Ding zu sein, aber er zögerte nur eine Sekunde, bevor er seine Finger wieder zwischen meine schob. Ich rutschte im Gehen noch etwas näher an ihn heran, und dann gingen wir den restlichen Weg schweigend zum Wohnheim.

Hand in Hand und mit meinem heftig schlagenden Herzen.

Kapitel 18

EMILIA

Mein Handy klingelte, als ich gerade mit Lio in der U-Bahn saß. Wir waren zum Mittagessen bei unserer Mutter gewesen, weil sie an unserem Geburtstag immer für uns kochte, und bis eben war ich in einer Art Food-Koma. Als ich allerdings Ninas Namen auf dem Display sah, machte mein Herz einen kurzen Sprung.

Die Blutergebnisse.

Mir wurde heiß und kalt gleichzeitig. Mein Finger verkrampften sich um das Handy. Da mein Bruder neben mir saß, dachte ich kurz darüber nach, einfach nicht ranzugehen. Wenn es eine schlechte Nachricht war, wollte ich nicht, dass er dabei war. Auch wenn ich ihn liebte, damit müsste ich erst allein klarkommen. Bevor ich mich in meinen Gedanken verrennen konnte, wurde mir bewusst, dass ich vielleicht auch bloß nach einer Ausrede suchte, in eine Vermeidungshaltung ging, denn als ich vorsichtig zu ihm rüberschielte, hatte er einen Kopfhörer im Ohr und schien in einen Text auf seinem Handydisplay vertieft zu sein.

Ich atmete tief durch, dann ging ich ans Handy. »Ja?« Ich bemühte mich, meine Stimme unbeteiligt klingen zu lassen, und Lio sah auch nur kurz auf, bevor er wieder auf das Display starrte.

»Emilia, hier ist Nina. Ich wollte mich wegen deiner Blutwerte melden.«

Eine kühle Welle schwappte durch meinen Körper – vom Kopf aus bis in meine Zehen. Ich konnte mich nur gerade so davon abhalten, zu erschaudern. »Ja?« Meine Stimme kratzte, und Nervosität stieg in mir auf.

»Ich mache es kurz: Es sieht alles super aus. Keine erhöhten Tumormarker, keine sonstigen Auffälligkeiten.«

Eine erneute Welle, diesmal aus Wärme und Erleichterung. Meine Mundwinkel zuckten sofort nach oben. »Das ist toll«, sagte ich, und einen Moment versagte dabei meine Stimme. Es war nur ein winziger Bruch, aber Lio bekam ihn natürlich trotzdem mit. Er war einfach geschult durch die letzten Jahre. Ich bemerkte im Augenwinkel, dass er den Kopf nach oben riss und mich von der Seite anstarrte.

»Was?«, fragte Lio alarmiert, nachdem ich mich bei Nina bedankt und mich verabschiedet hatte. Er packte sein Handy etwas fester, und seine Augen waren geweitet. Ich kannte ihn gut genug, um zu wissen, dass das nicht einmal im Ansatz das Ausmaß war, das sich gerade in seinem Inneren abspielte. Er unterdrückte die Panik mittlerweile gut, jemand anderes als ich hätte sie ihm vielleicht gar nicht angesehen.

Ich griff beruhigend nach seinem Arm. »Alles gut«, sagte ich, und nun kamen zu dem Lächeln auch Tränen dazu. »Wirklich, alles wunderbar. Ich habe gerade meine Blutergebnisse bekommen, und alles ist gut. Immer noch krebsfrei.«

Seine Augen weiteten sich noch mehr. Er schluckte heftig, und dann nickte er. »Du … du hattest deine Untersuchung schon? Ich dachte, dass der Termin nach hinten verlegt wurde? War der nicht erst in drei Wochen festgelegt?«

»Ja, aber ich habe bei Nina einen früheren Termin bekommen.«

»Warum hast du nichts gesagt?«

Ich zuckte mit den Schultern. »Ich weiß, dass du dir immer so viele Sorgen machst und an dem Tag dann ganz hibbelig und fertig bist. Ich wollte dir das ersparen.«

Lio holte tief Luft, und ich lehnte sofort meine Schulter an seine.

»Es ist alles gut«, wiederholte ich.

»Ich weiß. Und ich bin so unglaublich froh darüber«, sagte er mit leiser Stimme. »Aber ich wünschte, du würdest mit mir über so etwas reden, statt immer Rücksicht auf mich zu nehmen. Ich will dir beistehen, und du hattest doch sicher auch Angst an dem Tag. Du musst das nicht allein durchstehen. Ich bin schließlich dein Bruder.«

Ich nickte. »Ich weiß, aber es war okay. Ich war nicht allein.« Nina hatte mich beruhigt. Und dann war Jasper da gewesen und hatte meine Hand gehalten.

Lio seufzte schwer, ehe er mit dem Kinn in Richtung Tür deutete. Die U-Bahn fuhr gerade in unsere Station ein. Mein Bruder stand auf und zog mich auf die Beine.

Als wir die Bahn verließen und zur Treppe liefen, fiel mir ein, dass Jasper vielleicht auch wissen sollte, dass alles in Ordnung war. Er hatte ein wenig gewirkt, als würde er sich auch Sorgen machen, und ich wollte nicht, dass er so viel darüber nachdachte. Allein der Gedanke an ihn, an seine Hand in meiner, machte mich schon wieder ganz kribbelig. Als Lio und ich am obersten Treppenabsatz angekommen waren, zückte ich mein Handy und schrieb Nina eine Nachricht:

Kannst du Jasper erzählen, dass alles in Ordnung ist? Ich will nicht, dass er sich Sorgen macht.

Ihre Antwort kam ziemlich prompt. Ich war erst ein paar Schritte weiter gegangen, als das Handy in meiner Hand schon wieder piepste.

Ich habe ihm geschrieben, kaum dass ich dich angerufen habe :-) Ich bin davon ausgegangen, dass das für dich okay ist, er hat mich darum gebeten.

Er hat mich darum gebeten.

Mir wanderte sofort ein breites Lächeln ins Gesicht, ich konnte nichts dagegen tun. Mein Magen prickelte, als hätte ich viel zu viel Brausepulver gegessen, und ich wusste, was das bedeutete. Es hatte keinen Zweck mehr, es zu leugnen.

»Du siehst aus, als wärst du gut drauf.« Lio grinste. Er griff nach meiner Schulter und zog mich an sich.

Ich ließ ein kurzes Kichern hören, dann griff ich ebenfalls um ihn herum. Schmiegte mich so eng an ihn, dass wir in kleinen Schlängellinien zur Spielhalle liefen, in der wir mit den anderen für unsere Geburtstagsfeier verabredet waren. Kurz überlegte ich, ob ich ihm von meinen Gefühlen für Jasper erzählen wollte – aber eigentlich gab es keinen Grund, es für mich zu behalten. Und ich WOLLTE es auch erzählen. Ich wollte endlich darüber reden.

Also drehte ich den Kopf und sah zu Lio auf. Er strahlte übers ganze Gesicht. Die Nachricht über meine guten Blutwerte schien ihn ähnlich aufzumuntern wie mich. Ich gluckste, dann sagte ich leise: »Ich habe dir zwar nicht von meiner Untersuchung erzählt – aber wie wäre es, wenn ich dir dafür etwas anderes erzähle?«

Überrascht blickte er auf mich runter. »Was denn?«

Ich atmete noch einmal tief durch. Wieso war ich so nervös? Es gab eigentlich keinen Grund, ich erzählte Lio wirklich fast alles. Aber das hier … das war etwas Neues. Etwas anderes. Etwas, das sich aus irgendeinem Grund sehr groß anfühlte. »Ich … ich glaube, ich bin verliebt.«

Wenn er damit nicht gerechnet hatte, dann ließ Lio sich das nicht anmerken. Einzig seine Mundwinkel zuckten noch einmal ein ganzes Stückchen näher an seine Ohren ran. »Ach ja? Lass mich raten …«

Ich hob die Hand, um ihn aufzuhalten, und er verstummte sofort. Ich hatte das Gefühl, dass ich diejenige sein sollte, die es aussprach. Er wartete geduldig ab, während ich den Blick über die Altbauten gleiten ließ, an denen wir vorbeikamen. Es dauerte ein paar Sekunden, bis ich es endlich über die Lippen bekam. »Ich glaube, ich bin verliebt in Doktor Jasper Bennik.« Ich schnappte nach Luft, bevor ich hinterherschob: »Nein, ich weiß es ziemlich sicher. Ich bin verliebt in ihn.«

Lio presste die Lippen zusammen. Aus seinen Augen sprühte die wahre Freude. »Das ist doch schön, oder? Ich habe dich das erst einmal sagen hören. Damals in der Oberstufe.«

Ich rümpfte die Nase. »Bei Niels Ehrer aus der Parallelklasse.«

Gott, wieso musste er jetzt diese unliebsame Erinnerung hervorbringen? Niels war nicht der Erste und auch nicht der Einzige gewesen, den ich während meiner Schulzeit kurz gedatet hatte, aber sicher der Erste, bei dem mein Herz wirklich verrückt gespielt hatte. Er war ein Jahr jünger gewesen, weil er eine Klasse übersprungen hatte, und er war wirklich schlau und wissbegierig, das hatte ich so sehr an ihm bewundert. Wir hatten alle Pausen gemeinsam in der Schulbibliothek verbracht, über Chemie diskutiert und dann in der Ecke von ein paar Bücherregalen rumgeknutscht. Er war der Erste gewesen, mit dem ich geschlafen hatte. Der Erste, der mir das Herz gebrochen hatte, als er nach über einem Jahr Beziehung im Sommercamp ein hübscheres, noch älteres Mädchen kennengelernt hatte.

»Der hatte dich nicht verdient«, brummte Lio, und sein Griff wurde etwas fester. Immerhin wusste er, wie es mir danach ging – mein Bruder hatte mich zu dieser Zeit wochenlang trösten müssen, mit jeder Menge Schokolade und noch mehr nächtlichem *Mario-Kart*-Spielen. Auch jetzt musterte er mich plötzlich mit einem etwas skeptischen Blick. »Hat Jasper Bennik dich denn verdient?«

Ich wusste, worauf er anspielte. Wir alle kannten die Gerüchte, die über Jasper im Umlauf waren – dass er kalt und abweisend war. Bei dem Gedanken huschte wieder ein Lächeln auf meine Lippen. »Ich habe ihn die letzten Wochen ganz gut kennengelernt«, meinte ich und löste mich von Lio, um nach der Tür der Arkade zu greifen. »Und er ist ganz anders, als man im ersten Moment denkt. Er hat sich sehr viel Zeit für mich genommen. Um mit mir über die onkologischen Fallakten zu reden, mir meine Fragen zu beantworten. Wir haben viel Zeit miteinander verbracht. Und er war auch da, als meine Untersuchung war. Er hat mich abgelenkt.«

Lios Gesicht wurde ganz weich. Er folgte mir ins Innere, wo wir sofort von bunten Lichtern empfangen wurden, von leuchtenden Spielautomaten, blinkenden Tischen, an denen man Air Hockey spielen konnte, und kleine Körbe, in die man Basketbälle für Punkte werfen konnte. Die anderen hatten diesen Tag für unseren Geburtstag geplant, und meine Lippen verzogen sich zu einem breiten Grinsen. Sie wussten wirklich, wie man eine Party feierte.

»Das spricht tatsächlich für ihn.« Lio musterte mich neugierig. Denkst du denn, er ist auch interessiert an dir?«

Ich zuckte mit den Schultern, während wir am Empfang vorbeigingen, um nach den anderen zu suchen. »Ich weiß es nicht, aber … er hat gestern meine Hand gehalten.« Ich sah über meine Schulter zu Lio, um seine Reaktion abzuschätzen. »Im Wartezimmer und dann … auch auf dem Heimweg.«

Seine Augenbrauen schossen nach oben. »Das muss doch etwas bedeuten.«

»Vielleicht. Er scheint kein großer Fan von Körperkontakt zu sein. Vielleicht hat er es auch nur getan, um mich zu trösten. Schließlich habe ich ihn darum gebeten.« Ich seufzte schwer, und Lio lachte hinter mir.

»Tja, das wirst du wohl nur herausfinden, wenn du es ansprichst. Frag ihn nach einem Date.«

Ich presste die Lippen zusammen. Tatsächlich hatte ich schon darüber nachgedacht, das zu tun. Jasper schien ein grundehrlicher, direkter Typ zu sein, wenn auch manchmal etwas unnahbar. Aber etwas hatte mich noch davon abgehalten. »Ich habe Angst«, gab ich leise zu. »Vor einem Korb.«

»Das verstehe ich.«

»Tust du das?« Ich musste lachen. »Du hast doch noch nie einen bekommen. Vor Alica hast du dich auf niemanden eingelassen, und mit ihr hat es geklappt.«

Lio nickte. »Ja, aber als ich ihr meine Gefühle gestanden habe, hatte ich echt Schiss, dass sie mich nicht will. Deswegen verstehe ich deine Angst. Aber ich weiß auch, dass es sich echt lohnen kann, wenn man über seinen Schatten springt.«

Er knuffte mich in den Arm, und ich schlug seine Hand weg. Er hatte natürlich recht, aber wahrscheinlich musste ich noch ein wenig Mut sammeln, bevor ich mich wirklich traute. Irgendwie hatte ich das Gefühl, dass an diesem Geständnis so viel hing. Ich mochte Jasper wirklich – auch unabhängig von meinen Gefühlen für ihn. Er war ein großartiger, unglaublich interessanter Mensch. Wir hatten so viel gemeinsam, und der Gedanke, dass es danach zwischen uns komisch werden könnte, gefiel mir gar nicht. Meine Besuche in seinem Büro waren mir mittlerweile wirklich heilig, und ich wollte das, was wir hatten, auf keinen Fall verlieren.

Ich biss mir auf die Unterlippe, aber bevor ich etwas sagen konnte, entdeckte ich die anderen – und sie uns. Alica, Filina und Marlon saßen zusammen an einem Tisch und sprangen direkt auf. Innerhalb weniger Sekunden wurde ich von drei Menschen gleichzeitig in eine innige, sehr warme Umarmung gezogen. Sie riefen alle durcheinander verschiedene Geburtstagswünsche, die sich so miteinander vermischten, dass man eigentlich nichts mehr verstand. Sie kitzelten ein lautes Lachen aus mir heraus.

»Also, unsere Lieblingszwillinge«, verkündete Marlon mit leuchtendem Gesicht. Er hielt zwei Karten über unsere Köpfe. »Hier drauf sind jeweils fünfzig Credits für alle Spiele, die ihr hier sehen könnt. Ihr bestimmt, was wir spielen.« Beinahe feierlich überreichte er uns die Karten und zwinkerte. »Und wenn die Credits alle sind, haben wir einen Tisch in einem American Diner reserviert – Burger und Milchshakes und perverse Brownie-Nachtische gehen auf uns.«

»Das ist der beste Tag meines Lebens«, rief Lio aus, bemerkte dann seinen Fehler und grinste erst Alica und dann mich entschuldigend an. »Also … er kommt in die Top Ten, auf jeden Fall.«

»Das wirst du anders sehen, wenn ich dich in jedem Spiel in dieser Halle besiegt habe«, neckte ich und hakte mich bei Marlon unter. »SOBALD ich diesen Herrn hier fertiggemacht habe in …« Ich überlegte und deutete dann in den hinteren Bereich der Halle. »Sobald ich ihn im Basketballwerfen besiegt habe. Bereitet euch alle auf Niederlagen vor.«

Marlon johlte und schob mich sofort an den Spielautomaten, den ich vorgeschlagen hatte. Ich konnte die anderen hinter mir lachen hören und von Filina auch so etwas wie »Sie ist aber gut drauf heute«. Und ja, verdammt, das war ich. Mein Körper war so leicht von den guten Nachrichten heute, dass ich Marlon tatsächlich spielend leicht in der ersten Runde besiegte. Er forderte vier Revanchen, nach denen er wieder vorn lag, aber das machte mir überhaupt nichts aus. Dazu war mein Gemüt heute zu sonnig.

Nach dem Basketballspiel machten Lio, Alica und ich die Tanzautomaten unsicher, bei denen ich kläglich versagte, worüber sich Filina und Marlon köstlich amüsierten. Wieder besser war ich dafür in dem Rennspiel, in dem ich Filina im Staub zurückließ, und danach spielten wir alle zusammen Air Hockey. Weil wir eine ungerade Anzahl an Spielern waren, entschieden wir uns, um den Spieltisch zu rennen. Danach waren wir alle allerdings so fertig, dass wir uns eine ganze Weile wieder ruhigeren Spielen zuwandten.

Alica und ich fanden einen Automaten, an dem man ein Fight-Spiel spielen konnte, und setzten uns Schulter an Schulter auf die Bank davor.

»Hast du einen schönen Tag?«, fragte sie und lehnte sich etwas näher an mich.

»Merkt man das nicht?«, hakte ich lachend nach und verprügelte ihre Figur mit meiner in einer so schnellen Combo-Abfolge, dass sie keine Chance hatte. Die erste Runde ging an mich.

Alica gab einen Stöhnen von sich, bevor sie mich angrinste. »Man merkt es dir so was von an. Gut, dass wir hiermit euren Geschmack getroffen haben.«

»Ja, habt ihr wirklich.« Ich stockte und wandte mich wieder dem Bildschirm zu, als die zweite Runde begann. Eine Sekunde kaute ich auf meiner Unterlippe herum, dann platzte ich heraus: »Vielleicht ist es aber auch noch etwas anderes.«

»Was denn?«, fragte Alica neben mir konzentriert.

»Meine Untersuchungsergebnisse sind alle negativ. Ich bin immer noch krebsfrei.«

»Emilia.« Sie ließ den Controller sofort sinken und zog mich in ihre Arme. »Oh Gott, das ist so toll. Du hast gar nicht gesagt, dass du sie schon hattest.«

Ich schniefte an ihrer Schulter.

Wir lösten uns voneinander, lachten leise und wandten uns wieder unserem Kampf zu. Aber das war es noch nicht mit den Dingen, die ich ihr sagen wollte.

»Und vielleicht bin ich ein bisschen verliebt in Doktor Bennik«, schob ich daher schnell hinterher.

Okay, sie war überrascht. Sie riss sofort die Augen auf und begann zu strahlen. »Wirklich?«

Ich nickte und spürte, wie mir Hitze ins Gesicht schoss, zusammen mit einem Lächeln. Es war das zweite Mal, dass ich das heute aussprach, und es fühlte sich seltsam befreiend an. Seltsam real. Ich mochte das Gefühl, dass das in mir auslöste.

Alica war so abgelenkt, dass ich die Chance nutzte, um auch die zweite Runde an dem Automaten für mich zu entscheiden.

Meine beste Freundin fluchte, lachte dann aber. Es schien ihr nicht viel auszumachen. Stattdessen lehnte sie sich wieder zu mir. »Und er?«, flüsterte sie mir zu.

Ich zuckte mit den Schultern. »Keine Ahnung.« Ich blickte über meine Schulter zu den anderen, die inzwischen Bälle warfen, lachten und redeten. Mein Herz pochte kräftig in meiner Brust, als ich Alica wieder ansah. »Aber ich werde es herausfinden.«

Kapitel 19

EMILIA

Ich hatte mir einen relativen ruhigen Zeitpunkt ausgesucht, um auf der Erwachsenenonkologie aufzutauchen. Es war noch Übergabezeit, die meisten Pflegekräfte saßen zusammen im Stationszimmer, ich konnte ihre Köpfe durch das breite Sichtfenster sehen.

Ein wenig nervös drückte ich die Kaffeebecher enger an mich und ging in kleinen Schritten auf das Stationszimmer zu. Keine Ahnung, ob das eine gute Idee war, aber jetzt gab es auch keinen Weg mehr zurück. Eine der Schwestern hatte mich entdeckt und stand von dem kleinen Übergabekreis auf.

»Kann ich helfen?« Ihre Stimme klang freundlich, aber ein wenig gestresst.

Ich schaffte es, erst den Kopf zu schütteln und dann zu nicken, was sie mit einer erhobenen Augenbraue beantwortete. »Eigentlich bin ich auf der Suche nach Doktor Bennik.«

Die Braue wanderte noch ein Stück weiter nach oben. Ihr Blick dafür nach unten, auf die zwei Kaffeebecher in meiner Hand, und dann wieder in mein Gesicht, als wollte sie abschätzen, was ich mir erhoffte. Wahrscheinlich kam es nicht sonderlich oft vor, dass jemand Doktor Bennik Kaffee brachte, außer vielleicht Nina.

»Ich arbeite hier«, schob ich noch hinterher. Keine Ahnung, warum ich das überhaupt sagte, aber die Schwester wirkte danach tatsächlich ein wenig entspannter. »Verstehe. Er ist gerade in einem Patientenzimmer Blut abnehmen. Sie können hier auf ihn warten.«

Ich nickte, und die Schwester schloss die Tür wieder hinter sich. Durch das Fenster beobachtete ich, wie sie sich wieder in den Stuhlkreis setzte, und direkt danach flogen alle Blicke zu mir hoch. Meine Wangen fingen Feuer. Himmel, was hatte sie ihnen denn erzählt? Was dachten sie wohl gerade über mich?

Um nicht weiter angestarrt zu werden, machte ich ein paar Schritte von der Tür weg und lehnte mich mit dem Rücken an die Wand hinter mir. Die Erwachsenenonkologie war genauso aufgebaut wie die anderen Stationen im Sankt Alex: breite, modern ausgestattete Flure, große Zimmer, hohe Decken und breite Fenster, durch die viel Tageslicht einfiel. Den Linoleumboden fand ich auf allen Stationen hässlich, aber der von der Onko hatte wenigstens eine blaue Farbe, die noch am leichtesten zu ertragen war. Ich sah auf meine Füße hinunter, auf die ausgetretenen schwarzen Boots, die ich trug, und sicher zum fünften Mal heute fragte ich mich, ob ich das Richtige anhatte. Dann fragte ich mich, was wohl das Richtige wäre, weil ich eigentlich nicht genau wusste, was überhaupt mein Plan war.

Der offensichtlichste, wegen dem ich eigentlich vor allem hier war, war, dass ich Jasper vermisste. Ich hatte ihn zwar nur drei Tage nicht gesehen, in denen ich meinen Geburtstag gefeiert und dann für die nächsten Prüfungen gelernt hatte. Heute war dann der Moment gekommen, in dem ich es nicht mehr ausgehalten hatte, weswegen ich jetzt hier war. Auf der Station, auf der er arbeitete, weil ich ihn leider nicht in seinem Büro angetroffen hatte. Ich war hier und fragte mich, ob ein eng anliegendes Kleid und ein Shirt kombiniert mit Boots ein richtiges Outfit war, um … ja was? Ihn wiederzusehen?

Ich biss mir auf die Unterlippe, und in dieser Sekunde ging links von mir eine Tür auf. Aber es war nur eine Reinigungskraft, die mich so erschrocken musterte wie ich sie. Dann nickte sie grüßend und zog mit ihrem Wagen von dannen. Ich seufzte und starrte wieder auf meine Stiefel runter. Hoffentlich kam Jasper aus dem Patientenzimmer, bevor die Übergabe vorbei war und die Pflegekräfte noch ein wenig mehr zu gucken und zu hören hatten.

Wieder ging eine Tür auf. Diesmal sah ich erst auf, als ich ein überraschtes »Emilia?« hörte.

Ganz langsam hob ich den Kopf, blickte in sein überraschtes Gesicht, seine hellen grauen Augen, und spürte, wie in meinem Inneren sofort alles wieder Achterbahn fuhr. Himmel, dieses irre Kribbeln in jeder Faser meines Körpers – wie hatte ich erst vor ein paar Tagen realisieren können, dass ich ihn mochte, obwohl mein Körper mir so eindeutige Signale schickte?

»Hey.« Meine Mundwinkel verzogen sich ganz von selbst zu einem breiten Lächeln, ich hätte sie wahrscheinlich mit der größten Kraftanstrengung nicht dazu bewegen können, das zu lassen.

»Hey.« Jasper steckte eine Hand in die Tasche seines Arztkittels, der ihm übrigens großartig stand, und kam dann etwas zögerlich auf mich zu. »Was machst du hier?«

Warum klang seine Stimme so seltsam? Fand er es komisch, dass ich ihn hier störte? Hätte ich vielleicht doch lieber in seinem Büro warten sollen?

Ich räusperte mich verlegen. »Ich … wollte dir nur einen Kaffee vorbeibringen, weil ich dachte, dass du vermutlich nicht wirklich zu einer Pause kommst. Und aus Dank für deine emotionale Unterstützung letztens.«

Seine Schultern sanken ein, und endlich zuckten auch seine Mundwinkel nach oben. »Ich verstehe. Das ist nett von dir, aber das wäre nicht nötig gewesen.«

Ich beobachtete die Reaktion in seinem Gesicht. War das Erleichterung? »Was hast *du* denn gedacht, warum ich hier bin?«, fragte ich daher.

»Die meisten Menschen, die in Zivilkleidung hier auf Station auftauchen, sind entweder Angehörige von Patienten oder selbst neue Patienten. Beides hätte ich dir nicht gewünscht.«

»Oh.« OH. Das war also tatsächlich Erleichterung gewesen. Er hatte sich Sorgen gemacht. Das fand ich so süß, dass ich leise auflachte. »Entschuldige, das hätte ich wahrscheinlich direkt klarstellen sollen.«

»Alles gut.« Er winkte ab, und ich reichte ihm den Kaffeebecher. »Ehrlich gesagt habe ich keine Ahnung, wie du deinen Kaffee trinkst, also habe ich genommen, was ich dir am ehesten zutraue.«

Jasper öffnete den Deckel, starrte in den schwarzen Kaffee und dann wieder zu mir hoch. Jetzt lächelte er richtig, und das schickte eine Menge Glücksgefühle durch meine Brust. »Genau richtig.«

»Gut. Hast du vielleicht Zeit, ihn gemeinsam zu trinken?«

Er zögerte eine Sekunde und sah sich auf Station um. Wahrscheinlich hatte er wirklich jede Menge zu tun.

»Wenn nicht, ist es auch okay«, gab ich deshalb schnell zurück.

Aber Jasper lächelte. »Ein paar Minuten habe ich.« Dann deutete er mit dem Kopf zur Seite, und ich folgte ihm über den Gang.

Mein Herz klopfte wie bei einem Marathon, und ich flehte es an, sich zu beruhigen. Was machte mich denn an dieser Situation so nervös? Jasper und ich hatten schon viel Zeit allein verbracht. Ich hatte nur endlich vor mir selbst zugegeben und akzeptiert, dass ich ihn mochte. Nahmen meine Gefühle das jetzt als Zeichen, vollkommen freizudrehen?

Wir bogen im hinteren Bereich der Station in ein Zimmer ab, das wie eine kleine Teeküche aussah. »Hier sitzen meistens die Ärzte mit den Therapeuten zusammen. Aber in letzter Zeit gibt es nicht genug Personal, das zusammensitzen könnte«, meinte er nüchtern und ließ sich an dem Tisch auf einen Stuhl nieder.

Ich setzte mich auf den Stuhl genau neben ihn, weil ich ihm unbedingt nah sein wollte.

»Geht es dir gut?«, fragte er sofort. Wieder einmal fiel mir auf, wie fest er meinem Blick standhielt.

Ich wusste, dass er auf die Untersuchungen anspielte. »Ja«, sagte ich. »Alle Ergebnisse waren sehr gut.« Ich stockte, dann lächelte ich. »Aber das weißt du ja schon, weil Nina es dir erzählt hat.«

Er nickte ernst. »Ich hoffe, das war in Ordnung für dich.«

»Na klar. Aber ich hätte es dir natürlich auch gesagt, nachdem du so lieb meine Hand gehalten hast, um mich zu trösten.« Ich biss mir auf die Unterlippe und konnte plötzlich seinem Blick nicht mehr standhalten. Also sah ich auf seine Hand hinunter, mit der er seinen Kaffee festhielt, was irgendwie auch ein Fehler war. Wieso war mir noch nie aufgefallen, was für schöne Hände er hatte? Alles an ihm war irgendwie schön. Ein bisschen zu schön, um wahr zu sein. Konnte jemand Großartiges wie er jemanden wie mich wirklich mögen? Er hatte es nicht so mit zwischenmenschlichen Beziehungen, das hatten Nina und er selbst ja gesagt. Es hatten sich schon viele hier im Krankenhaus in ihn verknallt, aber soweit ich wusste, hatte er es nie erwidert. Wieso sollte ausgerechnet ich die Ausnahme sein?

»Das habe ich gern gemacht.«

Als ich den Blick wieder hob, starrte er auf seinen Kaffee hinunter. Aber auf seinem Gesicht lag ein Lächeln, das mein Herz zum Flattern brachte.

Ich presste die Lippen zusammen. Warum machte ich mir überhaupt so viele Gedanken? Das brachte doch nichts, es würde mir keine Antwort auf meine Frage geben, sondern mich einfach nur weiter in diese Schleife ziehen. »Trotzdem. Danke«, sagte ich leise. »Besonders dafür, dass du meine Hand gehalten hast. Ich habe mitbekommen, dass du kein großer Fan von Berührungen bist, und es hat mir sehr geholfen in diesem Moment.«

Er runzelte nachdenklich die Stirn. »Das stimmt. Aber wenn

es dir geholfen hat, war es das doch wert, oder?« Jasper sah mich wieder an und schob hinterher: »Außerdem stört es mich bei manchen Menschen weniger als bei anderen.«

Ich schluckte, konnte es mir aber nicht verkneifen zu fragen: »Bei mir stört es dich weniger?«

Er nickte, und da war das Marathon-Herz wieder. Raste in meiner Brust und schickte Schmetterlinge in jede Faser meines Körpers.

»Das freut mich«, sagte ich leise, weil mir nichts Besseres einfiel. Was sollte man auch sonst sagen, wenn »Dann berühre mich bitte wieder« nicht wirklich eine Option war?

Jaspers Augen weiteten sich etwas. »Tut es?«

Himmel. Ich schmunzelte verlegen. »Es war schön.« Um die Situation nicht noch komischer zu machen, fügte ich schnell an: »Schmeckt der Kaffee? Es ist der teure aus der Cafeteria.«

Brav nahm Jasper einen großen Schluck, ehe er sagte: »Der ist wirklich gut. Und er kommt außerdem sehr gelegen, ich habe heute tatsächlich noch keinen gehabt. Wasser auch nicht. Und gegessen habe ich auch seit Stunden nicht.« Das alles schien ihm erst bewusst zu werden, während er es aufzählte, aber da funkelte etwas Schelmisches in seinem Ausdruck auf, als er mich wieder ansah. »Verrate das Nina nicht, die macht mir wieder die Hölle heiß.«

»Versprochen«, gab ich grinsend zurück, irgendwie erfreut darüber, dass er so etwas wie ein Geheimnis mit mir teilte.

»Gut«, sagte er, und dann schwiegen wir ein paar Sekunden. Es war nicht unbedingt ein unangenehmes Schweigen, als hätten wir nichts zu sagen. Es kam mir eher so vor, als würden wir den Moment einfach nur genießen.

Auf dem Flur wurde es wieder etwas lauter, ich vermutete also, dass die Übergabe vorbei war. Als ich mich von der Tür wieder zu Jasper drehte, starrte dieser gerade nachdenklich auf die Hand, die ich auf dem Tisch zwischen uns abgelegt hatte. Er wirkte, als wollte er sie analysieren, und ich hätte sonst was gegeben, ihm gerade in den Kopf zu gucken.

»Ich war übrigens bei einer der Vorlesungen, die du mir empfohlen hast. Die, bei der immer unterschiedliche Forschende Vorträge über ihre neusten Ergebnisse halten«, sagte ich, und sofort sah Jasper mich wieder an.

Sein Gesicht hellte sich auf. »Und, wie hat sie dir gefallen?«

»Ganz gut. Es gab ein paar nette Einblicke in die aktuelle Krebsforschung.« Ich zuckte mit den Schultern. »Nicht viel, was ich noch nicht wusste, aber ganz gut.«

Er gab ein Geräusch von sich, das ich nach einer Sekunde als ein amüsiertes Lachen erkannte. »Es scheint schwierig zu sein, dir noch etwas über Onkologie beizubringen.«

»Ich habe mich wirklich viel damit beschäftigt«, gab ich lachend zurück.

Jasper betrachtete mich eine lange Sekunde, bevor er fragte: »Wegen deiner eigenen Erkrankung?«

Etwas plumpste in meinen Magen. »Damit hat es angefangen, ja«, sagte ich leise.

Er wirkte sehr ernst. »Ich habe so viel über Onkologie gelernt, viele Patienten gehabt, viel geforscht. Aber ich maße mir nicht an zu verstehen, wie es ist, selbst daran zu erkranken.«

»Es ist … wahnsinnig unheimlich. Mehr als japanischer-Horrorfilm-unheimlich«, gab ich zu. Als Jasper erneut nickte, um mich zum Weitersprechen zu ermuntern, tat ich es einfach: »Es gab ein paar Tage während meiner Behandlung, an denen ich dachte, dass es das für mich war. Dass ich nicht lebend aus dieser Erkrankung herauskomme. Das war schon schlimm. Aber nicht so schlimm wie die verzweifelten Gesichter meiner Mutter und meines Bruders.«

Er legte den Kopf schief. »Du hast einen Bruder?«

»Zwilling«, sagte ich lächelnd. »Er ist mein bester Freund. Und ihn so zu sehen, war schlimmer als jede Chemotherapie.«

»Es tut mir leid, dass du durch so etwas durchmusstest«, meinte er mit warmer Stimme. Seine Hand zuckte ein wenig, als würde er meine wieder nehmen wollen, und am liebsten wäre ich ihm entgegengekommen. Aber irgendwie traute ich mich nicht so recht. Ich wusste nicht, ob ihm das wirklich gefallen würde.

Also lächelte ich nur. »Ich verstehe nicht, wie man dich für abweisend halten kann, Jasper. Du bist ein wirklich lieber Mensch.«

Er stockte eine Sekunde. Dann zuckten seine Schultern nach oben. »Die Menschen halten mich für abweisend, weil ich es bin«, erklärte er dann nüchtern. »Ich ziehe nicht so viel Freude aus den meisten zwischenmenschlichen Situationen und bin gern allein.«

Ich nickte langsam.

Bevor ich allerdings etwas sagen konnte, fügte er hinzu: »Aber seit du in mein Büro kommst und mir Tausende Fragen zu jedem meiner Patienten stellst, muss ich zugeben, dass ich immer öfter etwas lieber mit dir zusammen bin als allein.«

Diesmal konnte ich das Schaudern nicht unterdrücken, das durch meinen Körper ging. Er sagte es, als wäre das keine große Sache. Als würde es ihm überhaupt nichts ausmachen, das einfach zu sagen, als würde es ihn keine Überwindung kosten. Und das brachte meinen Magen und mein Herz wieder ganz durcheinander, sodass ich ganz nervös wurde.

»Ich bin auch lieber mit dir zusammen als allein«, sagte ich lächelnd. »Und das ist wohl das beste Kompliment von einem Introvertierten zum anderen.«

Jasper lächelte ebenfalls. »Ist es wohl.«

Wir sahen uns ganz offen an. Eine Sekunde zu lang, vielleicht, eine Spur zu intensiv. Wieder kribbelte meine Haut, von meiner Hand auf dem Tisch bis runter in meine Zehen. Himmel, ich wollte ihn küssen. Am liebsten jetzt sofort. Mich einfach vorlehnen und ihn an mich ziehen. Aber wer sagte, dass ihm das so gefallen würde wie mir? Plötzlich bekam ich wieder Angst, dass ich mehr in das alles interpretierte, als da von seiner Seite aus war.

Bevor ich mich dazu überwunden hatte, etwas zu sagen, tauchte eine der Schwestern in der Tür auf. »Doktor Bennik, könnten Sie sich kurz die Kurve von Frau Keltendorfer ansehen? Ihre Blutwerte sind ganz schön abgerauscht seit der letzten Entnahme.«

»Ich komme sofort«, gab Jasper zurück, und die Schwester verschwand wieder. Nicht, ohne mir einen neugierigen Blick zuzuwerfen.

»Dann sollte ich wohl mal gehen«, meinte ich verlegen. Ich stand auf und strich mein Kleid glatt. »Entschuldige, dass ich dich während deiner Arbeit gestört habe.«

»Das macht nichts«, gab er zurück. »Ich habe mich gefreut, dich zu sehen.«

Was machst du nur mit mir, Jasper? Ich machte auf dem Absatz kehrt und ging etwas steif zur Tür. Aber im Rahmen drehte ich mich noch einmal zu Jasper zurück, der immer noch am Tisch saß. Unsere Blicke kreuzten sich, und ich sammelte jeglichen Mut zusammen, den ich in meinem Körper noch fand. »Willst du … vielleicht mal was essen gehen? Also außerhalb des Krankenhauses?«

Jasper sah mich vollkommen überrumpelt an, und einen Moment lang hätte ich die Worte am liebsten zurückgenommen. Aber dann nickte er zögernd. »Ja, okay.«

»Großartig«, gab ich atemlos zurück. Ich ging wieder zum Tisch und hielt ihm mein Handy unter die Nase. »Dann solltest du mir wahrscheinlich deine Nummer geben. Für die Organisation, du weißt schon.«

»Das erscheint mir logisch«, sagte er wieder in dieser wunderbar nüchternen Stimme. Er tippte seine Handynummer ein, zögerte kurz und drückte dann auf den grünen Hörer. »Dann hab ich deine auch gleich. Falls mir noch weitere Vorlesungen einfallen«, kommentierte er und flutete meinen Körper wieder mit Glückshormonen.

»Okay. Dann bis bald.« Ich drückte mein Handy an meine Brust und stürmte aus dem Raum, als würde er seine Nummer sonst wieder zurücknehmen.

ICH HABE ES GETAN!, schrie ich in Gedanken und konnte den Victory Dance nur zurückhalten, bis ich endlich im Aufzug stand.

Ich hatte ein Date mit Jasper. Oder so etwas Ähnliches, je nachdem, wie er es interpretierte.

Aber gerade war das alles, was ich wollte.

Kapitel 20

JASPER

Ist das ein Date?« Nina tauchte hinter mir in der Spiegelung meines Kleiderschrankes auf, und selbst ich erkannte, dass sie förmlich glühte. Die feinen Nuancen mancher Gefühlsregungen meiner Mitmenschen waren mir oft ein Rätsel, aber in diesem Moment war sie selbst für mich ein offenes Buch. Sie war außer sich vor Freude. Ich verstand nur nicht wirklich, warum.

»Keine Ahnung«, brummte ich, während ich überlegte, ob ein Hemd für ein Essen wohl zu viel war. Eigentlich waren Hemden so ziemlich das Einzige, was ich besaß. Für die Arbeit im Büro und wichtige Gespräche mit sich noch wichtiger findenden Ärzten und Krankenhausvorständen waren sie am besten geeignet – und ansonsten trug ich nur Bereichskleidung auf Station und Jogginghosen auf der Couch. Beides kam mir für ein Essen nicht sehr angemessen vor.

Nina ließ nicht locker. »Wie fühlt es sich denn an?«, hakte sie nach, während sie hinter mir herumhüpfte wie eine Zwölfjährige.

»Keine Ahnung«, wiederholte ich. Woher sollte ich denn wissen, wie ein Date sich anfühlte? Ich hatte noch nie in meinem Leben eins gehabt. Ich machte mich daran, die Knöpfe an meinem Hemd zu schließen, und Nina seufzte hinter mir.

»Hättest du denn gern, dass es ein Date ist?«

Ich begegnete ihrem Blick in der Spiegelung. »Was würde es denn bedeuten, wenn es eins wäre?«

Sie zuckte mit den Schultern, plötzlich war sie ziemlich still. Erst als ich fertig war und mich zu ihr umdrehte, sah sie wieder auf. »Na ja, normalerweise haben Menschen Dates, die sich sehr mögen.« Sie grinste ob dieser Erklärung für Kinder, und diesmal war ich es, der seufzte.

»Ich denke nicht, dass es ein Date ist.«

»Also magst du sie nicht?«

»Doch, ich mag sie.«

»Aber?«

»Nina …« Ich ließ die Arme hängen, und meine Freundin machte einen Schritt auf mich zu, sodass sie direkt vor mir stand. Sie griff nach meinem Hemdkragen und löste vorsichtig die oberen Knöpfe wieder. »Willst du wissen, was ich denke?«

»Bitte«, gab ich etwas ungeduldig zurück.

Nina lächelte wissend. »Ihr habt ziemlich viel Zeit miteinander verbracht. Zeit, in der ihr gemerkt habt, dass ihr viel gemeinsam habt und euch ziemlich mögt. Sie hat dich gefragt, ob ihr was essen geht, und ich glaube, dass sie dich damit nach einem Date gefragt hat. Und weißt du noch was?« Sie strich das Hemd etwas auseinander und lächelte mich dann wieder an. »Ich glaube, du magst sie auch. Ich habe noch nie gesehen, dass du freiwillig so viel Zeit mit einem Menschen verbringst. Und ich habe noch nie gesehen, wie du die Hand von jemandem hältst. Einfach so, als wäre nichts dabei.«

»Ich wollte sie trösten«, gab ich etwas schwach zurück.

Nina schnaubte. »Darum machst du dir normalerweise auch keine Gedanken, Jasper. Du magst sie. Sie ist etwas Besonderes für dich.«

War sie das? Das würde zumindest erklären, warum ich überdurchschnittlich oft an sie dachte. Warum ich enttäuscht war, wenn ich in mein Büro kam und sie nicht da war. Warum es mir so wenig ausmachte, wenn ich sie berührte – weniger noch als bei Nina.

Sie kicherte. »Du siehst aus wie eine Ziege, wenn's donnert.«

»Wie sieht eine Ziege denn aus, wenn's donnert?«

»Verängstigt.« Nina machte einen Schritt zurück. »Denk

dran, dass du deine Grenzen jederzeit äußern kannst, auch wenn du jemanden magst.«

Ich zog die Augenbrauen zusammen. »Ich bin kein Kind, Nina.«

Sie winkte grinsend ab. »Es ist übrigens acht. Sie ist bestimmt schon da.«

Richtig. Emilia hatte angeboten, mich mit dem Auto abzuholen. Und ich hatte ziemlich viel Zeit damit vergeudet, rauszufinden, welche Hemdfarbe am besten zu einem Date passte, wenn es denn eins war. Und die Tatsache, dass es eins sein könnte, machte mir wirklich erstaunlich wenig aus. Bis zu der Sekunde, in der ich in den Flur trat und mir klar wurde, was Nina da gerade gesagt hatte.

Erschrocken drehte ich mich zu ihr um. »Du denkst, dass sie denkt, dass das ein Date ist, oder?«

Nina wirkte überrascht. »Ist das ein Problem?«

War es das? Ich horchte ein wenig in mich rein, aber bis auf die Unruhe, die mich immer befiel, wenn es um Emilia ging, war da kein Widerstand. Auch wenn der Gedanke mich gerade ein wenig erschrocken hatte, dass sie das hier für ein Date hielt. Dass sie vielleicht Erwartungen an den Tag hatte. »Nein. Denke ich.« Ich presste die Lippen zusammen. »Stellt das denn irgendwelche Anforderungen an mich?«

Sie zuckte mit den Schultern. »Vielleicht möchte sie einen Abschiedskuss am Ende?«

Um Himmels willen. Ich musste wohl so erschrocken ausgesehen haben, wie ich mich fühlte, denn Nina lachte sofort auf. »Niemand muss irgendjemanden küssen, wenn er nicht will. Und jetzt geh und amüsier dich!«

Mehr als ein Brummen brachte ich nicht mehr zustande, und dann war ich auch schon an der Tür und eilte die Treppe nach unten. Seltsamerweise bekam ich die Frage nicht aus dem Kopf, ob ich das denn wollte. Sie küssen. Meine Unruhe verdoppelte sich direkt, als ich darüber nachdachte, deswegen wischte ich den Gedanken schnell weg und riss die Haustür auf.

Emilia war tatsächlich schon da. Sie stand an ein kleines Auto gelehnt, auf dem ein riesiger Sticker für eine Auto-Leih-App klebte, und starrte gedankenverloren Löcher in die Luft. Wie jedes Mal, wenn ich sie nach einer Weile wiedersah, passierte ein faszinierendes Phänomen in meinem Körper: Die Unruhe, die ich spürte, schien sich nämlich gleichzeitig zu vervielfachen und komplett aufzulösen. Ich konnte es selbst nicht ganz erklären, aber es war seltsam … angenehm. Fühlte man sich also so? Wenn man … romantische Gefühle für jemanden hatte?

Sie bemerkte mich erst, als ich neben sie trat, so sehr war sie offensichtlich in ihre Gedanken vertieft gewesen. Überrascht hob sie den Kopf. Dann begannen ihre Wangen zu glühen und ihre Augen zu leuchten, und sie lächelte mich so offen an, dass ich fast ein wenig das Gefühl hatte, meine Knie würden mich nicht mehr so richtig halten wollten.

Ich rief sie mahnend zur Ordnung und erwiderte dann ihren Blick.

»Hey.« Sie grinste.

»Hey«, gab ich zurück und merkte, dass ich mich ein wenig atemlos fühlte. Zeit, alle Unklarheiten aus dem Weg zu räumen. »Ist das ein Date?«

Emilia riss die Augen auf, und selbst im Halbdunkel erkannte ich, dass ihre Wangen noch etwas roter wurden. »Äh. Ich … ich weiß nicht.«

Faszinierend. »Dann hast du den Gedanken also nicht gehabt, als du mich nach einem Essen gefragt hast?«

Sie machte ein paarmal den Mund auf und wieder zu, und dann lachte sie auf. Das Geräusch löste einen Knoten in meinem Magen, den ich bis eben noch gar nicht gespürt hatte. »Du bist immer echt direkt«, meinte sie.

Ich zuckte mit den Schultern. »Das höre ich oft.«

»Wollen wir?« Sie deutete in Richtung des Autos.

Ich nickte und bewegte mich auf die Beifahrerseite zu. Natürlich hatte ich bemerkt, dass sie meine Frage nicht beantwortet hatte, aber ich beschloss, es erst mal dabei zu belassen. Vielleicht hatte ich mit meiner Frage eine Grenze überschritten, und ich wollte sie nicht damit verschrecken.

Als wir eingestiegen und angeschnallt waren, schenkte Emilia mir wieder ein strahlendes Lächeln. »Ich hoffe, du hast Hunger, wir gehen nämlich in eins meiner Lieblingsrestaurants frühstücken.«

Meine Brauen wanderten in Richtung meiner Stirn. »Ich weiß, dass mein hohes Arbeitspensum mich immer völlig aus dem Konzept bringt, aber ist Frühstück nicht die Mahlzeit am Anfang des Tages?«

»Nicht im *Benedict,* da ist Frühstück rund um die Uhr«, sagte Emilia vergnügt und startete den Motor.

Frühstück um acht Uhr abends. Was für ein Konzept. Aber Emilias offensichtliche Freude führte dazu, dass sich in meinem Magen eine angenehme Wärme ausbreitete, und ich stellte fest, dass ich mich auch für jedes andere Restaurant zu ihr ins Auto gesetzt hätte. Himmel, wahrscheinlich auch zu McDonalds. Das musste wohl heißen, dass Nina recht hatte.

Ich mochte Emilia wirklich.

Aber konnte es sein, dass so ein Sonnenschein sich tatsächlich für jemanden wie mich interessierte? Einen grummeligen Arzt, der nicht mal verstand, was gerade in einem Menschen vorging, wenn er es einem ins Gesicht brüllte? Selbst jetzt strahlte sie wie eine 1000-Watt-Glühbirne. Was konnte sie mit jemandem wie mir anfangen?

Ich richtete den Blick wieder nach vorn. Emilia war eine angenehme Fahrerin, und bereits nach wenigen Sekunden hielt sie die Stille im Auto nicht mehr aus und begann, mir von ihren Prüfungen zu erzählen, die in den nächsten Tagen noch anstanden. Normalerweise schaltete ich auf Durchzug, wenn die Dinge mich nicht betrafen, von denen mir erzählt wurde. Aber bei Emilia hing ich seltsamerweise trotzdem an ihren Lippen.

»Musst du dann nicht eigentlich heute lernen, statt Zeit mit mir zu verbringen?«, fragte ich.

Sie winkte ab, bevor sie in eine Seitenstraße bog. »Ich habe die ganzen zwei Jahre nichts anderes gemacht, ich kann mal einen Abend freimachen.« Sie stutzte, dann lachte sie wieder. »Wenn mein Bruder das hören würde, würde er wahrscheinlich denken, ich wäre durch ein Alien ausgetauscht worden.«

»Warum?«, hakte ich nach, neugierig, mehr von ihr zu erfahren.

»Weil ich schon immer nichts anderes getan habe, als zu lernen. In der Schule, in der Ausbildung und dazwischen den ganzen Onkologiekram. Lio ist der Meinung, ich bin ein unverbesserlicher Nerd.«

»Ist das etwas Schlechtes?« Ich lehnte den Kopf an und betrachtete Emilia von der Seite. »Ich habe in der Schule und im Studium nämlich immer Ähnliches gehört.«

»Oh, du bist ein Nerd. Ein riesiger. Und in deinem und meinem Fall bedeutet das etwas sehr Gutes«, gab sie grinsend zurück.

Himmel. Wer hätte gedacht, dass ich dieses Wort tatsächlich einmal schön finden würde. Aber aus ihrem Mund klang es so.

Emilia wurde etwas stiller, als sie nach einem Parkplatz suchte, und noch stiller, als sie schließlich in einer ziemlich engen Lücke einparkte. Es klappte, und sie jubelte auf. »Einparken war in der Fahrschule immer das, was ich am besten konnte.«

»Eindeutig«, gab ich zurück, und wir stiegen mit leichten Platzproblemen aus dem Wagen aus.

Das *Benedict* lag zwei Straßen weiter, näher dran war einfach kein Parkplatz zu finden gewesen. Der etwas verkniffen wirkende Mann am Eingang fragte uns nach unserer Reservierung, und dann standen wir auch schon drin in dem hübsch eingerichteten Frühstücksrestaurant. Ich sah mich um und betrachtete die Deko, während Emilia sich schon zum Tisch führen ließ. Wir hatten einen kleinen in der Ecke mit drei Stühlen daran. Sie winkte mich zu sich, und ich ließ mich auf den Stuhl direkt neben sie fallen.

Interessant. Offensichtlich war auch meine Liebe zu menschlichem Abstand bei ihr direkt vergessen.

Emilia schien sich jedenfalls darüber zu freuen, denn sie lächelte breit, bevor sie mir die Karte rüberschob. »Bestell, was du willst, es geht auf mich.«

»Wie bitte?« Überrascht blickte ich sie an. »Wieso das?«

»Weil ich kein Fan von dieser patriarchischen Kacke bin, dass der Mann immer bezahlen muss. Und weil es noch ein kleines Dankeschön für deinen Beistand sein soll.« Sie winkte ab. »Außerdem war ich ja diejenige, die dich nach dem Date gefragt hat.«

Wir stockten beide, gleichzeitig.

Ihr blieb der Mund offen stehen, und wieder schlich sich das sanfte Rot auf ihre Wangen. »Also, äh …«

»Also ist es doch ein Date?«, hakte ich neugierig nach.

Emilia fror in ihrer Bewegung ein. Eigentlich war ich mir bei ihrer Miene sicher, dass sie es jeden Moment zurücknehmen würde. Stattdessen sagte sie leise: »Wenn es so wäre … wäre das okay?«

»Es wäre okay«, gab ich zurück, bevor ich überhaupt richtig darüber nachgedacht hatte. Aber bei dem Leuchten, das daraufhin ihre Augen erfüllte, dachte ich nicht einmal daran, es zurückzunehmen. Wir hatten jetzt also ein Date. Das erste meines Lebens. Und um ehrlich zu sein, hatte ich mir so etwas immer schlimmer vorgestellt. Steif und langweilig irgendwie, wie diese Vorstandssitzungen im Krankenhaus.

Aber nichts mit Emilia war steif und langweilig.

Nachdem sie mich dazu überredet hatte, wie sie Pancakes zu bestellen, fing sie an, mir von ihrem Leben zu erzählen. Jedes kleine Detail, das ihr einfiel. Kindergeschichten mit ihrem Bruder, wie ihre Zeit in der Schule war, sie riss auch kurz ihre Krebszeit an, ging dann aber schnell zu der Ausbildung und ihrem Wunsch nach dem Medizinstudium über, und dann zu der Zeit im Wohnheim.

»Es ist chaotisch und anstrengend, und die Duschen sind der Horror, aber insgesamt ist es wirklich schön. Oh!« Überrascht hob sie den Kopf, um der Kellnerin mit unseren Pancakes Platz zu machen. Und obwohl sie beinahe die ganze Zeit ohne Punkt und Komma geredet hatte, wollte ich sofort, dass sie weitersprach.

»Jetzt habe ich die ganze Zeit gequatscht.« Sie lachte – wie konnte das eigentlich so schön klingen? – und deutete dann mit der Gabel auf mich. »Was ist mit dir? Schulzeit? Familie? Freizeit?«

Ich steckte mir ein Stück von dem wirklich guten Beerenpancake in den Mund und zuckte dann mit den Schultern. »Schulzeit war in Ordnung. Ich habe zwei Klassen übersprungen und mit kaum jemandem aus meiner Klasse gesprochen und nur gelernt. Sicher keine Überraschung. Ähnlich im Studium, nur dass dann Nina dazukam.« Ich stockte, bis mir ihre nächste Frage wieder einfiel, und fuhr dann fort: »Meine Eltern kommen aus Hamburg, aber ich wollte an der Charité studieren, deshalb bin ich mit sechzehn ausgezogen und hier an die Uni gegangen – und danach geblieben. Wir sehen uns alle drei, vier Monate, mal hier, mal dort. Mittlerweile eher selten, weil ich mit der Arbeit so eingespannt bin.«

»Mit sechzehn ausgezogen und studiert?« Emilia bekam große Augen. »Das ist irre. Wie bist du klargekommen?«

»Es ging. Das Internet ist für alles Mögliche gut, auch um Dinge wie Nudeln kochen zu lernen.« Ich zog die Mundwinkel hoch, und sie lächelte.

»Aber warst du nicht einsam?«, wollte sie wissen.

Ich dachte einen Moment darüber nach. »Nicht wirklich«,

sagte ich dann. »Wie gesagt: Ich bin gern allein, und ich hatte viel mit dem Studium zu tun. Da schlägt man sich eh die eine oder andere Nacht ums Ohr.«

Emilia nickte bedächtig. »Das klingt verrückt, aber … Ich freue mich wahnsinnig darauf.«

»Das klingt überhaupt nicht verrückt«, gab ich sofort zurück.

Sie lachte. »Nein, in unseren Augen nicht, oder?«

UNSEREN Augen. Mir gefiel, wie das klang. Und ich war froh, dass Emilia danach wieder weiterredete und von ihren lustigen Erlebnissen im Wohnheim erzählte. Nach einer Stunde hatte ich das Gefühl, dass ich ihre Freunde sehr gut kannte, obwohl sie wahrscheinlich nichts über mich wussten. Nichts daran störte mich. Ich wollte, dass sie immer weiter- und weiterredete.

Emilia ließ es sich tatsächlich nicht nehmen, die Rechnung zu bezahlen, und ich bedankte mich artig.

»Charmant, dass du nicht versuchst, zu übernehmen«, sagte sie grinsend, während die Kellnerin ihre Quittung druckte.

Ich zuckte mit den Schultern. »Ich fühle mich etwas unwohl, weil ich sicher um einiges mehr verdiene als du – aber ich kann das hinnehmen.«

»Du zahlst nächstes Mal«, meinte sie.

»In Ordnung«, gab ich zurück, und das schien sie aus irgendeinem Grund zu verwirren. Zumindest wurde ihr Lächeln ein wenig kleiner, und ihre Augen weiteten sich.

Wir verließen das Restaurant und ließen das Leihauto stehen, um einen Spaziergang zu machen. Weil Emilia nach den Pancakes Lust auf etwas Salziges hatte, holten wir uns an einer etwas heruntergekommenen Bude eine Portion Pommes und teilten sie uns auf dem Weg. Es war seltsam, weil wir nichts taten, was ich normalerweise tun würde – und trotzdem war das der schönste Abend, an den ich mich erinnern konnte.

Als wir schon wieder in die Nähe meiner Wohnung kamen, merkte ich, dass wir gut eine Stunde gelaufen waren. Mir entfuhr ein Seufzen, und Emilia, die gerade die Pappschachtel mit den Pommes in einen Mülleimer entsorgt hatte, fuhr zu mir herum.

»Was ist los?«, fragte sie.

»Nichts, wirklich«, gab ich zurück. Mit den Händen in meinen Manteltaschen drehte ich mich zu ihr. »Ich habe gerade nur festgestellt, dass das für mein erstes Date wirklich schön ist. Ich habe es mir schlimmer vorgestellt.«

»Was?« Emilias Mund klappte auf. »Das war dein erstes Date? Und was meinst du damit, du hast es dir schlimmer vorgestellt?«

Ich zuckte mit den Schultern. »Keine Ahnung. Der Gedanke, mit einem Menschen so viel Zeit zu verbringen, ohne Möglichkeit, mich abzulenken, war mir immer ein wenig … unheimlich. Deshalb habe ich mich nie darauf eingelassen. Aber jetzt nicht mehr.«

Emilia machte ein paar große Schritte auf mich zu, damit wir wieder nebeneinander liefen, und musterte mich mit einem intensiven Blick. »Weißt du eigentlich, wie unglaublich süß du bist, Jasper?«

»Das … habe ich zumindest noch nie jemanden sagen hören«, sagte ich überrascht.

Sie lachte und hakte sich dann vorsichtig bei mir unter. Ich ließ es zu. Merkte sogar, dass ich es genoss, ihr so nah zu sein.

»Du bist süß«, bekräftigte sie. »Zu mir zumindest.«

Ich brummte nur, weil ich nicht wusste, was ich darauf sagen sollte. Wir waren viel zu schnell vor meiner Haustür, und viel zu schnell ließ sie meinen Arm wieder los.

»Wie kommst du jetzt nach Hause?«, wollte ich wissen.

Emilia wedelte mit dem Handy. »Ich buch mir ein neues Auto. Hier stehen ein paar um die Ecke.«

»Wunder der Technik«, meinte ich anerkennend.

Sie quittierte es mit einem Grinsen. »Jetzt klingst du wie ein Opa.«

»Nina meint immer, ich bin so zur Welt gekommen. Als Opa.«

Emilia blickte über ihre Schulter und dann wieder zu mir. Sie schien zu zögern, bevor ihre Lippen sich wieder zu einem Lächeln verzogen. »Es war ein total schöner Abend, Jasper.«

»Das fand ich auch.«

»Überraschenderweise?«

»Überraschenderweise.«

Sie lachte und blickte zu Boden. Schien irgendwie auf etwas zu warten. Und da fiel mir wieder ein, was Nina vorhin gesagt hatte.

Die Unruhe in meinem Inneren wurde wieder laut. Mein Puls beschleunigte sich. Und etwas zögerlich sprach ich die Frage aus: »Möchtest du jetzt … einen Abschiedskuss?«

Emilia riss den Kopf hoch und starrte mich an, als hätte ich meine Präsidentschaftskandidatur verkündet. »Was?«, fragte sie, halb tonlos.

Ich zuckte mit den Schultern. »Ich habe gehört, dass man großartige Dates mit einem Abschiedskuss beendet.«

Emilia lief rot an, während ich mir über die Stelle an meiner Brust rieb, unter der mein Herz so wummerte. Konnte ich so etwas überhaupt, wenn sie jetzt Ja sagte? Berührungen waren mir schon oft zu viel, machten mich nervös. Bei Emilia war es zwar nicht so schlimm, aber … Außerdem hatte ich erst einmal in meinem Leben jemanden geküsst – Marina, Medizinstudentin, während des Studiums. Besser gesagt: SIE hatte mich geküsst. Betrunken auf einer Party. Keine sehr angenehme Erinnerung.

Aber wenn Emilia das jetzt wollte …

»Willst … willst du mich denn küssen?«, fragte sie, ihre Stimme klang heiser.

Ich betrachtete sie einen Moment, ihre roten Wangen, ihre leuchtenden Augen. Ich war immer noch nicht gut darin, Menschen zu lesen, aber ich kannte diesen Blick. Es war der gleiche, mit dem meine Patienten mich ansahen, wenn sie mich anflehten, noch eine Chemo auszuprobieren. Oder einen Ausgang zu ihrem Geburtstag zu bekommen, obwohl ihre Blutwerte unterirdisch waren.

Sie wollte es. Sie wollte mich küssen.

Und bevor mein Kopf mitreden konnte, sagte mein Mund: »Ja.«

Emilia stockte. Eine Sekunde schien sich nichts an ihrem Körper zu bewegen und dann alles auf einmal. Sie machte einen Schritt auf mich zu, griff nach meinem Hemd und zog mich enger zu sich. Und dann lagen ihre Lippen plötzlich auf meinen.

Ich spürte die unglaubliche Wärme, die von ihr ausging. Die sanfte Berührung, die uns verband und die ein winziges Kribbeln durch meinen Körper schickte, beinahe wie ein Stromschlag. Ein ganz leichter, der nur langsam an meinen Nervenbahnen herabwanderte, aber er war da. Brachte meinen ganzen Körper zum Vibrieren.

Es war unglaublich schön, Emilia zu küssen. Etwa zehn Sekunden lang. Dann reagierte mein Körper auf eine Art und Weise, die ich nicht kannte. Das Kribbeln wurde zu einem Brennen, das sich in meinem Magen und dann in meiner Brust einnistete. Es wanderte weiter, erfüllte mich, bis es sich unaushaltbar anfühlte – und mich dazu brachte, mich ruckartig von Emilia zu lösen.

Sie sah mich so verwirrt an, wie ich mich fühlte.

Was war das gewesen? War das gut? Schlecht? Ich konnte es nicht sagen – nur, dass es mich überforderte, wie alle Dinge, die ich nicht verstand. Und zwar heillos.

»Ich gehe nach drinnen«, sagte ich atemlos. »Danke für den schönen Abend.«

Und dann floh ich ins Haus.

Kapitel 21

EMILIA

Ich fühlte mich noch eine ganze Weile beflügelt von dem Kuss, den ich mit Jasper geteilt hatte. Selbst als ich schon im Bett lag, dachte ich noch ewig dran, wie kühl und weich und sanft sich seine Lippen auf meinen angefühlt hatten. Wie großartig es gewesen war, meine Hand an seine Brust lehnen und seinen Duft so tief einatmen zu können – obwohl ich es für unmöglich gehalten hatte, dass er meine Gefühle erwiderte. Ich schaffte es, seine merkwürdige Flucht, sein Zurückschrecken zu ignorieren, indem ich die rosarote Brille zum Schlafen einfach aufbehielt.

Aber als ich am nächsten Morgen aufwachte, überrollten mich die Zweifel aus Rache für meine Verdrängung einfach alle auf einmal. Ich starrte an die Decke meines Wohnheimzimmers und durchlebte den Moment, in dem er ein Stück zurückgetreten war und mich so erschrocken angestarrt hatte, wieder und wieder. Was war passiert? Erst hatte es sich angefühlt, als würde er den Kuss genießen. Als würde er es ebenfalls wollen. Ich hatte das Drängen seines Körpers gefühlt – und dann war die Hitze, die sich zwischen uns aufgebaut hatte, plötzlich einfach verpufft, und er war geflohen.

Hatte ich eine Grenze überschritten? Er hatte mir zwar gesagt, dass er den Kuss wollte, aber vielleicht hatte er das nur für mich getan? Nur getan, weil er gehört hatte, dass das zu einem Date dazugehörte?

Dabei war es sein erstes Date gewesen. Möglicherweise war das auch sein erster richtiger Kuss gewesen … Und ich hatte ihm den einfach aus Gier genommen …

Als ich aufstand, fühlte ich mich schrecklich, und das Hochgefühl vom Vorabend war komplett verpufft. Ich putzte mir lustlos die Zähne und überlegte währenddessen, ob ich mich bei ihm entschuldigen sollte. Ob ich ihm eine Nachricht schreiben und mich erklären sollte. Dann fiel mir ein, das heute ohnehin ein Praxistag war und ich das Ganze wahrscheinlich lieber persönlich klären sollte.

Im Wohnheim war noch niemand wach, außer Filina, die wie immer um diese Uhrzeit im Wohnzimmer saß und ihren morgendlichen Grüntee in Yogapose trank.

»Guten Morgen, Emmi.« Sie lächelte mich milde an. »Wie war dein Date gestern?«

Ich verzog das Gesicht, und ihr Ausdruck wurde mitleidig.

»Schlimm?«

»Nein. Es war wunderschön. Aber dann habe ich ihn geküsst, und es war nicht mehr wunderschön.« Dankend nahm ich den angebotenen Tee und setzte mich seufzend auf die Sofakante.

»Was war das Problem?«, hakte Filina nach.

Ich zuckte mit den Schultern. »Ich glaube, ich habe eine Grenze überschritten, und ich weiß nicht, wie ich das wiedergutmachen soll.«

»Du glaubst oder du weißt?«

Ich dachte über ihre Frage nach. Über seinen erschrockenen Gesichtsausdruck nach unserem Kuss. Dann murmelte ich: »Ich bin mir ziemlich sicher.«

»Hat er dir diese Grenze klar kommuniziert?«, hakte Filina nach. Sie klang wie eine Therapeutin, aber vielleicht war es auch genau das, was ich gerade brauchte: einen objektiven Blick von außen.

Seufzend schüttelte ich den Kopf. »Nein, nicht direkt. Aber ich weiß, dass er es nicht so mit zwischenmenschlichen Berührungen hat. Nach der Untersuchung meine Hand zu halten, war, glaube ich, schon viel für ihn. Ich glaube, ich habe immer mehr und mehr verlangt, ohne ganz sicherzugehen, dass er sich noch wohlfühlt damit.«

Filina nickte verstehend. »Dann kannst du nicht mehr tun, als dich zu entschuldigen, wenn du dir sicher bist, dass du trotzdem eine Grenze überschritten hast. Er ist ein erwachsener Mann, und er wird es verstehen.« Sie tätschelte meine Schulter, wohl um mich aufzumuntern. »Und du bist ein empathischer Mensch und wirst es ihm deshalb gut erklären können. Ihr kommt schon noch auf einen Nenner.«

»Hoffentlich.« Meine Stimme klang belegt, ich räusperte mich verlegen und nahm noch einen Schluck Tee.

Ich wollte nicht traurig sein, nachdem ich gestern eigentlich so ein schönes Date gehabt hatte. Nachdem es so schön gewesen war, ihn zu küssen. Vielleicht der beste Kuss meines Lebens, weil ich so viel gefühlt hatte. Das war irgendwie … neu. Auf eine gute Art und Weise. Aber wenn es bedeutete, dass es jetzt komisch zwischen uns war und ich das nicht mehr haben konnte, was vorher gewesen war – war es das dann wert gewesen?

Vielleicht dachte ich auch zu viel darüber nach.

»Ich muss los.« Ich zwang mich in eine aufrechte Position und seufzte tief. »Arbeiten und hoffentlich Dinge klären.« Und irgendwie Lio und Alica aus dem Weg gehen, bevor sie aufstanden. Die beiden hatten sich beinahe so sehr wie ich auf mein Date gefreut, und ich war schon gestern in mein Zimmer geschlüpft, ohne ihnen Bericht zu erstatten. Und jetzt fühlte ich mich erst recht nicht in der Lage, ihnen alles zu erzählen. Nicht, bevor das geklärt war, auf welche Art und Weise auch immer.

Filina hob zum Abschied die Hand, rief mich aber noch einmal zurück, als ich schon auf dem Flur stand. »War der Kuss so gut, wie du dir erhofft hast?«, wollte sie lächelnd wissen.

Mein Magen machte augenblicklich einen Purzelbaum. »Viel besser«, sagte ich leise und verschwand auf den Gang.

Der Morgen in der Ambulanz war recht langweilig. Wir hatten wenige Patienten, was mir leider genug Zeit gab, um den gestrigen Abend weiter zu zerdenken. Immer wieder warf ich einen Blick auf mein Handy und wartete darauf, dass eine Nachricht von ihm kam, obwohl ich ihm gar nicht geschrieben hatte. Es war zum Haareraufen.

Gegen Mittag kamen die Ärzte für eine Besprechung von den Stationen runter, und als ich ihn in der Ferne sah, spielte sofort mein gesamtes Inneres wieder verrückt. Soweit ich das beurteilen konnte, wirkte er wie immer. Ernster Blick, gestraffte Schultern, offensichtlich in ein Gespräch mit Doktor Hansen vertieft, der ein leichtes Lächeln im Gesicht und eine Patientenakte in der Hand hatte. Hinter den beiden lief Nina mit einem dampfenden Pappbecher, in dem wahrscheinlich Ingwertee gegen die Übelkeit war. Sie wirkte auch ein wenig blass um die Nase, aber als sie mich erkannte, hob sie strahlend die Hand, als würde sie eine alte Freundin begrüßen.

Ich winkte ihr zurückhaltend, und das war auch der Moment, in dem Jasper und Doktor Hansen mich bemerkten. Doktor Hansen schenkte mir nur einen kurzen Blick, bevor er sich wieder auf die Patientenakte konzentrierte. Jasper hingegen vollführte ein ganzes Pingpong-Match an Blicken. Der erste traf mich, seine Augen weiteten sich erschrocken. Dann sah er auf die Akte hinab, zu mir, zu Doktor Hansen, zu mir und wieder auf die Akte. Er wirkte völlig durch den Wind. Aber als ich einen Schritt auf den Gang zumachte, über den die Dreiergruppe gerade lief, legte Jasper plötzlich einen ordentlichen Schritt zu, sodass die anderen beiden ihm kaum noch folgen konnten. Und dann waren sie auch schon wieder verschwunden.

Ich sah Jasper nach, und der kleine Knoten in meinem Magen wurde augenblicklich zu einem ausgewachsenen Knäuel, das alles in meinem Inneren zusammenzuballen schien. Er hatte mich gesehen, aber nicht einmal gegrüßt. Nicht einmal die Hand gehoben oder gelächelt.

Jasper ging mir aus dem Weg.

Jetzt war ich mir sicher, dass irgendetwas nicht stimmte.

Die nächste Stunde schlich ich wie ein Streuner um das Ärztezimmer herum und versuchte mir einzureden, das, was auch immer ich verbrochen hatte, wiedergutmachen zu können. Es musste so sein. Ich musste das wieder hinbiegen können, denn ich wollte das alles nicht verlieren, was ich mit ihm hatte.

Der nächste Schwung an Patienten kam, und ich versorgte sie, während ich immer wieder einen Blick über die Schulter warf.

Es nützte nichts. Ich war nur fünf Minuten in der Küche, um Kekse für Frau Achim zu holen, aber als ich zurückkam, war die Arztbesprechung bereits beendet, und die Ärzte strömten gerade aus dem Zimmer raus. Jasper war nicht bei ihnen.

»Er ist schon weg«, sagte Nina mit einem schwachen Lächeln, als sie als eine der Letzten aus dem Raum kam. Sie bemerkte wohl auch über ihre offensichtliche Übelkeit hinweg, das mir meine Schultern nach unten sackten, denn sie blieb stehen und musterte mich prüfend. »Alles in Ordnung?«

»Ja, klar.« Ich setzte ein falsches Lächeln auf, das ich während meiner Krebszeit zur Perfektion vor dem Spiegel geübt hatte, und winkte ab. »Ich wollte Doktor Bennik nur etwas zu einer seiner Patientenakten fragen, aber das kann auch noch warten. Es war nur die Neugier.« Ich winkte erneut ab, als wäre das nötig, und fuhr herum.

»Doktor Bennik …?«, fragte Nina murmelnd hinter mir, und mir fiel ein, dass Nina wahrscheinlich wusste, dass wir uns duzten. Für einen Rückzieher war es jetzt aber zu spät, und ich konnte nur noch zurück zu den Patienten fliehen.

So ganz gab ich meinen Plan, mit Jasper zu reden, allerdings noch nicht auf. Nach dem Dienst, der wirklich quälend langsam vergangen war, zog ich mich schnell um und erklomm dann die

Treppe zu den Arztbüros. Mein Herz schlug wie wild, als ich im richtigen Gang ankam, aber sein Büro war verschlossen. Ich kämpfte die Enttäuschung nieder, trat ein und setzte mich mit einer Akte in meine übliche Ecke. Er war im Krankenhaus. Er musste irgendwann kommen, um seine Dokumentationen zu machen. Ich musste nur warten.

Und das tat ich. Obwohl ich wahrscheinlich nach Hause gehen und für die nächste schriftliche Prüfung lernen sollte. Obwohl ich das in jeder anderen Situation sofort getan hätte. Aber ich blieb sitzen, blätterte die Akte mehrmals durch, weil ich sie einfach nicht lesen konnte, und wartete auf ihn.

Ich wartete vergeblich. Geschlagene vier Stunden lang. Es war bereits nach sieben Uhr, als ich die Akte zuklappte, von der ich keine Seite wirklich verstanden hatte, und zurück ins Regal stellte. Ich fühlte mich seltsam besiegt, als ich auf den Gang hinaustrat und die Bürotür wieder schloss. Dabei fiel mein Blick auf den kleinen Spalt unter der Tür.

Ob er hier gewesen war, das Licht gesehen hatte und wieder abgehauen war?

Hatte ich wirklich einen so großen Fehler gemacht, dass er mir nicht einmal mehr in die Augen sehen konnte?

Ich presste die Lippen zusammen, baute Druck auf, aber es half nichts. Die Tränen kamen trotzdem. Im ersten Moment fand ich mich wahnsinnig peinlich, dass ich hier im dunklen Gang stand und wegen eines Mannes heulte, mit dem es eigentlich noch gar nicht so richtig angefangen hatte. Im nächsten Moment verstand ich, dass ich das erste Mal seit Ewigkeiten Gefühle zugelassen hatte und diese weinende Seite an mir eigentlich nur Weichheit war. Nur Sanftheit, die ich nicht verlieren wollte. Auch ein gebrochenes Herz war besser als gar keins.

Niedergeschlagen verließ ich das Sankt Alex und ging zurück nach Hause, wo wenigstens meine Lehrbücher auf mich warteten.

Kapitel 22

EMILIA

Vielleicht ist er auch einfach ein Arschloch.« Mein Bruder brummte ungehalten, während er mit seiner Kaffeetasse um das Sofa herumging, auf dem wir anderen alle saßen.

Ich spürte, wie sich bei seinen Worten Unwillen in mir regte, und zog die Augenbrauen zusammen. »Das ist er ganz sicher nicht.«

»Um ehrlich zu sein, war das auch mein erster Gedanke.« Marlon gähnte und ließ sich ein wenig über die Lehne hängen. Er hatte tiefe Augenringe, was sicher an seiner Lernsession mit Dennis am Vorabend lag. Ich war mir ziemlich sicher, dass die beiden bis tief in die Nacht hinein *gelernt* hatten.

Alica wischte die Kommentare der beiden aus der Luft. »Lasst das. Schätzt ihr Emmis Menschenkenntnis wirklich so schlecht ein?« Sie sah mich mitfühlend an. »Wenn du sagst, dass er kein Arschloch ist, glaube ich dir.«

»Danke«, sagte ich matt. Ein wenig bereute ich es schon, dass ich mich auf diese morgendliche Kaffeebesprechung hier eingelassen hatte. Ich fand es schön, mal wieder alle auf einem Fleck zu sehen, da wir uns durch die Praxiseinsätze nicht mehr so oft trafen. Jeder hatte mal Spätdienst, mal Nachtdienst, mal Frühdienst, und man verpasste sich oft, obwohl wir alle zusammen im Wohnheim wohnten. Aber dass diese Kaffeerunde direkt in einem Verhör und einer Verunglimpfung von Jasper enden würde, hätte ich auch nicht gedacht.

»Okay, okay«, lenkte jetzt auch Lio ein. Dafür, dass er vor zehn Minuten vom Nachtdienst gekommen war, wirkte er von uns allen noch am fittesten. Gerade ließ er sich nach seinem Spaziergang um die Couch doch auf die Kante sinken und beäugte mich vielsagend. »Gehen wir davon aus, dass er kein Arsch ist. Was hätte er dann für einen Grund, sich nicht mehr zu melden und dir aus dem Weg zu gehen?«

»Vielleicht hat er einfach viel zu tun«, vermutete Alica.

»Vielleicht ist er einfach überfordert«, warf Filina ein.

Ich seufzte in meine Kaffeetasse. »Vielleicht bin ich das Problem. Vielleicht habe ich eine Grenze überschritten, und er will mich jetzt einfach nicht mehr sehen.«

»Das glaube ich nicht.« Alica schüttelte den Kopf. »So wirkt er einfach nicht nach deinen Erzählungen.«

»Mal eine ganz andere Frage.« Marlon setzte sich endlich wieder ordentlich hin und wuschelte seine Haare zurecht. »Hast DU ihm denn geschrieben?«

Stille breitete sich im Wohnzimmer aus. Sofort richteten sich alle Blicke auf mich, und ich wand mich ein wenig unter ihnen.

»Nein«, gab ich nach kurzem Zögern zu. »Aber ich dachte, dass das vielleicht kontraproduktiv ist, wenn ich wirklich eine Grenze überschritten habe. Sollte ich dann nicht warten, bis er einen Schritt auf mich zumacht?«

»Oder …« Filina sah mich nachdenklich an. »Schreibst du ihm vielleicht nicht, weil du Angst hast, dass er dann nicht antwortet und deine Befürchtungen bestätigt?«

Wieder Schweigen. Ich presste die Lippen zusammen. »Wieso fühle ich mich eigentlich, als würde ich vor Gericht stehen?«

»Das tust du nicht.« Alica tätschelte mir beruhigend den Arm. »Wir wollen nur helfen.«

»Ich weiß«, gab ich zurück und legte mein Kinn auf den angezogenen Knien ab. »Ich fürchte nur, dass ihr das leider nicht könnt. Ich muss mit IHM reden. Und hoffen, dass es wiedergutzumachen ist, irgendwie. Und Filina hat recht – ich habe Angst. Aber es wird sich nicht ändern, wenn ich ihm nicht schreibe.« Tatsächlich dachte ich schon seit gestern darüber nach, wie ich meine Nachricht formulieren sollte, damit er sich nicht von mir bedrängt fühlte. Ich hatte sogar überlegt, ihn zu bitten, diesen dämlichen Kuss einfach zu vergessen. Aber damit hätte ich mich nur selbst belogen. Denn ICH wollte den Kuss nicht vergessen, und ich wollte nicht, dass er es tat. Dafür hatte es einfach zu viel bedeutet.

Die anderen schwiegen betreten. Irgendwann boxte mein Bruder mich freundschaftlich in die Seite und grinste schief. »Egal, was passiert: Du weißt, dass du noch uns hast, richtig?«

»Was für ein Trost.« Ich schnaubte belustigt, obwohl es tatsächlich einer war. Sie zu haben, mit ihnen über meine Sorgen zu sprechen, tat gut. Auf mich allein gestellt wäre ich wahrscheinlich schon durchgedreht.

»Ich muss jetzt zum Frühdienst«, murrte Marlon und erhob sich von der Couch. »Was ist mit euch?«

»Spät«, meinte Alica, und Filina nickte zustimmend.

»Ich geh ins Bett«, frohlockte Lio, und jetzt verstand ich, warum er so gut drauf war: Er hatte seinen Dienst für heute schon erledigt.

Ich boxte ihn zurück, dann wandte ich mich an Marlon: »Ich komme mit dir mit.« Wir hatten das Glück, dass der Frühdienst in den Ambulanzen später begann als auf Station, aber langsam mussten wir uns wirklich auf den Weg machen.

»Ruhigen Dienst euch«, rief Filina uns nach.

Und Alica ergänzte: »Schreib ihm, Emmi. Du wirst es nur bereuen, wenn du es nicht versuchst.«

Ich biss mir auf die Unterlippe. Damit zumindest hatte sie auf jeden Fall recht.

Der Dienst zog sich genau wie die letzten ewig lang hin. Mehrfach suchte ich mir eine stille Ecke und tippte eine Nachricht an Jasper, löschte sie dann aber immer wieder. Ich fand einfach nicht die richtigen Worte. Und vielleicht würde ich das nie tun, wenn ich es nicht persönlich tat. Beim vierten Mal in meiner Ecke schrieb ich also einfach nur eine kurze Frage: *Können wir reden?* Dann schwebte mein Daumen eine ganze Weile über Senden, ohne dass ich darauf drückte.

Wie lange ich hier zwischen den Zierpflanzen aus Plastik stand und auf mein Handy starrte, wusste ich nicht. Aber irgendwann war neben mir eine vergnügte Stimme zu hören: »Drückst du dich hier vor der Arbeit?«

Erschrocken fuhr ich herum und entspannte mich wieder etwas, als ich Nina erkannte, die neben dem viel zu grünen Ficus stand und mich anschmunzelte.

»Äh. Nein. Es gibt eigentlich gerade nichts zu tun.« Erklärend hob ich das Handy. »Deshalb habe ich mir erlaubt, eine private Nachricht zu schreiben.«

»An Jasper?«, fragte sie völlig unvermittelt. Als ich zusammenzuckte, zog sie die Augenbrauen nach oben. »Damit wollte ich dich eigentlich nur ein bisschen aufziehen. Ist alles in Ordnung bei euch?«

Ich atmete tief durch den Mund. Dann sah ich Nina wieder an und zuckte mit den Schultern. Wie viel sie wohl wusste? Wie viel Jasper ihr erzählt hatte? War es okay, sie danach zu fragen?

Nina verzog die vollen Lippen, dann machte sie eine wegwerfende Handbewegung. »Mach mal ein bisschen Platz.«

Ich quetschte mich noch tiefer in die Ecke zwischen den Zierpflanzen, und sie stellte sich neben mich und lehnte den Rücken an die Wand.

Einen Moment betrachtete sie mich prüfend von der Seite, dann fragte sie: »Willst du darüber reden?«

Ich zuckte wieder mit den Schultern. Natürlich wollte ich das. Aber aus irgendeinem Grund kam mir das Jasper gegenüber nicht fair vor.

Sie seufzte tief und richtete den Blick auf einen unsichtbaren Punkt in der Luft. »Ich weiß nicht, was los ist, weil Jasper mit mir nicht über so was spricht. Aber ich kenne ihn, und ich kann dir zumindest eins verraten.« Als ich mich ihr zuwandte, lächelte sie sanft. »Man kann über Jasper sicher sagen, was man will, aber eins ist sicher: Er ist ehrlich. Manchmal schonungslos und manchmal ungefragt, aber er ist immer ehrlich. Und sehr lösungsorientiert. Wenn es Probleme gibt, kann man mit ihm darüber reden und davon ausgehen, dass er sich um eine Lösung bemüht. Er ist auch sehr ehrlich in den Dingen, die er tut.« Sie drehte sich mir zu. »Wenn er keine Lust hat, mit Menschen Zeit zu verbringen, tut er es nicht. Wenn er es doch tut, dann, weil er es gern tut.«

Ich schluckte hart, weil sich ein kleiner Kloß in meinem Hals bildete. Ja, so hatte ich ihn bisher auch eingeschätzt. Aber war das nun gut, weil er so viel Zeit mit mir verbracht hatte – oder schlecht, weil er mir jetzt aus dem Weg ging?

»Was ich damit sagen will: Wenn du Fragen hast, frag ihn.« Nina zuckte mit den Schultern. »Er wird dir ehrlich antworten.«

Ich nickte langsam. »Danke.« Meine Stimme war nur ein Flüstern, weil ich Angst hatte, dass sie sonst wegbrach. Aber ich schaffte es zumindest, ihr ein Lächeln zu schenken.

Nina erwiderte es. »Er ist ein guter Typ. Und du bist auch toll. Ihr kriegt das schon hin. Was auch immer.« Sie zwinkerte, und dann zwängte sie sich wieder zwischen den Plastikpflanzen auf den Gang zurück. Durch die Blätter hindurch konnte ich sehen, wie sie sich lachend den Bauch rieb. »Mal sehen, wie lange ich das noch machen kann.«

Ich kicherte und war froh, dass sie mir ein wenig von meinen Zweifeln hatte nehmen können. Als sie lachend auf dem Gang verschwand, wandte ich mich wieder meinem Display zu und schickte die Nachricht endlich ab.

Nach dem Dienst ging ich nur kurz ins Wohnheim, um mich zu duschen und umzuziehen. Danach machte ich mich wieder auf den Weg ins Sankt Alex, um das Seminar von Doktor Schober zu besuchen. Da ich ihn am Vormittag auf Station gesehen hatte, war ich mir sicher, dass er das Seminar wieder selbst hielt, trotzdem war ich erleichtert, als ich ihn beim Betreten des Vorlesungssaals vor der Klasse stehen sah. Ich wollte Jasper sehen und mit ihm reden, aber in dieser Konstellation wäre das wahrscheinlich unangenehm für uns beide geworden. So konnte ich mich einigermaßen unbehelligt in die letzte Reihe des Saals setzen und Doktor Schobers Ausführungen über Chemotherapien lauschen. Eine Ablenkungsstrategie, die sonst immer gut funktionierte, nur heute nicht. Die Tatsache, dass Jasper mir noch nicht auf meine Nachricht vom Mittag geantwortet hatte, lag wie eine Gewichtsdecke auf meinen Schultern, und ich kämpfte die ganze Zeit mit der Entscheidung, ob ich noch eine Nachricht hinterherschicken sollte. Irgendetwas Klägliches in die Richtung »Bitte ignorier mich nicht, ich halte das nicht aus, lass uns einfach Freunde sein«.

Davon konnte ich mich glücklicherweise abhalten, und ich schaffte es auch, endlich das Handy wegzustecken und mich auf das Seminar zu konzentrieren. Ein bisschen zu sehr, denn als Doktor Schober eine Frage stellte, riss ich etwas voreilig den Arm nach oben. Er drehte sich strahlend zu mir, erkannte mich und zog die Augenbrauen zusammen. In dem Moment fiel mir erst wieder ein, dass er mir eingebläut hatte, dass ich in seinen Veranstaltungen nicht auffallen sollte, und nahm den Arm wieder runter. Das brachte mir ein paar sehr seltsame Blicke von den anderen ein.

Himmel. Das Seminar machte einfach nicht so viel Spaß, wenn es nicht Jasper war, der es leitete.

Wie so einiges andere in meinem Leben.

Das restliche Seminar hatte ich mit stechenden Bauchschmerzen zu kämpfen, und als Doktor Schober uns entließ, wäre ich beinahe nach draußen gestürmt. Wie eine echte Studentin, die es nicht erwarten konnte, nach Hause zu kommen. Dabei war ich freiwillig hier, freiwilliger als jeder andere in diesem Saal – und zu Hause warteten wahrscheinlich nur meine Freunde, denen ich sagen musste, dass Jasper nicht auf meine Nachricht geantwortet hatte und die Sache wahrscheinlich gegessen war.

Also reihte ich mich geduldig hinter den anderen ein, die nach draußen trotteten, und überlegte, mich zu Hause direkt mit einer Serie ins Bett zu kuscheln. Bis ich den Vorlesungssaal verließ und mein Blick sofort wie magisch von einer Person angezogen wurde, die direkt davor im Gang wartete, den Rücken an die Wand gelehnt.

Jasper.

Mein Herz setzte einen Schlag aus, nur um danach in doppelter Geschwindigkeit weiterzuschlagen.

Er las gerade etwas auf seinem Handy, als ich nach draußen kam. Seine Stirn war gerunzelt, und er hatte eine Hand in der Kitteltasche vergraben. Als er mich bemerkte, wurde sein Gesichtsausdruck etwas weicher, und ich hätte am liebsten vor Erleichterung geweint.

Zumindest im Moment ging er mir nicht mehr aus dem Weg.

»Hey.« Seine Stimme klang sanft, als ich näher trat. »Entschuldige, dass ich nicht zurückgeschrieben habe. Ich war den ganzen Tag unterwegs und habe mein Handy im Büro gelassen und deine Nachricht erst jetzt gesehen.« Er deutete zum Vorlesungssaal. »Und weil ich mir dachte, dass du hier bist, bin ich einfach runtergekommen.«

Ich nickte. Wollte etwas sagen. Aber der Kloß in meinem Hals war zu dick, und meine Augen brannten verdächtig.

Ich wusste nicht, ob Jasper meine Tränen sah oder ob er einfach spürte, dass etwas nicht stimmte – aber er senkte sofort die Stimme und fragte: »Willst du in meinem Büro sprechen?«

Erst nach mehrfachem Durchatmen bekam ich meine Antwort über die Lippen: »Ja, bitte.«

Jetzt wirkte Jasper wirklich besorgt. Er musterte mich kurz, drehte sich um und ging schnellen Schrittes zur Treppe rüber.

Und ich folgte ihm voller Angst.

Kapitel 23

EMILIA

Ich wusste nicht, warum, aber beim Betreten von Jaspers Büros brannten meine Augen noch einmal ein ganzes bisschen mehr. Vielleicht, weil ich mich hier mittlerweile beinahe wie zu Hause fühlte und weil ich gleichzeitig die Angst gehabt hatte, dass wir hier nie wieder zusammen sitzen würden, nach dem, was passiert war.

Jasper ging wie selbstverständlich um seinen Schreibtisch herum, aber ich blieb an der Tür stehen. Was sollte ich jetzt tun? Mich auf den Stuhl auf der anderen Seite seines Schreibtisches setzen wie eine Patientin oder jemand, der einen Termin bei ihm hatte? Das kam mir mehr als seltsam vor. Also ging ich, nach kurzem Zögern, einfach wieder zu meiner Ecke und ließ mich im Schneidersitz auf den Boden sinken.

Er bemerkte es, als er sich gerade auf seinen Bürostuhl setzen wollte, und fror halb in der Luft ein.

»Ich glaube, hier fühle ich mich wohler«, erklärte ich mit einem kleinen Lächeln.

Jasper zögerte und fragte dann: »Fühlst du dich da auch noch wohl, wenn ich mich ebenfalls dorthin setze?«

Ich würde mich immer noch wohlfühlen, wenn ich auf deinem Schoß sitzen würde, Jasper. Ich nickte, und er kam wieder um den Schreibtisch herum und setzte sich neben mich auf den Teppich.

Ein paar Sekunden saßen wir uns schweigend gegenüber, bis ich es irgendwann nicht mehr aushielt und meinte: »Du bist mir aus dem Weg gegangen.«

»Ja«, gab er ohne Umschweife zu. Er hielt meinen Blick fest, als er hinzufügte: »Ich bin aus irgendeinem mir unerfindlichen Grund in Panik ausgebrochen, als ich dich gesehen habe, und wollte mich erst mal sammeln. Bitte entschuldige, falls ich dich damit verletzt habe.«

Ich schüttelte abwehrend den Kopf. »Es war nicht deine Schuld, sondern meine.«

Jasper runzelte die Stirn.

Ich seufzte. »Du hast gesagt, dass du kein Fan von Berührungen bist. Und ich glaube, ich habe eine Grenze überschritten, die ich nicht hätte überschreiten sollen.«

Jetzt wurde er ernst. »Ich habe auch gesagt, dass es davon Ausnahmen gibt und du eine Ausnahme bist. Du hast keine Grenze überschritten, ich habe schließlich Ja gesagt.«

Wenn es doch nur so einfach wäre. Aber das war es nicht, das hatte ich deutlich gespürt – als er den Kuss abgebrochen hatte und einen Schritt zurückgewichen war.

Ich versuchte mich an einem Lächeln. »Vielleicht war das eine unsichtbare Grenze, von der du vorher selbst nichts wusstest.«

Darüber schien er kurz nachzudenken. »Na ja«, meinte er dann. »Dem kann ich weder zustimmen noch es verneinen, weil ich meine Gefühle selbst nicht ganz verstehe. Ich kann auch nicht auf Erfahrungswerte zurückgreifen, weil es für mich eine völlig neue Situation war.« Er wirkte etwas verloren, als er mich wieder ansah, und plötzlich spürte ich Gewissensbisse, weil ich ihn in eine solche Lage gebracht hatte. Ich wollte gerade etwas sagen, als er fragte: »Fandest du den Abend nicht schön?«

»Oh Gott, Jasper, ich fand ihn großartig«, gab ich sofort zurück. Mir entwich ein Lachen, weil ich die Frage so abwegig fand. »Ich glaube, das war das schönste Date, das ich je hatte. Ernsthaft. Ich habe mich noch nie gleichzeitig so wohlgefühlt und so aufgeregt. Das ist eine gute Mischung. Vor allem mit

Pancakes.« Mir entfuhr tatsächlich ein kleines Glucksen, und Jasper wirkte erleichtert. Seine Mundwinkel zuckten nach oben, und ich fügte hinzu: »Ich hatte noch kein Date, bei dem ich mich so gut mit jemandem unterhalten habe. Wirklich. Du bist ein guter Zuhörer.«

»Du hast interessante Dinge zu erzählen.«

»Es war ganz sicher nicht alles interessant.« Ich merkte, wie mein Lächeln langsam verblasste.

Jasper merkte es wohl auch, denn er legte den Kopf leicht schief. Er war mir so nah, dass ich sein Parfüm riechen konnte, und irgendetwas daran gab mir einen Stich.

»Ich kann nicht behaupten, dass ich gut darin bin, Menschen zu lesen, aber …« Jasper schüttelte nachdenklich den Kopf. »Du wirkst traurig. Liegt es an dieser Grenzüberschreitung, von der du gesprochen hast? Denn ich kann dir versichern, dass mir das nichts ausmacht. Ich habe es nicht als solche gesehen, und ich mache dir sicher keine Vorwürfe.«

»Nein, daran liegt es nicht«, gab ich lächelnd zurück. Blöderweise schossen mir direkt wieder Tränen in die Augen, weil ich so gerührt war von seiner Frage. Und auch, weil ich wirklich traurig war.

Jasper bedachte mich mit einem durchdringenden Blick. Es war offensichtlich, dass er beinahe schon verzweifelt versuchte, die Situation zu verstehen. »Woran liegt es dann? Habe ich etwas falsch gemacht?«

»Nein!« Ich riss erschrocken die Augen auf. »Du hast … überhaupt nichts falsch gemacht. Es ist nur …« Ich atmete ein. Aus. Dann schüttelte ich den Kopf. Er war ehrlich zu mir. Also musste ich auch ehrlich zu ihm sein. »Ich will mehr, Jasper.«

Er fror ein wenig ein, aber jetzt war ich in Fahrt und sprach einfach weiter, auch aus Angst, dass ich sonst wieder den Mut verlor.

»Ich will mehr von dir«, sagte ich. »Mehr von dem, was wir vor zwei Tagen hatten, aber auch mehr als das. Der Kuss … Ich fand ihn großartig. Weil ich etwas für dich empfinde. Und ich will dich wieder küssen und … mehr.« Meine Wangen wurden warm, aber ich war trotzdem froh, dass es raus war. Auch wenn das gerade eine wirklich bittersüße Emotion in mir auslöste. Weil ich sein überfordertes Gesicht direkt vor mir hatte. Weil ich direkt sah, wie sich seine Schultern anspannten, wie tausend Gefühle sein Gesicht fluteten, Gefühle, mit denen er nicht umgehen konnte. Genau wie vor zwei Tagen, als ich ihn geküsst hatte.

Ich schob meine Hand über den Teppich näher an seine. Er zuckte nicht davor zurück, aber ich ließ sie trotzdem ein paar Zentimeter von ihm entfernt liegen. »Aber ich weiß auch, dass das keine gute Idee ist.« Ich wollte ihn nicht mehr bedrängen. Ich wollte ihn nicht verlieren. Und gerade in diesem Moment kam die Angst wieder, die ich am Morgen nach unserem Date gespürt hatte: dass es ihm irgendwann zu viel war, dass ICH ihm irgendwann zu viel war, weil ich zu viel verlangt hatte. Weil ich nicht hatte zufrieden sein können mit der großartigen Sache, die wir schon hatten. Und obwohl das gerade wirklich entsetzlich in meinem Herzen brannte, wusste ich, dass ich eine andere Entscheidung wahrscheinlich mehr bereuen würde. Wenn ER dann entschied, dass er nicht mehr wollte.

Vielleicht war das feige. Aber so war ich eben.

Jasper betrachtete mich prüfend. Dann fragte er nüchtern: »Und was heißt das jetzt?«

Ich drängte die Tränen zurück, die sich in meine Augen schleichen wollten. »Das heißt, dass wir das Date einfach vergessen und so weitermachen wie vorher. Ich belästige dich hier in deinem Büro und löchere dich mit Fragen zu deinen ganzen Patientenakten, und du nimmst mich ein paarmal zu deinen Patienten mit, damit ich bei ihnen Blut abnehmen kann.« Ich war mir ziemlich sicher, dass mir das Grinsen, das ich ihm schenkte, ganz gut gelang.

Er starrte mich an, und mir fiel auf, dass die Anspannung noch nicht aus seinen Schultern gewichen war.

Deswegen fragte ich vorsichtig: »Ist das für dich okay?«

Jasper schwieg noch ein paar Sekunden, dann sackten seine Schultern schließlich ein. »Natürlich ist es das«, sagte er mit fester Stimme, beinahe schon nüchtern. »Alles ist okay, wenn du es so möchtest, Emilia.«

Ist es nicht. Ich will nicht mehr nur mit dir befreundet sein, schrie die Stimme in meinem Kopf, diese gemeine und gierige Stimme, die ich erst noch zum Schweigen bringen musste. Denn mir war wichtig, wie er sich fühlte. Und wenn er die Dinge nur tat, weil er sie für richtig hielt oder für angebracht und nicht, weil er sie so wollte wie ich, dann war das nicht richtig. Ich verdiente jemanden, der genauso fühlte wie ich. Und er ebenso.

Deswegen zwang ich mich noch einmal zu einem Lächeln. »Wenn das so ist: Dann will ich jetzt Patientenakten wälzen und dich mit Fragen löchern. Außer du willst den Feierabend einläuten.« Vielleicht wäre es besser, wenn er ginge. Wenn wir diesen Abend für beendet erklärten und ich heimkehren und meine Wunden lecken könnte. Denn Himmel, es tat wirklich weh. Aber ich wollte auch nicht einfach so gehen. Ich wollte weiter mit ihm reden, wollte an dieser Realität festhalten und mir beweisen, dass es reichte, was wir hatten.

Jaspers Augenbrauen wanderten in Richtung seiner Stirn. »Was sollte ich im Feierabend denn Besseres zu tun haben?« Seiner Stimme war anzuhören, dass er das vollkommen ernst meinte, und kurz blieb mir deshalb beinahe die Luft weg.

»Gut«, quetschte ich dann heraus. »Dann suchst du jetzt deinen spannendsten Fall raus, und ich geh uns unten am Automaten einen Kaffee holen.«

Jasper rümpfte die Nase. »Der Kaffee vom Automaten ist schrecklich.«

»Besser, als vor den Akten einzuschlafen, bevor du mir alle

Fragen beantwortet hast.« Ich stand schwungvoll vom Boden auf, und er tat es mir gleich. Er wirkte immer noch zweifelnd. »Bis gleich«, sagte ich, bevor er irgendeinen Kommentar abgeben konnte, und flüchtete nach draußen.

Mein Herz klopfte wie wild, als ich im Treppenhaus nach unten zu den Kaffeeautomaten rannte. In meinem Kopf schrien so viele Gedanken durcheinander, dass ich gar nicht wusste, wie ich mich eigentlich gerade fühlte. Aber als ich zweimal auf den Knopf für den schwarzen Kaffee gedrückt hatte, wurden die Gedanken langsam geordneter. Ich zog mein Handy aus der Tasche, um Lio zu schreiben, dass ich später nach Hause kommen würde – nur um festzustellen, dass er mir schon geschrieben hatte.

Und? Hat der Doc geantwortet?

Meine Finger kamen mir quälend langsam vor, als ich die Antwort tippte:

Wir haben geredet und uns darauf geeinigt, dass wir befreundet bleiben. Ich wollte das so, und es ist besser, wie es ist :)

Selbst nach dem Absenden starrte ich noch ewig auf den Smiley, den ich verwendet hatte. Dieses blöde, heuchlerische Ding. Ich konnte erst aufhören, ihn böse anzustarren, als ein Tropfen auf das Display fiel und ich merkte, dass ich zu weinen begonnen hatte. Unwirsch wischte ich die Tränen aus meinem Gesicht, aber es kamen einfach neue. Meine Gefühle suchten sich allein den Weg nach draußen, weil ich sie die ganze Zeit so schamlos unterdrückt hatte. Und da entschied ich mich, sie einfach laufen zu lassen.

Ich stand bestimmt zehn Minuten vor dem Kaffeeautomaten

und heulte mir die Augen aus dem Kopf. Als es endlich besser wurde, verschwand ich in der Besuchertoilette, wusch mir das Gesicht mit kaltem Wasser und schnappte dann die Kaffeebecher.

Auf dem Weg nach oben ließ ich mir Zeit. *Es ist besser so, es ist besser so, es ist besser so.* Wenn ich mir das nur oft genug sagte, würde es vielleicht irgendwann wahr werden.

Als ich die Tür zu Jaspers Büro aufstieß, stand Jasper noch genau so da, wie ich ihn verlassen hatte. Er hatte keine Akte rausgesucht, und er sah mir leicht verwirrt entgegen.

»Bist du da festgewachsen?«, fragte ich lachend und hoffte, dass er mein verweintes Gesicht nicht bemerkte. »Ich hole Kaffee, und du erfüllst nicht mal deine kleine Aufgabe?«

War da Sorge in seinem Gesicht?

Er schüttelte den Kopf, wie um sich zurück in die Realität zu holen. Seine Mundwinkel zuckten nach oben. »Ich habe nachgedacht.« Er drehte sich zu den Akten und murmelte: »Frau M4 oder Herr A3?«

»Beide«, sagte ich übermütig, und er nickte gedankenversunken und holte die Akten aus dem Schrank.

Danach setzten wir uns wieder zusammen auf den Teppich, im Schneidersitz, und als wir etwa die Hälfte der ersten Akte durchgegangen waren, berührten sich wie zufällig unsere Knie. Niemand von uns zog die Beine zurück. Er nicht, weil er wahrscheinlich so vertieft war in den Patienten – und ich nicht, weil ich einfach nicht wollte.

Und vielleicht war das ja wirklich genug.

Kapitel 24

JASPER

Die Montagsübergabe ging so quälend langsam voran wie die meisten Übergaben, an denen Professor Lessing teilnahm. Dass der Chefarzt uns auf Station einen Besuch abstattete, war mittlerweile eine Seltenheit, mehr als drei bis vier Mal im Jahr kam das eigentlich nicht mehr vor. Und jedes Mal, wenn es das tat, wünschte ich, ich hätte mir einfach freigenommen.

Stattdessen stand ich hier, in Reih und Glied mit Doktor Moritz Hansen und einem der Ärzte aus der Ambulanz, dessen Namen ich mir einfach nicht merken konnte, und hörte zu, wie Doktor Schober dem Professor die gesamte Lebensgeschichte einer unserer Patientinnen ausbreitete. Es war wirklich ermüdend.

»Ich glaube, ich penne gleich ein«, raunte Moritz neben mir und machte sich nicht einmal die Mühe, sein Gähnen zu unterdrücken. Er drehte den Kopf zu mir und sagte leise: »Sollen wir Wetten abschließen, ob sie bis Mittag mit dem ersten Zimmer durch sind? Ich stimme dagegen.«

»Die Expertise des Professors kann uns sicher dabei helfen, die Lebensqualität unserer Patienten zu verbessern«, rügte ich ihn und hasste mich in der nächsten Sekunde selbst dafür. Warum sagte ich so etwas, obwohl ich doch eben selbst gedacht hatte, dass das hier sterbenslangweilig war? Vielleicht, weil irgendetwas so sehr an meinen Nerven zehrte, dass ich mich schon seit Tagen gereizt fühlte. Der Workload war gerade heftig, und ich war müde und überspannt.

»Du bist heute ja noch knurriger als sonst«, feixte Moritz. »Welche Laus ist dir denn über die Leber gelaufen?«

Als ich nicht antwortete und stattdessen versuchte, mich wieder auf die Übergabe zu konzentrieren, lehnte er sich etwas näher zu mir ran. »Ich weiß, bei Onkologie hast du die Weisheit echt mit Löffeln gefressen, Bennik. Aber ich habe einiges mehr an Lebenserfahrung als du. Falls du also mal einen persönlichen Rat brauchen solltest …« Er zuckte mit den Schultern.

Überrascht blickte ich ihn an, aber bevor ich etwas erwidern konnte, räusperte Doktor Schober sich.

»Dann gehen wir mal ins zweite Zimmer.« Er bedeutete erst dem Professor und dann uns, ihm zu folgen, und wie eine Herde Gänse gingen wir ihm nach.

Während der Professor sich nun auch von den Patienten noch einmal alles erzählen ließ, fing es in meinem Kopf wieder an zu arbeiten. Moritz hatte mich in den letzten Jahren weiß Gott sehr oft mit persönlichen Dingen belästigt, mir von seiner Frau erzählt, mir sein Leid über seine Eltern geklagt und immer wieder freundschaftliche Witze gemacht, die ich nie verstanden hatte. Selbst wenn sein Angebot nur eine Floskel war, hatte ich doch das Gefühl, dass er mir für all das irgendwie etwas schuldete. Die Frage war nur, was er aus dem machen würde, was ich ihm erzählte?

Im Laufe der endlos langen Übergabe kam ich irgendwann zu dem Schluss, dass es mir egal war. Sollte er doch daraus machen, was er wollte, denn wenn ich ehrlich war – ich konnte einen Rat eigentlich wirklich gut gebrauchen.

Als der Professor uns endlich entließ und die Ärzte wieder auf ihre jeweiligen Stationen verschwanden, folgte ich Moritz. »Ich würde annehmen.«

»Was?« Er drehte sich überrascht um und merkte anscheinend erst in dem Moment, dass ich ihm gefolgt war. Mit großen Augen starrte er mich an. »Was würdest du annehmen?«

»Den Rat.«

Bis eben hatte ich noch gedacht, dass seine Augen nicht größer werden konnten, aber offensichtlich hatte ich mich geirrt. »Du willst einen persönlichen Rat?«, wiederholte er und deutete dann auf seine Brust. »Von mir?!«

»Hattest du das nicht eben selbst angeboten?«

»Ja, schon, aber ich dachte ehrlich gesagt nicht, dass das bei dir auf Zustimmung stoßen würde.«

»Das heißt, es war nicht ernst gemeint?«

»Doch!« Moritz hob die Hände und grinste. »Doch, war es. Also ...« Er deutete den Gang hinab, und ich schloss mich ihm auf dem Weg zum linken Gebäude an. »Erzähl mir, was dich bedrückt. Hast du etwa Frauenprobleme?« Er gab ein Kichern von sich, während ich in meinem Kopf abwägte.

»Ja, könnte man wohl so formulieren«, sagte ich schließlich.

»Bennik, ernsthaft, du kannst mich heute nicht noch mehr überraschen.« Er klopfte mir freundschaftlich auf die Schulter. »Hat sich wieder eine der Schwestern in dich verliebt?«

Bisher hatte ich Moritz eigentlich für einen Schwätzer gehalten. Allerdings musste ich bei dieser Bemerkung, und auch der vorigen, zugeben, dass es mich beeindruckte – seine Fähigkeit, ins Schwarze zu treffen. »Ja.«

»Okay.« Er nickte geschäftig. »Ein wohlbekanntes Problem. Sie hat es dir gesagt? Wie hast du reagiert?«

Langsam wandte ich den Blick von ihm ab und heftete ihn stattdessen auf einen unsichtbaren Punkt in der Luft vor mir. Seit Freitag spielte sich die Szene wieder und wieder in meinem Kopf ab, das Gespräch, das ich mit Emilia geführt hatte. Oder das sie, besser gesagt, irgendwie mit sich selbst geführt hatte. Obwohl der Ausgang unseres Gesprächs damit geendet hatte, dass alles blieb wie vorher, dass wir Freunde blieben, konnte ich nicht aufhören, darüber nachzudenken. Es machte mich wahnsinnig, und ich verstand nicht, warum. Nina war zu emotional für solche Sachen, vor allem, seit sie schwanger war. Ich brauchte jemanden mit einer neutralen Sicht darauf, und vielleicht brauchte ich es auch nur, mich selbst reden zu hören, um meine Schlüsse ziehen zu können.

»Ich hatte nicht viel Zeit zu reagieren«, gab ich zu. »Sie hat das Gespräch ziemlich schnell damit beendet, dass es wahrscheinlich besser ist, wenn wir Freunde bleiben.«

»Freunde.« Moritz legte die Stirn in Falten. Er hatte das Wort so gedehnt, dass er sicher etwas damit aussagen wollte, aber ich verstand es nicht. Deshalb nickte ich nur. Seine Augenbrauen wanderten nach unten. »Okay. Du musstest ihr also keinen Korb geben wie den anderen Schwestern, weil sie … dir einen gegeben hat?«

Als ich wieder nickte, hellte sich etwas in seinem Gesicht auf, als hätte er eine Erkenntnis gewonnen, die mir verschlossen blieb. »Und das macht dir etwas aus«, meinte er grinsend.

»Das habe ich nicht gesagt«, wehrte ich ab.

»Nee«, gab er zurück. »Aber dein Gesicht hat es mir gesagt.«

Wir bogen um die Ecke zum Mittelteil des Sankt Alex, und ich griff unwillkürlich nach meinem Kinn. »Hat es das?«, hakte ich nach.

Moritz schnaubte. Es klang ein wenig belustigt. »Hat es. Du bist verknallt in die Schwester.« Bevor ich darauf reagieren konnte, stieß er mir sanft den Ellbogen in die Rippen. »Also, hast du ihr das gesagt? Dass du keinen Korb willst?«

Das Gespräch entwickelte sich irgendwie in eine verwirrende Richtung. Ich verstand nicht einmal, warum es das tat und was wirklich dran war an seinen Vermutungen, aber ich hörte mich nur eine Sekunde später sagen: »Nein, habe ich nicht.«

»Warum nicht?«

Ich schüttelte den Kopf. Mir gefiel nicht, dass er mir keine Zeit zum Nachdenken ließ. Ich war kein Mensch für Impulsivität, ich musste über alles nachdenken. »Ich wusste nicht … was ich sagen soll.«

»Weil du nicht wusstest, was du willst.« Moritz presste die Lippen zusammen. »Stimmt's?«

Himmel, war Moritz Onkologe oder Psychologe? Letzteres stand ihm gerade um einiges mehr.

Ich brummte. »Möglicherweise ist das richtig.«

»Na ja, ich kenne dich jetzt auch schon eine ganze Weile, Bennik. Und du bist nicht der Typ für große Worte und große Gefühle, oder?« Er legte den Kopf schief, bevor er mich wieder ansah. Diesmal war sein Lächeln etwas weniger hart. »Deswegen kann man dir wahrscheinlich nicht vorwerfen, dass du etwas überfahren warst. Aber … weißt du es denn jetzt? Was du willst?«

Meine Gedanken wanderten ganz unwillkürlich zurück zu diesem Moment vor meinem Wohnhaus, am Ende unseres Dates. Zu diesem kurzen Moment zwischen Emilias Schritt auf mich zu und dem, den ich von ihr wieder weggemacht hatte. Als ihre Lippen auf meinen lagen, ihre Hand auf meiner Brust. Zu diesem Moment, in dem ich so viel Unbekanntes gefühlt hatte, ohne Angst davor zu haben. Weil es … schön gewesen war. Unbeschreiblich schön sogar.

Ich schaffte es nicht mehr, Moritz in die Augen zu sehen. »Ich bin nicht geeignet für so etwas.«

»Für die Liebe?«, säuselte er und lachte. »Hab ich auch lange geglaubt. Bis ich meiner Frau damals begegnet bin.«

»Du bist anders als ich«, stieß ich hervor. Aus irgendeinem Grund ballte sich beinahe so etwas wie Wut in meinem Inneren. Aber ich konnte nicht sagen, auf wen ich wütend war. Auf Moritz, weil er die Wahrheit aussprach? Oder … möglicherweise auf mich selbst?

»Klar.« Er zuckte wieder mit den Schultern und schien sich nicht an meiner heftigen Reaktion zu stören. »Wir sind alle anders.«

»So meinte ich das nicht.« Ich blieb auf dem Gang stehen,

und er tat es mir gleich. Sah mich verkniffen an, während ich versuchte, die richtigen Worte zu finden. »Ich bin neurodivers«, sagte ich langsam. »Berührungen sind nicht so mein Ding. Zwischenmenschliche Dinge sind nicht so mein Ding. Beziehungen sind ein Gedanke, vor dem ich genau deswegen immer zurückgeschreckt bin.«

»Was? Willst du jetzt, dass ich so tue, als wäre ich überrascht?« Moritz grinste. »Das weiß ich alles. Ich arbeite seit vier Jahren mit dir zusammen. Wenn mir nicht aufgefallen wäre, dass du obenrum ein wenig anders verkabelt bist als andere Menschen, wäre ich wohl ziemlich begriffsstutzig.« Er winkte ab. »Dann ist also das Problem, dass du dir nicht vorstellen kannst, mit ihr Zeit zu verbringen? Oder sie … zu berühren? Es gibt auch Beziehungen, die so funktionieren können, wenn beide das wollen.«

Ich schüttelte wieder den Kopf, langsamer als zuvor. »Nein, das ist nicht das Problem.«

»O…kay. Ich muss sagen, dass ich langsam den Faden verliere, Bennik.« Er kratzte sich am Kopf. »Also. Du bist verknallt in sie, und du kannst dir vorstellen, dass da mehr läuft. Das klingt für mich nicht wirklich, als würde es ein Problem geben.«

»Aber das tut es«, sagte ich. »Es gibt eins. Ich habe … Panik bekommen. Als sie mich geküsst hat.«

»Oh. Oh, wow. Ihr habt euch geküsst? Himmel, das wird hier ja immer spannender.« Moritz warf einen Blick über seine Schulter, wohl zu der Station, zu der er jetzt eigentlich müsste. Dann winkte er mich in einen schmalen Gang, in dem nur Behandlungszimmer lagen, die gerade nicht benutzt wurden. »Gut. Ihr habt euch geküsst, und du hast Panik bekommen. Warum? War es dein erster Kuss?«

Sollte es mir eigentlich unangenehm sein, dass er so direkt fragte? Aber das war es aus irgendeinem Grund nicht. Ich war sogar ziemlich froh, dass ich die Sache endlich mit jemandem erörtern konnte.

»Nein, war es nicht. Aber …« Die Ungeduld, das Herzklopfen kehrten zurück in meinen Körper. Es fühlte sich an wie damals, als wir uns geküsst hatten, und dann sprach ich etwas aus, das ich bis eben noch nicht verstanden hatte: »Aber es war das erste Mal, dass ich dabei so … gefühlt habe.« Ich zog die Augenbrauen zusammen, während meine Gedanken rasten. »Ich mag es, wie es sich anfühlt. Aber …«

»Es war neu, und du hast es nicht totanalysieren können, also hast du Angst davor bekommen«, beendete Moritz meinen Gedanken und lehnte sich neben mir an die Wand. »Es ist zwar nicht mit deiner Neurodiversität zu vergleichen, aber so was habe ich auch durchgemacht. Da war ich zwar etwa zwanzig Jahre jünger als du, aber hey, es ist doch schön, dass es sich für dich gut anfühlt.«

Er schien sich ziemlich zu amüsieren, und ich warf ihm einen düsteren Blick zu. »Und was hast du vor zwanzig Jahren gemacht?«

»Losgelassen«, meinte Moritz, als wäre das das Einfachste der Welt. Vielleicht war es das auch, und ich wusste nur einfach nicht den richtigen Zugang dazu. Vermutlich hatte ich einen entsprechend verzweifelten Gesichtsausdruck gemacht, denn Moritz' Grinsen verblasste zu einem kleinen Lächeln. »Wovor genau hast du denn Angst, Bennik? Was kann denn Schlimmes passieren, wenn du es zulässt? Hast du Angst, dass dein Herz stehen bleibt? Wird nicht passieren. Herzinfarkte beim Knutschen kommen nicht sehr häufig vor und sicher nicht bei einem jungen Kerl wie dir. Also das Emotionale? Hast du Angst, dass sie dir das Herz bricht, so wie du es schon bei den ganzen anderen Schwestern gemacht hast? Vielleicht passiert das gar nicht. Vielleicht passiert es doch, aber dann kann ich dir aus Erfahrung sagen: Es ist auch zu überleben. Da müssen die meisten von uns mal durch. Wenn dir noch weitere Gründe für Angst einfallen, dann fallen dir sicher auch Lösungen ein.«

Ich starrte ihn eine ganze Weile an, mein Kopf fühlte sich plötzlich ziemlich leer an. »Kannst du neuerdings Gedanken lesen?«

Er brach in Gelächter aus. »Wenn es so wäre, würde ich mich wahrscheinlich nicht mit einem viel jüngeren Typen um die Oberarztstelle prügeln. Nee, ich habe nur Erfahrung mit so was.«

»Im Gegensatz zu mir«, gab ich nüchtern zurück. »Ich habe keine Ahnung von so etwas. Die Gefahr, etwas falsch zu machen, liegt also signifikant hoch …«

»Himmel, Bennik. Du kannst es nicht falscher machen, als wenn du es gar nicht versuchst. Du bist dreißig, und das mit den Gefühlen ist dir noch nie passiert. Was, wenn das deine einzige Chance für die nächsten dreißig Jahre bleibt?« Er stieß sich von der Wand ab und klopfte mir auf die Schulter. »Sieh es doch mal wie die Onkologie. Damit kennst du dich schließlich aus. Was ist, wenn dir ein einmaliges Forschungsprojekt angeboten wird? Eins, für das dein Herz richtig schlägt, eins, das die ganze Onkologie um zehn, zwanzig Jahre weiterbringen wird. Da würdest du doch auch nicht nachdenken, sondern dich voll reinstürzen, oder?«

Meine Augenbrauen wanderten zusammen. »Der Vergleich hinkt ein wenig.«

»Vielleicht. Aber ein besserer fällt mir nicht ein.« Er zuckte grinsend mit den Schultern. »Du hast doch nichts zu verlieren, oder? Und komm mir jetzt nicht mit der Freundschaft. Glaub mir, der Versuch ist es wert, wenn du so empfindest.«

Überraschenderweise ergaben seine Worte tatsächlich Sinn. Ich merkte, wie sich der Nebel in mir lichtete, um den neuen Erkenntnissen Raum zu geben. Bevor ich etwas dagegen machen konnte, rutschte mir heraus: »Das war erstaunlich hilfreich.«

Moritz grunzte. »Du weißt wirklich, wie man Komplimente

macht.« Kopfschüttelnd machte er auf dem Absatz kehrt und ging den Flur zurück, drehte sich dann aber noch einmal zu mir um. »Lass es bloß nicht zu einer Unsicherheit mutieren, dass du neurodivers bist. Du bist einer der klügsten Köpfe unseres Krankenhauses, auch wenn ich das als dein direkter Konkurrent ungern zugebe. Du schaukelst das Ding schon. Oh, und …« Er fuhr sich durch die dichten, dunklen Haare. »Hat mich gefreut, dass du mich gefragt hast.« Damit verschwand er nach rechts und ließ mich auf dem Flur stehen.

Wie viel Zeit war vergangen? Ich setzte mich schon in Bewegung, während ich noch auf meine Uhr schielte. Ich musste mich dringend um meine Patienten kümmern, gerade war wirklich viel zu tun.

Als ich den Weg zurück nahm, stellte ich fest, dass meine Schritte sich irgendwie leichter anfühlten, und machte mir im Kopf eine Notiz, mich bei Moritz zu bedanken.

Kapitel 25

EMILIA

Und dabei belässt du es jetzt?« Alica steckte den Kopf in den Topf mit der Auflaufsoße, der auf dem Herd brodelte, bevor sie mich über die Schulter fragend ansah. »Einfach so?«

Ich konzentrierte mich auf die Kartoffel, die ich gerade schälte, weil es seltsam schwer war, ihren Blick zu erwidern, und zuckte mit den Schultern. »Es wäre sowieso nichts geworden.«

»Woher weißt du das?«, brummte Marlon von der anderen Seite des Tisches.

Langsam ließ ich die Schale in den Eimer unter mir fallen. »Ich bitte dich. Er ist dreißig, wird wahrscheinlich Oberarzt nächstes Jahr, und er kann mit Liebesdingen nichts anfangen. Und ich weiß nicht mal, wie mein Leben in den nächsten Jahren aussehen wird. Es ist besser, wenn ich nicht weiter drüber nachdenke.« Ich warf die geschälte Kartoffel in den Topf und stellte fest, dass es die letzte im Netz gewesen war. Beinahe schon ächzend erhob ich mich von dem Küchenstuhl, um einen weiteren Topf für Gemüse aus dem Schrank unserer engen Wohnheimküche zu holen. »Und unsere Freundschaft ist genug. Wirklich.«

Die anderen beiden gaben keinen Ton von sich, aber als ich mit dem Topf wieder auftauchte, sah ich noch, wie die beiden einen zweifelnden Blick tauschten.

»Was?«, fragte ich seufzend. »Ihr glaubt mir nicht?«

»Das ist es nicht.« Alica lehnte sich an den Herd und verschränkte die Arme vor der Brust. »Es ist nur … so schade. Du hast wirklich verliebt gewirkt.«

Bei ihren Worten musste ich heftig schlucken und war froh,

dass ich den Topf mit Wasser füllen musste und mich dadurch von ihnen wegdrehen konnte. »Es ist nicht zu ändern«, sagte ich dann leise, als ich mich wieder etwas gefangen hatte. »Außerdem habe ich gerade eigentlich auch gar keine Zeit für eine Beziehung. Uns stehen noch eine schriftliche Prüfung nächste Woche, die praktische und dann die mündliche bevor. Und danach die Bewerbung auf einer Station, auf der ich die Ausbildung fertig machen kann, und im besten Fall die Vorbereitung auf das Medizinstudium.«

Marlon schnaubte belustigt. »Als müsstest du dich noch auf irgendetwas vorbereiten. Die ersten Semester kannst du wahrscheinlich überspringen mit dem Wissen, das du schon hast.«

»Ich kenne mich gut mit der Onkologie aus, aber bei allem anderen habe ich sicher noch Nachholbedarf.« Ich schob den Topf mit den Kartoffeln ebenfalls auf den Herd und merkte, dass der Gedanke an das Studium wirklich tröstlich war.

Wenn ich in Berlin bleiben konnte, wie ich es mir wünschte, würde ich auch am Sankt Alex bleiben können. Bei meinen Freunden. Meiner Mama. Und auch bei Jasper, ja. Ich wollte mich wirklich an das halten, was ich zu ihm gesagt hatte. Unsere Freundschaft bedeutete mir schließlich etwas. Mehr als dieses blöde, kleine Ding, was ich da zwischen uns gespürt hatte. Ganz sicher. Mehr als dieser verdammte Kuss, an den ich immer noch ständig wieder und wieder denken musste. Aber irgendwann würden diese Gedanken schon verschwinden. Irgendwann würde es wieder einfacher werden, und ich wollte diesen Moment nicht verpassen.

Und wenn ich woanders meinen Studienplatz bekam, dann war es vielleicht auch nicht schlecht. Abstand zu gewinnen, nur in den Semesterferien wieder herzukommen und ihn dadurch weniger oft zu sehen, würde es sicher erträglicher machen.

So oder so … Es würde besser werden. Auch wenn es sich momentan noch nicht so anfühlte.

»Trotzdem.« Marlon kramte die Auflaufform aus dem Schrank und grinste mich dabei von unten an. »Falls du doch mal wie ein Schlosshund darüber heulen und dich betrinken willst, gib einfach Bescheid.«

Ich schmunzelte. »Ihr seid die Ersten, die es erfahren. Aber nach den Prüfungen. Wir können uns gerade keinen Kater erlauben.«

Mein Handy gab einen Ton von sich, und ich reichte den Kochlöffel an Alica weiter, um mich wieder an den Tisch setzen zu können. Meine beste Freundin, die vor anderthalb Jahren noch nicht mal Nudeln kochen konnte, war mittlerweile besser in der Küche geworden, und sie freute sich immer, wenn man ihr Verantwortung übertrug. Auch jetzt strahlte sie von einem Ohr zum anderen und versuchte, beide Töpfe die ganze Zeit im Blick zu behalten.

Die Nachricht auf meinem Handy war nur eine Benachrichtigung für neue Beiträge in dem Medizinstudentenforum, in dem ich in einer Gruppe war, die sich »Hibbeln auf den Studienplatz« nannte. Wahrscheinlich nur wieder etwas Belangloses, trotzdem rief ich die Seite auf.

Während das Forum lud, hob ich wieder den Kopf. »Ihr haltet euch hoffentlich an den Lernplan, den ich für uns alle erstellt habe? Die letzte Prüfung ist laut den anderen Klassen wohl immer die schwerste, und ich will, dass wir alle bestehen.«

»Ich bin nur zwei oder drei Seiten im Rückstand«, meinte Alica stolz und schwang den Löffel dabei durch die Luft. »Und die hole ich heute Abend mit Lio zusammen auf.«

Marlon machte ein brummendes Geräusch, und als wir uns ihm zuwandten, zuckte er schuldbewusst mit den Schultern. »Na ja, ich habe noch etwas mehr Nachholbedarf.«

Missbilligend schnalzte ich mit der Zunge. »Woran liegt's?«

»Ich verstehe nicht wirklich alles. Und so gern ich Dennis habe … er ist nicht der beste Lernpartner.« Er grinste, wahrscheinlich sollte es anzüglich aussehen. Aber ich wischte seinen Kommentar sofort aus der Luft. »Du wirst von Anfang bis Ende bei unserem Lernwochenende dabei sein, verstanden? Da kannst du alle Fragen stellen, die du nicht verstehst.«

Er salutierte, und ich wandte mich lächelnd wieder meinem Handy zu. Als ich sah, wie viele Nachrichten im Forum neu waren, wanderten meine Augenbrauen zusammen. Zweiundzwanzig? So viel war normalerweise nicht los. Ich öffnete das Unterforum und las ein paar davon. »Hab's geschafft«, war die erste. Dann »Bei mir hat's wieder nicht geklappt. Bin wahnsinnig traurig« und wieder »Ich heule, ich bin drin«. Mein Gehirn brauchte eine Weile, um zu kapieren, was sie sagten. Dann schnellte mein Puls in die Höhe.

»Ich verstehe auch nicht alles«, meinte Alica gerade. »Aber ich habe mir Notizen gemacht. Ehrlich gesagt baue ich auch wieder auf unseren Erklärbär Emmi. Aber letztes Mal hat das ja auch ganz gut geklappt, nicht wahr? Emmi, alles in Ordnung?«

Ich bemerkte, dass die beiden mich ansahen, aber ich konnte nur auf mein Handydisplay starren. Warum brauchte die Hochschulseite so lange, um zu laden? Warum raste mein Herz so, war das gesund?

»Emmi?«, hakte Marlon nach. Vom Flur aus war die Tür zu hören, dann Schritte und das Gemurmel von Stimmen. »Hier riecht's gut, gibt es schon Essen?«, rief mein Bruder. Ich hörte Filina lachen, aber nahm alles nur wie durch einen dichten Nebel wahr. Meine Augen waren noch auf die Seite gerichtet, die endlich geladen hatte.

Ich klickte auf meine Dokumente.

Und sah, dass ein neues dazugekommen war.

Ein kaltheißer Schauer rieselte über meine Haut.

»Emilia?«, fragte Alica erneut. Ihre Stimme klang alarmiert, und endlich konnte ich mich von meinem Handydisplay lösen. »Die Antwort auf meine Bewerbung ist da.«

Meine Freundin riss sofort die Augen auf. »Wegen des Studiums?!«

Als ich nickte, begann sie sofort, von einem Bein aufs andere zu springen. »Und? Bist du drin? Hat es geklappt?«

»Ich habe es noch nicht geöffnet.«

»Oh Gott, dann tu es endlich!«, rief Marlon aus.

Nur eine Sekunde standen auch mein Bruder und Filina in der Tür. »Was tun?«, fragte Lio, und sein Blick glitt sofort zu mir.

»Sie hat die Antwort auf ihre Bewerbung!«

»Fürs Medizinstudium?!«

»Ja!«

»Oh Scheiße, hast du es geschafft, Emmi?«

Jetzt waren es gleich vier Augenpaare, die mich anstarrten. Ich fühlte mich direkt ein wenig überfordert.

Alica schien das wohl zu spüren, denn sie hob die Hände. »Okay, ganz ruhig. Willst du es erst mal allein aufmachen? Oder willst du, dass wir dabei sind?«

»Ich denke, es ist okay, wenn ihr dabei seid«, sagte ich leise. Mein Herz pochte so schnell und laut, dass es mir schon in den Ohren dröhnte. Dieses kleine Dokument dort war meine Antwort auf die Frage nach der Zukunft. Meine Antwort darauf, was jetzt passieren würde. Wohin es mich verschlagen würde. Was mit mir passieren würde.

Oh Gott, ich hatte wahnsinnige Angst.

Lio trat neben mich und legte eine Hand auf meine Schulter. Alica kam ebenfalls näher, hockte sich vor mir auf den Boden. Marlon rutschte halb über den Tisch, Filina platzierte sich neben Lio. Sie bildeten eine schützende Mauer um mich, und ich spürte Dankbarkeit in mir aufwallen. Mein Daumen zitterte, als ich ihn über dem Dokument schweben ließ und Stoßgebete an eine Gottheit schickte, an die ich überhaupt nicht glaubte.

Dann drückte ich drauf. Ich glaubte, ein kollektives Atmen von den anderen zu hören, und hielt ebenfalls die Luft an. Die

Seite lud unglaublich langsam, dann ging das Dokument endlich auf. Ich überflog die ersten Zeilen des kurzen Briefes. Las sie dann noch mal etwas langsamer und spürte, wie mir ganz langsam die Schultern einsanken.

»Fuck«, fluchte Lio hinter mir. Sein Griff an meiner Schulter verstärkte sich. »Es tut mir so leid, Emmi.«

Ich las die Zeilen noch einmal, obwohl ich wusste, dass sich nichts daran ändern würde. Sie begannen wie jede Absage mit den Worten »Es tut uns leid, Ihnen mitteilen zu müssen …«. An dieser Stelle stoppte ich. Ich ließ das Handy sinken, atmete tief durch und spürte in mich hinein. Spürte nach der Trauer, die mich letztes Mal überfallen hatte, nach den Tränen, die nicht mehr hatten versiegen wollen. Aber da war nichts. Gar nichts.

»Emmi?«

Ich hob den Blick und sah in Alicas Augen, die mich vom Boden aus sorgenvoll musterte. »Bist du … okay? Shit, bist du wahrscheinlich nicht, aber … können wir irgendwas tun?«

Ihre Stimme überschlug sich beinahe, und bevor ich wusste, was passierte, entfuhr mir ein Prusten. »Ganz ruhig, Alica«, sagte ich lachend. »Das ist doch kein Weltuntergang. Ich habe keinen Studienplatz bekommen dieses Jahr. Na und? Dann bewerbe ich mich nächstes Jahr eben wieder. Letztes Mal habe ich das auch überlebt. Und dann habe ich wenigstens keinen Stress und kann die Ausbildung ordentlich beenden.« Ich sah von einem sorgenvollen Gesicht zum nächsten und grinste sie alle an. »Und dann kann ich wenigstens in Berlin bleiben. Wir können zusammenbleiben. Dann soll es dieses Jahr eben noch nicht sein.«

»Du nimmst das sehr sportlich«, murmelte Marlon unsicher von der Seite.

Lio kniff mich in die Schulter. »Dafür, dass du beim letzten Mal drei Tage in deinem Bett gelegen und geheult hast, vor allem. Es ist okay, Emmi, du musst uns allen hier nichts vorspielen. Du darfst enttäuscht darüber sein, dass es nicht geklappt hat.«

»Aber ich bin nicht enttäuscht.« Ich zuckte mit den Schultern und fragte mich im gleichen Moment selbst, warum das so war. Warum ich gerade so gar nichts fühlte, obwohl mein Traum schon wieder in so weite Ferne gerückt war. Hatte ich insgeheim damit gerechnet? Oder war es wirklich so, dass es sich so richtiger anfühlte? So konnte ich die Ausbildung zu Ende machen, wie ich es gewollt hatte. Ohne Stress. Es war okay so, oder? »Vielleicht bin ich ein bisschen enttäuscht«, gab ich zu, eigentlich nur, weil ich wusste, dass sie das hören wollten. »Aber das ist ja normal. Nächstes Jahr klappt es sicher.«

»Auf jeden Fall«, beteuerte Filina. »Nächstes Jahr hast du noch eine abgeschlossene Berufsausbildung im medizinischen Bereich, die du vorzeigen kannst. Wenn sie dich da nicht mit reinlassen, dann weiß ich auch nicht.«

»Und du kannst noch Erfahrungen auf einer Onko sammeln!«, rief Alica auf.

Sie alle stimmten unisono zu, und ich war wirklich gerührt, dass sie sich solche Sorgen um mich machten. Es war definitiv nicht das Schlechteste, noch mehr Zeit mit ihnen zu haben.

»Aber jetzt wird erst mal weitergekocht«, sagte ich mahnend und deutete auf den Topf mit den Kartoffeln, der gerade schon halb am Überkochen war.

Sofort kam Bewegung in die anderen, plötzlich suchte jeder nach einer Aufgabe, jeder nach einer Beschäftigung. Vier Leute stürzten sich gleichzeitig auf den armen Kartoffelauflauf und damit in Sekundenschnelle die Küche in riesiges Chaos.

Ich blieb auf meinem Stuhl sitzen und schloss die Seite mit den Bewerbungsantworten. Während ich das Handy wieder sinken ließ, griff ich mit der anderen Hand nach meiner Brust. Spürte nach, ob mein Puls noch da war, ob mein Herz noch schlug.

Während des Kochens blickte Lio immer wieder prüfend über seine Schulter, als würde er mich nach den Gefühlen absuchen, auf die auch ich wartete.

Denn natürlich war es so auch okay – aber ich wusste auch, dass ich da eigentlich mehr fühlen musste. Ich wusste auch, dass dieses riesige Loch in meiner Brust, das gerade alles aufgesaugt hatte, eigentlich nicht da sein sollte. Aber wenn das meine Alternative für den Schmerz vom letzten Mal war, dann würde ich sie dankend annehmen.

Ich legte das Handy weg und stand von meinem Stuhl auf, um in die Hände zu klatschen. »Okay, jetzt muss hier mal wieder Ruhe in die Sache kommen. Filina, Lio, ihr seid gerade nach Hause gekommen, ihr zieht euch erst mal um. Alica und ich kümmern uns hier um den Rest. Der Auflauf ist gleich im Ofen und in dreißig Minuten fertig, dann treffen wir uns alle wieder hier.«

»Und was mache ich?«, fragte Marlon, offenbar verwundert.

Mit strenger Miene zeigte ich auf die Tür. »Du gehst auch in dein Zimmer und schaust dir die ersten Lektionen an. Ich werde dir am Wochenende nicht alles vom Urschleim aus erklären, verstanden?«

»Okay«, sagte er gedehnt, aber zu meiner Überraschung hörte er – genau wie die anderen beiden – auf mich und verließ die Küche.

Endlich legte sich wieder eine angenehme Stille über den Kochbereich.

»Bist du wirklich okay?«, wollte Alica leise wissen.

»Bin ich«, gab ich zurück und beschloss, das schwarze Loch in meiner Brust zu ignorieren. »Und wir kochen jetzt Abendbrot.«

Kapitel 26

EMILIA

Ich war seit Ewigkeiten nicht mehr joggen gewesen, und als ich jetzt durch Berlin joggte, fragte ich mich, warum ich das nicht öfter machte. Nach meiner onkologischen Behandlung hatte es mir geholfen, wieder auf die Beine zu kommen und mich auf andere Gedanken zu bringen, aber irgendwann hatte ich wieder damit aufgehört, als mein Leben weitergegangen war.

Dabei half es mir tatsächlich. Ich spürte den Schweißfilm auf meiner Haut, das Pfeifen meiner Lunge und das Brennen meiner Beine – und ich genoss es, endlich wieder richtig meinen Körper zu fühlen. Ich wusste nicht, wie weit ich schon gejoggt war, aber das Wohnheim hatte ich schon vor Ewigkeiten verlassen. Wir hatten den ganzen Tag zusammen gelernt, so wie wir es uns für das Wochenende vorgenommen hatten. Die anderen wiederholten gerade noch einmal den Stoff, aber das war für mich nicht nötig. Ich wusste alles, es war in meinem Kopf fest abgespeichert. Und weil ich nicht in meinem Zimmer hocken wollte, war ich kurz entschlossen in meine Jogginghose gehüpft und losgelaufen.

Ich war froh über diese Entscheidung. Obwohl ich immer noch nicht wirklich mehr fühlte als das tiefe Loch in meiner Brust, fiel es mir gerade schwer, allein zu bleiben. Stille auszuhalten. Es machte mich auf eine seltsame Weise unruhig – physisch und psychisch. Ich hatte die seltsame Befürchtung, dass alles, was in den letzten Tagen passiert war, irgendwann ein bisschen über mir zusammenbrechen würde. Das mit Jasper. Das mit meiner Unibewerbung. Wenn ich zur Ruhe kam, vielleicht. Und das konnte ich mir gerade absolut nicht leisten. Die nächsten Prüfungen standen an, und ich musste meinen Kopf zusammenbehalten.

Außerdem hatte ich irgendwo in mir drin die Hoffnung, dass der Zusammenbruch dann nicht mehr so schlimm sein würde. Wenn erst mal nur genug Zeit vergangen war, bis alles zurückkam. Und momentan hatte ich das Gefühl, dass ich alles ganz gut zurückhalten konnte.

Ich bog um eine Ecke und konzentrierte mich darauf, langsam und tief durchzuatmen. Meinen Körper richtig zu spüren und mich völlig auszupowern. Als ich keuchend an den Häusern hochblickte, konnte ich bei bestem Willen nicht sagen, wo ich gerade war. Ich war bestimmt schon über eine Stunde unterwegs, hatte Joggen und schnellen Spaziergang abgewechselt. Die Gegend kam mir zwar bekannt vor, aber sicher war ich nicht oft hier gewesen. Es war auch egal, mein Handy würde mich irgendwie schon wieder zurück nach Hause lotsen.

An einem Supermarkt, dessen Fenster mit hässlichen Graffiti besprüht war, verlangsamte ich meinen Schritt wieder. Im Gehen hob ich die Arme, dehnte mich und atmete tief durch. Mein Körper war schon völlig ausgelaugt, meine Muskeln waren warm, und das tat ziemlich gut. Ein letztes, lautes Keuchen noch, bevor ich die Arme wieder sinken ließ.

Immer mehr bekam ich das Gefühl, dass ich diese Gegend hier kannte. Und als ich an der nächsten Kreuzung ankam und die Schilder las, wurde mir auch wieder bewusst, woher.

Das war das Viertel, in dem Jasper wohnte.

Himmel, wieso hatte mein Unterbewusstsein mich denn hierher gelenkt?

Ich presste die Lippen zusammen, als mir die Antwort fast in der gleichen Sekunde kam. Mein Unterbewusstsein vermisste Jasper. Eigentlich nicht nur mein Unterbewusstsein. Das Loch in meiner Brust wurde von ein paar Schmetterlingen umkreist, und ich versuchte, sie zum Schweigen zu bringen. Wir hatten uns jetzt seit Tagen nicht gesehen. Ich war nicht in der Klinik gewesen, nicht in seinem Büro und nicht auf Station. Bis jetzt hatte ich mir eingeredet, dass ich einfach zu viel zu tun hatte, aber nun wurde mir klar, dass ich ihm vielleicht doch ein wenig aus dem Weg gegangen war. Dabei war das eigentlich nicht das, was ich ihm versprochen hatte. Eigentlich nicht das, was ich wollte.

Offensichtlich nicht das, was ich wollte.

Ich umrundete den kleinen Park, der an sein Wohngebiet angrenzte, während mein Atem sich langsam beruhigte. Durch die Bäume konnte ich bereits sein Haus sehen. Die Fenster im dritten Stock, in dem er wohnte. Sie waren dunkel, also war er entweder nicht zu Hause oder er hatte einfach das Licht nicht angemacht. Als ich die Straße überquert hatte, warf ich einen Blick auf meine Uhr. Kurz nach acht Uhr abends. Die Luft kühlte schon ein wenig ab, und irgendwo am Horizont war zu erkennen, dass die Sonne auch langsam am Untergehen war. Die ersten rosa Streifen waren schon zu sehen.

Er würde sicher bald nach Hause kommen. Und in meinem Kopf stritten sich zwei Stimmen. Die eine wollte darauf warten und ihn sehen. Ihn zumindest kurz grüßen. Die andere schrie mich an, so schnell wie möglich weiterzujoggen, um ihm weiterhin aus dem Weg zu gehen. Würde er denken, dass ich eine Stalkerin war, wenn er mich jetzt hier traf? Aber theoretisch wusste ich ja, wo er immer war. Ich hatte es gar nicht nötig, um sein Haus zu joggen.

Zu meinem eigenen Entsetzen war es das, wofür sich mein Kopf in diesem Moment entschied. Ohne dass ich es wirklich bewusst steuerte, begann ich, langsam um das Gebäude zu joggen, in dem er wohnte. Eine Runde um den Block, zurück zur

Kreuzung, und dann eine zweite Runde. Ab der Hälfte ging ich wieder langsamer und dehnte meine Arme. Was machte ich hier eigentlich? Wollte ich ihn wirklich sehen? War dieses Loch in meiner Brust bereit dafür? Wenn ich ehrlich war, hatte ich Angst davor, aber gleichzeitig vermisste ich ihn so sehr, dass ich die dritte Runde einschlug.

Ich war völlig durchgeschwitzt bei der fünften Runde um seinen Häuserblock, als ein Auto in die Straße einbog. Mein Herz schlug noch ein wenig höher, und ich wurde wieder langsamer. Weil es mittlerweile ein wenig dunkler geworden war, konnte ich ihn hinter dem Steuer gut erkennen. Er wirkte konzentriert, als er in die Lücke nahe seinem Hauseingang einparkte. Nachdem er den Motor ausgemacht hatte, hob er den Kopf. Ich war nicht schnell genug, wegzuschauen, und unsere Blicke trafen sich. Seine Augen weiteten sich, und ich blieb auf dem Gehweg stehen. Auch, weil mein rasendes Herz nicht sonderlich gut war für meinen ohnehin schon ausgepowerten Körper. Ich musste mich auf meine Knie stützen und tief durchatmen. Meine Beine fühlten sich an wie aus Pudding, aus offensichtlich mehreren Gründen.

»Emilia?« Ich hörte, wie die Autotür zugeworfen wurde und wie seine Schritte über den Gehweg langsam näher kamen.

Als er schon fast bei mir war, hob ich den Kopf und grinste ihn an. »Hey«, sagte ich atemlos.

Jasper blieb einen Meter von mir entfernt stehen und blickte fragend auf mich hinab. Er trug, wie sonst auch, ein ordentliches Hemd, das an den Unterarmen etwas aufgerollt war. Den Mantel hatte er über seinem Arm hängen. Er sah so gut aus wie immer. Und mir wurde in diesem Moment leider bewusst, dass ich alles andere als gut aussehen musste. Abgesehen von der Jogginghose, die mehrere Löcher hatte, war ich auch völlig durchgeschwitzt, und mein Gesicht war wahrscheinlich dunkelrot angelaufen von der Anstrengung. Ich bemühte mich, tief zu atmen, aber er wirkte von Sekunde zu Sekunde skeptischer.

»Geht es dir gut?«, fragte er, und die Sanftheit in seiner Stimme ließ irgendetwas in mir bröckeln, von dem ich nicht wollte, dass es bröckelte.

»Ja«, gab ich keuchend zurück und lachte. »Ich habe den ganzen Tag für die Prüfungen gelernt und dachte, ich bringe meine Gedanken etwas runter, indem ich joggen gehe.«

Jetzt legte sich seine Stirn in Falten. »Du bist den ganzen Weg vom Wohnheim bis hierher gejoggt?«, wollte er überrascht wissen.

Als ich nickte, musterte er mich kurz von oben bis unten, und ich traute mich nicht, seinem Blick zu folgen. Wie fertig sah ich wohl aus?

»Ich bin total durchgeschwitzt, sorry«, sagte ich unnötigerweise mit einem Lachen. Und dann schob mein frecher Mund noch hinterher, ohne sich mit meinem Gehirn abzusprechen: »Es ist schön, dich zu sehen.«

Jasper sah mir wieder in die Augen. Ich hatte das Gefühl, dass seine Schultern sich entspannten, obwohl mir gar nicht aufgefallen war, dass er angespannt gewesen war. Und dann umspielte ein leichtes Lächeln seine Mundwinkel. »Ich finde es auch schön, dich zu sehen.«

Etwas bröckelte weiter, und plötzlich wurden meine Knie noch weicher. Um davon abzulenken, lachte ich wieder und meinte: »Ja, ich hatte in letzter Zeit viel zu tun, deswegen konnte ich nicht im Büro vorbeischauen.« Warum redete ich so schnell? Und warum kam mir meine Stimme so schrill vor? »Ich musste für die Prüfungen lernen. Es war so viel zu tun.« Das hatte ich schon gesagt, verdammt. Ich lachte wieder auf.

Jasper warf einen kurzen Blick zu seiner Haustür, und ich hob sofort abwehrend die Hände. »Sorry, ich halte dich auf. Du willst bestimmt deinen Feierabend haben.«

»Nein.« Er schüttelte den Kopf. »Ich dachte nur … Willst du vielleicht ein bisschen reinkommen?«

Es bröckelte wieder in meiner Brust. Ich atmete tief ein. »Ich … ich will dich wirklich nicht nerven.«

Er wirkte überrascht, als ich das aussprach. »Du nervst mich nicht«, sagte er sanft. Und dann noch: »Niemals.«

Ich wusste nicht genau, was es war, aber irgendwas in mir brach endgültig in sich zusammen. Einen Moment hatte ich das Gefühl, dass ich stolperte. Und dann fiel ich, in dieses schreckliche, offene Loch in meiner Brust. Mein Atem fühlte sich plötzlich seltsam an. Meine Beine zitterten. Es war, als würde ich einfrieren. Bevor ich es wirklich merkte, hockte ich auf dem Boden. Der Gehweg war direkt unter mir, kleine Steine bohrten sich in meine Knie.

Ich spürte eine Hand auf meiner Schulter, und Jaspers sanfte Stimme holte mich zurück in die Realität. »Atmen, Emilia. Ein und aus. Ein und aus.«

Ich machte mit, atmete. Da war ein sanftes Rieseln in meiner Brust, wie nach einer Explosion. Als ich den Kopf hob, hockte Jasper vor mir. Er hatte ein Knie am Boden, und es schien ihn gar nicht zu kümmern, dass er sich dabei seine Anzughose schmutzig machte. Mit einer Hand stützte er sich ab, die andere lag auf meiner Schulter. Er berührte mich und schickte mir Wärme durch meinen Körper. Sicherheit.

»Sprich mit mir«, sagte er mit fester Stimme.

Überrascht blickte ich auf in seine grauen, ernsten Augen. »I-ich bin vielleicht doch ein bisschen zu viel gelaufen. Und hab zu wenig gegessen.«

»Kannst du aufstehen?« Es war ungewohnt, ihn so angespannt zu erleben. Er machte sich offenbar wirklich Sorgen um mich.

Ich atmete tief durch und nickte. Als ich versuchte aufzustehen, griff er nach meinem Arm. Aber trotz der Stärke, die er mir lieh, schaffte ich es nicht mehr richtig auf die Beine. Meine Knie zitterten wie verrückt, und das übertrug sich auf meinen gesamten Körper. Meine Muskeln schlotterten regelrecht.

Was hatte ich mir da nur angetan? Der Nebel in meinem Kopf hatte meine körperlichen Grenzen vollkommen ausgeblendet. Obwohl ich so lange nicht Joggen gewesen war, hatte ich so krass durchgepowert. War so weit gelaufen, dass ich jetzt völlig durch war. Diese Unvernünftigkeit passte nicht zu mir.

»Halt dich an mir fest, Emilia.« Jaspers Stimme war so nah an meinem Ohr, dass ein Schauer über meinen Rücken lief.

Ich tat, was er sagte, und legte einen Arm um seinen Hals. Und dann hob er mich einfach hoch und trug mich zur Tür, als würde ich nichts wiegen.

Alle Stellen, an denen er mich berührte, kribbelten, als würden Tausende Ameisen darüber laufen. Wie hatte ich mir einreden können, dass mir eine Freundschaft reichte? Seine Nähe war so tröstlich und gleichzeitig so aufregend. Ich lehnte meine Wange an seine Brust, lauschte auf seinen Herzschlag und spürte, wie meine Augen zu brennen begannen.

Das war er wohl, dieser Moment, in dem ich langsam in mich zusammenfiel wie ein Kartenhaus, das eh auf schiefen Grund gebaut worden war.

»Kommst du an meinen Schlüssel ran? Er ist in meiner linken Tasche«, sagte Jasper leise.

Ich holte den Schlüssel heraus, um die Tür aufzuschließen. Es war mir nicht einmal unangenehm, dass er mich trug. Dass er mich so schwach erlebte und so durchgeschwitzt. Ich lehnte mich einfach an ihn, genoss das Gefühl seiner Arme um mich und die Nähe, von der ich wusste, dass er sie kaum jemandem gab.

Vor seiner Tür setzte er mich ganz vorsichtig ab, als wäre ich etwas unglaublich Zerbrechliches und Kostbares. Dann schloss er die Tür auf und griff wieder nach meinem Arm, um mich zu stützen. »Setz dich erst mal auf die Couch«, wies er mich an und führte mich zum Wohnzimmer. Half mir, mich hinzusetzen, und verschwand dann in Richtung Küche.

Während ich Wasser laufen hörte, versuchte ich, die Scherben in meinem Inneren wieder zusammenzusammeln, um vor ihm nicht völlig die Nerven zu verlieren. Aber es war beinahe unmöglich. Ich fühlte mich, als wäre ich innerlich pulverisiert worden. Als wäre ich gar nicht mehr wie ich.

Jasper kam zurück, reichte mir das Wasserglas und hockte sich dann vor mich, als hätte er Angst, dass ich jeden Moment wieder umkippen könnte.

Meine Finger zitterten, als ich das Wasserglas an meine Lippen führte. Ich trank gierig, weil ich erst jetzt bemerkte, wie trocken mein Hals war. Himmel. Ich war wirklich nicht mehr ich selbst gewesen. Noch während das Glas an meinen Lippen lag, spürte ich, wie mein Damm brach. Tränen sammelten sich in meinen Augen, liefen über und rannen mir über die Wangen. Der Tränenfluss schien gar nicht mehr versiegen zu wollen, und ich hatte keine Kraft, ihn dazu zu zwingen. Ich setzte das Glas ab und heulte weiter.

Jasper legte vorsichtig eine Hand auf meinem Oberschenkel ab. »Was ist los, Emilia?« Seine Stimme war so voller Sorge, so voller Anspannung.

Langsam gab ich ihm das Glas zurück. Atmete tief durch. Und sagte dann leise: »Ich hab die Absage fürs Medizinstudium bekommen. Ich bin wieder nicht reingekommen.« Erst als ich die Worte ausgesprochen hatte, wurde mir bewusst, dass ich sie sagen wollte. Aber mit ihnen brach die nächste Welle über mich herein. Das Loch in meiner Brust war verschwunden, stattdessen war jetzt der ganze Schmerz da. Die Enttäuschung, die Zukunftsangst, die Trauer, die Wut.

Ich weinte, und irgendwann fühlte ich, wie Jasper sich nach

vorn beugte. Wie er vorsichtig die Arme um mich schloss und mich an seine Brust drückte. Und ich lehnte meinen Kopf an ihn und heulte in sein teures Hemd.

Ich brach zusammen, während Jasper mich weiterhin einfach nur festhielt.

Kapitel 27

EMILIA

Als ich fertig war mit Weinen, fühlte ich mich absolut leer. Aber aus irgendeinem Grund auch um einiges besser. Jetzt, wo ich den Schmerz zugelassen hatte, merkte ich, dass ich ihn aushalten konnte. Es würde schwer werden, aber ich konnte darüber hinwegkommen.

Vorsichtig und etwas peinlich berührt löste ich mich aus Jaspers Armen. Ich konnte ihm nicht in die Augen sehen, deswegen blickte ich auf das Wasserglas auf dem Couchtisch und gab ein Glucksen von mir. »Tut mir leid.«

»Wofür entschuldigst du dich?« Er klang ehrlich überrascht, und irgendwie wunderte mich das nicht einmal. Für ihn war es wahrscheinlich unlogisch, sich für einen Gefühlsausbruch zu entschuldigen, den man offensichtlich nicht hatte kontrollieren können.

Die Erkenntnis darüber fühlte sich wie eine warme Decke um meine Schultern an. Er war einfach so. Ehrlich und ohne Vorurteile. Offen und respektvoll. Das waren alles Dinge, wegen denen ich mich in ihn verliebt hatte. Warum ich es auch jetzt noch war. Vielleicht sogar noch ein kleines bisschen mehr, weil ich das alles wusste und er mich trotzdem hielt, wenn ich weinte. Mich trotzdem tröstete.

Es war so unfair.

Ich atmete tief durch und rieb mir die letzten Tränen weg. »Dafür, dass du das jetzt aushalten musstest, obwohl du gar nichts damit zu tun hast.«

»Vielleicht nicht mit den Ursachen. Aber es ist mir nicht egal, dass es dir nicht gut geht.« Jasper erhob sich vom Boden. »Ich hole dir mal etwas zu essen.«

»Ich habe eigentlich gar keinen Hunger.«

»Du isst mindestens einen Müsliriegel, Emilia. Du hast dich vollkommen ausgepowert und brauchst Energie.«

Aus irgendeinem Grund gefiel mir, dass er mich so streng ansah. Es brachte mich zum Lächeln. »Okay, Herr Doktor«, witzelte ich. Aber er schien zufrieden zu sein, als er sich umdrehte und eine ganze Packung Müsliriegel aus der Küche holte.

»Wieso hast du so viele?«, wollte ich wissen, während ich mir einen mit Schokoladenüberzug aus der Packung nahm und öffnete.

Jasper zuckte mit den Schultern. »Ich vergesse oft zu essen oder schaffe es nicht, mir etwas zu machen. Das ist eine schnelle Energiezufuhr.«

»Das ist offensichtlich ein typischer Fall von Arzt, der sich selbst nicht an seine guten Ratschläge hält«, sagte ich kauend. Der Müsliriegel war echt lecker, und ich spürte, wie langsam der Hunger kam. Deshalb nahm ich mir direkt noch einen zweiten.

Jasper zögerte einen Moment, als würde er über meine Worte nachdenken. »Das stimmt wahrscheinlich«, sagte er dann. Er stellte die Packung mit den Müsliriegeln auf dem Couchtisch neben dem Wasser ab und setzte sich dann auf den Sessel fast direkt neben mir. Ich beobachtete, wie er die Hände zusammenlegte und mich durchdringend musterte. »Geht es dir etwas besser?«

»Körperlich? Ja.« Ich legte eine Hand auf meine Brust, spürte nach meinem Herzen, das wieder einigermaßen kräftig schlug. »Psychisch? Bin ich immer noch nicht ganz wieder da. Aber das wird schon. Ich musste mich vielleicht einfach nur mal ausheulen.«

Er nickte langsam. Ernst. »Das war nicht deine letzte Chance.«

»Ich weiß.« Ich seufzte und ließ den angebissenen Müsliriegel sinken. »Aber es fühlt sich an, als würde meine Zukunft wieder rausgeschoben werden. Immer weiter und weiter. Und ich habe es so satt, zu warten. Ich weiß, was ich will. In meinem Alter geht es wenigen Leuten so, viele brauchen ewig, bis sie wissen, was genau sie wollen. Aber ich weiß es. Trotzdem schiebt das Schicksal es immer weiter von mir weg.« Ich lachte. »Es fühlt sich so unfair an, verstehst du?«

Jasper lehnte sich im Sessel zurück und verschränkte die Arme vor der Brust. »Ich kann nicht unbedingt behaupten, dass ich weiß, wie sich das anfühlt. Ich bin direkt ins Studium gekommen. Aber ich kann sagen …« Er zögerte, seine Augenbrauen wippten lustig. »Ich kann sagen, dass es auch mir unfair vorkommt. Ich weiß, dass du eine tolle Ärztin werden würdest. Und es … es ist unfair.«

Mein Inneres wurde wieder ganz weich, als würde sich alles unter meiner Haut in einen riesigen Marshmallow verwandeln. »Danke«, sagte ich etwas erstickt und schob mir schnell den Rest des Riegels in den Mund. Es bedeutete mir viel, dass er das so sah. Auch wenn es das Ungerechtigkeitsgefühl in mir noch verstärkte.

Er nickte. Seufzte. Dann schwiegen wir für eine ganze Weile. Nach ein paar stillen Minuten hakte er schließlich nach: »Willst du, dass ich dich nach Hause fahre?«

Ich schüttelte sofort den Kopf. »Bitte nicht«, kam es mir über die Lippen. Zusammenzubrechen war das eine … aber dass die anderen, mein Bruder vor allem, mich jetzt so sahen, wollte ich nicht. Ich brauchte noch etwas Zeit, um mich zu beruhigen.

»In Ordnung«, sagte Jasper. »Willst du hier schlafen?«

Mit diesem Angebot hatte ich nun wirklich nicht gerechnet. Ich sah ihn mit großen Augen an. »I-ist das dein Ernst?«

Als er nickte, flatterte mein Herz in meiner Brust sofort los.

»Dann … gern«, sagte ich etwas atemlos. Vielleicht war es

unvernünftig, aber ich wollte bei ihm bleiben. Weil es sich so gut anfühlte, hier zu sein. In seiner Nähe. Ich stockte und schob hinterher: »Ich habe aber keine Wechselklamotten dabei. Und keine Zahnbürste.«

»Du kannst zum Schlafen was von mir anziehen. Deine Sachen werfen wir in die Maschine und danach in den Trockner, und dann kannst du sie morgen wieder anziehen.« Er sagte das so unberührt, dass sich mein Herz wieder etwas beruhigte.

»Okay.«

Jasper erhob sich aus dem Sessel. »Ich suche dir alles zusammen, und dann kannst du erst mal duschen gehen.«

Erst jetzt wurde mir wieder bewusst, wie durchgeschwitzt ich immer noch war. Und er hatte mich trotzdem gehalten. Meine Wangen wurden heiß. »Sorry, dass ich hier alles vollschwitze. Ich rieche wahrscheinlich schrecklich.« Ich lachte.

Jasper, der sich schon abgewandt hatte, drehte sich wieder zu mir. »Du riechst nicht schlecht. Und ich dachte nur, dass du dich geduscht vielleicht wohler fühlst, nachdem du joggen warst.«

»Oh. Ja.« Ich erhob mich verlegen vom Sofa. Meine Beine waren immer noch aus Pudding, aber es war mittlerweile viel besser.

Jasper zeigte mir das Bad und brachte mir dann ein Shirt und eine kurze Jogginghose. Dann ließ er mich allein, und erst als ich unter der Dusche stand, spürte ich, wie dringend ich das gebraucht hatte. Es tat so unheimlich gut, alles von mir abzuwaschen – und damit meinte ich nicht nur den Schweiß vom Joggen. Es fühlte sich tatsächlich so an, als würde ich die Tränen, die Trauer ein wenig von mir wegspülen.

Als ich, frisch geduscht und in Jaspers Sachen gekleidet, wieder in das Wohnzimmer kam, saß er auf der Couch. Er hatte den Fernseher laufen, wirkte aber, als würde er gar nicht so richtig darauf achten.

Er hob sofort den Kopf und sah mir entgegen. »Besser?«, fragte er vorsichtig.

Ich nickte lächelnd. »Viel besser.« Langsam ging ich um den Couchtisch herum und setzte mich neben ihn auf die Couch. So nah, dass wir uns beinahe berührten, aber nur beinahe, damit er noch von mir wegrutschen konnte.

Das tat er aber nicht. Stattdessen drehte er sich zu mir und musterte mich durchdringend mit diesen schönen stahlgrauen Augen.

Ich blickte zurück, und alles, was ich sagen wollte, blieb mir im Hals stecken, weil ich nur wieder daran denken konnte, dass ich ihn küssen wollte. Verdammter Mist.

Ich räusperte mich, mehrfach, und sagte dann: »Ich kann auf der Couch schlafen.«

Er schüttelte sofort den Kopf. »Du kannst mein Bett haben.«

»Das ist nicht nötig. Ich habe mich schließlich eingeladen.«

»Nein, hast du nicht. Ich habe dich eingeladen, hier zu schlafen.«

»Aber dass ich mich bei dir ausgeheult habe und dir noch bis morgen auf den Keks gehe, ist doch genug Belastung.«

Jaspers Augenbrauen zogen sich zusammen. »Das ist keine Belastung«, sagte er eindringlich. »Ich finde es schön, dass du hier bist.«

Mein Herz stolperte. Heftig. Sein Blick fühlte sich an, als würde er mich direkt ausziehen, und Himmel, wie gern wollte ich das. Ich schluckte. »Na dann«, sagte ich leise. Und keine Ahnung, woher ich den Mut nahm, aber ich fügte noch neckend hinzu: »Passen wir denn beide in dein Bett?«

Er überlegte. Ernsthaft. Ich wollte schon schnell erklären, dass es nur ein Scherz gewesen war, da sagte Jasper: »Ja, tun wir.«

Ich verschluckte mich an meinem Atem, aber Jasper starrte immer noch nachdenklich in die Luft. »Allerdings hatte ich ehrlicherweise daran gedacht, dir das ganze Bett zu überlassen.«

Halt. Wieso klangen seine Worte, als hätte er überhaupt kein Problem damit, mit mir das Bett zu teilen?

Er sah mich wieder an und fragte: »Willst du es nicht allein?«

»Nein.« Das Wort war so schnell über meine Lippen, dass es mir selbst Angst machte. Aber jetzt, wo es raus war, konnte ich auch gleich ganz ehrlich sein. »Ich fände es schön, mit dir zusammen dort zu schlafen.« Es würde mich trösten. Es würde mich ablenken. Aber Himmel, es würde wahrscheinlich den Wunsch nach mehr wecken. Und vielleicht war das nicht fair, deshalb schob ich noch schnell hinterher: »Was willst du denn?« Er war immerhin der, der seinen Platz brauchte. Der Berührungen nicht von jedem akzeptierte. Der vor mir zurückgeschreckt war.

Jasper musterte mich eine ganze Weile, ohne etwas zu sagen. Dann zuckte er mit den Schultern. »Ich habe ein ganz interessantes Gespräch mit Doktor Hansen geführt. Darüber, was ich will und inwiefern das manchmal mit dem kollidiert, was ich aushalten kann. Aber wenn du mich fragst, was ich will ...« Er schien kurz darüber nachzudenken. »Dann muss ich zugeben, dass ich es wohl mehr genieße, dir nah zu sein, als ich anfangs dachte.«

Es war, als hätte er mit diesen Worten in meinem Kopf alles umgeworfen. Alles in meinen Gedanken geriet durcheinander, deshalb überließ ich einfach meinem Unterbewusstsein die Kontrolle. »Aber du wolltest mich nicht küssen, oder? Du hast das nur getan, weil du dich dazu verpflichtet gefühlt hast. Du bist zurückgeschreckt.« Hilfe, ich klang wirklich verzweifelt. Ich konnte keinen erneuten Korb aushalten, nicht jetzt. Aber ich konnte auch nicht schweigen. Dafür fühlte sich das jetzt zu wichtig an.

Diesmal zögerte Jasper glücklicherweise nicht. »Das stimmt nicht. Ich gebe zu, dass ich etwas überfordert war, aber so ist es bei mir mit Dingen, die ich nicht kenne. Nina zieht mich immer deswegen auf, weil ich nicht funktioniere wie der Durchschnittsmensch.« Er räusperte sich. »Ich ... bin nervös geworden. Weil es so ungewohnt war, auf diese Weise berührt zu werden. Und dann habe ich es irgendwie geschafft, mich in diese Nervosität so sehr reinzusteigern, dass mich die Situation so überfordert hat, dass ich Panik bekommen habe.«

Mein Herz schlug mir bis zum Hals. »Was heißt das?«

Jasper legte den Kopf leicht schief. »Dass ich dich küssen will, Emilia.«

Reflexartig griff ich nach ihm, und meine Hände krallten sich in sein Hemd, wollten ihn zu mir ziehen, aber ich konnte mich gerade noch stoppen. Vor allem, weil ich merkte, dass er sich wieder etwas anspannte. Aber dann lehnte er sich tatsächlich näher zu mir. Mit jedem Zentimeter, den er überwand, schlug mein Herz noch etwas schneller.

»Darf ich dich jetzt küssen?«, fragte er.

»Ja. Bitte.«

Er lehnte sich weiter mir zu, und ich kam ihm entgegen. Ganz sanft prallten unsere Lippen zusammen, und eine heiße Welle schwappte durch meinen gesamten Körper. Am liebsten hätte ich die Arme um ihn geschlungen, aber ich wollte ihn nicht wieder überfordern. Deshalb krallte ich mich nur fester in sein Hemd und überließ ihm die Kontrolle. Er bewegte sich vorsichtig, tastete sich mit den Lippen über meine, zart wie eine Feder. Als ich doch näher an ihn heranrutschte, tat er es mir gleich, und dann lag seine Hand an meinem Hals. Immer noch sanft, und ich traute mich endlich, ihn richtig zurückzuküssen. Ich zwang mich, langsam vorzugehen, als ich die Lippen öffnete und über seine leckte. Diesmal zuckte er nicht zusammen, aber ich spürte, wie sein Herz unter meiner Hand kräftiger schlug. Spürte, wie sein Atem schneller wurde, als sich unsere Zungen berührten. Als unser Kuss heftiger wurde, leidenschaftlicher. Ich wusste, dass es von mir ausging, dass er mich vielleicht nur kopierte – aber diesmal tat er es ohne Zögern.

Ein Kribbeln bahnte sich den Weg durch mich hindurch, entflammte meine Haut, und irgendwo in meinem Hinterkopf regte sich diese gierige, egoistische Stimme, die mehr wollte. Die nicht zufrieden sein konnte mit dem, was er mir gab. Ich konnte mich zum Glück zurückhalten und schaffte es sogar, meine Lippen kurz von ihm zu lösen. Als ich ihn ansah, öffnete er gerade seine Augen wieder. Er wirkte vollkommen durch den Wind, und ein leichter Rosaschleier lag auf seinen Wangen.

»Du musst mir sagen, wenn es dir zu viel wird«, sagte ich so heiser, dass es eigentlich nur ein Flüstern war, das mir aus dem Mund purzelte. »Wir können es so langsam angehen lassen, wie du es brauchst.«

Jasper nickte mühsam. »Ist es nicht«, gab er atemlos zurück. »Also. Es ist ungewohnt. Aber …«

»Gut ungewohnt?«, half ich ihm auf die Sprünge, und meine Lippen verzogen sich zu einem Lächeln.

»Gut ungewohnt«, bestätigte Jasper. Sein Blick fiel auf meine Lippen, und ich zog ihn sofort wieder an mich.

Während wir uns wieder küssten, ließ ich die Hände über seine Brust wandern, oberhalb seines Hemdes, und achtete auf jedes Zeichen seines Körpers. Jedes Anspannen und Entspannen seiner Muskeln, jedes Stocken in seinem Atem. Sein Herz raste unter meiner Berührung, das konnte ich sogar durch das Hemd spüren. Aber ihm gefiel, wie sich das anfühlte, das sagte mir zumindest sein Körper. Aus irgendeinem Grund schien er sich darauf einlassen zu können, und diese Tatsache ließ das Kribbeln zwischen meinen Beinen anschwellen.

»Auch wenn es jetzt noch nicht zu viel ist«, flüsterte ich gegen seine Lippen. »Sag sofort, wenn sich das ändert.«

Er nickte, und ich legte seine Hand auf meine Hüfte. Obwohl ich sie lenkte, breitete sich sofort eine kribbelnde, warme Spur auf meiner Haut aus. Jasper unterbrach den Kuss, ließ seine Lippen aber ganz nah bei meinen, als er sich offensichtlich auf die Berührung an meinem Bein konzentrierte. Ganz langsam führte er die Bewegungen weiter, streichelte sanft mit den Fingern über meinen Oberschenkel, zeichnete kleine Kreise auf meine Haut.

Als ich meine Hand zurücknahm, hielt er kurz inne und sah mich fragend an.

»Mach weiter«, sagte ich leise lächelnd. »Bitte.«

Sofort strich er wieder über meinen Oberschenkel, während ich ihn erneut an mich zog. Unsere Lippen trafen aufeinander, öffneten sich sofort, damit unsere Zungen sich finden konnten. Alles daran war zögerlich, unsicher, manchmal stockend. Aber er machte weiter. Nichts deutete darauf hin, dass er nicht mehr wollte. Mein Herzschlag beschleunigte sich, und ich merkte überrascht, wie schnell Jasper sich meinem Rhythmus anpasste. Er war wirklich gut darin.

Weil ich nicht sicher war, ob Hautkontakt für ihn so angenehm war wie für mich, ließ ich meine Hand oberhalb seines T-Shirts über seine Brust wandern. Dann über seinen Bauch, bis hin zum Bund seiner Jogginghose. Und wieder nach oben. Mit jemand anderem hätte ich mich wahrscheinlich schon längst nackt in den Laken gewälzt, aber dadurch, dass es mit Jasper so viel langsamer ging, fühlte es sich doppelt so intensiv an. Seine schwere Hand auf meinem Oberschenkel steigerte meine Lust, meine Erregung ins Unendliche.

Trotzdem hielt ich mich zurück. Achtete auf seine Bewegungen und spürte daher auch den Moment, in dem er etwas langsamer wurde. Seine Küsse, seine Berührungen an meinem Bein. Sein Herz schlug immer noch schnell unter meiner Hand, als ich über seine Brust strich. Er brauchte vermutlich eine Pause. Und ich wahrscheinlich auch, so erhitzt, wie ich mich fühlte.

Jasper hob fragend die Brauen, als ich den Kuss unterbrach.

Ich ließ meine Hand wieder an seine Wange wandern und lächelte. »Habe ich es eigentlich richtig gesehen, dass du da *Grey's Anatomy* schaust?«

Seine Stirn legte sich in Falten. »Ich schaue das nur, um mich darüber aufzuregen, wie wenig es mit der Realität zu tun hat.«

Mir entfuhr ein Glucksen. »Was für eine Beschäftigung. Das würde ich zu gern sehen.«

Jasper wirkte überrascht. Dann lächelte er aber, und ich war mir fast sicher, ein wenig Erleichterung in seinem Gesicht zu erkennen. Er griff nach der Fernbedienung, um die Serie wieder lauter zu stellen, und als ich mich an ihn kuschelte, legte er wie selbstverständlich den Arm um mich.

Und so blieben wir sitzen und schimpften über die Serie, bis es Zeit war, ins Bett zu gehen.

Kapitel 28

JASPER

Es war das erste Mal, dass ich mit jemandem mein Bett teilte. Normalerweise hätte ich etwas länger darüber nachgedacht, ob mir das auch wirklich recht war, aber ich war gar nicht mehr in der Lage, richtig klare Gedanken zu fassen. Während dieses intensiven Kusses mit Emilia auf der Couch hatte sich etwas in mir gelöst. Und als wir den Fernseher ausgestellt hatten, um ins Schlafzimmer zu gehen, war das Gefühl sofort wieder da gewesen.

Sie wirkte ähnlich verlegen wie ich, als sie mir gegenüberstand, auf der anderen Seite des Bettes. »Ist das auch wirklich okay?«, fragte sie, und ich beantwortete es mit einem Nicken.

»Ist es.«

Gleichzeitig machten wir eine Bewegung auf das Bett und aufeinander zu. Obwohl ich Schlafkleidung trug, spürte ich unter der Decke sofort die Hitze, die von Emilias Körper ausging, und mein Herz legte wieder einen Marathon hin. Wir sahen uns an, als wir uns auf die Kissen legten, und ich bemerkte, dass Emilia auf ihrer Unterlippe herumknabberte.

»Wäre es auch okay, wenn wir uns noch einmal küssen?«, fragte sie nach einem Moment mit heiserer Stimme.

Himmel, mein gesamtes Inneres schien einen Satz zu machen. Denn so ungewohnt und leicht überfordernd sich das vorhin auch angefühlt hatte – so berauschend war es eigenartigerweise auch gewesen.

Statt zu antworten, schob ich mich ein Stück auf sie zu. Emilia kam mir sofort entgegen, und etwas ungeschickt fanden sich unsere Lippen. Als ihre Zunge meine berührte, wäre ich beinahe zurückgeschreckt. Aber mein Körper akklimatisierte sich überraschend schnell mit den Berührungen. Vielleicht, weil ich mich die letzten Tage gedanklich damit auseinandergesetzt hatte, was ich eigentlich wollte. Und weil ich, möglicherweise, ein, zwei Filme zu dem Thema angesehen hatte.

Wie Moritz mir geraten hatte, versuchte ich, mich darauf einzulassen, einmal keine richtige Kontrolle zu haben. Und es war gar nicht so schwer, wie ich vermutet hatte. Vielleicht lag es daran, dass Emilia mir nicht das Gefühl gab, als hätten wir nur begrenzte Zeit für alles. Ihre Berührungen waren vorsichtig, langsam, und sie sah mich immer wieder fragend an, als wollte sie sichergehen, dass ich es auch wollte.

Und Himmel. Das tat ich.

Mit wachsender Faszination beobachtete ich, wie mein Körper auf ihr sanftes Streicheln reagierte. Wie mein Puls sich beschleunigte und wie mein Atem stockte vor … Lust. Emilia behielt ihre Hände oberhalb meiner Kleidung, aber ich konnte ihre Berührung durch das dünne Shirt überdeutlich spüren. Und nicht nur der bewusste Teil meines Körpers. Ich hatte bereits auf der Couch gespürt, wie das Blut sich zwischen meinen Beinen sammelte. Wie ich hart wurde. Und das vernebelte mir das Gehirn noch um einiges mehr.

Emilia wusste offensichtlich sehr gut, wo sie mich berühren musste, um die Lust in mir noch zu steigern. Gerade ließ sie ihre Hand unter der Decke, die sie über uns zusammengeschlagen hatte, wieder über meinen Bauch wandern. Als sie den Bund meiner Hose überschritt, zuckte ich zusammen, aber nicht, weil es mir nicht gefiel. Es war mehr die Erregung, die dabei durch meinen Körper floss und alle meine Muskeln anspannte.

Es war faszinierend. Es war … großartig. Und es war nicht zu viel. Vielleicht, weil sie nicht meine Haut berührte. Vielleicht, weil ich bei ihr seltsamerweise wirklich loslassen konnte. Wir waren allein. Ich hatte keine Erwartungen zu erfüllen und auch nicht das Gefühl, dass sie irgendetwas Bestimmtes erwartete.

Unsere Lippen fanden sich wieder zu einem Kuss, und er war genauso überwältigend wie die davor. Jedes Mal, wenn unsere Zungen sich trafen, war mir, als würde ein Stromschlag durch meinen Körper gehen. Mein Herz höherschlagen. Ich noch härter werden, wenn das überhaupt noch möglich war.

Mit der freien Hand griff sie wieder nach meiner und schob sie von meinem Oberschenkel weiter nach oben. Einen Moment später spürte ich unter meinen Fingern die weiche Wölbung ihrer Brust durch das Shirt, das ich ihr geliehen hatte. Sie drückte zu, nur kurz, um mir zu zeigen, was sie sich wünschte. Und als sie meine Hand losließ, streichelte ich sanft ihre Brust. Strich mit den Fingern über ihre Brustwarzen, die unter meiner Berührung langsam härter wurden. Sie war offensichtlich genauso erregt wie ich. Und dann lag ihre Hand plötzlich auf dem Stoff direkt über meiner Härte.

Ich rang nach Luft, weil es so überwältigend war.

»Ist das okay?«, flüsterte sie gegen meine Lippen.

»Ja.« Meine Antwort war nur ein Hauch, aber sie hatte sie offensichtlich wahrgenommen. Denn sie schloss die Hand erneut um mich. Der Stoff meiner Jogginghose und der Unterhose, die ich darunter trug, waren offensichtlich dünner, als ich sie wahrgenommen hatte. Ich spürte ihre Berührung genau, spürte die Lust, die mich in Wellen durchzuckte. Bevor ich michs versah, entfuhr mir ein Stöhnen.

Ich blickte Emilia an, und sie lächelte. Sie streichelte mich ganz vorsichtig, abwartend, schickte erneut Stromstöße durch meinen Körper. Ich rieb ihre Brustwarze zwischen meinen Fingern, ohne genau zu wissen, ob das das Richtige war. Aber gemessen an dem, was ich in ihrem Gesicht sah, war es wohl nicht falsch, denn sie verlor auch immer weiter die Beherrschung über ihren Ausdruck.

»Kannst du mich berühren?«, flehte sie ganz nah an meinem Mund. »Dort?« Sie schob meine Hand nach unten, und dann lagen meine Finger zwischen ihren Beinen.

Wie ein Blitz zuckte alles in meinem Kopf an Informationen zusammen, die ich im Studium gelernt hatte. Wenn ich etwas kannte, war es die menschliche Anatomie. Ich wusste, wo ich sie berühren musste. Und auch wenn ich durch den Stoff der Jogginghose ein wenig nach der richtigen Stelle suchen musste, erspürte ich sie doch.

Als Emilia zusammenzuckte, hielt ich inne. »Hab ich etwas falsch gem…«

»Nein«, unterbrach sie mich keuchend. »Nein, du bist genau richtig. Oh Gott, bitte mach weiter.«

Also begann ich, ihre Klitoris durch die Hose zu reiben. Vorsichtig erst, vielleicht ein wenig ungelenk, aber dann keuchte sie erneut auf.

»Schneller. Bitte.«

Ich hörte auf sie. Bewegte meine Finger schneller um ihren empfindlichen Nervenknoten, und Emilia schloss fest die Augen. Drängte sich gegen meine Hand. Und rieb auch mich immer schneller.

Lust baute sich zwischen uns auf, und ich merkte die Erregung, die sich zwischen meinen Beinen einnistete. Das Knistern in der Luft, das ich bisher nur aus Büchern oder Filmen kannte und das mir bisher immer vollkommen fremd geblieben war. Etwas, nach dem ich mich bisher nie bewusst gesehnt hatte und von dem ich jetzt nicht mehr wusste, warum eigentlich nicht. Denn es fühlte sich verdammt gut an. Aber ich war mir relativ sicher, dass es an ihr lag. An Emilia. Das erste Mal in meinem Leben spürte ich, wie es war, jemanden wirklich zu begehren.

Und dann kam ich. Obwohl es sich angekündigt hatte, zuckte ich doch überrascht zusammen, und mir entfuhr ein Keuchen. Trotz der heißen Welle, die durch meinen gesamten Körper schwappte, schaffte ich es irgendwie, Emilia weiter zu berühren, und ihrem Gesichtsausdruck und dem leisen Geräusch aus ihrem Mund nach zu urteilen, kam sie kurz nach mir ebenfalls zum Höhepunkt.

Sie griff nach meiner Hand und schob ihre Finger zwischen meine. Und dann lagen wir uns nur im Bett gegenüber, schwer atmend und wahrscheinlich beide ein wenig ungläubig darüber, was gerade passiert war.

Ich nahm mir ein paar Sekunden, damit mein Puls sich beruhigen konnte, bevor ich sie ansah. Sofort zog sich mein Herz ein wenig schmerzvoll zusammen. Sie war so … schön. Jetzt noch mehr als vorher. Ihre Wangen waren leicht gerötet, und sie wirkte müde. Aber als sie meinen Blick erwiderte, ein paar wirre Haarsträhnen im Gesicht, und die Mundwinkel nach oben zog, leuchtete ihr Gesicht trotzdem auf. Mir war, als würde ich fallen, aber es war nicht einmal ein schlechtes Gefühl. Wie so vieles an diesem Abend war es ungewohnt, aber seltsam … schön.

»War das in Ordnung für dich?«, flüsterte sie. Ihre Stimme klang ein wenig kratzig, als wäre sie heiser, und sie drückte den Kopf etwas fester ins Kissen.

Mein Gehirn fuhr langsam wieder hoch, und am liebsten hätte ich es daran gehindert. Denn mit seiner Leistung kamen auch die gesamten unterdrückten Gedanken zurück. Die Fragen, die sich mein Kopf jetzt stellte. War es das? Okay gewesen? Hatte ich das wirklich gewollt, oder hatte es mich mitgerissen, weil ich gedacht hatte, es tun zu müssen? Nein, das war es definitiv nicht. Ich hatte es gewollt. Genossen. Aber warum kribbelte meine Haut dann jetzt so kühl und unangenehm, als wäre es falsch gewesen? Wieso stockte mein Atem ein wenig, warum war meine Brust auf einmal so eng?

»Jasper?«

Hatte ich überhaupt alles richtig gemacht? Konnte ich das noch einmal machen, wenn sie es sich wünschte? Weitermachen, weitergehen? Oder hatte ich meine Grenze schon erreicht? Würde es sich noch gut anfühlen, wenn sie mich das nächste Mal berührte? Wenn sie es sogar richtig tat, Haut auf Haut? Wenn ich sie berührte?

»Jasper.«

Emilia rutschte näher und berührte ganz sanft meine Schulter. Nur kurz, um mich auf sich aufmerksam zu machen. Oberhalb des Stoffes meines Shirts. Und ich zuckte trotzdem zusammen und biss mir auf die Unterlippe.

Nein. Warum war ich jetzt so empfindlich? Warum nahm ich gerade alles doppelt so schlimm, doppelt so intensiv wahr? Ich bemühte mich, sie anzusehen, und selbst ich merkte, dass sie traurig aussah. Oder erschrocken. Zumindest nicht mehr so glücklich, wie sie es eben gewesen war.

»Es tut mir leid«, sagte ich leise, obwohl mein Gehirn immer noch keinen Befehl erteilt hatte. »Ich weiß gerade nicht so wirklich, was ich fühle.«

»Das ist in Ordnung.« Sie setzte sich im Bett auf, ihre Stimme zitterte ein wenig. »Brauchst du kurz einen Moment alleine? Soll ich gehen? Oder … willst du darüber reden?« Emilia fuhr sich durch die Haare, ein wenig fahrig, und seufzte dann. »Es tut mir leid, Jasper. Das war egoistisch von mir. Ich wollte es so unbedingt, dass ich dich dazu gedrängt habe, obwohl wir es langsam angehen wollten.«

»Du hast mich nicht gedrängt«, sagte ich gegen den Druck in meiner Brust. »Und es hat sich gut angefühlt. Ich muss jetzt nur mit dem Nachbeben klarkommen.« Ich setzte mich ebenfalls auf. »Vielleicht ist eine Minute für mich eine gute Idee. Aber ich gehe. Ich sollte eh kurz duschen. Ich komme zurück, wenn ich mich ein wenig runterreguliert habe, in Ordnung?«

Emilia nickte. Ich konnte ihren Ausdruck nicht deuten, aber ich konnte mir tatsächlich ein wenig vorstellen, wie es ihr ging. Weil ich nicht wusste, wie mein Körper darauf reagieren würde, wenn ich ihre Haut berührte, zupfte ich kurz an dem Stoff des Shirts, das sie trug. »Es ist alles in Ordnung, okay? Du hast nichts falsch gemacht.«

»Okay«, gab sie leise zurück.

Ich erhob mich vom Bett und flüchtete ins Bad. Sobald der Wasserstrahl meine Haut traf, beruhigten sich meine Gedanken ganz langsam und wichen der Faszination darüber, was gerade passiert war. Der Ungläubigkeit angesichts all der Gefühle, die meinen Körper geflutet hatten. Die Lust, die ich bei ihren Berührungen empfunden hatte, statt Angst oder Abwehr. Selbst jetzt zuckte ein Nachhall davon durch meinen Körper, wenn ich daran dachte.

Als ich das Wasser abstellte, wusste ich noch nicht, ob ich das noch mal hinkriegen würde, ob ich sogar weitergehen konnte – aber ich wollte es. Das erste Mal in meinem Leben konnte ich mir ernsthaft vorstellen, mit jemandem zu schlafen. Aber nur, wenn sie es war. Nur wenn es Emilia war.

Plötzlich konnte ich mich gar nicht schnell genug abtrocknen, anziehen und wieder über den Flur ins Schlafzimmer stolpern. Emilia saß noch immer an der Bettkante und schrieb gerade eine Nachricht auf ihrem Handy. Vielleicht ihrem Bruder, um ihm zu sagen, dass sie hier übernachtete?

Jetzt aber sah sie mir, eine Spur überrascht, entgegen. »Alles in Ordnung?«, fragte sie. »Soll ich vielleicht doch auf der Couch schlafen?«

»Nein«, gab ich sofort zurück. Dann setzte ich mich neben sie, ganz dicht, und stieß mit meinem Handrücken gegen ihren. Sie fühlte sich, im Gegensatz zu meiner frisch geduschten Haut, kalt an. »Ich will, dass du bleibst. Wenn das für dich okay ist.«

»Natürlich ist es das.« Emilia schüttelte lachend den Kopf. »Ich würde am liebsten gar nicht mehr gehen.«

Und das war seltsamerweise auch kein schrecklicher Gedanke mehr. Dass sie einfach hierblieb. Ich atmete tief durch. »Gut«, bekam ich heraus. Dann schob ich meine Finger zwischen ihre. Meine Haut kribbelte immer noch etwas unangenehm, aber es war aushaltbar, sie so zu berühren. Mehr schaffte ich heute nicht. Aber ich hatte auch nicht den Eindruck, dass sie das von mir erwartete.

Emilia hob langsam den Blick und schenkte mir ein kleines Lächeln. »Ich habe es nicht zu weit getrieben?«

»Nein.« Ich schüttelte den Kopf. »Glaub mir, das hättest du gemerkt.«

Sie machte ein Geräusch, das vielleicht ein Stöhnen, vielleicht ein Lachen war. Vielleicht eine Mischung aus beidem. »Ich fand es wirklich schön«, sagte sie dann leise. Sie sah mich nicht an, während sie weitersprach. »Ich habe mir das hier wirklich gewünscht, Jasper. Und ich weiß, dass es für dich schon eine unglaubliche Überwindung war, bis hierhin zu gehen. Aber tatsächlich will ich … noch mehr.« Sie stockte, bevor sie sich wieder zu mir drehte. »Damit meine ich nicht nur das Körperliche. Ich … mag dich wirklich sehr. Nicht nur als Freund. Ich habe schon eine ganze Weile Gefühle für dich.«

Der Rotschleier auf ihren Wangen kam zurück, und ich betrachtete ihn mit Faszination. Wie konnte es sein, dass jede Änderung auf ihrem Gesicht sie noch schöner machte?

Ich legte den Kopf schief. »Ja, ich weiß.«

»Klar. Das hat sich dir wahrscheinlich längst erschlossen.« Emilia lachte und blinzelte wieder zu ihren Füßen runter. »Was ist mit dir?« Die Frage war so leise, dass ich sie kaum hören konnte, obwohl Emilia direkt neben mir saß.

Ich tat es trotzdem und zog die Augenbrauen nach oben. »Was meinst du?«

»Ich meine … hast du auch Gefühle für mich?«

Überraschung breitete sich in mir aus. »Entschuldige. Ich dachte, dass das offensichtlich ist. Ich habe vergessen, dass die meisten so etwas gern ausgesprochen hören.« Ich seufzte, und als ich weitersprach, konnte ich mein Lächeln nicht unterdrücken. »Tatsächlich glaube ich, dass es das erste Mal ist, dass ich so empfinde. Ich kann nicht aus Erfahrung sprechen, aber nach dem, was ich über romantische Gefühle gehört habe, ist es wohl genau das.« Ich ließ den Blick zum Fenster wandern, damit ich mich besser auf meine Worte konzentrieren konnte. »Du bist der erste Mensch, bei dem mir Berührungen jedweder Art nichts ausmachen, Emilia. Bei dem ich mir nicht ab einem bestimmten Punkt wünsche, dass die Person endlich geht und mich allein lässt.«

Der Druck ihrer Finger wurde stärker, und als ich mich wieder zu ihr drehte, lächelte Emilia breit. »Wirklich?« Ihre Stimme war nur ein Hauch, und ich nickte sofort. »Dann …« Sie stockte. »Hast du Lust, das mit uns zu probieren und zu sehen, wo es hinführt?«

Es dauerte ein paar Sekunden, bis ich verstand, was sie meinte. Dann sagte ich zögerlich: »Das würde ich gern. Aber ich fürchte, dass ich aufgrund meiner mangelnden Erfahrung genauere Anweisungen brauche, denn ich habe wirklich keine Ahnung, was man so tut, wenn man … sich romantisch mag.«

Sie lachte. Plötzlich und laut. Und das Geräusch war so schön, dass es mich auch wieder zum Lächeln brachte.

»Das macht nichts«, gab sie grinsend zurück. »Wir finden zusammen heraus, was sich für uns beide gut anfühlt. Okay?«

»Okay.«

Emilia lächelte wieder, und dann beugte sie sich mir entgegen und küsste mich. Ihre Lippen waren warm und verursachten endlich wieder die angenehme Art des Kribbelns.

Es fühlte sich an wie ein Neuanfang, und das erste Mal hatte ich keine Angst vor den neuen Dingen, die da kamen.

Kapitel 29

EMILIA

Dein Wissen ist wirklich enorm.« Luna Seeger setzte sich halb auf die Kante ihres Schreibtisches und strahlte mich an. Die Unterlagen für die mündliche Probeprüfung, die ich vor etwa fünf Minuten beendet hatte, hatte sie noch in der Hand, und Erleichterung floss durch meinen Körper. »Du musst dir wirklich absolut keine Sorgen um die mündliche Prüfung nächste Woche machen, Emilia. Du wirst sie höchstwahrscheinlich mit der besten Note bestehen. Außer du hast vielleicht Probleme mit Prüfungsangst?«

Ich schüttelte schnell den Kopf. »Nein, eigentlich nicht. Wenn ich mich gut genug vorbereitet habe, ist das alles für mich in der Regel kein Problem. Deswegen … vielen Dank für die Probe.«

»Nicht dafür.« Luna lächelte. »Wir bieten das allen an, aber die wenigsten nehmen das Angebot wahr. Wenn es dir geholfen hat, dich vorbereitet zu fühlen, ist das umso besser.«

»Sehr.« Tatsächlich mischte sich die Wärme des Selbstvertrauens in meinem Magen mit den sowieso schon vorhandenen Glücksgefühlen. Ich fühlte mich beinahe unbesiegbar. Und ich konnte gar nicht mehr aufhören zu grinsen.

Luna nickte, stockte dann und fragte mit einem Lächeln: »Hast du dir denn schon überlegt, wo du nach deiner mündlichen Prüfung dein praktisches Jahr machen willst? Ich bin sicher, dass du dir mit deinen Noten aussuchen kannst, wo du hinmöchtest.«

Etwas in meiner Brust knackte. Unangenehm und kalt. »Nein, ich habe noch nicht darüber nachgedacht«, gab ich zurück, und selbst ich hörte meiner Stimme an, dass die Freude fast gänzlich verschwunden war.

Luna Seegers Mundwinkel zuckte. »Sicher die Onkologie, oder? Ich weiß ja, dass du gern Onkologin werden möchtest.« Nach einer Sekunde wanderte eine Erkenntnis in ihr Gesicht. »Oder wartest du noch auf die Zusage für das Medizinstudium? Dann kann ich dir sagen, dass das Praxisjahr ganz gut nebenbei geht. Du kannst dir deine Stunden gut einteilen und das Ganze auch in Teilzeit machen. Es wäre schade, wenn du deine Ausbildung abbrichst, nach allem, was du schon geschafft hast.«

Ein Stein plumpste in meinen Magen. »Nein, ich werde dieses Jahr nicht mit dem Medizinstudium beginnen.« Es war das erste Mal, dass ich es vor jemand anderem aussprach, und es fühlte sich direkt wieder an, als hätte ich einen Schritt auf einen Abgrund zugemacht, den ich die letzte Woche mit Absicht ignoriert hatte.

»Oh.« Luna verschränkte die Arme vor der Brust. »Ich verstehe. Aber das wirst du sicher noch. Und vielleicht ist es ganz gut, wenn du erst mal keinen Stress damit hast, Studium und Ausbildung unter einen Hut zu kriegen.«

»Das stimmt.« Ich hoffte, dass meine Stimme nicht so brach, wie es sich in meinen Ohren anhörte, und zwang mich zu einem Lächeln. »Ich mache mich jetzt auf den Weg. Danke noch mal für die Probeprüfung. Bis nächste Woche.«

»Ja, bis dann.« Luna nickte, und ich war sicher, dass sie mir noch nachsah, als ich aus der Tür stürzte.

Ich beeilte mich, sie schnell hinter mir zu schließen, um aus diesem Gespräch zu entkommen. Es tat immer noch weh, über das Studium nachzudenken, und ich wusste, dass ich es auch nicht zu sehr durfte. Denn die vernichtenden Gedanken, die dann kamen … Ich wollte mich noch nicht mit ihnen auseinandersetzen.

Alica saß bereits auf dem Flur auf einem der Stühle und hob

sofort den Kopf, als ich aus dem Raum trat. Sie grinste. »Wahrscheinlich brauche ich gar nicht zu fragen, deine Probeprüfung lief bestimmt großartig?«

Ich schob die Gedanken weg und lächelte. »Luna hat gemeint, wenn es eine echte gewesen wäre, hätte ich die volle Punktzahl bekommen.« Ich blieb vor ihr stehen und versuchte, ihr Gesicht zu lesen. »Und bei dir?«, hakte ich dann vorsichtig nach.

»Es gibt noch ein paar Lücken.« Sie zuckte mit den Schultern, aber zumindest behielt sie ihr Grinsen bei. »Aber das wusste ich ja schon. Und der Prüfer meinte, dass ich trotzdem bestanden hätte und ich mich nur noch einmal ein wenig um die Vertiefung des Stoffes kümmern soll. Dann wird das wohl auch klappen nächste Woche.«

»Das ist toll!« Ich klopfte ihr anerkennend auf die Schulter.

Alica folgte mir nach draußen. Es war mittlerweile so warm geworden, dass wir keine Jacken mehr brauchten.

Ich warf meiner besten Freundin einen Blick zu. »Ich frage mich wirklich, warum die anderen nicht auch eine Probeprüfung ablegen wollten. Sie müssen doch wissen, dass ihnen das wirklich helfen wird.«

Sie zuckte mit den Schultern. »Lio und Marlon sind der Meinung, dass sie sich dann erst recht verrückt machen würden. Und Filina denkt, dass sie noch nicht so weit ist. Vielleicht macht sie sie Anfang nächster Woche. Aber dann sind sie eben selbst schuld.« Sie fegte sich die blonden Haare über die Schulter, und ich musste lachen.

»Übrigens hat mir der Prüfer einen Flyer mitgegeben.« Alica wedelte mit dem Teil vor meinem Gesicht herum. »Mit allen Stationen, auf denen wir unser Probejahr machen können. Ich habe ihn schon einmal durchgeschaut, als ich auf dich gewartet habe. Wusstest du, dass es echt Onkologien und Palliativstationen in ganz Deutschland gibt, auf denen wir arbeiten können, weil sie die Anforderungen erfüllen?!«

Sie hatte also auch mit dem Prüfer über das »Danach« gesprochen. Wieder war da diese Enge in meiner Brust, die ich nicht wegreiben konnte. Ein Lächeln gelang mir trotzdem. »Natürlich wusste ich das, Alica. Das haben sie uns schließlich am Anfang der Ausbildung gesagt.«

»Das ist fast zwei Jahre her, als würde ich mich noch an so etwas erinnern.« Sie verdrehte grinsend die Augen und warf dann wieder einen Blick in den Flyer. Die Liste sah tatsächlich beeindruckend aus, wenn man sie so gedruckt vor sich hatte. »Nicht nur das, es gibt sogar ein paar Stationen in Prag, auf denen wir arbeiten könnten. Im Ausland. Irgendwie ist das ganz schön aufregend, oder?«

»Unsere Partnerschule, ja. Auch das haben sie uns am Anfang gesagt.« Ich grinste, als sie mir die Zunge rausstreckte, und hakte dann nach: »Warum interessiert dich das überhaupt? Ihr wollt doch eh in Berlin bleiben, oder?«

»Schon, aber die Möglichkeit ist trotzdem cool. Ich war noch nie in Prag.« Sie zuckte mit den Schultern. »Aber du hast schon recht, ich will in Berlin bleiben. Und am liebsten mit euch allen auf der gleichen Station arbeiten. Ihr als meine Kollegen … Das stelle ich mir großartig vor.«

Ich presste die Lippen zusammen, um nicht mit den Sachen rauszuplatzen, die mir eigentlich gerade durch den Kopf gingen. »Das wird wohl schwierig«, sagte ich. »Ich bin mir sicher, dass Filina auf einer Palli arbeiten will, Marlon aber nicht.«

»Stimmt.« Sie schob die Unterlippe vor. »Aber dann wenigstens alle im Sankt Alex. Oder denkst du, dass es dich eher in die Charité verschlägt? Dann sollten wir uns nämlich wenigstens Wohnungen in der Nähe voneinander suchen. Oder im Wohnheim bleiben.«

Ich war froh, dass sie selbst so vertieft schien und mich deshalb nicht beachtete. Denn ihre Frage nach meiner Zukunft hatte direkt wieder alles in mir aufgewühlt, was sich gerade erst gelegt hatte. *Denk nicht darüber nach. Denk nicht darüber nach.* Aber es brachte nichts, die Gedanken kamen von ganz allein. Ich hob den Kopf und sah am Sankt Alex hoch, an dem wir gerade vorbeiliefen, und stellte mir vor, hier meine Ausbildung zu beenden. Mit meinen Freunden. Mit meiner Mutter in der Nähe. Mit Jasper. Letzterer ließ wieder Schmetterlinge in meinem Bauch aufsteigen und vertrieb die düsteren Gedanken ein wenig. Nicht komplett, aber zumindest so weit, dass ich einigermaßen frei atmen konnte.

»Emmi?« Alica folgte meinem Blick wohl, denn sie ließ nur eine Sekunde später ein leises Lachen hören. »Wo bist du denn mit deinen Gedanken? Etwa im Büro eines heißen Oberarztes?«

Meine Lippen kräuselten sich. »Vielleicht.« Tatsächlich wurde das Verlangen, jetzt nach oben zu gehen und ihn zu küssen, plötzlich sehr stark. Nur das Wissen, dass er wahrscheinlich gerade noch auf Station war, hielt mich davon ab. Obwohl es wie der einzige Trost wirkte, der stark genug war, um mich aufzumuntern.

»Ich kann immer noch nicht glauben, dass du jetzt ernsthaft den grummeligen Oberarzt datest.« Alica schüttelte den Kopf, als ich mich ihr wieder zuwandte. »Das ist irre. Also … irre gut, natürlich.« Sie grinste breit, und ich tat es ihr gleich.

»Das ist wahr.«

»Seht ihr euch heute?«

»Wir sind am Abend verabredet, ja. Ich hole ihn von der Arbeit ab.« Kleine, weiche Luftblasen stiegen in meinem Magen auf und brachten meine Haut zum Kribbeln. Unser Gespräch am Sonntag, nachdem ich die Nacht bei ihm verbracht hatte, war erst zwei Tage her, aber es fühlte sich schon wieder so fern an. Ich hatte auch noch den restlichen Sonntag bei ihm verbracht, wir hatten zusammen gefrühstückt und dann den halben Tag auf der Couch gelegen und nur geredet. Es waren nicht einmal wichtige Dinge gewesen, die wir besprochen hatten – er hatte mir von seinen Eltern erzählt, von seinem Studium, und ich hatte über die Prüfungen geredet und dass ich so viel gelernt hatte, dass ich mir eigentlich keine Sorgen machen musste, aber es doch tat. Es hatte sich so gut angefühlt, so besonders, dass ich am liebsten gar nicht gegangen wäre. Unsere Verabschiedung an seiner Tür hatte sich bestimmt zwanzig Minuten hingezogen, weil uns immer wieder etwas eingefallen war, über das wir noch nicht gesprochen hatten, und weil wir uns immer wieder und wieder und wieder geküsst hatten. Mein Herz machte einen aufgeregten Hüpfer, wenn ich daran dachte, dass ich ihn später wiedersehen würde, auch wenn wir uns eigentlich nur gestern nicht gesehen hatten.

»Ich bin wirklich froh, dass ihr alles klären konntet und es jetzt doch versucht«, sagte Alica ehrlich. Sie wirkte sogar ein wenig gerührt, als sie das sagte, und ich war froh, dass ich ihr davon erzählt hatte – obwohl mein erster Gedanke gewesen war, es noch für mich zu behalten. Ich hatte irgendwie gedacht, dass ich diese Sache erst mal nur für Jasper und mich haben wollte, sollte es doch schiefgehen. Aber kaum war ich über die Schwelle des Wohnheims getreten, war das Verlangen, darüber zu sprechen, unerträglich geworden.

Ich war sofort ins Wohnzimmer gestürmt, wo alle zusammengesessen hatten, und war damit rausgeplatzt. Die anderen hatten sich mit mir gefreut, und am liebsten hätte ich es einfach weiter in die Welt hinausgeschrien. Davon zumindest hatte ich mich abhalten können. Aber ich war einfach so unendlich glücklich, dass er meine Gefühle erwiderte. Vor allem, weil ich nach allem nicht mehr damit gerechnet hatte.

Das verdrängte sogar fast den fiesen Stich, den mir die Absage für mein Medizinstudium immer noch gab.

Fast.

»Also.« Alica wedelte wieder mit dem Flyer herum. »Wo willst du nun hin, wenn wir mit den Prüfungen durch sind?«

Ja, da war er wieder. Der Stich. Wieder ein kleines bisschen stechender als noch zuvor.

Ich zuckte mit den Schultern. »Ich habe mir noch keine Gedanken darüber gemacht«, wiederholte ich die Worte, die ich auch zu Luna schon gesagt hatte. »Es ist ja noch ein bisschen Zeit.«

»Aber auch nicht mehr so viel«, tadelte meine beste Freundin mich. »Wir haben nächste Woche die schriftliche und dann die mündliche Prüfung, und danach sollten wir schon anfangen, uns zu bewerben. Wenn wir bestehen, sind es ja nur noch zwei Monate, bis die richtige Arbeit losgeht.«

»Wir werden sicher überall mit Kusshand genommen«, meinte ich. »Das haben unsere Lehrer doch immer gesagt. Eine Ausbildung wie unsere ist so einzigartig und so tief im Verständnis, dass Onkologien und Palliativstationen uns lieben werden. Außerdem haben wir ja eine Garantie, im Sankt Alex bleiben zu dürfen, wenn wir das wollen. Mach dir nicht so viele Sorgen.«

Alica schnaubte leise. »Das von dir zu hören, ist irgendwie seltsam. Du bist doch sonst die, die alles so exakt durchplant.« Als ich ihrem prüfendem Blick auswich, hakte sie sofort nach: »Alles in Ordnung bei dir?«

»Klar«, sagte ich. Alica glaubte mir immer noch nicht, dass mir das mit dem Medizinstudium nichts ausmachte, obwohl ich es mehrfach betont hatte. Vielleicht war ich doch nicht so überzeugend, wie ich vermutet hatte. Oder sie kannte mich mittlerweile gut genug, um einfach durch meine Lügen zu sehen. Wahrscheinlich war es Letzteres. Deswegen benutzte ich das Einzige, was mir in dieser Sekunde einfiel, das sie sicher davon ablenken konnte. »Du musst mir helfen, ein Outfit für heute Abend auszusuchen.«

Wie vermutet leuchtete Alicas Gesicht sofort auf. »Oh. Ja. Dein Date mit Jasper. Was wollt ihr denn machen?«

»Ich hole ihn von der Arbeit ab, aber sicher sind wir noch

eine Weile dort. Und dann wollten wir zur Spätvorstellung ins Kino gehen. Jasper ist der Meinung, dass Kinobesuche zum Dating dazugehören.« Ich musste selbst darüber kichern, als ich wieder an seinen Gesichtsausdruck dachte. »Er nimmt das wirklich ernst, wenn er sich zur Recherche von Beziehungen sogar Romcoms anschaut.«

»Das nenne ich mal Einsatz«, meinte Alica und lachte dann ebenfalls.

Vielleicht hatte sie recht. Aber immerhin schien mein Themenwechsel geholfen zu haben, denn sie wirkte nachdenklich, als wir in den Flur des Wohnheims traten.

»Also etwas, das sexy und bequem ist«, sagte sie. »Und das gleichzeitig genug Spielraum lässt, um im Kino zu fummeln.« Sie grinste breit, und ich schlug ihr lachend gegen die Schulter.

Obwohl der Gedanke durchaus interessant war.

Interessant genug, um sich eine Weile daran zu hängen.

Kapitel 30

EMILIA

Obwohl ich mittlerweile schon so oft hier gewesen war, schlug mir trotzdem das Herz bis zum Hals hoch, als ich am Abend vor Jaspers Bürotür zum Stehen kam. Meine Hände waren ein bisschen schwitzig, und innerlich schalt ich mich dafür, dass ich so aufgeregt war.

Es war nur Jasper. Es war nur ein Date. Wir hatten uns schon so oft getroffen, und das hier war nicht anders als sonst.

Aber irgendwie war es das doch, und deshalb musste ich wirklich tief durchatmen, bevor ich an die Tür klopfte.

Seine Antwort kam fast direkt. »Herein?«

Wieder hüpfte mein Herz. Ich presste die Lippen zusammen und schob die Tür auf. Aber ich konnte einfach nichts gegen die Schmetterlinge machen, die in meinem Bauch tanzten, kaum dass ich ihn sah. Jasper saß wie immer an seinem Schreibtisch, die Ärmel seines Hemdes fast bis zum Ellbogen hochgekrempelt, und hatte einen ernsten Ausdruck im Gesicht, während er auf seinen Desktop starrte. Als er aufsah, wurde dieser aber sofort weicher. Und dann lächelte er mich an. Dieses Lächeln, das süchtig machen konnte, wenn man nicht darauf achtete. Dieses Lächeln, von dem ich egoistischerweise hoffte, dass er es niemandem sonst schenkte.

Ich lächelte zurück. »Hey.«

»Hey.« Wie butterweich seine Stimme klang.

Es war beinahe, als würde ich schweben, als ich auf ihn zuging und langsam um den Schreibtisch herumtrat.

Er drehte den Stuhl so, dass er mich ansehen konnte. Griff

nach meiner Hüfte, als ich mich nach vorn lehnte, um ihn zu küssen.

Eigentlich hatte ich vorgehabt, ihm nur einen kurzen Begrüßungskuss zu geben – aber als erst einmal meine Lippen endlich wieder auf seinen lagen, fiel es mir schwer, mich davon zu trennen. Vor allem, weil er mich direkt etwas fester hielt.

Also ließ ich mir Zeit. Ließ meine Lippen sanft über seine wandern und meine Finger über seinen Hals, in seinen Nacken. Ich hatte vor ihm schon Menschen geküsst, aber bei niemandem hatte sich das bisher so elektrisierend angefühlt. Hatte nach nur einer Sekunde schon so viel Sehnsucht nach mehr in mir geweckt. Jaspers Mund war wie ein Strudel, in dem ich ewig versinken wollte.

Als ich mich nach einer halben Ewigkeit von ihm löste, wirkte er so durch den Wind, wie ich mich fühlte. Lächelnd strich ich ihm eine Strähne aus der Stirn und trat zurück, um dem Verlangen entgegenzuwirken, mich einfach auf seinen Schoß sinken zu lassen.

Er räusperte sich, vielleicht sogar eine Spur verlegen. »Wie lief deine Probeprüfung?«

Natürlich hatte er daran gedacht. Jasper war so aufmerksam wie sonst niemand. In meiner Brust begann irgendetwas zu schmelzen.

»Großartig«, gab ich zurück und reckte einen Daumen in die Luft. »Meine Prüferin vermutet, dass ich mit der Bestnote abschließen werde.«

»Sicher wirst du das«, sagte Jasper in einem Ton, der schon beinahe verwundert klang. Als hätte er überhaupt keine Zweifel daran gehabt. Sein Blick zuckte zu dem Desktop hin, bevor er leicht das Gesicht verzog. »Ich muss noch einen Arztbrief zu Ende schreiben, bevor ich Feierabend machen kann. Ist es in Ordnung, dass du noch etwas wartest?«

»Klar.« Ich legte meine Tasche auf seinen Schreibtisch und

ging grinsend wieder um den Tisch herum. »Wenn ich ehrlich bin, habe ich sogar damit gerechnet, dass du noch etwas Zeit brauchst. Und ich habe mich schon darauf gefreut, währenddessen weiter deine Akten zu wälzen.«

Er gab hinter mir ein brummendes Lachen von sich, das meinen Puls in die Höhe trieb. »Na, dann muss ich ja kein schlechtes Gewissen haben.«

»Auf keinen Fall.« Ich blieb vor dem Regal stehen und suchte die Akten nach der ab, bei der ich das letzte Mal stehen geblieben war. Nach nur wenigen Sekunden war wieder das Tippen des Computers hinter mir zu hören. Es war ein seltsam beruhigendes Geräusch … und es machte mich auf eine sehr seltsame Art und Weise melancholisch.

Vielleicht lag es daran, dass ich jetzt wusste, dass er einen Arztbrief schrieb. Weil ich daran dachte, dass er das Studium hinter sich hatte und jetzt in einem Job arbeitete, den ich mir mehr als alles andere wünschte. Ich biss mir auf die Unterlippe, aber das konnte den plötzlich aufschießenden Schmerz nicht im Geringsten lindern.

Als ich die Akte gefunden hatte, setzte ich mich im Schneidersitz auf den flauschigen Teppich, wie ich es immer tat. Aber die Buchstaben verschwammen vor meinen Augen, und ich konnte mich kaum darauf konzentrieren, was dort stand. In der einen Sekunde las ich von Herrn B5, 46 Jahre, Lymphzellenkarzinom, und in der nächsten Sekunde dachte ich daran, dass ich vielleicht nie meine eigenen Patienten behandeln werden würde.

Denn was würde es ändern, noch ein weiteres Jahr zu warten? Was würde das an meinen Noten ändern, an meiner Chance, einen Studienplatz zu bekommen? Es gab jedes Jahr so viele Menschen, die sich darauf bewarben. So viele Menschen, die den gleichen Traum hatten wie ich. Was also, wenn es nie so weit kommen würde, dass ich meinen Traum verfolgen konnte?

Der Kloß in meinem Hals wurde immer dicker. Erst versuchte ich, ihn wegzuatmen, aber irgendwann gab ich den Kampf dagegen auf. Es würde eh nichts helfen.

»Jasper?«

»Mhh?« Er sah vom Computer auf, bemerkte mein trauriges Gesicht, und sofort weiteten sich seine Augen. »Was ist passiert?«, fragte er alarmiert und schob sofort den Schreibtischstuhl zurück.

»Nichts, wirklich.« Trotz meines kratzenden Halses schaffte ich es, über seine Reaktion zu lachen. Dass er sich sofort Sorgen gemacht hatte, erhellte ein wenig das Dunkle in meiner Brust. »Es ist nur …« Ich seufzte, legte die Akte neben mich auf dem Boden und stand auf, um wieder zu ihm zu gehen. Er beobachtete jeden meiner Schritte mit Argusaugen, bis ich mich neben ihn auf die Kante seines Schreibtisches setzte und ihn traurig ansah. »Was ist, wenn ich nie einen Studienplatz bekomme?«

Ich hätte diese Frage niemals vor jemand anderem stellen können. Nicht vor Alica, nicht vor Lio, nicht vor meinen anderen Freunden und auch nicht vor meiner Mutter. Zum einen, weil ich nicht wollte, dass sie sich Sorgen machten – zum anderen, weil Jasper vielleicht der einzige Mensch war, der verstand, wie sehr ich das hier wollte. Ärztin zu werden. Und wie schlimm es wäre, das nicht zu bekommen.

Jaspers Augenbrauen wanderten zusammen, und er legte eine Hand auf meinen Oberschenkel. »Das wirst du.« Seine Stimme klang sanft und gleichzeitig so sicher, dass mein Herzschlag sich sofort ein kleines bisschen beruhigte.

»Aber was ist, wenn nicht?«, fragte ich trotzdem mit belegter Stimme. »Was ist, wenn es einfach besser ist, das Ganze aufzugeben und mich auf einen Alternativplan zu konzentrieren? Mir etwas zu überlegen, was ich stattdessen will? Mir eine Zukunft ohne Medizinstudium auszumalen, für den Fall, dass es sie geben wird?«

Er schüttelte den Kopf, noch bevor ich den Satz komplett ausgesprochen hatte. »Diese Option gibt es nicht, oder?«, fragte er fest. »Du willst nichts anderes, habe ich recht?«

Ich stockte. »Natürlich nicht. Aber …«

»Kein Aber.« Er stand von seinem Schreibtischstuhl auf und stellte sich vor mich. Ganz nah, sodass wir uns beinahe berührten. »Du kannst das nicht einfach aufgeben, wenn es nichts gibt, was du dir mehr wünschst. Ich kann mir nicht vorstellen, wie es wäre, wenn ich das Ganze aufgegeben hätte. Und bei dir kann ich es mir genauso wenig vorstellen. Es wird klappen.«

Ich wusste, was für ein rationaler Mensch Jasper war. Dass er niemand war, der sich Träumereien und sinnlosen Wünschen hingab. Und dass er sich so sicher war, dass es irgendwann klappen würde, hob meine Stimmung.

»Ganz bestimmt?«, hauchte ich, ein letztes Aufbäumen meiner Angst.

»Ganz bestimmt«, gab er ernst zurück.

Ich spürte, wie in meiner Brust etwas aufstieg, das in meinem Mund zu einem Glucksen wurde. Er stand noch immer so nah vor mir, dass es leicht war, ihm den Arm um den Hals zu legen. »Und du hattest Angst, dass du dieses Beziehungsding nicht richtig machst. Dass du Anweisungen brauchst.«

Jasper wirkte einen Moment überrascht, dann zuckten seine Mundwinkel ein wenig nach oben. »Das heißt dann wohl hoffentlich, dass ich mich ganz gut anstelle?«

»Bisher erweist du dich als ziemliches Naturtalent.«

»Sei dir nicht zu sicher. Wir sind erst am Anfang. Ich habe noch genug Zeit, etwas falsch zu machen.« Er sagte es mit einer skeptischen Stimme, aber allein die Tatsache, dass er von Anfang sprach, als gäbe es noch unendlich viel Zeit für uns, ließ mein Herz hüpfen.

Leider löste er sich in dieser Sekunde schon wieder von mir, um sich zurück auf den Stuhl zu setzen. »Geht es wieder etwas?«, wollte er wissen, und als ich nickte, lächelte er kurz und wandte sich dann wieder dem Computer zu. »Ich bin gleich fertig, versprochen.«

»Macht es dir etwas aus, wenn ich hier bei dir sitze?«, fragte ich, weil ich gar nicht mehr weiter von ihm wegwollte.

Er zögerte eine Sekunde, dann schüttelte er den Kopf.

Also sprang ich von der Kante des Schreibtisches, um die Akte zu holen, und setzte mich dann wieder ganz dicht zu ihm. Ich wusste nicht, warum mein Kopf plötzlich so klar war. Warum seine Worte reichten, damit ich mich sofort besser fühlte. Aber ich war so unendlich dankbar für ihn, dass ich gar nicht anders konnte, als immer wieder von der Akte aufzusehen und ihn zu betrachten. Dabei fiel mir auf, dass sein Tippen mit jeder Minute ein wenig langsamer wurde und sein Gesicht immer frustrierter.

Nach einer Weile ließ ich die Akte sinken. »Alles in Ordnung?« Mein Blick zuckte kurz zu dem geöffneten Dokument auf seinem Computer. »Schwieriger Arztbrief?«

Er gab einen schwer deutbaren Laut von sich. Es klang ein wenig nach einer Mischung aus Seufzen und Stöhnen. »Ich … kann mich nicht konzentrieren.«

»Kein Wunder«, gab ich sofort zurück. »Du hast wahrscheinlich wieder ewig gearbeitet, oder? Hast du heute überhaupt eine Pause gemacht?« Ich merkte selbst, dass ich mich wie eine Mutter anhörte, und biss mir auf die Unterlippe.

Er schüttelte den Kopf. Und dann merkte ich, wie sein Blick kurz mein Bein streifte, bevor er sich wieder dem Desktop zuwandte. »Ich glaube nicht, dass es daran liegt.«

Oh. *Oh.* Meine Anwesenheit lenkte ihn so sehr ab, dass er sich nicht auf seine Arbeit konzentrieren konnte?

Meine Mundwinkel kräuselten sich. »Ach so«, sagte ich und dankte innerlich Alica dafür, dass sie mich zu dem kurzen Rock überredet hatte. Wahrscheinlich sollte ich fair sein und ihn nicht weiter ablenken – aber es fiel mir auch schwer, mich zurückzuhalten. Deswegen griff ich nach seinem Arm.

Jasper sah mich sofort an. Erst fragend. Doch als er merkte, dass ich ihn zu mir zog, stand er von seinem Schreibtischstuhl auf. Seine Augen funkelten, als ich die Arme um seine Hüfte schlang und ihn zwischen meine Beine schob.

Allein dieser leichte Kontakt zwischen uns jagte Stromschläge durch meinen gesamten Körper. Noch mehr, als er seine Hände links und rechts von mir auf dem Schreibtisch platzierte.

Meine Atmung ging sofort flacher.

Er brauchte keine weitere Aufforderung. Er beugte sich ohne zu zögern zu mir herunter und presste seine Lippen auf meine. Ich krallte die Finger in sein Hemd, spürte seinen Rücken darunter und hätte ihn am liebsten sofort von seiner Hose befreit. Sein Kuss war kein bisschen zurückhaltend, und dann teilten sich seine Lippen, und ich verlor mich völlig in der Berührung seiner Zunge.

Ich wollte ihn näher bei mir haben. Ich wollte keine Klamotten mehr zwischen uns. Aber ich wusste auch, dass ich diese ganze Sache langsam angehen musste, wenn ich es nicht kaputt machen wollte. Er sollte sich langsam an alles gewöhnen können – die Gefühle, die Berührungen, an mich. Auch wenn ich in diesem Moment an nichts anderes mehr denken konnte als daran, dass er mich jetzt und hier auf seinem Schreibtisch liebte, ließ ich meine Hände nur sanft über seinen Rücken wandern.

Ein Schritt nach dem anderen. Und der nächste war erst einmal Hautkontakt. Also zog ich vorsichtig an seinem Hemd, befreite es aus seiner Hose und ließ dann meine Hände darunter gleiten. Als ich über die nackte Haut an seinem Rücken streichelte, erschauderte er.

Ich löste sofort die Lippen von seinen, um ihm in die Augen sehen zu können. Aber das Funkeln war noch darin. Keine Spur von Abwehr. Zur Sicherheit behielt ich ihn aber im Blick, während ich abwechselnd sanft mit den Fingernägeln und etwas fester mit den Fingerkuppen seinen Rücken streichelte. Seine Lippen öffneten sich sanft, als wollte er etwas sagen, das ihm im Hals stecken blieb.

»Wie ist das?«, flüsterte ich nah bei seinem Mund.

Er nickte nur. Und dann senkte er den Kopf ein wenig und schloss halb die Augen. Ich neigte mein Gesicht zur Seite, um ihm die Richtung zu zeigen, und nur eine Sekunde später lagen seine Lippen auf meinem Hals. Wie er sich sanft nach oben küsste und dann wieder nach unten in meinen Nacken. Er hinterließ prickelnde Spuren auf meiner Haut und ein lautes Wummern in meiner Brust.

Ich traute mich etwas mehr und ließ meine Hände unter seinem Hemd nach vorn wandern. Strich über seine Hüfte, über seinen Bauch und seine Brust. Spürte, wie er sich bei jedem Zentimeter erst jedes Mal etwas anspannte und dann ganz langsam wieder entspannte. Deshalb ließ ich mir auch wieder besonders viel Zeit, seinen Oberkörper zu erforschen, während er mein Schlüsselbein küsste, an meinem Hals entlang, bis er zurück bei meinen Lippen war.

Himmel. Wenn wir erst so weit waren, miteinander zu schlafen, würde das Ganze wahrscheinlich explosiv werden. Allein der Gedanke von ihm in mir machte mich ganz kribbelig.

Ob ich ihn genauso anmachte wie er mich?

Zur Probe ließ ich meine Hände wieder an seinen Rücken wandern und drückte ihn sanft enger an mich. Oh. Ja. Ich spürte seine Härte deutlich unter seiner Hose, und einen Moment lang hätte ich mich fast vergessen. Nur schwer konnte ich mich wieder von ihm lösen.

Ich unterbrach unseren Kuss und legte den Kopf ein wenig in den Nacken. »Wir sollten langsam aufhören«, flüsterte ich.

»Warum?« Es klang beinahe ein wenig frustriert. Aber es täuschte nicht darüber hinweg, dass seine Muskeln mit jeder Sekunde länger gebraucht hatten, sich zu entspannen. Er war noch nicht so weit, und das wusste er wahrscheinlich genauso gut wie ich. Vielleicht rührte der Frust in seiner Stimme daher. Er wollte, aber er konnte nicht. Noch nicht. Deshalb machte er auch einen Schritt zurück und richtete sein Hemd. Dann seine Hose. Er sah wieder zu mir hoch. »Daran … muss ich mich noch gewöhnen.«

Es fiel mir verdammt schwer, nicht nach unten zu blicken. Meine Geduld war gerade nur noch ein sehr, sehr dünner Faden, und zu SEHEN, wie hart er war, würde mich wahrscheinlich meinen letzten Rest Zurückhaltung kosten.

»Schreib deinen Brief fertig«, sagte ich etwas heiser. »Wir wollen ins Kino.«

»Schon fertig«, murmelte er, während er sich über die Tastatur beugte und die letzten Sätze tippte.

Ich rutschte vom Schreibtisch und richtete meinen Rock ein wenig. Zumindest hatte er es geschafft, die ganzen dunklen Gedanken zu verdrängen.

Jasper schloss das Dokument und fuhr den Computer runter. Als er sich umdrehte, drückte ich ihm schnell noch einen Kuss auf die Lippen und flüchtete dann in Richtung Tür.

»Komm schon. Wenn wir den Film verpassen, ist das Geld für die Tickets futsch.«

»Das wäre jetzt nicht der größte finanzielle Verlust«, murmelte Jasper mit einem Schmunzeln auf den Lippen.

Dieses Lächeln. Es würde mir reichen, bis wir beide so weit waren.

Aber wenn wir es waren – oh Himmel, die Welt würde aus den Angeln gehoben werden.

Da war ich mir mehr als sicher.

Kapitel 31

EMILIA

Kaum wurde die Tür des Klassenzimmers geöffnet, hatte ich das Gefühl, dass unsere gesamte Gruppe einen Satz nach vorn machte. Marlon und Filina, die auf einer Bank gesessen hatten, sprangen auf. Alica und ich hatten an dem Wasserspender im Flur gestanden und uns leise unterhalten, jetzt fuhren wir herum und starrten Lio an, der aus dem Klassenzimmer kam.

Mein Zwillingsbruder hatte mal wieder die Ruhe weg. Sogar jetzt hatte er die Hände in die Taschen seiner Hose gesteckt und schlurfte in den Flur, als würde er gerade vom Klo oder einem Nickerchen kommen. Als er unsere gespannten Gesichter sah, schossen seine dunklen Augenbrauen nach oben, und er blieb stehen. »Was schaut ihr denn so?«

»Lass den Mist!«, fuhr Alica ihn mit einem Quietschen an. »Wie lief es?«

Lios Blick zuckte zu mir.

Ich sah das Grinsen bereits in seinem Gesicht, bevor er wirklich die Mundwinkel nach oben zog. Erleichtert ließ ich die Schultern sinken.

»Alles gut«, sagte mein Bruder belustigt. »Wieso seht ihr alle so aus, als hättet ihr an mir gezweifelt?«

Marlon pustete sich einen der neu eingedrehten Locs aus der Stirn. »Vielleicht, weil du gerade mit dem Satz *Na, mal schauen, ob das was wird* da reingegangen bist?«

»Janning, Emilia?« Die Stimme des Prüfers war laut durch den Spalt in der Tür zu hören, den Lio noch offen gelassen hatte.

Obwohl ich damit gerechnet hatte, weil ich die Letzte aus unserer Klasse war, ging trotzdem ein Ruck durch meinen Körper.

Ich hatte mehr gelernt als jeder andere.

Ich hatte alles drauf.

Wieso war ich also überhaupt nervös?

»Bis gleich«, flüsterte ich meinen Freunden zu und gab mir Mühe, die Aufregung zu verstecken.

Sie nickten mir zu, und als ich an Lio vorbeiging, knuffte er mich liebevoll in die Seite.

»Verkack es bloß nicht, Emmi«, sagte er mit einem Schmunzeln.

Ich wusste, dass er das sarkastisch meinte. Mein Bruder war außer mir selbst wahrscheinlich der Mensch, der am meisten an mich glaubte. Da mein Glauben an mich selbst in letzter Zeit allerdings etwas gelitten hatte, ganz besonders nach der Sache mit dem Medizinstudium, war ich ganz froh über seine seltsam verpackte Mutzusprechung. Auch, wenn ich noch Alicas entsetzte Stimme hörte, als sie Lio für seinen Satz zur Schnecke machte, bevor ich in den Raum für die mündlichen Prüfungen trat.

Wie unsere Klassenleiterin Luna Seeger uns gesagt hatte, gab es hier einen langen Tisch, hinter dem drei Personen, meine Prüfer, saßen. Luna war ganz rechts, die Hände vor sich gefaltet, und lächelte mir freundlich entgegen. In der Mitte saß ein Arzt, den ich flüchtig aus dem Krankenhaus kannte – sein Namensschild wies ihn als Professor Doktor Schindel aus. Er war Onkologe, und sofort stieg ein aufgeregtes Kribbeln in meinem Magen auf. Ganz abgesehen von meinen Prüfungsleistungen wollte ich ihn auch generell unbedingt beeindrucken. Das wollte ich bei Onkologen immer.

Außen rechts saß ein Lehrer unserer Schule, bei dem wir einmal Anatomieunterricht gehabt hatten. Ich glaubte mich zu erinnern, dass er Herr Kettenberger hieß. Er bemühte sich offensichtlich, ein neutrales Gesicht aufzusetzen, als er mir zunickte.

»Frau Janning«, Doktor Schindel schielte über seine Brille hinweg auf den Zettel, der vor ihm auf dem Tisch lag. »Fühlen Sie sich geistig und körperlich dazu in der Lage, Ihre mündliche Prüfung heute abzulegen? Wenn Sie mit Ja antworten, startet die Prüfung unverzüglich und wird in jedem Fall gewertet.«

Ich verschränkte die Hände hinter dem Rücken und stellte mich kerzengerade hin. »Ja, ich will die Prüfung machen.«

»Gut.« Er deutete er auf eine Schachtel, die an der vorderen Kante des Tisches stand. »In dem Fall können Sie ein zufälliges Thema ziehen, zu dem Sie abgefragt werden.«

Ich ließ mir die Zeit, noch einmal tief durchzuatmen, bevor ich nach vorn trat und meine Hand in die Schachtel steckte. Der kleine Zettel war vierfach zusammengefaltet, und als ich ihn geöffnet hatte, begann ein ganzes Orchester in meinem Kopf einen Jubelsturm.

Knochenkrebs. Mir war ein wenig schwindlig von dem Zufall, der sich mir hier bot. Jedes onkologische Thema wäre für mich kein Problem gewesen – aber dass ich ausgerechnet den Krebs zog, gegen den ich vor ein paar Jahren gewonnen hatte, fühlte sich wie einer dieser seltsamen Full-Circle-Momente an, von denen immer alle sprachen.

Ich drehte den Zettel, damit meine Prüfer ihn sehen konnten und sagte dann laut: »Knochenkrebs.«

Luna Seeger presste die Lippen zusammen. Natürlich war es ihr aufgefallen. Sie wandte sich schnell ab, um sich nichts anmerken zu lassen, aber ich hatte das Aufblitzen in ihren Augen trotzdem gesehen.

»In Ordnung.« Herr Kettenberger links von mir beugte sich ein wenig nach vorn. Jetzt lächelte er auch. »Dann beschreiben Sie mir doch erst einmal den Aufbau eines normalen Femurknochens.«

Wie aus der Pistole geschossen zählte ich ihm alle Knochenschichten auf, erklärte ihm die Funktion des Knochens und beantwortete danach seine Fragen zu verschiedenen Knochenlagen. Nach ihm war Luna dran, die mir Fragen zur Pflege von onkologischen Patienten stellte und zu ethischen Richtlinien palliativer Pflege. Ich gab mehr Antworten, als ich musste, weil das ganze angesammelte Wissen unbedingt nach draußen wollte. Ich bildete mir ein, dass Doktor Schindel in der Mitte mir immer wieder überraschte Blicke zuwarf, wenn ich etwas mehr ins Detail ging, als ich musste – und mir schwoll die Brust vor Stolz.

Er war der Letzte, der seine Fragen stellen durfte. Wie ich nach meinen vorigen Antworten schon geahnt hatte, fragte er mich etwas genauer über Tumorerkrankungen ab als nötig. Aber ich war froh, ihm darstellen zu können, was ich alles wusste. Was ich mir in den letzten Jahren alles angeeignet hatte. Auch wenn es viel mehr war, als man als Krankenschwester wissen musste. Als man je wissen musste, wenn man nicht Medizin studierte.

Ich merkte selbst, wie ich langsamer wurde. Wie abgehackt und fahrig ich plötzlich redete, weil sich dieser Gedanke in meinem Kopf eingenistet hatte. Ich stoppte, räusperte mich und setzte erneut an. Doch gerade als ich noch mal ausholen wollte, kam der Gedanke zurück und bremste mich. Ich beschloss, nicht mehr auszuholen. Das restliche Wissen der letzten Jahre in meinem Gehirn versiegen zu lassen, ohne es auszusprechen. Es hatte sowieso keinen Sinn. Nicht hier und auch sonst wahrscheinlich nicht.

Ich brauchte es nicht.

Ich presste die Lippen zusammen und rief mich selbst zur Ordnung. Jasper hatte gesagt, dass ich nicht aufgeben sollte. Dass es keine Option war. Aber in Momenten wie diesen fiel es mir plötzlich gar nicht mehr so leicht, noch an ein gutes Ende zu glauben.

Stille breitete sich im Raum aus, und ich hob den Kopf in der Hoffnung, so über meine Traurigkeit hinwegtäuschen zu können. Luna war die Einzige, die etwas zu bemerken schien, denn sie wirkte besorgt.

Ich warf ihr ein kurzes Lächeln zu, das sie beruhigen sollte, und wandte mich dann wieder Doktor Schindel zu. »Habe ich Ihre Frage gut beantwortet, oder gibt es noch Nachfragen?«

Kurz wirkte er, als hätte er tatsächlich Nachfragen. Dann aber lachte er brummend und winkte ab. »Keine weiteren Fragen. Von Ihnen?« Er sah erst Luna und dann Herrn Kettenberger an, aber beide schüttelten den Kopf.

»Gut.« Doktor Schindel faltete die Hände vor sich auf dem Tisch. Er schenkte mir ein Lächeln, das sein ganzes Gesicht erhellte. »Normalerweise sagen wir ja nichts zu den Prüfungen der Auszubildenden, bevor sie ihre Ergebnisse bekommen. Aber ich denke, dass Sie sicher selbst wissen, wie großartig Sie Ihre Arbeit hier gemacht haben.«

Ein wenig lichtete sich der Nebel um meinen Kopf, und mir gelang ein echtes Lächeln. »Danke.«

»Sollten Sie sich noch nicht entschieden haben, wo Sie nach Ihren Prüfungen hingehen wollen … auf meiner Station, der Kinderonkologie, ist noch etwas Platz.«

Oh, er versuchte, mich anzuwerben. Das brachte meine gute Laune tatsächlich zurück. Solange ich die Alternative verdrängte. »Ich habe mich tatsächlich noch nicht entschieden. Aber ich denke darüber nach.«

Er nickte, und dann wurde ich entlassen.

Mit einer seltsamen Mischung aus Niedergeschlagenheit und Hochgefühl verließ ich den Prüfungsraum. Wie schon bei Lio zuvor fuhren sofort alle zu mir herum. Ich musste lachen. »Was denn, wollt ihr mich jetzt auch fragen, wie es gelaufen ist?«

Vier Gesichter grinsten mir entgegen, aber niemand stellte eine Frage.

Alica hakte sich schließlich bei mir unter. »Jetzt, wo wir alle unsere letzte Prüfung abgelegt haben, können wir doch endlich feiern, oder nicht?«

Lio riss sofort die Arme in die Luft, aber bevor er einen Jubelschrei ausstoßen konnte, hob ich den freien Arm. »Was wollt ihr denn bitte feiern? Wir haben doch unsere Ergebnisse noch gar nicht.«

»Spielverderber!«, brummte mein Bruder. »Wir feiern, dass wir nicht mehr lernen müssen, weil wir nämlich wissen, dass wir alle bestanden haben. Einwände?«

Ich presste die Lippen zusammen, aber mein Widerstand schmolz. Wir hatten wirklich viel gelernt in den letzten Wochen. Viel gearbeitet. Meine Freunde hatten alle mein gnadenloses Lernprogramm über sich ergehen lassen, und sie hatten es sich verdient, sich heute ein wenig gehen zu lassen. Auch, wenn mir eigentlich nicht nach feiern war.

»Okay, okay.« Ich winkte ab und mühte mir wieder einmal ein Lächeln ab, das sich nicht ganz richtig anfühlte. »Wir gehen was trinken. Aber es geht auf dich, klar?«

Mein Bruder zuckte nur grinsend mit den Schultern. »Wenn wir uns erst hübsch machen im Wohnheim und nach den Drinks noch ein wenig tanzen gehen, geht die erste Runde auf mich.«

Das traf bei den anderen definitiv auf Zustimmung, und ich brachte es nicht über mich, dagegenzustimmen. Zum einen, weil sie alle wirklich glücklich und erleichtert wirkten, zum anderen, weil ich wusste, dass mich Trübsal blasen auch nicht weiterbringen würde. Ich hatte so viel geschafft, und ich konnte mich wirklich selbst feiern. Dass das mit dem Medizinstudium nicht geklappt hatte, war kein Nein für immer. Ich musste mich daran festhalten, dass es nächstes Jahr neue Möglichkeiten gab. Es war noch nicht vorbei. Und ich würde meinen Traum sicher nicht so einfach aufgeben.

Sobald wir wieder im Wohnheim waren, trennten wir uns, um uns für den Abend fertig zu machen. Ich überlegte gerade, was ich anziehen sollte, als mein Handy klingelte. Bei Jaspers Namen auf dem Display schlich sich ganz wie von selbst ein Lächeln auf meine Lippen.

Ich nahm ab und sah im Spiegel, wie mein ganzes Gesicht aufleuchtete. Himmel, ich war wirklich verknallt. Dass ein Anruf von ihm meinen ganzen Tag so umdrehen konnte.

»Hey«, sagte ich.

Jasper hielt sich gar nicht mit Begrüßungen auf, er fragte direkt: »Und, wie lief's?«

Ich klemmte grinsend das Handy zwischen Wange und Schulter ein, um die Hände frei zu haben. Während ich mit den Fingern durch meine Klamotten ging, antwortete ich: »Gut. Der Oberarzt der Kinderonko hat direkt versucht, mich anzuwerben.«

»Doktor Schindel? Dann hast du ihn echt beeindruckt. Dem ist eigentlich vollkommen egal, wer bei ihm im Team arbeitet.«

»Damit fühle ich mich gleich noch viel besser als eh schon«, sagte ich lachend. Meine Hand blieb an dem kurzen Kleid hängen, das ich so gern zu meinen Stiefeln trug, aber mein Herz füllte sich sofort mit Sehnsucht. »Meine Freunde wollen heute Abend was trinken gehen, um das Ende der Prüfungsphase zu feiern. Aber ich kann das sicher auch schwänzen, wenn du lieber was machen willst.« Ich wollte ihn sehen. Es war das Einzige, was sich momentan wirklich heilsam anfühlte. Er.

Jasper gab ein schnaubendes Geräusch von sich, was bestimmt eine Art Lachen war. Ich konnte im Hintergrund Stimmen hören und das Piepen von Geräten, er war also noch auf Station unterwegs. Noch bei der Arbeit. Und er hatte sich trotzdem Zeit genommen, um mich anzurufen und nach meiner Prüfung zu fragen. Mein Herz schmolz schon ein wenig.

»Du solltest das definitiv mit deinen Freunden feiern. Ich habe gehört, dass man das so macht.«

»Du klingst nicht, als würdest du aus Erfahrung sprechen.«

»Definitiv nicht. Aber ich bin eben ein bisschen anders.«

»Das bin ich auch.«

Er lachte, und ich ergab mich und zog das Kleid aus dem Schrank. Gut, wenn sogar Jasper das sagte, sollte ich wahrscheinlich wirklich mit den anderen weggehen. Immerhin begann jetzt meine freie Phase. Bis zu den Prüfungsergebnissen in zwei Wochen hatten wir frei, und auch danach würde es noch etwas dauern, bis wir unsere Urkunden bekamen und auf Station anfingen. Auf der Station, für die ich mich erst noch bewerben musste. Ich hatte jetzt also ein paar Wochen, in denen ich so viel Zeit mit Jasper verbringen konnte, wie ich wollte – und wie sein Zeitplan es zuließ.

Er sagte etwas, das nach Chemotherapie klang – vermutlich zu einer Schwester –, und als er mit dem Gespräch fertig zu sein schien, hakte ich nach: »Du arbeitest heute sicher wieder länger?«

»Ich hatte ein längeres Gespräch mit Professor Lessing und muss jetzt noch ein paar Dinge nachholen. Aber ich versuche, nicht allzu spät von Station wegzukommen, wie versprochen.«

Wie versprochen. Ich schmunzelte. »Ich werde das kontrollieren und dir abends schreiben!«

»Ich könnte dich anlügen«, gab er zurück.

»Ich glaube nicht, dass du das tun würdest.«

»Erwischt.«

Himmel. Wir klangen wirklich schon wie ein richtiges Pärchen. Wann war es zwischen uns so leicht geworden? So wunderschön, dass mir jedes Mal Seifenblasen im Magen umherschwirrten? Erst nach ein paar Sekunden fiel mir auf, was er da eigentlich gerade gesagt hatte. »Du hattest ein Gespräch mit Professor Lessing? Irgendwas Wichtiges?«

Immerhin war er der Chef des Krankenhauses.

Jasper schwieg ein paar sehr lange Sekunden. »Wir führen ständig Gespräche mit ihm. Es war nichts Wichtiges.«

Oh, hatte ich mich etwa getäuscht? Würde er mich doch anlügen? Gerade klang er zumindest ein wenig so, als würde er meiner Frage ausweichen. War bei dem Gespräch etwas passiert, was er mir nicht erzählen wollte?

»Alles in Ordnung?«, wollte ich vorsichtig wissen.

Wieder Schweigen. Ich konnte seine Schritte hören und wie die Stimmen um ihn herum leiser wurden. Vielleicht ging er gerade in sein Büro.

»Ich erzähl dir das bei Gelegenheit, versprochen?« Er klang ein wenig angespannt, aber dann war wieder ein Lächeln zu hören, als er anfügte: »Du feierst jetzt erst einmal deine letzte Prüfung, in Ordnung? Wir sehen uns bald.«

»Hoffentlich«, gab ich zurück.

Er lachte leise, und es jagte mir einen Schauer über den Nacken. »Wie wäre es mit morgen?«

Ich musste ein Grinsen unterdrücken. »Und übermorgen?«

Wieder ein Lachen. »Und den Tag drauf am besten auch noch.« Es klang, als würde er es ernst meinen.

Am liebsten hätte ich noch stundenlang so weitergemacht. Dieses sanfte Prickeln, das sich über meine Haut ausbreitete, konnte wirklich süchtig machen.

»Ich muss auflegen«, brummte Jasper, und er schien es genauso wenig zu wollen wie ich. Aber er musste arbeiten. Und ich hatte ihn in den letzten Tagen öfter gesehen als meine Freunde – und würde es wahrscheinlich auch in den nächsten. Es gab keinen Grund, jetzt eine riesige Abschiedsszene zu machen.

Aber Himmel, es fühlte sich gut an, ihn zu haben. »Dann bis morgen«, sagte ich und lächelte ins Telefon.

»Bis morgen.«

Ich legte auf und warf das Handy weg, um mich umzuziehen. Plötzlich hatte ich um einiges mehr Lust, feiern zu gehen, als noch zuvor.

Kapitel 32

JASPER

Es war gerade die allumfängliche Stille in meinem Büro eingekehrt, die ich schon seit Stunden herbeisehnte. Ich hatte mich in meinen Stuhl gesetzt, die Hände fest auf den Lehnen, den Blick auf einen unsichtbaren Punkt in der Luft gerichtet. Zeit zum Reflektieren. Zeit zum Nachdenken. Zeit zum Abwägen. Bis meine Tür diesen verdammten lauten Satz tat, der sie beinahe ans andere Ende der Wand beförderte. Bis Nina eintrat, mit einer Flasche Sekt in der Hand.

Ihre Augen glitzerten wie ein Weihnachtsbaum. »JASPER!«, schrie sie, und ich zuckte zusammen und verkrampfte mich auf meinem Stuhl.

Oh wunderbare Stille. Ich sehne mich wirklich nach dir.

»Wie kommt es, dass du mir nichts mehr erzählst? Wie kommt es, dass ich die Neuigkeiten ausgerechnet von Moritz Hansen erfahren muss, der mir vor einer Stunde mit der düstersten Miene der Welt auf dem Flur entgegengekommen ist?« Sie kam auf den Schreibtisch zu, ohne die Tür hinter sich zu schließen, und ich konnte nicht anders, als mich noch etwas mehr zu versteifen.

Mein Blick huschte zwischen ihr, der Tür und der Sektflasche hin und her, unfähig, auf irgendetwas von dieser Explosion in meinem Büro zu reagieren.

»Sind wir nicht mehr befreundet?« Mit einem Knall stellte sie den Sekt auf meinen Schreibtisch und funkelte mich an. »Hast du mich vergessen, jetzt, wo du das erste Mal in deinem Leben eine Freundin hast? Nicht, dass ich nicht mit so was gerechnet habe, aber … komm schon, Jasper.«

Ihren Worten nach zu urteilen, war sie entweder wütend oder enttäuscht über irgendetwas, was ich getan oder nicht getan hatte. Aber das stand in einem ziemlichen Kontrast zu dem Grinsen in ihrem Gesicht. Manchmal wünschte ich, es würde mir leichter fallen, ihre Gefühlsregungen richtig zu deuten. Wie bei Emilia?

Der Name durchzuckte mich wie ein Nervenschmerz. Ich presste die Lippen zusammen. »Nina ...«

»Komm mir jetzt bloß nicht mit Ausreden. Du weißt es seit STUNDEN! Moritz hat mir erzählt, dass du das Gespräch mit Lessing heute Nachmittag hattest. Und jetzt ist es ...« Sie stoppte, um einen Blick auf ihre Armbanduhr zu werfen. »Jetzt ist es zwanzig Uhr. Abends. Ich kann nicht fassen, dass du so lange wartest, um es mir zu erzählen.«

»Nina.«

»Was?«

»Die Tür.«

»Oh.« Sie ließ die Arme sinken, seufzte tief und machte dann auf dem Absatz kehrt, um die Tür endlich zu schließen.

Beinahe sofort entspannte sich ein Teil in mir. Leider war es der kleinste Teil von diesem riesigen, verspannten Klumpen in meinem Inneren.

»Also. Wir stoßen an.« Nina holte aus ihrer großen Kitteltasche zwei Plastikbecher, die sie wahrscheinlich vom Kaffeeautomaten geklaut hatte. Einen behielt sie in der Hand, den anderen stellte sie auf meinem Schreibtisch ab. »Darauf, dass sich endlich deine Träume erfüllen, Doktor Jasper Bennik. Oder sollte ich sagen ...« Sie wackelte aufgeregt mit den Augenbrauen, während sie nach der Sektflasche griff. »OBERARZT Doktor Bennik?«

Irgendetwas in meinem Inneren machte einen Ruck. Er brachte meine Mundwinkel dazu, ein kleines bisschen nach oben zu zucken. »Ich bin erst Oberarzt, wenn Schober abtritt nächstes Jahr. Vorher ist es einfach weiter Stationsarzt Bennik, danke.«

»Das meinst du hoffentlich nicht ernst.« Nina runzelte die Stirn, während sie an dem Verschluss der Flasche herumfummelte. Er ging mit einem lauten Plopp auf, und Nina kippte sofort Sekt in unsere Becher.

»Was soll ich nicht ernst meinen?«, murmelte ich, den Blick auf die aufsteigenden Bläschen gerichtet.

»Diese enttäuschende Reaktion darauf, dass du endlich die Zusage von Lessing bekommen hast. Du hast seit Jahren darauf hingearbeitet, und jetzt hat sich deine Arbeit endlich ausgezahlt. Das ist so krass, Jasper. Du wirst der jüngste Oberarzt im Sankt Alex. In Berlin. Himmel, vielleicht in der Geschichte Deutschlands.« Sie strahlte, als sie den blubbernden Becher näher zu mir schob und sich dann ihren eigenen nahm.

Ich legte blitzschnell eine Hand auf ihren Arm. »Warte. Was machst du da? Muss ich dich daran erinnern, dass Alkohol für ungeborene Menschen mehr als schädlich ist? Schädlicher noch, als er ohnehin ist.«

Nina stoppte, dann schüttelte sie meine Hand ab. »Himmel, Jasper. Nein, musst du natürlich nicht. Denn wenn du dich vielleicht erinnerst, bin ich auch Ärztin. Kinderärztin.« Mit der freien Hand drehte sie die Sektflasche so, dass ich das »Alkoholfrei« auf dem Etikett lesen konnte. »Also, stößt du jetzt bitte mit mir auf deinen großen Erfolg an?«

Mir entfuhr ein Seufzen. »In Ordnung.« Ich griff nach meinem Becher und ließ ihn an Ninas Becher prallen.

Sie lachte auf. »Zwing dich bloß nicht, du Armer.«

Sie leerte den Becher beinahe in einem Zug, während ich nur an dem alkoholfreien Sekt nippte. Ich wusste, dass Nina recht hatte mit allem, was sie sagte. Ich sollte mich freuen. Ich sollte Luftsprünge machen, auch wenn ich eigentlich nicht der Typ für Luftsprünge war. Aber ich sollte definitiv feiern, dass sich meine

Mühen ausgezahlt hatten. Oberarzt zu werden war das ultimative Ziel gewesen, seit ich im Sankt Alex angefangen hatte. Zwischendurch war es sogar mir schwergefallen, wirklich daran zu glauben, dass es klappen konnte. Ich war jung. Relativ unerfahren. Und hatte einen starken Konkurrenten. Aber mein ungemeines Wissen und meine harte Arbeit hatten gewonnen. Das war definitiv etwas zum Feiern.

Aber so ungern ich es zugab – ein paar Dinge hatten sich geändert.

»Du hast doch angenommen, oder?« Nina warf mir einen Blick zu, der wohl zweifelnd war.

Ich nickte sofort. »Natürlich. Es wäre dumm, das nicht zu tun. Das war alles, was ich je wollte.« Und das war es. Ich war glücklich darüber.

»Warum siehst du dann so aus, als würde die Welt untergehen?« Nina schenkte sich nach und dann auch mir, obwohl höchstens ein Schluck aus meinem Becher getrunken war, bevor sie sich auf den Stuhl vor meinem Schreibtisch setzte und mich durchdringend ansah. »Was ist los?«

Ich nippte wieder an meinem Sekt. Ging meine ganzen Gedanken der letzten Stunden und Tage durch, um ein wenig Ordnung hineinzubringen. Schließlich sagte ich langsam: »Ich … kann dir nicht viel erzählen, weil ich eine Entscheidung treffen muss und ich nicht will, dass du mich in eine Richtung drängst.«

Ihre Augen wurden groß. »Eine … Entscheidung?«

Ich stellte den Becher ab. »Eine sehr wichtige. Die mir durch das etwas schwerer gemacht wurde. Mir bleiben dadurch weniger Optionen.«

Nina betrachtete mich eine ganze Weile, ohne etwas zu sagen. Sie kannte mich gut. Besser als jeder andere Mensch auf dieser Welt. Ich wusste nicht, wie viel sie in meinem Gesicht lesen konnte, wie viel möglich war, in meinem Gesicht zu lesen. Aber als sie wieder sprach, wirkte sie ernst. »Hat diese Entscheidung etwas mit Emilia zu tun?«

Wieder war da dieser elende, zuckende Schmerz in meinem Inneren. »Ja, hat sie.« Ich verschränkte die Arme vor mir auf dem Schreibtisch und versuchte, meine Schultern etwas zu lockern. Es klappte natürlich nicht. »Und es ist eigentlich eine leichte Entscheidung. Sollte eine leichte Entscheidung sein. Aber irgendwie ist sie es nicht.«

»Warum sollte sie leicht sein?«

»Weil eine der beiden Optionen die richtige ist. Und die andere ist dumm und egoistisch und eigentlich nicht wirklich eine Option. Aber … ich bekomme sie nicht aus meinem Kopf.«

Nina presste die Lippen zusammen, und es wirkte, als würde sie ein Lächeln unterdrücken. »Das heißt … eigentlich hast du dich schon entschieden, aber du kommst noch nicht so gut klar damit, oder?«

Ich erwiderte ihren Blick eine Weile und versuchte, in meinem Inneren zu kramen. Zu verstehen, ob sie recht hatte. War meine Entscheidung schon gefallen?

Ein paar Sekunden schwiegen wir, dann spürte ich, wie irgendetwas in mir zusammenfiel. Die Anspannung, der Gedankenstrom, es fühlte sich ein wenig an wie ein Kartenhaus, das seinen letzten Halt verlor. Es war sowieso auf zu weichem Untergrund gebaut. Es war von Anfang an unmöglich gewesen, dass es für immer stand. Aber Himmel, hatte ich daran festgehalten. Und auch jetzt konnte ich mir nicht ganz eingestehen, dass es wirklich zusammenfiel – ich, als einer der rationalsten Menschen der Welt.

»Ja.« Es war schon schwer, dieses Wort einmal über die Lippen zu bringen, aber ich tat es trotzdem noch ein zweites Mal: »Ja. Ich habe mich bereits entschieden und weiß nicht so recht mit den Gefühlen umzugehen, die ich dabei empfinde.«

Nina starrte mich lange an. Dann griff sie über den Tisch und tätschelte meine Hand. »Ich weiß nicht, worum es genau geht,

Jasper, aber … es tut mir leid. Ich wünschte gerade wirklich, ich hätte für dich doch Alkohol mitgebracht.«

Ich verzog das Gesicht. »Du weißt, dass ich keinen Alkohol trinke.«

»Aber du wirkst so, als hättest du heute vielleicht damit angefangen.«

Seufzend winkte ich ab. »Mir geht es gut. Noch steht absolut nichts fest, denn es ist nicht nur meine Entscheidung.« Dabei wusste ich gerade beim letzten Punkt, dass es wahrscheinlich schon fest stand. Dieser seltsame, irrationale Teil in meinem Inneren, den es noch gar nicht so lange gab, wollte es sich nur nicht eingestehen.

Nina wusste offensichtlich nicht, was sie sagen sollte. Deshalb füllte sie nur wieder ihren Becher und prostete mir zu. Diesmal leerte ich ihn tatsächlich. Das Zeug schmeckte nach süßer Chemie und legte sich so sehr auf meine Zunge, dass ich es wahrscheinlich noch am nächsten Morgen schmecken würde. Mir entfuhr ein Stöhnen, als ich den Becher absetzte.

»Wenn du bereit bist, darüber zu reden … na ja, du weißt schon, du hast immer mich.« Sie grinste, aber es wirkte schwach. Als würden sich meine Gefühle auf sie übertragen. Und es tat mir leid, dass es so war. Nina war wirklich immer für mich da gewesen, und sie verdiente es, glücklich zu sein. Ich sollte sie nicht runterziehen.

Deshalb straffte ich die Schultern und richtete meine Sitzhaltung. »Mach dir keine Sorgen um mich. Ich komme zurecht, das weißt du doch.«

»Klar weiß ich das. Ich mache mir trotzdem Sorgen.« Sie seufzte und trank den Rest aus ihrem Becher. »Willst du nicht Feierabend machen und irgendeinen schönen Film mit mir schauen? Zur Ablenkung? Du musst hier dringend mal raus. Wenn du Oberarzt bist, wirst du noch oft genug hier bis in die Nacht hinein sitzen.«

Mir entfuhr ein Schnauben. »Ich muss noch ein paar Sachen nacharbeiten.«

»Die morgen nicht mehr da sind?«

»Die morgen auf den Stapel von morgen draufkommen würden und damit das Problem nur verschieben.«

Nina stöhnte, aber es ging in ein Lachen über. »Du bist viel zu vernünftig für diese Welt.« Sie warf ihren Becher in meinen Mülleimer und erhob sich dann etwas schwerfällig aus dem Stuhl. »Wie du meinst, ich mache mich auf jeden Fall auf den Weg nach Hause. Seit der Schwangerschaft hängt mir der Magen ständig in den Kniekehlen, und wenn ich nicht demnächst etwas esse, hänge ich die restliche Nacht über der Toilettenschüssel.« Sie zögerte, bevor sie sich noch einmal nach vorn beugte und mir einen lauten Kuss auf den Kopf drückte. »Ruf an, wenn du was brauchst.«

»Mach ich.« Ich ordnete die Haare, die sie mit ihrer Liebesgeste durcheinandergebracht hatte.

Nina ging zur Tür, blieb auf dem Absatz aber noch mal stehen und drehte sich zu mir um. »Siehst du, was ich dich eigentlich noch fragen wollte: Brauchst du mich am Wochenende? Für die Tagung in Prag? Ich weiß, dass du lange Zugfahrten hasst und auch nicht so gern so lange Strecken mit dem Auto fährst – aber wenn du mich als Fahrerin brauchst, müsste ich das bald genug wissen.«

»Schon gut.« Ich verschränkte die Arme vor der Brust und atmete tief durch. »Ich wollte Emilia fragen, ob sie mich begleitet.«

»Ooooh, ein Pärchenwochenende?« Nina wackelte mit den Augenbrauen. Aber ihr Lächeln verschwand sehr schnell wieder aus dem Gesicht, als sie es realisierte. Ihre Augen wurden groß, der Ausdruck ernst. »Du willst sie Novak vorstellen?«

Als ich nickte, sanken ihre Schultern ein. »Oh. Oh, Jasper.« Schneller, als ich schauen konnte, kam sie zurück, um den Schreibtisch herum, und riss mich in ihre Arme.

Ich wehrte mich nur schwach dagegen. »Nina, lass das. Ich hab doch gesagt, ich bin okay.«

»Ja, aber jetzt glaube ich dir noch weniger als vorher.« Sie drückte mich ein paar Sekunden fest an sich, und als sie sich zurückbeugte, schimmerten Tränen in ihren Augen. »Es ist auch ihre Entscheidung. Vielleicht …«

Ich schüttelte den Kopf, und Stille breitete sich zwischen uns aus. Sie kannte Emilia nicht so gut wie ich, aber selbst sie schien zu wissen, dass dieses Gespräch nichts brachte. Diese Option gab es nicht.

»Du bist zu gut für diese Welt«, sagte Nina leise. »Und ich hoffe, dass sie sich anders entscheidet. Wirklich. Für dich.«

Einen Moment betrachtete ich meine Freundin, bevor ich sagte: »Ich nicht.«

Nina erwiderte nichts mehr darauf. Sie nickte nur, offensichtlich sehr gerührt, und griff noch einmal nach meiner Schulter. Dann verließ sie den Raum.

Als die Tür hinter ihr ins Schloss fiel, breitete sich endlich wieder die allumfassende Stille aus, die ich mir den ganzen Tag gewünscht hatte. Aber plötzlich, nach diesem Gespräch, war sie beinahe unaushaltbar. Beinahe zu erdrückend.

Denn Nina hatte recht: Es gab nichts zu überdenken.

Meine Entscheidung war längst gefallen.

Und es war das erste Mal, dass ich mir sicher war, dass mir etwas womöglich das Herz brechen konnte.

Kapitel 33

EMILIA

Mein Bauch kribbelte wie eine ganze Farm an Schmetterlingen, als ich das Wohnheim verließ und Jaspers Auto am Bordstein stand. Jeder Schritt auf ihn zu war so leicht, als würde ich auf Wolken gehen. Mehr noch, als ich nur noch ein paar Meter entfernt war und er ausstieg und mir entgegenlächelte.

Er kam um das Auto herum, und wir prallten ein wenig ungeschickt aneinander. Sofort schlang ich meine Arme um seinen Hals, um ihn zu küssen. Jasper roch großartig, und er fühlte sich noch besser an. Ich hatte eigentlich gar keine Lust, ihn wieder loszulassen.

»Und das ist für dich wirklich in Ordnung?«, fragte er mit seiner brummenden Stimme, die ich irgendwann am Anfang noch unfreundlich gefunden hatte. Genau wie den Blick, den er mir jetzt zuwarf – fragend und ein wenig düster, obwohl er das eigentlich gar nicht war. Ich musste über mich selbst lachen, wenn ich daran dachte.

»Ob ein Wochenendtrip nach Prag mit dir wirklich in Ordnung für mich ist? Lass mich darüber nachdenken.« Ich grinste ihn breit an, während er den kleinen Koffer, den ich hinter mir hergezogen hatte, hinten ins Auto lud.

»Du weißt, was ich meine«, sagte er hinter dem geöffneten Kofferraum. »Dass du fährst. Und mich auf eine wahrscheinlich langweilige Tagung begleitest.«

»Du musst Witze machen. Entweder das, oder ich habe mich doch geirrt und du kennst mich überhaupt nicht.« Ich griff nach der Fahrertür, schwang sie auf und ließ mich auf den weichen Sitz fallen.

Er fühlte sich genauso teuer an, wie das Auto aussah. Am liebsten hätte ich das Gaspedal durchgetreten und wäre durch die Innenstadt geschossen. Aber was Jasper mir gestern am Telefon erzählt hatte, hielt mich dann doch davon ab. Deswegen stellte ich nur brav Sitz und Spiegel auf mich ein, bis Jasper neben mir auf dem Beifahrersitz Platz nahm.

»Ich liebe Autofahren«, sagte ich, während er sich anschnallte. »Ich habe meinen Führerschein mit siebzehn gemacht, weil ich es nicht abwarten konnte, endlich hinter dem Steuer zu sitzen. Glaub mir, wenn ich dir sage – es gibt nichts Großartigeres für mich. Aber selbst wenn das nicht so wäre.« Ich legte den Kopf schief, und endlich erwiderte er meinen Blick. Ganz weich und sanft. »Selbst wenn ich es nicht so gern täte, wie ich es tue«, sagte ich, meine Stimme wurde fast automatisch etwas leiser, »würde ich es trotzdem gern tun, wenn du mich darum bittest. Vor allem, wenn du selbst es nicht so gern machst.«

Seine Mundwinkel zuckten, als er sich zurücklehnte. »So weite Strecken fahre ich nur sehr ungern. Dafür habe ich zu viele Unfallopfer gesehen und traue mir selbst zu wenig.«

»Dafür hast du ja jetzt mich.« Ich strahlte ihn an, bevor ich endlich den Schlüssel im Schloss drehte und das Auto startete. Es schnurrte unter mir wie noch kein Auto, das ich bisher gefahren hatte. Es war wunderbar. »Wenn du nicht so gern fährst, wieso hast du dir dann so eine Angeberkarre gekauft?«, neckte ich ihn.

Jasper griff, vielleicht unterbewusst, nach seinem Gurt, als wir losfuhren. »Na ja. Ich habe schon immer selten für mich selbst Geld ausgegeben. Aber als ich ein paar Jahre im Krankenhaus gearbeitet habe, hat Nina mich dazu überredet, mir ein gutes Auto zu kaufen. Sie meinte, dass ich mir das verdient hätte und dass es komisch wäre, wenn ich immer noch mit dem dreißigjährigen Wagen meiner Familie herumfuhr.« Er verzog skeptisch das Gesicht. »Er ist noch gefahren. Sein Verbrauch war gut. Er ist jedes Jahr durch den TÜV gekommen. Ehrlich gesagt erschließt sich mir immer noch nicht ganz, warum ich dieses Auto unbedingt brauchte. Aber es fährt sich tatsächlich ein wenig besser.«

»Ein wenig.« Ich kicherte.

Um ihm die Angst zu nehmen, das nächste Unfallopfer zu werden, fuhr ich aber langsam und mehr als ordentlich durch die Berliner Innenstadt in Richtung Autobahn. Immer mehr und mehr baute sich die Vorfreude auf dieses Wochenende in meinem Bauch auf, und ich konnte gar nicht mehr aufhören zu grinsen. Nicht nur, weil ich tatsächlich ein ganzes Wochenende mit Jasper verbringen würde – sondern auch, weil seine Erzählungen von dieser Tagung wirklich großartig geklungen hatten.

Sie fand mehrmals im Jahr im Partnerkrankenhaus des Sankt Alex statt, und dort trafen sich immer wieder Ärzte aus aller Welt, um sich Fachvorträge zum Thema Onkologie und Palliativmedizin anzuhören. Ganz abgesehen davon, dass ich noch nie in Prag gewesen war, platzte ich beinahe vor Freude darüber, von Jasper in diese Vorträge eingeschleust zu werden. Onkologieexperten der ganzen Welt würden über die Themen referieren, die mich wirklich interessierten.

Zu meiner Vorfreude trug auch sicher mein neu entfachter Optimismus bei, der vermutlich daher kam, dass ich die Gedanken an das Medizinstudium weitestgehend verdrängte und auf mein Ich nächstes Jahr verlagerte, wenn es wieder an der Zeit war, mich erneut zu bewerben und diesen ganzen Prozess wieder durchzumachen. Das war ein Problem für Zukunfts-Emilia.

Denn Gegenwarts-Emilia war hier. Mit Jasper.

Der Wind wehte durch den kleinen Spalt im Fenster und strich wunderbar kühl über meine erhitzte Haut. Als ich mich zu Jasper drehte, der das Kinn auf dem Arm abgestützt hatte und aus dem Fenster sah, konnte ich nicht anders, als zu denken, dass ich gewonnen hatte. Es war nicht so wichtig, was die Zukunft brachte, solange ich ihn hatte.

Es war ein wenig beängstigend, dass ich nach so kurzer Zeit mit ihm schon so fühlte. Aber es war die Wahrheit, dass er alles einfacher machte. Dass er alles besser machte. Dass ich nicht genug davon bekam, sein Gesicht zu sehen und seine Stimme zu hören. Davon, bei ihm zu sein. Ich hatte noch nie so empfunden, und das wollte ich genießen.

Wir hielten etwas außerhalb von Berlin, um zu tanken, und Jasper holte uns beiden Kaffee. Als wir zurück auf der Autobahn waren, reichte er mir immer wieder den Becher. Wir unterhielten uns über die Vorträge, die uns interessierten, und es war toll, mit ihm darüber zu fangirlen. Dieser kleine Roadtrip war die schönste Zeit, die ich mit jemand anderen verbracht hatte. Das war … das Richtige.

Und es war gleichzeitig sehr schön und sehr überwältigend, eben weil es sich so alltäglich anfühlte. Als wir in einen Stau gerieten, brachte ich Jasper das Spiel mit den Farben und den Autos bei, das ich immer noch liebte, obwohl es eigentlich ein Kinderspiel war. Jasper schien es ähnlich zu gehen, denn er verlor sich so darin, dass er jedes Mal etwas zu laut die Farbe schrie, wenn ein entsprechendes Auto vorbeifuhr. Und ich lachte regelmäßig so sehr darüber, dass ich mir erst Wasser und dann den letzten Rest meines Kaffees über die Hose schüttete.

Als der Stau sich nach einer Stunde etwas löste, machten wir kurz Pause an einem Rastplatz, und ich nutzte die Gelegenheit, um den blöden Kaffeefleck aus meiner Hose zu waschen und über mich selbst zu lachen.

Jasper lehnte an der Motorhaube seines Wagens, als ich aus der öffentlichen Toilette kam.

»Erinnere mich daran, dass ich das nächste Mal einfach warte, bis wir im Hotel sind«, sagte ich keuchend und wischte mir die feuchten Hände an meiner Jeans ab. »Rasthoftoiletten sind das Ekligste auf der Welt.«

Seine Augenbrauen zuckten. »Deswegen würde ich mich auch nie auf eine verirren.« Er hielt mir etwas hin, das in Alufolie gewickelt war. »Hier.«

Ich nahm es überrascht entgegen, und als ich sah, dass es Sandwiches waren, konnte ich ihn nur anstarren. »Du … hast uns Pausenbrote gemacht?«

Jasper schien irgendetwas in meinem Gesicht zu suchen. »Ja?« Das war mehr eine Frage, und direkt danach entfuhr ihm ein tiefes Seufzen. »Es ist doch Quatsch, oder? Nina meinte, dass zu einem Roadtrip Sandwiches dazugehören, aber ich hätte nicht auf sie hören sollen. Wir sind nur vier, fünf Stunden unterwegs, so lange kann man definitiv auf Essen verzichten.«

Lachend stellte ich mich nah vor ihn und drückte ihm einen kurzen Kuss auf die Lippen. »Kann man, muss man aber nicht. Und ich finde, dass Nina recht hat: Zu einem Roadtrip gehört das dazu. Es ist süß. Und ich habe ehrlich gesagt echt Hunger.«

»Okay.« Seine Stimme war leise, und sein Blick ging sofort wieder in Richtung meiner Lippen.

Schmunzelnd beugte ich mich noch einmal zu ihm, um ihn zu küssen. Länger diesmal. Er erwiderte es, legte eine Hand an meine Hüfte, zuckte dann aber wieder zurück. Überrascht sah ich ihn an.

»Sag mir bitte, dass du beim Verlassen der Toilette nicht die Klinke angefasst hast«, sagte er.

Ich starrte ihn an. Und lachte dann. »Iih, wo denkst du hin? Ich habe sie mit dem Ärmel meines Pullis aufgemacht, am Ellbogen.« Ich hob den Ellbogen, und er rutschte sofort ein paar Zentimeter von mir weg.

»Den solltest du wahrscheinlich verbrennen.«

»Höchstwahrscheinlich.« Ich kicherte, als ich mich neben ihn an die Motorhaube lehnte und das Sandwich aß, das er mir gemacht hatte. Ich konnte mir richtig vorstellen, wie er in seiner kleinen Küche gestanden und es belegt hatte, und der Gedanke ließ mein Herz schon wieder ganz weich werden. »Danke.« Ich stupste ihn von der Seite an. »Das schmeckt echt großartig.«

Er hob skeptisch eine Augenbraue, vielleicht weil er nicht so richtig verstand, was an einem Sandwich so großartig schmecken sollte. Ich musste lachen und stellte gleichzeitig fest, wie viel ich lachte, seit ich mit ihm zusammen war. Wenn ich an vorletztes Jahr dachte, an die Zeit, als ich meine letzte Ablehnung fürs Studium bekommen hatte, war es kein Vergleich.

»Weiter?«, fragte Jasper und knüllte die Alufolie zusammen.

Ich nickte nur, weil ich vor Rührung kein Wort rausbrachte.

Mit der Dunkelheit des Abends, die über uns hereinbrach, wurde es auch im Auto etwas stiller. Aber nicht diese unangenehme Stille, die man unbedingt mit Gesprächen füllen wollte – es war eine schöne, beruhigende Stille.

Eine Stunde vor Prag drehte Jasper sich zu mir um. »Wenn du willst, können wir tauschen. Den Rest schaffe ich auch selbst, dann kannst du dich etwas ausruhen.«

»Mir geht es gut«, gab ich sofort zurück. »Den Rest halte ich auch noch durch, es ist ja nicht mehr lange.«

»Wie du meinst.« Sein Blick lag weiterhin auf mir, auch wenn er erst ein paar Sekunden später hinterherschob: »Aber sag, wenn ich dir etwas Gutes tun kann.«

»Oh, das kannst du.« Grinsend nahm ich eine Hand vom Lenkrad und griff nach seiner Hand, um sie zu meinem Oberschenkel zu führen. Er sah mich ein wenig überrascht an, und als ich meine Hand wieder ans Lenkrad legte, meinte ich dazu: »So lange, wie es für dich in Ordnung ist.«

Im Augenwinkel konnte ich sehen, wie er nickte. »Okay.«

Ich war mir sicher, dass sein Griff sich an meinem Bein etwas verstärkte. Und er ließ es die restliche Zeit bis nach Prag nicht mehr los. Irgendwann begann er sogar, sanft und beinahe wie automatisch mit dem Daumen darüber zu streichen.

Ich unterdrückte ein Grinsen.

Als wir in die Stadt hineinfuhren und nur noch wenige Minuten vom Hotel entfernt waren, zeigte mir Jasper das Krankenhaus, in dem die Tagung stattfinden würde. Genau wie das Sankt Alex war es riesig und wirkte durch die Glasfronten auch unglaublich modern. Bei dem Anblick stieg wieder die Vorfreude darauf, dass ich es am nächsten Tag auch von innen sehen würde.

Kurz darauf hielten wir endlich auf dem Parkplatz des Hotels, und ich versuchte möglichst unauffällig, meine Gliedmaßen auszuschütteln, als ich ausstieg. Jasper holte währenddessen direkt meinen Koffer und eine erschreckend kleine Sporttasche, in der wohl seine Sachen waren. Ich starrte ihn mit großen Augen an.

»Was?«, fragte er alarmiert.

»Ist das alles?« Ich deutete grinsend auf seine Tasche.

Er zuckte mit den Schultern. »Nur das Nötigste. Wir sind ja nur zwei Tage da.«

»Du bist also niemand, der für zwei Tage fünf Unterhosen einpackt?«

»Warum sollte ich das tun?«

»Für den Fall der Fälle!«

»Für den Fall der Fälle, dass … ich mir jeden Tag in die Hose mache?« Jasper wirkte ehrlich entsetzt, und mir entfuhr wieder ein Lachen.

»Klar«, sagte ich nur und griff nach meinem Koffer. »Viele Menschen machen das so.«

»Viele Menschen werden mir immer ein Rätsel bleiben«, gab er zurück, aber ich erkannte den Anflug eines Lächelns in seinen Mundwinkeln. Und als wir auf das Hotel zugingen, über den großen Parkplatz, griff er nach meiner Hand und verschränkte die Finger mit meinen.

Wir hatten ein Doppelzimmer im dritten Stock, und als wir nach der ewigen Fahrt endlich eintreten konnten, ließ ich sofort meinen Koffer los und warf mich auf das riesige Doppelbett in der Mitte des Raumes, um mein Gesicht in dem weichen Kissen zu versenken. »Traumhaft«, murmelte ich und seufzte tief.

Hinter mir konnte ich ein Rumpeln hören. Als ich den Kopf hob, stellte er meinen Koffer gerade in den Schrank. Ja, das mit der Ordnung – da musste ich mich wohl noch ein wenig an ihn annähern. Aber wir hatten ja Zeit dafür.

Jasper schloss den Schrank und merkte dann, dass ich ihn ansah. »Alles gut?«

»Ja.« Ich merkte nur gerade wieder, wie viel Glück ich mit dem Typen hatte, den ich anfangs für den mürrischen Stationsarzt gehalten hatte. »Ist es für dich in Ordnung, dass wir in einem Bett schlafen?«

Jasper wirkte verwirrt. »Haben wir doch schon.«

Sofort kamen die Erinnerungen an das letzte Mal zurück. An seine Hand, als er langsam zwischen meinen Beinen entlanggestrichen hatte. Seine Berührungen. Mir wurde direkt wieder ein wenig heiß.

Ruhig, Emilia. Lasst euch Zeit.

Ich setzte mich auf. »Willst du etwas essen gehen?«

»Wenn du keine Pause von der Fahrt brauchst.« Er musterte mich wieder skeptisch, abwartend, als würde er mich nach Erschöpfungszeichen absuchen.

»Nein«, gab ich zurück, ein wenig atemlos vor Glück. »Aber das Essen geht doch heute Abend bestimmt auf den reichen Stationsarzt?«

Mir war beinahe, als würde er ein wenig zusammenzucken. Aber als ich das nächste Mal blinzelte, lächelte er. »Das Essen an diesem Wochenende geht definitiv auf mich.«

»Gut.« Ich sprang vom Bett. »Dann los.«

Kapitel 34

EMILIA

Das Medical University Hospital in Prag war noch viel beeindruckender, als es im Vorbeifahren ausgesehen hatte.

Als Jasper und ich am nächsten Tag über den gepflasterten Platz darauf zugingen und ich den Kopf hob, schimmerte die Morgensonne in den verspiegelten Fenstern. Es ähnelte dem Sankt Alex wirklich sehr.

Zum sicher dritten Mal, seit er mir von dem Wochenende erzählt hatte, sah ich Jasper fragend an. »Und es ist wirklich okay, wenn ich einfach hier dabei bin?«

Ich war mir ziemlich sicher, dass er gerade in Gedanken gewesen war. Genau wie schon die letzten Tage, schien es mir. Bevor ich allerdings nachhaken konnte, lächelte er. »Es ist in Ordnung. Das Wochenende ist weniger eine richtige Fortbildung als eine Möglichkeit, Kontakte zwischen den Krankenhäusern zu knüpfen. Das MUH hat noch Partnerkrankenhäuser in anderen europäischen Städten. Von dort kommen auch Kollegen, um ihre neusten Forschungsergebnisse vorzustellen, um sich kennenzulernen und eine gute Freundschaft zu pflegen. Normalerweise bin ich der Letzte, der sich für so etwas freiwillig meldet, aber …« Er stoppte kurz, atmete durch und meinte schließlich: »Ich dachte, dass es dir gefallen würde.«

Ein sanftes Kribbeln wanderte über meine Haut, von den Zehen bis hoch zu meinem Haaransatz. Ich wusste, dass Jasper nicht gern unter Leuten war – dass er das für mich machte, rührte mich.

Als er durch die Tür nach drinnen gehen wollte, hielt ich ihn am Ärmel fest. »Danke«, sagte ich leise, als er mich überrascht über seine Schulter anblickte. Ich konnte gar nicht aufhören zu grinsen. »Dass du das alles für mich tust. Ich weiß, dass du mich wegen des Medizinstudiums aufmuntern willst, und glaub mir: Es funktioniert. Das hier ist das Allerbeste. Aber vor allem … weil wir zusammen hier sind.«

Einen winzig kleinen Moment meinte ich, so etwas wie Schmerz in seinem Gesicht zu sehen. Aber er war so schnell wieder weg, dass ich mir gar nicht mehr sicher war, ob er wirklich da gewesen war. In der nächsten Sekunde lächelte Jasper wieder und schob seine Finger zwischen meine. »Der erste Vortrag fängt in zehn Minuten an. Es geht um die Verwendung von Vitamin C in der Tumorbehandlung. Das willst du doch sicher nicht verpassen, oder?«

»Nein.« Meine Antwort kam ein wenig verzögert, weil ich noch nach dieser kleinen Gefühlsregung in seinem Gesicht suchte, von der ich mir fast sicher war, dass ich sie gerade gesehen hatte. Aber Jasper lächelte und zog mich weiter. Und dann lenkte mich die Tatsache, dass er meine Hand in seiner behielt, zu sehr ab, um noch weiter darüber nachzudenken.

Er ließ sie nicht los. Auch nicht, als wir durch die Tür in den vollen Eingangsbereich gingen. Die meisten Menschen, die uns begegneten, trugen schicke Klamotten, Hemden und Sakkos und Kostüme. Ich war froh, dass ich mich für eine Bluse und eine dunkle Jeans entschieden hatte, so fiel ich nicht so sehr negativ auf. Glücklicherweise waren auch jüngere Leute hier, manche dem Aussehen nach auch in meinem Alter.

Jasper wurde direkt von einigen Kollegen begrüßt, er speiste die meisten aber tatsächlich nur mit einem Hallo, einem Nicken und einem verhaltenen Lächeln ab. Als er mich in Richtung des Vorlesungssaals navigierte, lehnte ich mich näher zu ihm hin.

»Du machst das hier wirklich nicht gern, oder?«, fragte ich.

Jasper brummte und wandte sich mir erst zu, als wir schon

den Vorlesungssaal betreten hatten. »Nein, aber es bleibt mir in der Zukunft auch nichts anderes übrig.«

»Wieso das?«

Erneut zögerte er, und langsam fragte ich mich wirklich, was mit ihm los war. Dieses Mal antwortete er aber tatsächlich darauf: »Weil es quasi die Pflicht eines Oberarztes ist, hierherzukommen. Professor Lessing ist sicher auch irgendwo, und Doktor Schober ist nur nicht hier, weil er noch Probleme mit dem Knie hat.«

Es dauerte ein paar Sekunden, bis ich die Worte richtig in meinem Kopf verarbeitet hatte. Dann weiteten sich meine Augen. »Sagst du mir gerade so zwischen Tür und Angel, dass du die Stelle hast?«

Jasper presste die Lippen zusammen und suchte mein Gesicht anscheinend interessiert ab. Dann nickte er knapp. »Ich schätze, das tue ich.«

»Du bist der neue Oberarzt der Onkologie?!«

»Ich WERDE der nächste Oberarzt der Onkologie. Nächstes Jahr.« Es wirkte noch kurz so, als wäre er sich nicht hundertprozentig sicher, was er davon hielt – dann breitete sich ein verlegenes Lächeln auf seinem Gesicht aus.

Gefühle fluteten meinen Körper, und ehe ich mich davon abhalten konnte, nahm ich sein Gesicht zwischen meine Hände und küsste ihn stürmisch. Jasper schien überrascht zu sein, und ich hatte schon die Befürchtung, dass es ihm zwischen den ganzen Kollegen unangenehm sein könnte – aber dann erwiderte er meinen Kuss in der gleichen Intensität. Ich spürte seine Hand sanft an meinem Hinterkopf und die andere an meinem unteren Rücken und ließ mich ein paar Sekunden in die Berührung fallen. Dann erst löste ich mich von ihm. Nicht, weil ich es wollte, sondern weil wir immer noch in einem Vorlesungssaal voller Menschen waren. Die meisten beachteten uns zwar gar nicht, aber es war trotzdem besser so.

Leider.

»Herzlichen Glückwunsch!« Ich strahlte ihn an. »Oberarzt Doktor Bennik.«

»Noch nicht«, gab er zurück, aber es war offensichtlich, dass er sich auch sehr darüber freute. Natürlich tat er das. Nach dem, was er erzählt hatte, arbeitete er seit Jahren darauf hin und hatte sich gegen einen älteren, erfahreneren Kollegen durchgesetzt. Einfach weil er so … gut war in dem, was er tat.

Zwischen der unbändigen Freude, die ich für ihn empfand, war da auch ein ganz leichter Stich. Ich wollte das auch. Aber ich schob es ganz schnell weg, denn Jasper hatte recht: Ich würde das noch schaffen. Irgendwann. Er konnte der jüngste Oberarzt überhaupt werden, und ich konnte Medizin studieren.

Wir waren unaufhaltsam.

»Komm, suchen wir uns einen Platz«, meinte Jasper schmunzelnd und lotste mich so weit nach vorn, wie wir noch Plätze nebeneinander bekamen. Als ich sah, dass er jemandem winkte, folgte ich seinem Blick und erkannte Professor Lessing etwas weiter hinten mit seinem Assistenten. Er musterte mich neugierig, bevor er Jasper zunickte und sich dann wieder seiner Begleitung zuwandte.

Meine Mundwinkel zuckten, als wir uns hinsetzten. »Professor Lessing ist mit seinem Assistenten hier?« Ich kannte die Gerüchteküche im Sankt Alex, ganz besonders, was die beiden betraf. Zu meiner Überraschung sagte Jasper sofort: »Ja, er kommt auch jedes Jahr mit seinem Partner her.«

»Seinem Partner?« Ich hielt die Luft an und drehte mich noch mal zu den beiden Männern um, die sich gerade sanft anlächelten.

Jasper, der schon auf die Bühne konzentriert war, murmelte gedankenversunken: »Ja.«

Als ich mich wieder zu ihm umdrehte, fiel mir noch etwas an seinem Satz auf. »Auch?«

Einen Moment wirkte er verwirrt, dann sagte er: »Oh. Also. Ja. Sind wir das nicht? Partner?«

»Also zusammen?« Ich versuchte, das breite Lächeln zu unterdrücken, das sich auf mein Gesicht schleichen wollte. »Wir hatten dieses Gespräch noch nicht.«

»Das ist wahr.« Jasper musterte mich nachdenklich. »Vielleicht sollten wir das später führen.« Er deutete nach vorn, wo gerade ein älterer Herr die Bühne erklomm.

Also nickte ich nur und lehnte mich mit meinem Lächeln an den Stuhl an. Dass er dieses kleine Wörtchen *auch* in diesem Zusammenhang benutzt hatte, reichte mir aktuell. Für alles andere hatten wir alle Zeit der Welt.

Die erste Stunde ging damit drauf, dass der Chef des Krankenhauses alle Krankenhäuser vorstellte, die dieses Jahr an der Tagung teilnahmen, und witzige Anekdoten über die letzten Jahre riss. Besonders zu Professor Lessing schien er einen guten Draht zu haben, die beiden witzelten die ganze Zeit miteinander, und unser Chefarzt rief auch immer wieder Dinge in den Vortrag hinein – wie zwei fünfzigjährige Teenager. Es war sehr unterhaltsam.

Danach gab es den ersten Vortrag, und ich rutschte sofort auf die äußerste Kante meines Stuhls, um auch nichts zu verpassen. Ich hing förmlich an den Lippen der Ärztin, Doktor Vanja Nikolova, die in Bulgarien Forschung mit Stammzellen betrieb. Ich wollte das Wissen am liebsten aufsaugen wie ein Schwamm und machte mir wann immer möglich Notizen in meinem Handy, um es später noch mal nachzulesen.

Irgendwann merkte ich, dass Jasper mich von der Seite beobachtete. Die Pause zwischen zwei Folien nutzte ich, um ihm einen kurzen Blick zuzuwerfen. Zu meiner Überraschung wirkte er ziemlich ernst, während er mich durchdringend musterte. »Alles in Ordnung?«, fragte ich leise.

Jasper zögerte wieder, wie er es in letzter Zeit öfter tat. Als müsste er sich erst gut überlegen, was er sagen sollte. Ob er überhaupt irgendetwas sagen sollte. Wenn wir nicht bald über den Elefanten im Raum redeten, würde ich mir wahrscheinlich Sorgen machen, ob es etwas mit mir zu tun hatte.

»Es macht dir nichts aus, dass die Vorträge auf Englisch sind, oder?«, fragte er schließlich. »Ich hatte vergessen, das zu erwähnen.«

Überrascht glotzte ich ihn an. Mit der Frage hätte ich nun wirklich nicht gerechnet. Mir entfuhr ein leises Lachen. »Davon bin ich ehrlich gesagt ausgegangen. Und ja, das ist völlig in Ordnung. Im Internet bin ich oft auf Artikel und Forschungsblätter gestoßen, die nicht übersetzt waren. Da muss man kreativ werden. Die meisten Fachbegriffe kenne ich mittlerweile, den Rest schau ich später nach.« Ich wackelte mit meinem Handy, und endlich trat wieder ein Lächeln auf sein Gesicht.

»Gut.« Er klang ehrlich erleichtert. Damit schien das Thema für ihn abgehakt zu sein, denn er konzentrierte sich wieder auf die Ärztin.

Ich sah ebenfalls wieder nach vorn, griff aber nach seiner Hand. Er erwiderte den Druck sofort, sanft und doch überraschend fest. Obwohl der Vortrag durchaus spannend war, konnte ich nichts dagegen tun, dass mein Blick immer wieder zu ihm wanderte. Zu seinem schönen, konzentrierten Gesicht. Zu den harten Kanten seines Kiefers, die ein wenig angespannt und gleichzeitig einfach perfekt waren. Und dann immer wieder nach unten, auf unsere verwobenen Finger, auf seinen Daumen, mit dem er gedankenverloren über meinen Handrücken streichelte.

Der Vortrag war viel zu schnell vorbei. Nicht nur wegen der Nähe zu Jasper, sondern auch, weil Doktor Vanja Nikolova so begeistert über ihre Forschung gesprochen hatte.

»So will ich auch irgendwann mal sein.« Ich strahlte Jasper an, als wir uns nach dem Vortrag erhoben, um mit den anderen

Teilnehmern nach draußen zu den Häppchen zu gehen. »Jemand, der so leidenschaftlich forscht und dann keine Angst davor hat, vor Hunderten von Leuten ihre Forschung vorzustellen. Ich will so eine Ärztin werden, irgendwann.« Es zog nur ein wenig in meinem Inneren, weniger als sonst, weil ich von all dem hier wieder etwas Motivation sammelte. Nächstes Jahr. Ganz sicher. Und wenn nicht, dann das Jahr danach. Ich würde nicht aufgeben. Ich konnte es sowieso nicht.

Jasper lächelte. »Das wirst du.« Er hob den Blick zu den Ausgängen und sah dann wieder zu mir. »Willst du mit ihr über die Forschung reden? Ich kann sie dir vorstellen, wenn du möchtest.«

Meine Augen wurden groß, und mein Herz fing an zu rasen, aber Himmel, ich wollte so dringend mit ihr sprechen. »Oh mein Gott, ja!«

Er amüsierte sich offensichtlich sehr über mein Gesicht, zog mich aber mit sich hinaus auf den Gang. Wir mussten nur ein paar Minuten an einem der Stehtische warten, bis Doktor Nikolova aus dem Vorlesungssaal trat. Sie kam sofort auf uns zu, als Jasper sie heranwinkte.

Meine Hände waren etwas schwitzig, als Jasper uns einander vorstellte und wir uns die Hände schüttelten.

»Sonst kommt Doktor Bennik immer allein.« Sie strahlte. »Wie schön, dass er Sie diesmal dabei hat. Hat Ihnen der Vortrag gefallen?«

»Sehr«, platzte ich sofort heraus. »Darf ich Ihnen ein paar Fragen zu Ihren Forschungen stellen?«

»Alle, die Sie möchten!«

Jasper gab ein schnaubendes Geräusch von sich, das wohl ein Lachen war, dann berührte er sanft meinen unteren Rücken. Es schickte einen sanften Schauer durch meinen gesamten Körper. »Ich gehe mal einen alten Bekannten begrüßen.«

Ich nickte und sah ihm kurz nach, als er den Gang überquerte, um einen Mann anzusprechen, der sofort die Arme hochriss und Jasper freundschaftlich auf die Schultern klopfte. Ich fragte mich, wer das war, schob den Gedanken aber schnell beiseite und konzentrierte mich wieder auf Doktor Nikolova. Die nächste halbe Stunde löcherte ich sie gnadenlos mit Fragen zu ihrer Forschung, und sie schien nicht müde zu werden, meinen Wissensdurst zu stillen.

»Ich bekomme selten so gute Fragen gestellt, nicht einmal von den Chefärzten«, sagte sie irgendwann lachend. »Sind Sie Ärztin? Nein, Sie sind noch so unglaublich jung – aber sicher Medizinstudentin?«

Ein Stein plumpste in meinen Magen, und ich versuchte, es mir nicht anmerken zu lassen. »Noch nicht«, gab ich zurück. »Aber bald.« Ganz sicher. Ich musste es einfach glauben.

»Faszinierend. Bei Ihrem Wissensstand werden Sie nur so durch das Studium fliegen«, versprach sie mit einem Augenzwinkern. Dann hob sie den Kopf, und Wärme kehrte in ihren Blick zurück. »Ihre Freundin ist wirklich außerordentlich, Doktor Bennik.«

»Ich weiß.« Jasper stellte sich wieder neben mich und legte wie selbstverständlich einen Arm um meine Hüfte. Körperkontakt. Als wäre es etwas völlig Normales. Und als wäre es etwas völlig Normales, dass Leute mich als seine Freundin sahen.

Meine Wangen glühten, so sehr strahlte ich über das ganze Gesicht. Konnte das Leben gerade noch besser werden?

»Der nächste Vortrag beginnt in fünf Minuten.« Seine Stimme klang dringlich. »Wir sollten uns beeilen.«

»Natürlich. Es hat mich sehr gefreut.« Doktor Nikolova schüttelte mir die Hand. »Wenn Sie mit dem Studium begonnen haben, machen Sie doch mal ein Auslandssemester in Bulgarien! Ich werde Sie sehr gern bei uns begrüßen.« Sie klopfte Jasper auf die Schulter, der ein wenig zusammenzuckte, und verschwand dann in der Menge.

Einen Moment sah er ihr nach, bevor er sich wieder an mich wandte. »Ihr habt über das Studium gesprochen?«

Ich nickte. »Ja. Wir zweifeln schließlich nicht daran, dass ich das irgendwann schaffe, oder?«

Jasper lächelte, aber es wirkte ein wenig traurig. Mein Herz machte einen unangenehmen Hüpfer, aber dann sagte er: »Ich zweifle kein bisschen daran, Emilia.« Und es klang, als würde er das auf jeden Fall ehrlich meinen. Aber bevor ich nach der Traurigkeit in seinen Augen fragen konnte, nahm er wieder meine Hand. »Und jetzt komm. Wenn ich den Vortrag verpasse, werde ich den restlichen Tag schlechte Laune haben.«

Mir entfuhr ein Lachen. »Das kann ich nicht riskieren. Auf geht's.«

Kapitel 35

EMILIA

Am Ende des Tages war ich mir sicher, dass mein Kopf vor neuen Informationen rauchte. Wir waren bei fünf verschiedenen Vorträgen gewesen, die über den ganzen Campus verteilt stattgefunden hatten. Ich hatte so viel über die neue Krebsforschung gehört und war gleichzeitig so viel gelaufen, dass mir alles wehtat. Erschöpft, aber zufrieden ließ ich mich in unserem Hotelzimmer auf das Bett fallen.

»Das war einer der besten Tage der Welt«, meinte ich. »Bitte sag mir, dass es morgen so weitergeht.«

»Es wird weniger Vorträge geben, aber du wirst bestimmt deinen Spaß haben.« Jaspers Stimme klang nach einem Lächeln. »Außerdem will ich dir morgen jemanden vorstellen. Einen guten Bekannten.«

»Der, den du vorhin getroffen hast?« Ich stützte mich auf meine Unterarme, um ihn ansehen zu können. Jasper stand gerade vor dem Spiegel und löste die Knöpfe an den Ärmeln seines Hemdes. Ich konnte nicht genau sagen, was es war – aber Himmel, er war so sexy.

Jasper nickte knapp. »Doktor Novak. Ich kenne ihn aus dem Sankt Alex, er ist ein großartiger Kollege gewesen. Seine Lust auf Forschung hat ihn nach Prag gebracht, er arbeitet mittlerweile seit zwei Jahren hier. Du hast ihn also knapp verpasst.«

»Ich freue mich drauf, ihn kennenzulernen«, gab ich zurück. Ein, zwei Sekunden lang hielt ich die Luft an, dann schob ich schnell hinterher: »Stellst du mich dann als deine Freundin vor?«

Jaspers Bewegungen wurden langsamer. Als er die Knöpfe gelöst hatte, wandte er sich denen an seinem Kragen zu und knöpfte sich den Weg nach unten zum Ende seines Hemdes. Ich schluckte heftig, als er sich zu mir drehte und damit unwillkürlich seine nackte Brust und seinen nackten Bauch zeigte. Wie er so da stand, mit geöffnetem Hemd – es war offensichtlich, dass er sich keine Gedanken machte, was er damit in mir auslöste. Er starrte mich nur durchdringend an und sagte leise: »Wenn du das willst?« Es klang wie eine Frage.

Ich presste die Lippen zusammen und richtete mich wieder auf. Jasper beobachtete mich, als ich von der Bettkante rutschte und die zwei Meter zwischen uns auf nackten Füßen überwand. Sein Blick loderte, als ich so nah an ihn herangetreten war, dass ich meine Hand auf seiner Brust ablegen konnte. Haut auf Haut. Es war das erste Mal, dass er nicht einmal ein wenig zusammenzuckte, als ich ihn berührte. Als ich die Hand über seine Brust zu seinem Hals gleiten ließ, um ihn zu küssen.

Ohne zu zögern, legte er die Hände auf meinen unteren Rücken und zog mich enger an sich. Und, was noch viel wichtiger war, da war keine Anspannung in seinen Muskeln. Kein Zurückweichen, keine Unsicherheit.

Mein Atem stockte ein wenig, mein Herzschlag beschleunigte sich. Waren wir … bereit?

Als ich mich ein wenig von ihm löste, sah er mich sofort fragend an. »Hab ich was falsch gemacht?« Seine Stimme klang ein wenig kratzig, und ich legte beruhigend die Hände wieder auf seine Brust.

Himmel, es war so schön, ihn zu berühren. Ich hatte es gestern Abend schon bemerkt, als wir nebeneinander eingeschlafen waren, Arm an Arm, Haut auf Haut. Da war keine Anspannung mehr in ihm, wenn ich ihn berührte. Es hatte sich trotzdem anders angefühlt als heute. Als jetzt. Ich wollte das genießen.

Und konnte es gleichzeitig nicht zu hundert Prozent.

»Du hast absolut nichts falsch gemacht. Im Gegenteil. Aber ich frage mich ... Ist alles in Ordnung mit dir?«, flüsterte ich nah an seinen Lippen. »Du wirkst in letzter Zeit ein wenig ... nachdenklich.«

Er erwiderte meinen Blick, bevor er nickte. Es war allerdings kein »Alles ist in Ordnung«-Nicken. »Ich schätze, das bin ich. Ich habe gerade viel im Kopf. Und ich will dir nichts verschweigen, Emilia. Ich brauche nur den richtigen Zeitpunkt. Morgen werde ich dir alles erklären können, was in meinem Kopf gerade passiert, okay?«

»Okay.« Ich konnte die Nervosität, die seine Worte in mir auslösten, nicht abschütteln. Deshalb hakte ich nach: »Ist es ... etwas Schlimmes?«

»Nein.« Seine Antwort kam sofort. »Nein, es ist etwas sehr, sehr Gutes. Das verspreche ich.«

Er klang ehrlich. Es gab also keinen Grund, mir Sorgen zu machen. Trotzdem ließ mich das ungute Gefühl nicht ganz los. Aber heute würde ich nicht mehr erfahren, oder?

»Dann hast du also noch eine gute Überraschung für mich?«, wollte ich lächelnd wissend.

Eine seiner Augenbrauen machte einen Sprung nach oben. »Noch eine?«

»Na – du hast dieses großartige Wochenende, zu dem du mich mitgenommen hast. Den Roadtrip, die Vorträge, das wunderschöne Hotel.« Ich lehnte mich näher an ihn heran, sodass sich unsere Nasenspitzen beinahe berührten. »Was könnte das alles denn noch besser machen?«

»Das wirst du morgen sehen.« Er schluckte. Heftig. Dann presste er plötzlich wieder seine Lippen auf meine, mit einer Intensität, die mich beinahe von den Füßen gerissen hätte, wenn er mich nicht so festgehalten hätte.

Sein Mund fühlte sich weich und heiß an und jagte Stromschläge durch meinen Körper. Es war ein irres Feuerwerk, das da durch mich hindurchfegte, und beinahe hätte ich mich darin verloren. Aber ich musste auf Nummer sicher gehen, dass das alles okay war. Dass ich nichts falsch interpretierte.

Nur eine Sekunde löste ich mich von ihm und fragte atemlos: »Bist du dir sicher, dass du das willst?«

Etwas verwirrt erwiderte er meinen Blick. »Das?« Mit den Händen strich er über meinen Rücken und löste die krasseste Gänsehaut meines Lebens aus.

»Das«, gab ich zurück, und meine Stimme brach etwas, als ich meine Hände wieder über seine nackte Haut gleiten ließ.

Wieder kein Zögern. Kein Zucken.

Jasper lächelte, und es wirkte fast eine Spur schüchtern. »Ich will das.« Er küsste mich wieder, kurz und süß. »Wenn du …« Er stoppte, und ich gab ein keuchendes Lachen von mir.

»Jasper, ich will mit dir schlafen, seit ich das erste Mal in deinem Büro auf dem Boden saß. Also ja, definitiv will ich.«

Kurz wirkte er wieder überrascht, dann kräuselten sich seine Mundwinkel erneut. »Seit dem ersten Mal in meinem Büro?«, hakte er nach.

»Oh ja«, sagte ich, meine Stimme war nur noch ein Flüstern. »Ehrlich gesagt habe ich mir vorgestellt, wie wir auf deinem Schreibtisch … Vergiss es.« Ich zog ihn wieder an mich und küsste ihn erneut, diesmal völlig ohne Zurückhaltung.

Er öffnete fast sofort seine Lippen, ließ seine Zunge über meine streichen, während er mich festhielt, als würde er mich nicht mehr loslassen wollen.

Ich schob meine Hände weiter über seine nackte Haut, während wir uns küssten, bis ich an seinen Schultern war. Vorsichtig zog ich den Stoff seines Hemdes von seinen Armen, ließ es zu Boden fallen, und dann konnte ich nicht anders, als mich noch einmal von ihm zu lösen, um ihn zu betrachten. Seinen nackten Oberkörper, seine sanft definierten Muskeln, die ich jetzt endlich berühren konnte, ohne mir Gedanken zu machen.

Und wie schön sein Gesicht war. Jasper hatte die Lippen leicht geöffnet, seine Haare waren etwas durcheinander, sein Blick dunkel. Und in diesem Moment wurde mir wieder klar, dass ich noch nie einen Mann so sehr gewollt hatte.

Ich griff nach seinen Händen, die immer noch um meine Hüfte lagen, und führte sie sanft nach vorn. Er verstand den Wink sofort und zerrte am Stoff meiner Bluse, bis er sie mir über den Kopf gezogen hatte. Am Bund seiner Hose zog ich ihn wieder zu mir, küsste ihn sanft, während ich den Knopf löste. Er folgte meinen Bewegungen gewissenhaft, und jedes Mal, wenn seine Finger meine Haut berührten, prickelte alles an meinem Körper.

Als wir uns unserer Hosen entledigt hatten, zog ich Jasper langsam mit mir aufs Bett. Wir kuschelten uns nebeneinander, Arm in Arm, und er ließ die Finger sanft über meine Hüften kreisen, über meinen Rücken, meinen Bauch, bis sie die Spitze meines BHs berührten. Seine Bewegungen waren etwas stockend, vorsichtig, als wäre er sich nicht ganz sicher, ob er alles richtig machte.

Dabei stand mein ganzer Körper in Flammen, und ich konnte mich kaum noch zurückhalten, als er mich fragend anblickte. Ich nickte, und mein Atem stockte, als er die Hand um meine Brust schloss, wie auch beim letzten Mal. Nur dass dieses Mal kein Stoff dazwischen war. Er war sanft, zurückhaltend, im Gegensatz zu mir. Meine Küsse wurden leidenschaftlicher, ich presste mich enger an ihn, um so viel Haut von ihm zu berühren, wie ich konnte.

Lass dir Zeit, sagte die Stimme in meinem Kopf, und ich wollte das wirklich tun. Aber Gott, er musste nur ein paarmal über meine Hüfte streicheln, und ich spürte, wie sich durch den Stoff unserer Unterhosen seine Härte an mich drückte.

Jasper stoppte kurz ab und sah mich an, Unsicherheit lag in seinem Blick. »Das ist jetzt keine Überraschung für dich, aber nur als Erinnerung … Das ist das erste Mal«, sagte er mit rauer Stimme. »Es wäre schön, wenn du mir sagen könntest, was … du möchtest.«

Ich lächelte. *Lass dir Zeit,* sagte ich mir wieder und griff vorsichtig nach seiner Hand. Ließ sie sanft über meine Haut wandern, bis sie zwischen meinen Beinen lag, sein Finger auf meiner empfindlichsten Stelle, und irgendwas in meinem Kopf ging einfach in Flammen auf. Der Stoff meines Höschens war so dünn, dass ich kaum mehr etwas davon wahrnahm. Es war so schwer, nicht die Beherrschung zu verlieren. Aber ich führte wieder seine Hand, bis er den perfekten Rhythmus hatte, und ließ sie erst dann los.

»Ist das gut?«, flüsterte er gegen meine Lippen, während er die perfekte Stelle massierte.

Mein »Ja« war eher ein Stöhnen, und wie eine Ertrinkende suchte ich wieder nach seinen Lippen. Ich hatte das Gefühl, dass ich schmolz, während er mich langsam meinem Höhepunkt näher trieb. Er stockte kaum noch in seinen Bewegungen, jede aufkommende Anspannung verschwand fast sofort wieder. Meine Haut war aus flüssigem Lava, aber ich wollte mehr. Ich wollte weitergehen. Also stupste ich seinen Arm ein wenig an und flüsterte gegen seine Lippen: »Jetzt … bitte … weiter nach unten.«

Er folgte meiner Aufforderung, ohne zu zögern, ließ den Finger weiterwandern, und als er an der richtigen Stelle ankam und wieder meinen Blick suchte, nickte ich. Meine Augen weiteten sich, und die Lust in mir wallte auf, als er in mich eindrang. Quälend langsam.

Ich stöhnte an seine Lippen, was er richtigerweise als Aufforderung verstand, weiterzumachen. Ich ließ meine Hände über seine Haut wandern, bis zum Bund seiner Unterhose.

Er holte scharf Luft und verspannte sich, als ich meine Finger um ihn schloss. Diesmal ohne Stoff dazwischen.

»Emilia.« Es war ein Seufzen, das er mir gegen die Lippen hauchte. Ein wohliges, das wiederum ein Kribbeln durch mich schickte.

»Du kannst jederzeit Stopp sagen«, flüsterte ich.

Er stockte kurz, atmete tief ein, und ich spürte, wie sich seine Muskeln langsam wieder entspannten.

»Wir müssen nicht weitermachen. Das hier war schon sehr schön«, sagte ich erneut.

Aber Jasper lachte keuchend, lehnte seine Stirn gegen meine und schüttelte den Kopf. »Ich möchte weitermachen.«

Gott sei Dank. Ich konnte nicht mehr warten. Ich wollte nicht mehr. Und dann ging ein Ruck durch meinen Körper, das ihn zum Stoppen brachte.

»Was?«, krächzte er.

»Ich hab kein Kondom dabei«, sagte ich entsetzt. Ich hatte gar nicht darüber nachgedacht, dass ich eines brauchen könnte, und jetzt war ich so aufgeheizt, dass ich doch unmöglich aufhören konnte!

»Oh«, machte Jasper, und er entspannte sich wieder etwas. »Das … das macht nichts. Ich hab eins dabei.«

»Ernsthaft?«

Als er nickte, wanderte ein Lächeln auf meine Lippen. »Du hast das geplant?«

»Nein, ich …« Er zögerte, dann sah er mich ernst an. »Ich habe es in Betracht gezogen. Weil ich es wirklich wollte.«

Das berührte etwas in mir. Ich atmete tief durch und flüsterte dann: »Wo ist es?«

»In meiner Tasche.«

Obwohl ich es nicht wollte, löste ich mich von ihm, um aus dem Bett zu springen. Ich fand das Kondom in seinem Kulturbeutel und presste fest die Lippen zusammen, um nicht wieder zu lächeln. Ich konnte nicht glauben, dass das jetzt wirklich passierte. Es war so … perfekt.

Auf dem Weg zurück zum Bett streifte ich mein Höschen ab und ließ es auf den Boden fallen. Jaspers Augen weiteten sich ein wenig, als er mich so nackt vor sich stehen sah. Ein Lächeln stahl sich auf meine Lippen, dann kroch ich vorsichtig wieder auf ihn zu. Über ihn. Ohne den Blick von ihm zu nehmen, griff ich nach dem Bund seiner Unterhose.

Er half mir mit einer schnellen Bewegung, und dann saß ich auf ihm, Haut auf Haut, nichts mehr zwischen uns. Ich öffnete die Packung des Kondoms, rutschte etwas näher und küsste ihn, während ich es langsam über ihn streifte. Seine Härte zu fühlen, brachte jeden ordentlichen Gedanken in meinem Gehirn noch mehr durcheinander. Ich konnte es nicht abwarten, ihn endlich in mir zu spüren.

Sein Blick wirkte beinahe schon ein wenig verzweifelt, auf eine süße und gute Art und Weise, als ich mich langsam auf seine Härte sinken ließ und jeden Zentimeter von ihm genoss, der sich in mich schob. Ich hatte diese Position bewusst gewählt, denn jetzt sah ich sein Gesicht, während wir uns verbanden. Ich sah, wie seine Augen sich überrascht weiteten, als er mein Innerstes spürte. Wie sich seine Lippen öffneten, ohne dass ein Ton daraus hervorkam. Und dann, wie er den Kopf in den Nacken legte und die Augen schloss. Einfach nur genoss, wie ich mich auf ihm bewegte.

Ich stützte mich an seinen Schultern ab und ließ ihn erst langsam in mich hinein- und wieder herausgleiten, um mich und auch ihn an das unglaubliche Gefühl zu gewöhnen. Ich ließ sein Gesicht nicht aus den Augen, und immer, wenn sich etwas an ihm zu sehr versteifte, hielt ich kurz inne. Wartete, bis er sich wieder entspannte, wartete, ob es ihm vielleicht doch zu viel wurde. Aber immer wieder griff er nach meiner Hüfte, tippte mich sanft an, um mir zu zeigen, dass ich weitermachen durfte. Unsere Bewegungen wurden flüssiger, sein Stocken seltener. Und irgendwann waren wir nur noch zwei verschlungene Körper.

Es fühlte sich großartig an, mit ihm zu schlafen, weil da so viel Verbundenheit zwischen uns war, wie ich es noch nie erlebt hatte. Mein letzter Sex war schon eine Weile her, und für ihn war es das erste Mal – wir waren also nicht so koordiniert, wie man es sein konnte. Aber Himmel, die kleinen Glücksbläschen, die in mir aufstiegen, weil ich ihm endlich so nah sein konnte, waren unschlagbar. Das Gefühl von ihm in mir. Und sein Gesicht, das sich so großartig verzog, so lustvoll, so unkontrolliert.

Und dann der Moment, in dem er sich aufbäumte, die Augen erneut schloss und ihm ein überraschtes Keuchen entfuhr. Zu sehen, wie er zum Orgasmus kam, ließ meine ganze Haut erneut aufflammen. Wie viel besser konnte man sich noch fühlen? Wie viel näher und vereinter als das?

Ich ließ meine Bewegungen verebben, während die Wellen seines Höhepunkts durch ihn zuckten. Als ich schließlich ganz still hielt, schlang er fest die Arme um mich und zog mich an sich. Und so verharrten wir ein paar lange, wunderschöne Minuten. Fest in einer Umarmung, er immer noch in mir. Ich lauschte, wie sein Atem sich mit meinem langsam beruhigte, wie sein Herz an meiner Brust pochte, und war so glücklich wie noch nie in meinem Leben.

All der Schmerz der letzten Wochen war vergessen.

»Jasper«, flüsterte ich an seiner Schulter. »Ich glaube, ich habe mich richtig in dich verliebt.«

Ich dachte gar nicht darüber nach, dass es vielleicht zu früh war, es auszusprechen, oder ob es der perfekte Zeitpunkt dafür war. Ich fühlte es einfach und wollte es ihn wissen lassen.

Er streichelte sanft über meinen Rücken, während er mich hielt. Es dauerte, bis er antwortete, und seine Stimme klang ein wenig belegt, als er es tat. »Ich kann nicht sagen, dass ich viele Erfahrungen mit diesem Gefühl habe. Aber … ich glaube, ich habe mich auch in dich verliebt, Emilia.«

Ich lachte, als ich mich etwas von ihm löste. Nur, um in sein perfektes, erschöpft wirkendes Gesicht zu blicken. Nur, um ihn sanft küssen zu können.

Und an diesem Abend war alles perfekt.

Kapitel 36

JASPER

Es war ein seltsames Gefühl, aufzuwachen. Direkt nachdem ich die Augen geöffnet und an die Decke gestarrt hatte, überkamen mich so viele Emotionen, dass mein Gehirn direkt wieder abstürzen wollte, wie ein alter Computer, der zu viele Tabs offen hatte.

Ich warf einen Blick zur Seite, zu Emilia, die nur wenige Zentimeter entfernt neben mir auf dem Kissen lag. Sie war in ihre Decke eingerollt und atmete ruhig, es war offensichtlich, dass sie noch tief schlief. In dem Moment wurde mir plötzlich alles zu viel. Eine unkontrollierbare Übelkeit stieg in meinem Hals nach oben. So leise und vorsichtig wie möglich schlüpfte ich aus dem Bett und floh ins Bad. Kaum hatte ich die Tür hinter mir geschlossen, begannen meine Finger zu zittern, mein Atem ging flach, und es war, als würde mir jemand die Brust zusammendrücken.

Es war bei Weitem nicht meine erste Panikattacke. Die erste hatte ich gehabt, als ich gerade zehn Jahre alt gewesen war, und damals hatte ich gedacht, ich würde sterben. Obwohl ich die Anzeichen mittlerweile besser zuordnen konnte, waren diese Hilflosigkeit und die Angst immer noch überwältigend. Ein paar Sekunden lang bekam ich kaum Luft. Erst als ich zum Waschbecken stolperte, mich auf den Rand lehnte und kaltes Wasser über meine Arme laufen ließ, beruhigte sich alles in meinem Inneren ein wenig.

Was blieb, waren die vielen Gefühle. Ich versuchte, sie zu ignorieren, um mich erst mal wieder zu fassen, aber es klappte nicht. Immer wieder wanderten meine Gedanken zu letzter Nacht, zu dem, was zwischen mir und Emilia passiert war.

Himmel, ich hatte mit ihr geschlafen. Ganz abgesehen davon, dass ich nie gedacht hätte, dass ich jemals so intim mit jemandem sein würde – sein WOLLTE –, war das der denkbar ungünstigste Augenblick dafür gewesen. Ich hätte es nicht tun dürfen. Und eigentlich hatte ich das gewusst. Eigentlich hatte bis gestern Abend die Vernunft in mir die Oberhand gehabt, wie es immer gewesen war. Aber dann hatte sie mich so angelächelt, und irgendetwas in mir war geschmolzen. Irgendwas in mir hatte die Mauern zum Einsturz gebracht, egal, wie dumm und egoistisch es war.

Und jetzt musste ich damit leben, dass es noch schlimmer war als eh schon. Die Situation war vollkommen außer Kontrolle geraten.

Ich ließ mich auf den Badewannenrand sinken und rieb die Handflächen aneinander. Das war eine Technik, die mir meine Therapeutin einmal gezeigt hatte, damals, als ich noch ein Kind war. Ich konzentrierte mich auf das Gefühl der Reibung zwischen den Fingern, auf das leise Geräusch, um die Gedanken zu unterbrechen. Es half, wenn auch langsam. Aber ich bekam endlich wieder Ordnung in den Kopf.

Es war passiert, und ich konnte nichts mehr daran ändern. Mit dem Schmerz musste ich jetzt leben, genau wie mit der Einsicht, dass es dadurch noch schwerer werden würde als gedacht. Ich hoffte nur wirklich inständig, dass es nichts an ihrer Entscheidung änderte. Denn in diesem Fall würde ich es mir nur schwer verzeihen können. Und ich wusste, dass andere Menschen gern Entscheidungen aufgrund ihrer Emotionen trafen. Himmel, nicht nur andere Menschen. Auch ich. Ich hatte gestern das Gleiche getan. Es wäre besser, jetzt so viel Abstand wie möglich zu halten.

Erst als ich mir sicher war, dass ich mich völlig beruhigt hatte, verließ ich das Bad wieder. Emilia schlief immer noch, also ging ich leise zu meinem Nachttisch, auf dem mein Handy lag.

Es war kurz nach neun, wir hatten wirklich lange geschlafen. Sie zumindest, denn ich konnte nicht einschätzen, wie lange meine Panikattacke gedauert hatte. Novak hatte mir schon geschrieben, er erwartete uns in 45 Minuten in seinem Büro. Besser gesagt … Emilia.

Ich seufzte und erlaubte mir noch ein paar Sekunden, sie anzusehen. Ihr entspanntes, schlafendes Gesicht. Sie wirkte zufrieden. Und ich hoffte, dass sich das nicht ändern würde. Ich wollte wirklich, dass sie glücklich war – auch wenn das für mich das Gegenteil bedeutete.

Vorsichtig setzte ich mich auf die Bettkante und berührte sie an der Schulter.

Emilia kniff sofort die Augen zusammen und streckte sich unter der Decke. Dann entfuhr ihr ein tiefes Stöhnen. »Wiespätisses«, murmelte sie, und ich verstand das als eine Frage nach der Uhrzeit.

Meine Mundwinkel kräuselten sich unwillkürlich. »Kurz nach neun.«

Sie blinzelte mich an, dann ließ sie den Kopf wieder auf ihr Kissen sinken. »Müssen wir los? Sind schon Vorträge um die Uhrzeit?«

»Nein, der erste beginnt erst in einer Stunde.«

»Gut.« Sie lächelte und griff nach meiner Hand.

Ich konnte ihre Berührung genau eine Sekunde genießen, bevor das schlechte Gewissen zurückkam.

Als ich meine Hand zurückzog, riss Emilia die Augen endlich richtig auf. Sie sah erst unsere Hände und dann mich fragend an. »Alles in Ordnung?«, wollte sie wissen, ihre Stimme war nur ein Flüstern.

Ich nickte, auch wenn ich am liebsten den Kopf geschüttelt hätte. »Ich muss dir etwas sagen, das ich die letzten Tage für mich behalten habe. Nicht, weil ich es unbedingt wollte, aber weil ich dachte, dass es wahrscheinlich die beste Idee ist.«

Emilia setzte sich im Bett auf und strich sich die Haare aus dem Gesicht. Das Lächeln war verschwunden. »Okay. Ich bin ehrlich, ein wenig Angst machst du mir schon. Geht es um die Überraschung? Du hast gesagt, dass es eine gute Überraschung ist, oder? Das ist doch wahr?«

»Natürlich ist es das.« Ich seufzte. »Ich habe dir doch von Doktor Novak erzählt, mit dem ich gestern gesprochen habe?«

»Der früher im Sankt Alex gearbeitet hat?«

»Genau. Wir sind in fünfundvierzig Minuten mit ihm verabredet, in seinem Büro im Medical. Besser gesagt … du bist mit ihm verabredet.« Ich beobachtete genau ihr Gesicht und merkte, dass etwas passierte. Erstaunen? Erkenntnis? Verwirrung? Ich wünschte nur, dass ich die feinen Nuancen besser lesen könnte, um ihre Reaktion besser einschätzen zu können. Bevor sie etwas sagen konnte, fuhr ich schnell fort: »Er arbeitet hier am Krankenhaus nicht nur als Arzt, sondern auch als Professor und Dekan. Er ist für die Medizinstudenten hier in Prag zuständig. Unter anderem auch für die Aufnahme ins Medizinstudium.«

Emilia riss die Augen auf. »Moment … Was?«

Ich holte tief Luft. Dann ließ ich endlich alles raus, über das ich in den letzten Tagen ständig nachgedacht hatte. »Die Bewerbungsfrist für das Medizinstudium ist hier zwar bereits durch, aber ich habe ihn gebeten, dich noch als Kandidatin in Betracht zu ziehen. Mehr als die Noten ist hier in Prag die Motivation wichtig. Die Erfahrung. Viele Dinge drum herum. Ich habe ihm von deiner Ausbildung erzählt und von deinem enormen Fachwissen. Er würde dich gern treffen, und falls es passt, würde er dich noch aufnehmen. Für das Studium ab Oktober.«

Emilia klappte mehrfach den Mund auf und wieder zu, ohne etwas zu sagen. Ihre Hände zitterten, und obwohl ich mir Abstand geschworen hatte, griff ich trotzdem danach, um sie zu beruhigen. Ganz automatisch.

Ich war froh, dass sie sie nicht einfach wegzog, fügte aber trotzdem schnell hinzu: »Ich habe nichts für dich entschieden. Du kannst selbst entscheiden, ob du zu diesem Gespräch gehst und dir alles anhörst. Du kannst auch nach dem Gespräch entscheiden, ob du einen Platz annimmst, wenn er dir angeboten wird. Ich weiß, was das für eine große Entscheidung ist. Aber ich … ich wollte, dass du zumindest eine Chance hast. Du hast sie verdient.«

Emilia schüttelte den Kopf, und einen Moment sank mein Herz ein wenig. »Ich kann doch nicht allein nach Prag ziehen. Ich … ich kann doch nicht meinen Bruder und meine Freunde zurücklassen und ins Ausland gehen.« Ihre Stimme bebte, und ich drückte ihre Hand noch etwas fester.

»Das kannst du«, sagte ich leise. »Das hättest du auch getan, wenn du einen Platz in München oder sonst wo am anderen Ende von Deutschland bekommen hättest. Weil es nichts gibt, was dir wichtiger ist als diese Zukunft. Das habe ich von Anfang an am meisten an dir bewundert.«

Sie presste die Lippen zusammen. »Ich weiß nicht … Vielleicht brauche ich das gar nicht, wenn ich nächstes Jahr einen Platz in Deutschland bekomme.«

Jetzt kam der harte Teil. Der, der ihr wehtun würde, egal, was ich sagte. Also beschloss ich, das Pflaster einfach abzureißen. »Emilia … ich glaube, dass das sehr unrealistisch ist.«

Sie zuckte zusammen, als hätte ich sie geschlagen, und ich bemühte mich darum, so weich wie möglich zu sprechen. »Dein Abschluss ist großartig, aber die Anforderungen für ein Medizinstudium werden immer strenger in Deutschland. Mit jedem Jahr gibt es mehr Bewerber mit noch besseren Noten. Viele entscheiden sich mittlerweile, das Studium im Ausland zu machen.« Ich verschränkte meine Finger mit ihren, aber es änderte nichts daran, dass ein Gefühl besonders stark aus ihrem Gesicht sprang, das ich eindeutig erkannte: Angst. »Emilia, das Studium im Ausland ist nicht schlechter. Und wenn du dich so gut anstellst, wie ich es glaube, wirst du in ein paar Jahren die Chance bekommen, nach Deutschland zu wechseln und dein Studium dort zu beenden. Also bitte … geh zu dem Gespräch heute. Hör es dir an und entscheide dann. Nicht aufgrund deiner Familie, deiner Freunde oder mir, sondern weil du es willst … oder eben nicht. Aber lass diese Chance nicht verstreichen, nur weil du Angst hast. Wenn das alles jemand kann, dann du.«

Sie starrte mich ein paar Sekunden an, in denen ich mich auf alles gefasst machte. Dass sie wütend wurde und mich anschrie. Dass sie aus dem Raum rannte. Ich versuchte, alles zu akzeptieren, was auf mich zukam. Stattdessen löste sie sich nach ein paar Sekunden aus ihrer Starre … und umarmte mich. Im ersten Moment war ich so perplex, dass ich die Umarmung gar nicht erwidern konnte. Dann drückte ich sie aber besonders fest an mich, saugte ihren Geruch ein, ihre Nähe.

»Danke«, flüsterte sie direkt neben meinem Ohr. Ihre Stimme klang belegt. »Es muss schwierig gewesen sein, das geheim zu halten, aber ich verstehe, warum du das getan hast. Ich weiß nicht, ob ich mitgekommen wäre oder ob die Angst gewonnen hätte, wenn ich es vorher gewusst hätte.«

Ich hielt sie fest, bis sie sich langsam von mir löste, um mich anzusehen. Vorsichtig strich sie mir über die Wange. Es wirkte, als würde sie etwas sagen wollen, aber sie tat es nicht. Und Himmel, ich war froh darüber. Denn wenn sie jetzt das aussprach, was ich dachte – nämlich, dass das wahrscheinlich unser Ende sein würde –, würde ich vielleicht doch einen Rückzieher machen. Und das konnte ich ihr definitiv nicht antun.

Ein leichtes Lächeln trat auf ihre Mundwinkel. »Dann … sollte ich mich vielleicht fertig machen, damit ich einen guten ersten Eindruck mache, oder?«

»Das wirst du bestimmt. Aber ja. Zieh dir etwas an, in dem du dich selbstbewusst fühlst. Das war früher immer der Rat meiner Mutter, und tatsächlich hat das sehr gut geklappt.«

Sie nickte und löste ihre Hand aus meiner, um aus dem Bett aufstehen zu können. Plötzlich schien Emilia zu strahlen – nicht nur ihr Gesicht, sondern ihr ganzer Körper. Alles. Ich konnte es nicht erklären, aber was ich erklären konnte, war die Kälte in meinen Fingern, die ihre Berührung hinterließ.

An der Tür zum Bad stoppte Emilia noch einmal ab und drehte sich zu mir zurück. Kurz betrachtete sie mich, dann lächelte sie wieder und sagte: »Das heißt nicht, dass es klappt. Vielleicht werde ich nicht angenommen. Vielleicht entscheide ich mich dagegen. Wir werden sehen, oder?«

Ich nickte, obwohl wir beide wussten, dass der Ausgang schon feststand. Wir wollten nur beide noch nicht darüber reden, und das war okay.

Emilia verschwand im Bad, und ich zog mich ebenfalls an. Etwa zwanzig Minuten später verließen wir das Hotelzimmer. Sie hatte sich für das gleiche Outfit wie gestern entschieden: eine schwarze Hose und eine Bluse, in denen sie großartig aussah.

Auf dem Weg zum Krankenhaus griff sie nach meiner Hand und sah mich von unten an. »Danke, Jasper.«

»Danke mir lieber erst nach dem Gespräch«, gab ich zurück.

Sie schüttelte den Kopf. »Es ist vollkommen egal, wie das Gespräch ausgeht. Ich habe jetzt eine Chance auf das, was am allerwichtigsten für mich ist. Die hätte ich ohne dich nicht gehabt.«

Ich spürte einen fetten Kloß im Hals und gab mir Mühe, ihn runterzuschlucken. »Gern geschehen.« *Für dich würde ich es immer wieder tun*, dachte ich.

Wir waren pünktlich vor dem Büro von Doktor Novak, und er begrüßte Emilia so herzlich, dass ich kein schlechtes Gewissen hatte, die beiden sich selbst zu überlassen. Als sie in seinem Büro verschwunden waren, ließ ich mich auf einen der Stühle davor fallen. Im selben Moment sank alles in und an mir zusammen. Ich wusste, dass es die richtige Entscheidung gewesen war. Ich sah sie beinahe vor mir, wie sie mit leuchtenden Augen von der Onkologie sprach und wie Novak sich mit jeder Sekunde mehr in sie verliebte, so wie ich es getan hatte. Ich wusste, wie seine Antwort lauten würde, noch bevor Emilia eine halbe Stunde später wieder aus dem Büro trat, ein breites Lächeln auf den Lippen.

Ich fragte trotzdem nach: »Wie lief es?«

»Großartig, glaube ich. Wir haben uns gut unterhalten, und er nimmt mich bei den Kandidaten auf. Ich erfahre in den nächsten zwei Wochen, ob ich genommen werde«, sagte sie atemlos.

Ich lächelte ebenfalls und stand auf, und sie fiel mir sofort in den Arm. Ich hielt das Gefühl aus, das mich in den Boden ziehen wollte wie ein dunkler Schatten, weil ich wusste, dass sie das jetzt brauchte. »Was hältst du davon, wenn wir den ersten Vortrag sausen lassen und frühstücken gehen?«, fragte ich. War meine Stimme so belegt, wie sie in meinen Ohren klang?

Emilia zögerte ein paar Sekunden, dann spürte ich, wie sie in meinem Arm nickte. »Unbedingt«, flüsterte sie.

Und dann gingen wir einfach los, Hand in Hand, ohne darüber zu reden.

Kapitel 37

EMILIA

Kaum hatten wir das Krankenhaus verlassen, schien jeder von uns sich vollkommen in seine Rolle zu stürzen. Wir hatten die gleiche Rolle – die einer Person, mit der nichts falsch war. Die Person, die mit ihrem Partner nach Prag gekommen war und eine großartige Zeit hatte, ohne Gedanken, ohne Probleme, ohne eine Zukunft, die vielleicht schon vollkommen besiegelt war.

Es war Verzweiflung. Das wusste ich, weil ich sie trotz jeden Lächelns und jedem Scherz zwischen uns überdeutlich in meiner Brust spüren konnte. Es war seltsam, weil sie sich dort mit dem mehr als widersprüchlichen Gefühl der immensen Hoffnung mischte, die ich seit meinem Gespräch mit Doktor Novak in mir trug. Er war unglaublich freundlich gewesen, hatte mir von dem Medizinstudium in Prag berichtet, das er seit zwei Jahren begleitete, und wie ähnlich es zu dem in Deutschland war. »Sie werden nichts verpassen, und wenn Sie das wollen, wird der Übergang nach Deutschland in ein paar Jahren nahtlos funktionieren« – diese Worte hallten noch in meinem Kopf wider, und jedes Mal, wenn sie an die Oberfläche trieben, kribbelte meine Haut vor Aufregung. Aufregung, dass das wirklich noch eine neue Chance war, die sich mir da eröffnet hatte. Sie kämpfte gegen die Angst in mir, dass ich dafür vielleicht alles zurücklassen musste. Lio, Alica, Marlon und Filina. Jasper. Oh Himmel, daran konnte ich gar nicht denken.

Deswegen tat ich es nicht. Ich ging mit Jasper frühstücken und lachte mit ihm über mein Nichtwissen über tschechisches

Gebäck, als hätten wir keine anderen Probleme auf der Welt. Und er tat mir den Gefallen, mitzuspielen. Mir die unterschiedlichen Gebäcksorten zu erklären, als wäre es das einzig Wichtige im Moment. Mir die wunderschöne, moderne Stadt zu zeigen, den gepflasterten Innenstadtring mit den sich ständig abwechselnden Stilen der umstehenden Häuser. Wir gingen an der Prager Burg vorbei, liefen über die Karlsbrücke und den grünen Wenzelsplatz mit den vielen Geschäften. Ich konnte nicht glauben, wie lebhaft und bunt die Stadt war, und verliebte mich mit jedem Schritt ein wenig mehr. Wir hatten genauso viel Spaß wie die letzten Tage, als wäre wirklich nichts passiert.

Und genauso machten wir weiter, als wir nach dem Essen zurück zu den Veranstaltungen des Krankenhauses gingen. Als wäre nichts passiert. Zuerst lauschten wir einem Vortrag über Knochenkrebs, den ich ganz besonders interessiert verfolgte, danach einem über die Forschung an Krebszellen mit verschiedenen neuen Methoden zur Beseitigung, die nicht so invasiv waren wie Chemotherapie.

Obwohl das alles unglaublich spannend war, merkte ich, wie meine Gedanken gegen Ende immer wieder abdrifteten. Wie ich mich immer fester an Jasper klammerte, als hätte mein Unterbewusstsein Angst vor dem Ende dieses Tages, vor dem Ende, das er noch mit sich bringen würde.

Jasper schien es ähnlich zu gehen, denn er wurde immer angespannter. Nach der letzten Veranstaltung verabschiedete er sich nur ganz knapp von den Hunderten Kollegen, die er von den letzten Veranstaltungen kannte, ehe wir ins Hotel zurückgingen, unsere Sachen zusammenpackten und auscheckten.

Sobald wir im Auto saßen, kippte die Stimmung endgültig, und zwischen uns breitete sich Schweigen aus.

Es war ein unangenehmes Schweigen, wie ich es noch nie erlebt hatte. Weil ich wusste, dass ich es leicht brechen konnte, wenn ich das wollte – aber das würde dann heißen, dass wir zurück in die Realität mussten. Dass wir reden mussten.

Ich vermutete, dass es Jasper ähnlich ging, denn er schwieg genauso eisern. Und weil es keiner von uns übers Herz brachte, schwiegen wir weiter, bis auf das gelegentliche »Kann ich mal die Wasserflasche haben«.

Drei Stunden lang.

Dann war der Punkt erreicht, an dem ich nicht mehr schweigen konnte. Vielleicht, weil das Navi anzeigte, dass es nur noch eine Stunde bis Berlin war. Eine Stunde bis zu Hause, wo sich dann unweigerlich entscheiden würde, wie wir auseinandergingen.

Mitten auf der Autobahn riss ich den Kopf zu Jasper herum und platzte heraus: »Es kann sein, dass ich den Platz nicht kriege, oder? Es kann sein, dass es vollkommen sinnlos ist, sich Gedanken darüber zu machen, weil es nicht klappt dieses Jahr. Ich bin zu spät dran, die Bewerbungsfrist ist vorbei, und es gibt sicher noch andere gute Kandidaten. Doktor Novak hat mir gesagt, dass er nichts versprechen kann.«

Jasper zuckte zusammen, als hätte ich ihn in seinen Gedanken unterbrochen. Er hob den Blick, aber er sah nicht in meine Richtung, sondern nach vorn auf die leere Straße. Es waren kaum Autos unterwegs, was für sonntags ungewöhnlich war. »Emilia, lass uns doch Klartext sprechen.« Seine Stimme klang beinahe ein wenig gnadenlos. Beinahe ein wenig kühl. Als hätten wir in den letzten drei Stunden tausend Schritte rückwärts gemacht. »Du wirst einen Platz bekommen in Prag. Das sage ich nicht, weil ich es dir einfach wünsche, sondern weil ich es weiß. Ich weiß, worauf Novak Wert legt, was ihm wichtig ist bei einem Kandidaten, und er wird dich aufnehmen. Weil er, genau wie ich, gesehen hat, dass du eine großartige Ärztin werden wirst. Ganz objektiv. Du wirst wahrscheinlich irgendwann eine bessere Onkologin als ich.«

Ich schüttelte den Kopf. Ich wusste gar nicht genau, warum ich das tat, aber mein Körper machte diese Bewegung automatisch. »Das weißt du nicht.« Ich schniefte und merkte erst in diesem Moment den dicken Kloß in meinem Hals. Die Tatsache, dass mein Körper sich darauf vorbereitete, wie ein Schlosshund zu heulen. Ich unterdrückte es, so gut ich konnte, weil ich vermutete, dass Jasper mit solchen Gefühlsausbrüchen nicht so gut zurechtkam. Ich wollte es ihm nicht noch schwerer machen. Und mir auch nicht. »Wir sollten abwarten, oder?«

Weil ich schon wieder auf die Straße konzentriert war, sah ich nur aus dem Augenwinkel, dass Jasper sich zu mir umdrehte und mich schweigend von der Seite betrachtete. Mein Herz machte einen unangenehmen Hüpfer. Ich traute mich nicht, seinen Blick zu erwidern, so sehr ballte sich die Angst vor dem, was er sagen wollte, in meinem Magen zusammen.

»Ich bin kein Fan von Konflikten«, sagte er irgendwann. »Oder von schwierigen Gesprächen.«

»Dann sollten wir es einfach lassen, richtig?«, versuchte ich es. Meine Stimme brach.

»Nein, sollten wir nicht. Dafür bist du mir zu wichtig.«

Diese Worte waren es, die meinen Damm brechen ließen. Die meine Tränen zum Überlaufen brachten und mich den letzten Rest Zurückhaltung kosteten. »Aber wenn wir darüber reden, heißt das dann, dass wir uns trennen?«, fragte ich schluchzend.

Jasper legte eine Hand auf mein Bein, aber ich konnte ihn immer noch nicht ansehen.

»Ich glaube nicht an Fernbeziehungen«, sagte ich leise.

Jasper seufzte neben mir. »Ich auch nicht.«

Wie auch? Wenn ich nach Prag zog und ein Studium begann, das so anspruchsvoll war – und er nächstes Jahr Oberarzt im Sankt Alex werden würde … Wir würden beide keine Zeit haben, um einander zu besuchen. Wir würden keine Zeit haben, uns zu sehen, und unsere Beziehung würde so oder so ein schlimmes Ende nehmen.

Ich atmete tief durch, aber es half nichts gegen den Tränenfluss. In mir regte sich ein Trotz, den ich nicht von mir kannte. Bevor ich etwas dagegen tun konnte, sagte ich: »Vielleicht lehne ich den Platz auch ab. Vielleicht bleibe ich in Berlin, bei … bei dir.«

Der Gedanke war schmerzhaft und scharf wie ein Messer. Er war unerträglich. Und die Worte waren kaum heraus, da bereute ich sie auch schon wieder. Ärztin zu werden war mein größter Traum. Ich konnte mir für meine Zukunft nichts anderes vorstellen als das. Und das konnte ich für niemanden aufgeben. Auch nicht für ihn.

»Das wirst du nicht.« Jaspers Stimme klang beinahe schon wütend, aber als ich mich kurz zu ihm wandte, seufzte er und lächelte mich dann traurig an. »Tut mir leid, aber das werde ich bestimmt nicht zulassen, Emilia. Ich weiß, wie wichtig dir das ist, und ich werde mir das nie verzeihen, wenn du es für mich aufgibst. Und dir wahrscheinlich auch nicht. Du bist dazu gemacht, Onkologin zu werden. Deine späteren Patienten warten auf dich.«

»Aber … du bist mir auch wichtig«, sagte ich mit erstickter Stimme.

»Du mir auch, Emilia. Wichtiger als jeder sonst. Das ist der Grund, warum ich dieses Gespräch ermöglicht habe. Wärst du mir auch nur ein bisschen weniger wichtig gewesen, wäre ich wahrscheinlich zu egoistisch dafür gewesen.«

Das machte es nicht besser. Im Gegenteil. Zu wissen, dass er mich nicht gehen lassen wollte, aber es meinetwegen tun würde, brach mir ein zweites Mal das Herz. Und es machte mir auch plötzlich etwas klar, auf das ich schon viel früher hätte kommen können.

»Hast du dich deswegen nicht so sehr gefreut, dass du Oberarzt wirst?«, wollte ich erstickt wissen. »Weil du … weil du überlegt hattest, mit mir mitzukommen?«

»Ich habe es in Betracht gezogen. Aber dann hat Professor Lessing mir seine Entscheidung mitgeteilt …«

Das war zu viel. Viel zu viel. Es war einfach nur unfair, und am liebsten wäre ich dem Universum persönlich dafür an die Gurgel gegangen. Wieso musste ich mich zwischen den zwei schönsten Dingen in meinem Leben entscheiden? Am liebsten hätte ich vor Wut und Frust auf das Lenkrad geboxt. Was hatte ich falsch gemacht, dass ich nicht einfach beides haben konnte?

»Das heißt …« Ich wischte mir die Tränen aus den Augen, aber es kamen immer wieder und wieder welche nach. Es war ein Strom, der einfach nicht versiegen wollte. »Es gibt keinen Weg für uns? Wir werden uns trennen, weil wir uns sonst gegenseitig bei unseren größten Träumen im Weg stehen würden?«

Jasper sah mich wieder an. Ich hatte ihn noch nie so traurig gesehen. »Ja«, sagte er nur und verstärkte den Griff auf meinem Oberschenkel.

Den Rest der Fahrt redeten wir nicht mehr miteinander. Jasper starrte schweigend aus seinem Fenster und hielt mich mit einer Hand fest, und ich konnte nicht aufhören zu heulen. Es war mir egal, was die Leute dachten, was jeder dachte, weil mein Herz gebrochen war, obwohl ich wahrscheinlich das bekommen würde, was ich mir mehr als alles andere gewünscht hatte. Aber in den letzten Wochen hatte sich einfach alles für mich geändert.

Als wir endlich in Berlin in der Nähe des Wohnheims ankamen und ich einen Parkplatz fand, blieben wir noch ewig im Wagen sitzen. Ich schniefte in die Stille zwischen uns und machte keine Anstalten, auszusteigen, damit er den Platz auf der Fahrerseite einnehmen konnte. Und auch er bewegte sich keinen Millimeter.

Wäre es grausam, die nächsten Wochen noch so weiterzumachen? Die Zeit, die wir hatten, noch zu genießen – oder wäre ein klarer Cut besser? Gesünder womöglich?

Irgendwann drehte Jasper sich zu mir um. Ich tat es ihm gleich. Ohne etwas zu sagen, lehnten wir uns im gleichen Moment vor. Die Umarmung war das Schmerzhafteste, was ich je getan hatte. Ich klammerte mich an ihn wie eine Ertrinkende, und er tat es mir gleich.

»Ich habe dich so lieb, Jasper«, sagte ich an seinem Ohr.

Er atmete tief ein, das konnte ich an seiner Bewegung spüren. Dann sagte er leise: »Ich dich auch, Emilia.« Beinahe ein wenig ruckartig löste er sich aus der Umarmung, und ihm war klar anzusehen, wie schlecht es ihm ging. Dass ihm das hier auch alles andere als leichtfiel, egal, wie sehr er versuchte, das zu verstecken.

Sein Gesicht war blass, als er endlich ausstieg. Er wirkte beinahe, als würde er flüchten, und kurz glaubte ich, dass er einfach davonlaufen würde. Aber er ging nur zum Kofferraum, holte mein Gepäck raus und öffnete mir dann die Tür.

Ich zwang mich, nicht zu sehr zu zittern, als ich ausstieg. Wir berührten uns nicht. Sahen uns nicht mehr in die Augen. Er nickte mir zum Abschied zu – es wirkte unbeholfen –, dann stieg er ein, und ich blieb am Bordstein stehen, um ihm beim Anfahren zuzusehen. Als er die Straße hinunter verschwunden war, heulte ich wieder los. Ich konnte mich nicht dazu bewegen, loszugehen, und nach ein paar Minuten zog ich mein Handy hervor und wählte Alicas Nummer.

Sie ging nach dem ersten Klingeln ran. »Hey, bist du schon wieder zurück aus dem Liebesurlaub?«, fragte sie fröhlich. Im Hintergrund waren noch andere Stimmen zu hören, sie war also nicht allein.

Ich schluckte heftig, um es mir nicht so sehr anmerken zu lassen. »Bist du im Wohnheim?«, fragte ich.

Alica schwieg kurz. Als sie wieder sprach, war ihr die Sorge deutlich anzuhören. »Ja, bin ich. Ist alles in Ordnung?«

Die Stimmen im Hintergrund wurden leiser, und ich konnte nichts dagegen machen, dass mir wieder Tränen in die Augen stiegen. »Ich stehe davor«, sagte ich leise. »Kannst du … vielleicht nach unten kommen? Ohne den anderen was zu sagen?«

»Natürlich«, gab sie sofort zurück. Sie fragte nicht nach, und ich war ihr so dankbar dafür.

Sobald ich aufgelegt hatte, schaffte ich es endlich, die Straße zu überqueren und mich auf den Bordstein vor dem Wohnheim zu setzen.

Alica kam nur eine Minute später aus der Tür, eingewickelt in eine dicke Strickjacke. Sie ließ sich neben mich fallen. »Hey«, sagte sie.

Ich wollte gar nicht wissen, wie verquollen meine Augen aussahen und wie erbärmlich der Rest von mir. »Hey«, gab ich zurück, und meine Stimme brach wieder. Und dann ließ ich mich einfach in ihren Arm fallen und heulte mich aus. Ohne etwas erklären zu müssen. Ohne es erklären zu können.

Aber es war auch nicht nötig. Alica hielt mich einfach fest, streichelte beruhigend über meinen Kopf und tröstete mich mit immer wiederkehrenden Mantras, die alle ähnlich klangen wie »Es wird alles wieder gut, Emilia«.

Ich ließ mich darauf ein, ohne es wirklich zu glauben. Im Moment tröstete es mich, auch wenn mein Innerstes genau wusste, dass es nicht so war.

Es würde nicht alles gut werden.

Kapitel 38

EMILIA

Die nächsten zwei Wochen waren für mich eine absolute Zerreißprobe meiner Nerven. Ich versuchte, nicht an meine Bewerbung in Prag zu denken und was sie alles verändern würde, wenn ich eine Zusage bekäme. Das fiel mir nicht leicht, aber es war um einiges schwerer, nicht an Jasper zu denken. An die schönen Tage, die wir zusammen in Prag verbracht hatten, die intimen Momente und unseren furchtbaren Abschied voneinander.

Er meldete sich nicht bei mir und ich mich nicht bei ihm. Es war wie eine stille Übereinkunft, ein Warten auf die Mail aus Prag, auf die Entscheidung. Aber obwohl ich wusste, dass es das Beste war, erst einmal Abstand zu halten, war es unheimlich schwer. Ich vermisste ihn und die Zeit mit ihm. Gleichzeitig wusste ich aber auch, dass ich es nicht aushalten würde, jetzt ganz normal mit ihm weiterzumachen und mich dann noch einmal zu trennen. Die Szene im Auto war schon schlimm genug gewesen. So etwas konnte ich nicht noch einmal.

Also lenkte ich mich mit Arbeit ab, mit Recherchen über das Medizinstudium und indem ich Zeit mit den anderen verbrachte. Ich hatte nur Alica erzählt, was wirklich los war – die anderen wussten nur, dass Jasper und ich uns getrennt hatten. Sie gaben sich die größte Mühe, mich abzulenken, und schleppten mich fast jeden Abend entweder in irgendein neues Restaurant, das sie mir zeigen wollten, in Cafés, ins Kino oder organisierten gemeinsame Filmabende. Alles Dinge, bei denen ich kaum Zeit hatte, nachzudenken. Ich war unglaublich dankbar, dass sie keine Fragen stellten, und das, was sie für mich taten, half auch – nur wenn ich dann abends im Bett lag und mir die Decke über den Kopf zog, kam alles wieder zurück und stürzte auf mich ein. Ich weinte fast jeden Abend, oft aus Verzweiflung darüber, dass ich keinen Einfluss mehr auf meine Zukunft hatte. Alles hing von anderen ab, und damit konnte ich nur schwer umgehen. Ich wollte alles im Griff haben, und das tat ich jetzt nicht mehr. Es hing einfach alles in der Luft.

Bis zu dem Dienstag zwei Wochen nach meinem Wochenende mit Jasper in Prag.

Es war vormittags, und ich kam gerade aus der Dusche, um mich für einen Mittagsbesuch im *Hana*, unserem liebsten Ramen-Restaurant, fertig zu machen. Als ich vor dem Spiegel den Handtuchturban von meinem Kopf nahm, bemerkte ich in der Spiegelung, dass mein Handy aufleuchtete. Ich ließ achtlos das Handtuch fallen und warf einen Blick aufs Display, um zu sehen, ob sich vielleicht unsere Pläne fürs Mittagessen doch geändert hatten, weil Lio nach dem Feiern mal wieder nicht aus dem Bett kam. Doch es war keine Nachricht in unserem Gruppenchat, es war eine E-Mail. Aus Prag.

Mein Herz klopfte direkt noch einen ganzen Tick schneller als zuvor, und ich spürte, wie meine Knie weich wurden. Beinahe in Zeitlupe ließ ich mich auf meine Bettkante sinken und nahm das Handy in die Hand. Sekundenlang starrte ich nur auf den Absender, auf das »Bewerbung Medizinstudium«, und mein Kopf war wie leer gefegt. Ich wusste nicht einmal mehr, was genau ich mir wünschte. Natürlich wollte ich Medizin studieren. Natürlich war es mein größter Traum, Ärztin zu werden. Onkologin. Aber der Gedanke, Jasper dann wirklich endgültig zu verlieren, tat einfach so weh. Der Gedanke, die anderen nicht mehr sehen zu können, brach mir das Herz.

Und ich konnte mich einfach nicht entscheiden, welche Seite schwerer wog.

Ich kaute auf meiner Unterlippe herum, und es dauerte eine gefühlte Ewigkeit, bis ich es endlich schaffte, die Mail zu öffnen. Selbst als sie lud, war ich mir noch nicht sicher, was ich mir eigentlich wünschte. Dann tauchte der Text auf: *Sehr geehrte Frau Janning, wir freuen uns, Ihnen mitteilen zu können …*

Meine Sicht verschwamm, und im ersten Moment hinkte mein Gehirn so hinterher, dass ich nicht checkte, warum. Dann tropften die ersten Tränen von meinen Wangen und meiner Nasenspitze auf das Display, und sofort stürmten so viele Gefühle auf mich ein, dass ich sie gar nicht richtig zuordnen konnte. Nur eine Sache stach ganz deutlich hervor: Es war eine Zusage. Eine Zusage! Ich war angenommen. Ich würde Medizin studieren können!

Irgendwo in meinem Unterbewusstsein arbeitete es so stark, dass sich mein Daumen wie von selbst zu meinen Kontakten bewegte und den von Jasper anwählte. Mir wurde erst bewusst, was ich da tat, als schon das Freizeichen ertönte.

Bevor ich wieder auflegen konnte, meldete er sich auch schon: »Emilia?« Wie sanft er meinen Namen aussprach. Wie besorgt er klang.

Ich wischte mir übers Gesicht, und meine Stimme zitterte, als ich sagte: »Ich habe den Platz.«

Jasper fragte nicht nach, natürlich nicht, denn er verstand sofort, was ich ihm sagen wollte. »Das ist großartig«, antwortete er, und ich konnte sein Lächeln hören. »Aber ich bin auch nicht überrascht. So begeistert, wie du darüber gesprochen hast, musste Novak dir den Platz einfach geben.« Er stockte, dann fügte er an: »Emilia, jetzt kannst du endlich anfangen. Jetzt wirst du Onkologin.«

Seine Worte schwappten wie eine warme Welle durch meinen gesamten Körper. Ja. Ich würde Ärztin werden. Jetzt stand absolut nichts mehr zwischen mir und meinem Traum. Ich konnte gar nicht fassen, dass es so war, denn noch vor zwei Wochen hatte sich dieser Traum so fern angefühlt, so unerreichbar, dass ich kaum noch daran hatte glauben wollen.

Und trotzdem. Ich schniefte und wischte wieder meine Tränen weg, aber sie wollten einfach nicht versiegen. Weil ich wusste, was ich damit endgültig verlieren würde. Ich bekam überhaupt kein Wort heraus.

»Geht es dir gut?«, fragte Jasper sanft.

Geht es dir denn gut?, schrie die Stimme in meinem Kopf. *Ist es denn für dich in Ordnung, dass ich gehen werde? Dass du mich verlieren wirst?*

Ich sprach nichts davon aus. Stattdessen sagte ich: »Ja. Ich freue mich so unglaublich.« Das war keine Lüge. Das tat ich wirklich. Aber in dem Moment, in dem ich das aussprach, schrie meine Gedankenstimme ohrenbetäubend laut: *Bitte mich, hierzubleiben, Jasper! Bitte mich, den Platz auszuschlagen und bei dir zu bleiben!*

Ich wusste nicht, wie ich auf diese Bitte reagieren würde, würde er sie wirklich aussprechen. Ich wusste nicht, ob ich es tun würde. Ob ich den Platz für ihn ausschlagen würde. Und das machte mir mehr Angst als alles andere. Dass ich mich für ihn gegen das Medizinstudium entscheiden KÖNNTE, war schlimmer als die Angst, allein ins Ausland zu ziehen.

Natürlich bat er mich nicht. Ich wusste nicht, ob er es wollte, aber selbst wenn es so war, wusste ich, dass er mich nie darum bitten würde. Vielleicht war er der Einzige auf der ganzen Welt, der genau verstand, wie ich mich fühlte und wie wichtig diese Sache für mich war. Aber das machte es nicht einfacher. Im Gegenteil.

»Du solltest das feiern, mit deinen Freunden«, sagte Jasper. Seine Stimme klang so beherrscht, als würde ihm das nicht das Herz zerreißen. Die Vorstellung, dass es tatsächlich so war, tat fast noch mehr weh.

»Ja.« Ich versuchte, meine Stimme zu festigen. »Wir treffen uns gleich, dann werde ich es ihnen erzählen.«

»Schön. Dann viel Spaß euch. Ich muss jetzt auch weiterarbeiten.«

Er würgte mich ab. Ich musste tief Luft holen, bevor ich sagen konnte: »Okay. Ich wollte es dir auch nur erzählen, weil ich diesen Platz dank dir habe. Vielen Dank, Jasper.«

»Du musst mir nicht danken.«

Eine Millisekunde war ich mir sicher, dass seine Stimme brach. Aber es war so kurz, dass ich mir schon direkt danach nicht sicher war, ob ich es mir nicht vielleicht doch nur eingebildet hatte.

»Ich muss los. Herzlichen Glückwunsch noch mal«, beeilte er sich zu sagen. Und dann, langsam und sanft: »Mach's gut, Emilia.«

»Mach's gut, Jasper.« Ich legte auf und starrte dann mein Handy an. Mein Herz klopfte noch immer hart und schnell und um einiges schmerzhafter als noch zuvor.

Wieso nur hatte es so geklungen, als wäre er längst über die ganze Sache hinweg? War es so leicht für ihn? Und wieso machte mir das so viel aus, obwohl es doch das Allerbeste war?

Ich kniff die Lippen zusammen und warf das Handy aufs Bett. Ich wollte nicht darüber nachdenken. Ich wollte nicht mehr traurig sein. Beinahe schon wütend ging ich zum Waschbecken und spritzte mir minutenlang kaltes Wasser ins Gesicht. Erst, als ich mich wieder einigermaßen beruhigt hatte, zog ich mich endlich an und schminkte die geröteten Augen.

Wenn ich mich weiter in meinem Liebeskummer verlor, würde ich keine Kraft für das Gespräch haben, das mir jetzt noch bevorstand. Das mit meinen Freunden. Und meinem Bruder. Himmel, dafür würde ich alle Energie brauchen, die ich kriegen konnte.

Also schob ich die Gedanken an Jasper einfach von mir weg. Um mich selbst zu schützen. Wahrscheinlich würde es mich abends wieder ganz besonders treffen, aber jetzt gerade waren sie nicht hilfreich.

Jetzt war es erst mal wichtiger, es den anderen zu sagen. Und zu entscheiden, wie ich mich eigentlich fühlte.

Die anderen warteten bereits am Bordstein vor dem Wohnheim auf mich. Ich lächelte ihnen entgegen, aber Lio merkte sofort, dass etwas nicht stimmte.

Er beobachtete mich ganz genau, als ich ihnen entgegenkam, und als wir uns auf den Weg zur Bahn machten, legte er einen Arm um meine Schultern und zog mich enger an sich. »Alles okay, Schwesterherz?«

Das war eine verdammt gute Frage. Ich atmete tief durch, dann zuckte ich mit den Schultern. »Ich weiß nicht genau.« Ich blickte auf, in seine vergnügt funkelnden Augen, in denen wahrscheinlich nur ich die Spur von Sorge sah, die er vor anderen so gut verstecken konnte. Ich hatte ihn schon viel zu oft so gesehen.

Er musterte mich fragend.

Ich winkte ab. »Ich erzähle euch alles, wenn wir im Restaurant sind.« So blieb mir zumindest etwas Zeit, mir zu überlegen, wie ich es ihnen sagen sollte. Auch wenn ich mir sicher war, dass es keine gute Art gab, so etwas zu sagen.

Lio behielt mich den restlichen Weg im Auge, und ich fragte mich, ob er schon spürte, dass es etwas Großes war. Sicher, denn er kannte mich besser als jeder andere auf der Welt. Das schürte nur leider meine Angst vor seiner Reaktion noch mehr.

Das *Hana* war angenehm leer, als wir ankamen. Wir bekamen unseren Stammplatz am Fenster, und meine Anspannung steigerte sich noch mehr, als ich mich auf den Fensterplatz schob und mein Bruder mir gegenüber Platz nahm. Marlon und Filina quetschten sich zu mir, und Alica nahm bei Lio Platz. Sie schien wohl auch zu merken, dass irgendetwas vor sich ging, denn sie blickte immer wieder zwischen uns beiden hin und her, als würde sie auf etwas warten.

Weil ich feige war, griff ich zuerst nach der Karte und studierte sie, obwohl ich das Menü längst auswendig kannte. Mein

Herz klopfte furchtbar laut, und für meinen Geschmack kam die Kellnerin viel zu schnell.

Nachdem wir alle bestellt hatten und die Frau wieder abgezogen war, richtete ich mich auf und räusperte mich. Es würde nicht einfacher werden, also konnte ich das Pflaster auch einfach abreißen. »Ich muss euch etwas erzählen.«

Sofort richteten sich alle Blicke auf mich, und die Gespräche verstummten. Ich hielt es nicht aus, Lio anzusehen, also starrte ich auf meine ineinander verschlungenen Hände hinab, die ich auf dem Tisch abgelegt hatte. »Ich … habe heute eine Mail bekommen.« Noch während ich es aussprach, merkte ich, wie meine Mundwinkel sich ganz langsam hoben. Obwohl ich mich noch immer ängstlich und hilflos fühlte, obwohl ich noch immer Angst hatte. »Eine Zusage. Für mein Medizinstudium.«

Einen langen Moment herrschte gespenstische Stille am Tisch. Dann brachen sie plötzlich gleichzeitig in Begeisterungsstürme aus: »OH. MEIN. GOTT«, rief Marlon. Filina schlang die Arme um mich und drückte mich fest an ihre Brust. Alica gab ein Quietschen von sich, während Lio immer wieder laut »WAS?« ausrief.

Ich lachte über ihre Reaktionen, und das erste Mal seit zwei Wochen war mir tatsächlich ein bisschen leichter. Ging mein Atem ein bisschen freier. Es war, als würde der düstere Schleier sich ein wenig heben und endlich ein Stück der Freude zulassen.

»Wartet«, sagte ich, obwohl ich es eigentlich wirklich nicht kaputt machen wollte. »Es gibt einen Haken. Einen großen.«

Langsam flauten die Glückwünsche wieder ab, und vor allem Lio wirkte plötzlich sehr nervös.

Ich entschied mich, es kurz und schmerzlos zu machen. »Der Studienplatz, den ich angeboten bekommen habe, ist in Prag«, sagte ich und sah dabei nur Lio an, dessen Gesicht bei meinen Worten blass geworden war. Sofort fügte ich an: »Ich habe mich dort beworben, als ich vor zwei Wochen mit Jasper in Prag war.

Er hat mich dem Dekan der Uni vorgestellt. Und der hat mir heute die Zusage geschickt.« Ich schluckte. Hart. »Und ich habe beschlossen, dass ich den Platz annehmen werde.«

Lio starrte mich immer noch an. Er klappte den Mund auf, als würde er etwas erwidern wollen, und klappte ihn dann wieder zu. Ich wünschte, er würde einfach irgendetwas sagen, mich vielleicht sogar anschreien, aber er blieb still.

»Warum Prag?«, fragte Marlon von der Seite. »Ich dachte, du wolltest dich nächstes Jahr wieder in Deutschland bewerben?«

»Es ist ziemlich unwahrscheinlich, dass ich hier je einen Platz bekomme. Zumindest nicht in den nächsten Jahren.« Ich schüttelte den Kopf, sah aber weiterhin nur Lio an, als würde ich nur zu ihm sprechen. »Nicht mit meinem Durchschnitt. Prag ist vielleicht meine einzige Chance auf meinen größten Traum, das habe ich mittlerweile gecheckt. Deswegen muss ich das machen.«

Filina legte mir eine Hand auf meinen Arm, und jetzt löste ich meinen Blick doch von meinem Bruder, der immer noch keinen Ton herausgebracht hatte. Sie lächelte, auch wenn es traurig aussah. »Ich verstehe es. Das ist das, was du immer wolltest. Wir freuen uns natürlich unglaublich für dich. Aber wir sind auch traurig, wenn du gehst«, sagte sie.

Ich nickte und schluckte an dem Kloß in meinem Hals vorbei.

Marlon seufzte tief, rang sich aber auch ein Grinsen ab. »In Prag kann man gut feiern, habe ich gehört. Das machen wir dann, wenn wir dich besuchen, oder?«

»Auf jeden Fall«, brachte ich krächzend hervor. Für sie würde ich alles tun.

Ein Schniefen lenkte mich ab, und ich bemerkte, dass Alica zu weinen angefangen hatte.

»Hey«, sagte ich überrascht und griff über den Tisch nach ihrer Hand.

Sie schüttelte den Kopf und drückte meine Finger. »Entschuldige. Ich habe schon mit so was gerechnet, aber es ist trotzdem so traurig.« Sie wischte sich über die Augen und lachte erstickt. »Aber ich freue mich auch sehr für dich. Wirklich.«

Ich nickte dankbar. »Ich weiß. Ich finde es auch schlimm, von euch getrennt zu werden. Aber das ist alles, was ich je wollte. Und vielleicht kann ich in ein paar Jahren nach Deutschland wechseln. Das machen einige.«

Die anderen stimmten kollektiv zu. Bis auf Lio, der immer noch beinahe apathisch in die Luft starrte.

Ich sah ihn wieder an. »Lio …«

»Ich … brauche kurz«, sagte er. Er gab Alica ein Zeichen, die sofort aufstand und ihn von der Bank ließ.

»Lio!«, rief ich ihm nach, aber er hob nur die Hand. »Eine Minute.« Dann verschwand er aus dem Restaurant.

Meine Schultern sackten nach unten. Verdammter Mist.

Alica schob sich wieder auf die Bank und griff nach meinen Händen. »Er kriegt sich schon wieder ein«, sagte sie leise, und ich hoffte wirklich, dass sie recht hatte.

»Ist das der Grund, warum du und Jasper euch getrennt habt?«, wollte Filina wissen.

Ich biss mir auf die Unterlippe. »Ja. Wir sind beide keine Fans von Fernbeziehungen, und wir waren ja noch gar nicht so lange zusammen. Wenn ich in Prag bin und studiere und er hier Oberarzt wird … Es ist unmöglich, so eine Beziehung zu führen.« Nicht wieder weinen. Nicht wieder weinen. Ich schluckte und lächelte. »Aber ihr müsst mich wirklich besuchen kommen, so oft ihr könnt.«

»Auf jeden Fall«, rief Alica. »Wir gehen dir so oft auf den Keks, dass du dir wünschen wirst, du hättest uns das nicht angeboten.«

Ich lachte über die Entschlossenheit in ihrem Gesicht.

Als die Kellnerin mit unseren Ramenschüsseln kam, mussten wir unsere Hände voneinander lösen. Ich starrte auf die Schüssel mir gegenüber und dann auf den Ausgang. »Ich werde mal nach Lio sehen.«

Wie ich schon vermutet hatte, stand Lio draußen am Bordstein, die Hände in den Hosentaschen. Als er sich zu mir umdrehte, waren seine Augen rot. Ich dachte im ersten Moment, dass er wütend sein würde, weil ich ihm nichts erzählt hatte, und wappnete mich innerlich dafür. Aber er starrte mich nur ein paar Sekunden traurig an, dann machte er einen Schritt auf mich zu und zog mich in seine Arme.

»Es tut mir leid«, meinte ich schniefend. »Ich will nicht von euch weg. Vor allem nicht von dir, das musst du mir glauben. Aber ich …«

»Ich weiß«, unterbrach er mich sofort mit Grabesstimme. »Mann, ich wusste immer, dass wir irgendwann wahrscheinlich gegen das Studium verlieren würden.«

»Lio …«, brummte ich, und mein Bruder lachte erstickt.

»Nicht böse gemeint. Aber du warst schon immer so ehrgeizig, was das angeht, dass ich nicht mal wirklich überrascht bin. Aber Mann … das ist doch scheiße.« Er löste sich von mir und seufzte tief, als er mir die Haare aus dem Gesicht wischte. »Ich hoffe, dir ist klar, dass wir alle in deinem Wohnheimzimmer pennen werden, wenn wir dich besuchen. Und das wird sehr, sehr oft sein. Du bekommst die Möglichkeit entzogen, jemals Nein dazu zu sagen!«

»Das werde ich nicht tun«, gab ich zurück. »Versprochen. Ihr seid immer gern gesehen. Egal, wie klein mein Studentenzimmer ist.«

»Auch wenn wir uns in deinem winzigen Bett stapeln müssen?«

Ich lachte erstickt. »Auch dann nicht.«

»Gut.« Lio grinste, dann zog er mich wieder in seinen Arm. Ganz sanft diesmal. Vorsichtig, als könnte ich zerbrechen. Als ich den Kopf an seine Schulter lehnte, sagte er leise: »Ich erwähne das immer viel zu selten, aber ich bin echt stolz auf dich. Du wirst die großartigste Onkologin der Welt.«

Ich schmunzelte an seiner Schulter. »Ich weiß.«

Wir lachten und standen noch eine ganze Weile draußen Arm in Arm am Bordstein.

Es war, als hätte sich irgendetwas in mir gelöst, denn plötzlich konnte ich die Vorfreude wirklich zulassen.

Kapitel 39

EMILIA

Obwohl die meisten aus unserer Klassenstufe für das dritte Jahr am Sankt Alex blieben, machte die Schule aus dem Abschluss der theoretischen Phase ein riesiges Fest. Als wir an unserem letzten Tag zur Schule kamen, war alles mit Luftballons in Herzform dekoriert, es gab ein Büfett und Sekt zur Verleihung des Zwischenzeugnisses. Luna Seeger überreichte jedem das Schriftstück in einer feierlichen Zeremonie vor der ganzen Klasse und gratulierte uns.

Abgesehen von mir verließen nur zwei andere Schüler das Sankt Alex – Mona und Doro, die wieder zurück in ihre Heimat in Bayern gingen. Ich war mir eigentlich sicher gewesen, dass es mich deswegen nicht so treffen würde, aber als Luna meinen Namen aufrief, machte mein Herz einen wirklich gewaltigen Satz. Meine Beine fühlten sich ein wenig an wie Pudding, als ich von meinem Platz neben Alica aufstand, und ich bildete mir ein, dass mir alle Blicke nach vorn folgten.

Luna strahlte mich an, und als sie meine Hand nahm, wurde ihr Ausdruck warm. »Ich habe gehört, dass du einen Platz im Klinikum in Prag bekommen hast und neben deinem dritten Jahr dort auch dein Medizinstudium beginnst.«

Wie auf Kommando begannen alle in der Klasse, auch die, mit denen ich kaum etwas zu tun hatte, zu jubeln. Als ich mich überrascht zu ihnen umdrehte, sah ich, dass Lio, Alica, Marlon und Filina aufgestanden waren und dass die anderen es ihnen gleichtaten. Plötzlich war mein Hals ganz trocken, und ich schluckte angestrengt, um den Kloß loszuwerden. Ich wollte wirklich nicht vor allen heulen, aber es fiel mir echt schwer, die Tränen zurückzuhalten.

»Du wirst das bestimmt alles so großartig hinbekommen, wie du auch diese zwei Ausbildungsjahre hinbekommen hast – mit der besten Note der Klasse, übrigens.« Luna zwinkerte mir zu, und der Jubel im Klassenraum schwoll noch einmal ein ganzes Stück mehr an.

Jetzt war ich mir ziemlich sicher, dass man das Glänzen in meinen Augen sehen konnte, deswegen senkte ich den Blick auf das Zeugnis in meiner Hand. »Danke, Luna.«

Sie tätschelte noch einmal meine Schulter, und dann war ich zum Glück entlassen und konnte wieder auf meinen Platz ganz hinten flüchten.

Alica stieß mich mit dem Arm an, kaum dass ich mich neben sie fallen gelassen hatte, und funkelte mich amüsiert an. »Es ist übrigens vollkommen okay, vor der ganzen Schule zu heulen wie ein Schlosshund, weil man gerührt ist«, flüsterte sie mir grinsend zu.

»Für dich vielleicht«, gab ich zurück. »Ich fühle mich damit nicht wohl.«

»Auch okay.« Sie zuckte mit den Schultern. »Aber so ein bisschen Heulen habe ich ja schon erwartet. Immerhin war das dein letzter Tag mit uns in der Schule.«

Ich biss mir auf die Unterlippe, als bei ihren Worten ein Stein in meinen Magen plumpste. Aber das Gefühl hob sich ziemlich schnell wieder, wurde von dem Blubbern abgelöst, das ich schon seit ein paar Tagen immer wieder verspürte, wenn ich an mein Studium dachte, das schon in drei Wochen beginnen würde. Ich konnte nie lange düsteren Gedanken nachhängen, weil ich immer wieder und wieder und wieder daran dachte, dass mein Traum endlich wahr werden würde.

Außer, wenn ich abends im Bett lag und auch nur eine Sekunde an Jasper dachte. Dann wurde es wieder so schwer, dass ich stundenlang an die Decke starrte, um mein schmerzendes Herz zu beruhigen. Zum Glück machten mich das Packen und das Planen meines Umzugs oft so fertig, dass ich abends nur noch ins Bett fiel und beinahe sofort einschlief.

Nachdem alle ihr Zeugnis bekommen hatten, klatschte Luna in die Hände und eröffnete das Büfett mit tausend verschiedenen Donut-Varianten. Ein paar meiner Klassenkameraden stürzten sich sofort darauf, andere ließen sich etwas mehr Zeit und verteilten sich dann im Raum.

Mona lehnte sich von vorn auf meinen Tisch, sie wirkte begeistert. »Du ziehst also nach Prag?«

Ich konnte nicht anders, als zu grinsen. »Ja, in zwei Tagen fahren wir schon mit meiner Mama rüber, um meine Sachen ins Studentenwohnheim zu bringen. Meine Familie und Alica bleiben dann noch ein paar Tage, um mir bei der Eingewöhnung zu helfen, und dann … bleibe ich allein dort.«

»Das ist so krass«, meinte Dennis, der ein Stück weiter mit dem Po auf Marlons Tisch saß. Er hatte die Arme vor der Brust verschränkt. »Richtig mutig von dir, allein ins Ausland zu ziehen.«

Wirklich? War ich mutig? Ich konnte eigentlich nur daran denken, wie sehr ich mich auf das Studium freute. Und wie sehr ich in den kommenden drei Wochen wahrscheinlich mehr in meinen Büchern versinken würde, um mich vorzubereiten, anstatt Prag zu erkunden.

Meine Mundwinkel kräuselten sich wieder. »Es ist mein größter Traum. Dafür wäre ich nach Timbuktu gezogen.«

»Und wir sind sehr froh, dass es nicht so weit gekommen ist«, mischte Lio sich lautstark ein. Er hatte zwei Donuts in der Hand, als er an meinen Tisch trat. »Wenn du auf die Idee kommst, nach Timbuktu auszuwandern, werde ich dich persönlich dort wieder abholen, hast du verstanden? Prag ist die allerhinterste Grenze!«

Ich wusste, dass er den Satz nur halb lustig meinte, und tätschelte ihm beruhigend den Arm. »Dafür ist mein Französisch nicht gut genug, also mach dir keinen Kopf.«

Er brummte nur, gab sich damit aber offensichtlich zufrieden und biss von einem seiner Donuts ab.

Nachdem wir alle das Büfett geplündert hatten, beschlossen wir, noch ein letztes Mal gemeinsam, die ganze Klasse, etwas Richtiges essen zu gehen. Als wir die Schule verließen, drehte ich mich auf dem Platz davor noch einmal um und betrachtete das unscheinbare Gebäude, in dem ich die letzten Jahre verbracht hatte. Ließ den Blick schweifen über das flache Dach, die alten Fenster, hinter denen ich so viel gelernt hatte. Mir wurde schwer ums Herz. Aber dann griff Alica nach meinem Arm und zog mich lachend mit sich, und die Schwere verzog sich wieder ein wenig.

Den Rest des Nachmittags verbrachten wir alle zusammen in der Stadt, aßen erst fett beim Italiener, wanderten dann zu einem Waffelladen weiter und danach in eine Bar in der Nähe des Sankt Alex, die ein irres Space-Thema hatte. Aber selbst über den bunten Cocktails konnte ich meinen anstehenden Umzug nicht vergessen, nicht die Kartons und Dinge, die noch herumlagen, und die Vorfreude auf das, was noch kommen würde.

Deshalb verabschiedete ich mich auch etwas früher von der Gruppe. Die anderen wünschten mir viel Glück, meine Freunde sagten, ich solle nicht mehr so viel machen, und dann stand ich allein in der kühlen Abendluft. Ich wickelte mich enger in meine Jacke, während ich den Weg zum Wohnheim einschlug. In meinem Kopf ordnete ich bereits meine Unterlagen, als ich vor mir plötzlich das Dach des Sankt Alex sah und sofort stehen blieb. Meine Atmung beschleunigte sich, als ich an die Zeiten im Krankenhaus dachte, die ich am meisten genossen hatte – die mit Jasper.

Schlagartig war die Leichtigkeit weg, und über mich senkte

sich ein schwerer Mantel, den ich nach einer Sekunde als das Verlangen erkannte, ihn zu sehen. Er fehlte mir so unendlich. Und in zwei Tagen würde ich in Prag sein und ihn lange Zeit nicht sehen. Vielleicht … vielleicht nie wieder. Wir waren getrennt. Wir gingen verschiedene Wege. Und die Tatsache, dass es nicht an mangelnder Liebe lag, machte das alles noch so unglaublich schwerer.

Meine Füße bewegten sich wieder. Schlugen ohne mein Zutun den Weg zum Krankenhaus ein, während ich in meiner Jackentasche den Schlüsselbund umkrampfte. Ich hatte noch den Zweitschlüssel zu seinem Büro. Ich musste ihm den noch zurückgeben. Und wenn Jasper nicht da war, dann musste ich ihn wenigstens hinlegen. Vielleicht einen kurzen Brief, eine Abschiedsnote dalassen.

Ich MUSSTE mich verabschieden. Wenn ich jetzt einfach so ging, würde ich mir das wahrscheinlich nicht verzeihen.

Meine Schritte wurden immer schwerer, je näher ich dem Sankt Alex kam. Als ich in die Eingangshalle trat, schienen sie Tonnen zu wiegen, aber das war noch nichts gegen das Gewicht, das mich auf der Treppe niederdrückte. Ich musste mich regelrecht dazu zwingen, weiterzugehen, auch wenn ich unendliche Angst hatte, ihn zu treffen – und gleichzeitig nichts mehr wollte als genau das.

Bereits als ich in den Gang trat, sah ich den Lichtschein unter seiner Tür. Er war noch in seinem Büro. Und vielleicht waren es die zwei Cocktails, die ich in der Bar getrunken hatte, aber ich hielt nicht an. Ich ging weiter auf seine Tür zu, bis ich direkt davor stand, und dann klopfte ich.

»Ja?« Seine Stimme klang erschöpft und warf mich sofort in meinen Erinnerungen zurück. Zu all den Stunden, die ich hier mit ihm zusammen gesessen hatte, zu all den Dingen, die er gesagt hatte.

Ich atmete tief durch, bevor ich die Tür aufdrückte. Eine Sekunde blendete mich das helle Oberlicht, weil es im Gang so dunkel gewesen war. Dann erkannte ich Jasper hinter seinem Schreibtisch, wie immer am Computer.

Er hob den Blick, und sofort glättete sich seine Stirn. Er riss die Augen auf, seine Lippen formten ein stummes Wort, bevor er sagte: »Emilia.«

Der ganze Schmerz über unsere Trennung, darüber, dass ich ihn verloren hatte, war auf einen Schlag zurück. Der Frust darüber, wie unfair diese Situation war, dass ich nicht beides haben konnte. Meinen größten Traum und ihn. Den Mann, den ich liebte.

Oh Himmel, ich liebte Jasper. Das tat ich schon lange, und ich hatte es ihm nie wirklich gesagt. Und jetzt konnte ich das nicht mehr. Es war zu spät, und es wäre unfair gewesen. Denn alle Gefühle und alle Worte darüber konnten nichts an der Situation ändern, in der wir uns befanden – dass ich nicht hierbleiben und er mich nicht begleiten konnte, weil wir beide unseren eigenen Traum hatten.

Also presste ich tapfer die Lippen zusammen und zwang mich zu einem Lächeln. »Hey.« Meine Stimme brach ein wenig, aber ich hoffte, dass er es nicht bemerkte. Ich machte einen Schritt in den Raum hinein, traute mich aber nicht, die Tür hinter mir zu schließen, weil ich mir einen Fluchtweg offenhalten wollte – falls das alles hier zu viel wurde. Gott, es war jetzt schon kaum auszuhalten. Ich musste aktiv meine Lippen davon abhalten zu beben. »Ich … wollte dir nur den hier zurückbringen.« Wie zur Erklärung hob ich den Schlüssel in meiner Hand.

Jaspers Schultern sanken ein wenig ein. »Ich verstehe, danke.«

Als ich auf den Schreibtisch zuging, versuchte ich, die Gefühle in seinem Gesicht einzuordnen. War es schwer für ihn, mich zu sehen? Quälte es ihn so sehr wie mich? Es war nicht zu erkennen. Sein Gesicht war eine Maske, die ich nicht mehr durchblicken konnte. Er griff nach dem Schlüssel, und eine Sekunde lang berührten sich unsere Finger. Es war, als würde es mich in der Zeit zurückschleudern. Ich sah uns beide, nebeneinander, in seinem Bett. Spürte seine Hände auf mir, sah sein Lächeln, fühlte seine Küsse auf meinen Lippen. Es war schwer, nicht vor den Erinnerungen zurückzuschrecken.

Jasper zog seine Hand mit dem Schlüssel schnell zurück, als würde unsere Berührung ihm einen elektrischen Schlag verpassen. Er räusperte sich und starrte auf die Schreibtischunterlage. »Dann ziehst du also bald um?«

»In zwei Tagen«, antwortete ich, extra leise, damit er das Zittern in meiner Stimme nicht hören konnte. Fast wünschte ich mir, er wäre doch nicht da gewesen, denn ich konnte mich kaum noch zusammenreißen. Trotzdem sprach ich weiter, als hätte mein Unterbewusstsein Angst davor, das Gespräch und damit alles andere, was uns verband, zurückzulassen. »Wir haben schon fast alles zusammengepackt, du glaubst gar nicht, wie viel Zeug sich in zwei Jahren so ansammelt. Keine Ahnung, wie ich das alles in einem kleinen Studentenzimmer unterbringen soll. Aber es wird schon gehen.« Ich lachte nervös und beobachtete, wie Jasper sich ein wenig versteifte und dann langsam nickte.

Es war offensichtlich, dass ihm das hier mehr als unangenehm war, und ich fragte mich, ob es an mir lag. Ob er es schrecklich fand, mich noch einmal sehen zu müssen, weil er mit allem schon abgeschlossen hatte. Er war ein sachlicher Mensch, und ich war mir sicher, dass es ihm nicht so viel ausmachte wie mir. Er war darüber hinweg, das wusste ich. Es war gut, dass er sich nicht so schlecht fühlte, wie ich es tat. Ich wollte nicht, dass er litt.

Aber Himmel, ich wollte es doch. Ich wollte, dass er an mich dachte, dass er mich vermisste, dass er sich genauso danach sehnte, mich jetzt zu küssen, wie ich es tat. Und dann rollte eine

Träne über meine Wange, die ich nicht gespürt hatte – einfach so, ohne dass ich es verhindern konnte.

Ich hob die Hand, um sie schnell wegzuwischen, aber Jasper sah im gleichen Moment auf und starrte mich überrascht an. Dann stand er plötzlich hinter seinem Schreibtisch, als hätte meine Träne ihn aufgeschreckt. Er wirkte selbst ein wenig überrumpelt.

Bevor er irgendwie reagieren konnte, machte ich einen Schritt zurück und zwang mir ein Lachen heraus. »Entschuldige. Der Abschied von allem ist für mich doch schwieriger, als ich gedacht hatte. Die Schule, meine Freunde, meine Familie …« Du. Himmel, du, Jasper. »Ich wollte mich auch nur für alles bei dir bedanken. Ich bin mir sicher, dass ich ohne dich jetzt nicht meinen Traum leben könnte. Ohne deine Aufmunterung, ohne diese Sache mit Prag … Ich weiß nicht, wo ich dann jetzt wäre. Also … danke. Für alles, Jasper. Und … leb wohl.«

Ich musste die Sache abbrechen. Ich konnte das nicht mehr. Also hob ich nur eine Hand und winkte ihm, obwohl ich ihn am liebsten umarmt und nie wieder losgelassen hätte.

Jasper schien nicht zu wissen, was er tun sollte. Seine Haltung war angespannt, sein Mund klappte ein paarmal auf und zu, ohne dass er etwas über die Lippen brachte. Dann, ganz langsam, bewegte er den Kopf zu einem Nicken. »Du hast das alles allein geschafft. Ich war nur der kleine Schubs, den du gebraucht hast.« Er atmete tief durch, ehe er sich aufrichtete und lächelte. »Hab Spaß, Emilia. Genieße das Studium. Ich habe es getan. Viel Erfolg mit allem. Und … ja, leb wohl.«

Mein Atmen war rasselnd, und ich wandte mich schnell ab, damit er mein Gesicht nicht sah. »Danke.« *Ich werde dich so unendlich vermissen und nie darüber hinwegkommen, was wir hatten. Niemals.*

Und dann stürmte ich aus dem Büro.

Kapitel 40

JASPER

Ich saß an meinem Schreibtisch, die Schultern steif und den Blick stur auf die geschlossene Tür meines Büros gerichtet. Ich saß dort, keine Ahnung, wie lange, und in mir war … nichts. Eigentlich war ich nie jemand gewesen, der sonderlich viel GEFÜHLT hatte. Ich war immer schon analytisch und sachlich gewesen, war schon immer jemand gewesen, der eher nachdachte, als sich von Gefühlen leiten zu lassen. Aber das gerade, diese Leere in meiner Brust … fühlte sich falsch an. Das erste Mal in meinem Leben fühlte es sich falsch an, nichts zu fühlen, und ich konnte nicht sagen, wieso.

Ich sah Emilia immer noch hinterher, obwohl sie vor Ewigkeiten gegangen war. Ich war physisch nicht mehr in der Lage zu arbeiten, ich konnte mich nicht einmal meinem Computer zuwenden. Ich konnte nur hier sitzen, das dunkle Holz der Tür anstarren und weiter und weiter in dieses seltsam tiefe, seltsam dunkle Loch in meiner Brust fallen.

Und dann wurde die Tür plötzlich von außen aufgerissen. Kurz schien die Zeit dadurch stehen zu bleiben, was natürlich irrsinnig war. Aber mir gingen so viele Gedanken auf einmal durch den Kopf, dass es eigentlich so sein musste.

Sie ist zurück. Diesmal darf ich nicht schweigen. Diesmal muss ich ihr alles sagen, was mir durch den Kopf geht. Auch wenn es unfair ist. Auch wenn es mich dann zerreißt. Ich muss es sagen. Ich muss es aussprechen. Ich muss ihr sagen, dass ich sie li…

»Jasper.« Nina stand auf der Schwelle, die Arme vor der Brust verschränkt. »Was machst du denn immer noch hier? Du hast doch gesagt, dass du heute gar nicht mehr so viel zu tun hast und dass du um diese Uhrzeit längst zu Hause sein willst. Auf deinem Handy habe ich dich auch nicht erreicht. Was … was ist los? Wieso schaust du mich an, als hättest du einen Geist gesehen?«

Ich drehte den Kopf ganz langsam zum Computer hin. Der Bildschirmschoner war längst angegangen, die Uhrzeit tanzte in seltsamen Schlingen über den Desktop. Es war nach zehn. Nach zehn Uhr abends. Nina hatte recht. Ich sollte längst zu Hause sein. Warum also konnte ich mich noch immer nicht bewegen?

»Jasper.« Nina runzelte die Stirn, als ich mich ihr wieder zuwandte. Ganz langsam kam sie auf den Schreibtisch zu und stützte sich auf der Kante ab, um mich genauer zu mustern. »Irgendwas stimmt nicht. Was ist los?«

Mein Hals fühlte sich an, als wäre er aus verrosteten Drähten. *Alles in Ordnung,* wollte ich sagen. *Es ist nichts. Es war nur viel Arbeit.* Stattdessen sagte ich: »Emilia war gerade da.« Das stimmte nicht, die Uhrzeit war ziemlich vorangeschritten, also berichtigte ich mich: »Sie war … vorhin da. Ich weiß nicht genau, wie viel Zeit seitdem vergangen ist.« Wirkte Nina plötzlich noch besorgter? Ich versuchte es erneut. »Sicher nicht allzu viel Zeit. Ich habe … seitdem nicht viel gemacht.«

»Oh Gott, es ist richtig übel«, sagte sie leise, eher, als würde sie mit sich selbst reden als mit mir. Dann kam sie um den Schreibtisch herum und setzte sich auf meiner Seite auf die Kante, ganz dicht bei mir.

Unwillkürlich musste ich daran denken, dass Emilia einmal dort gesessen hatte, und dann begann irgendetwas in mir zu brennen wie eine offene Wunde, über die jemand Alkohol geschüttet hatte.

»Was fühlst du gerade?« Ninas Stimme klang sanft. Beruhigend wahrscheinlich. In einem anderen Kontext wäre sie das vielleicht gewesen. Aber gerade konnte ich nur daran denken, dass Emilia dort gesessen hatte, dass sie nicht mehr da war, dass sie bald so unendlich weit weg sein und ich sie vielleicht nie wiedersehen würde. Das war vielleicht überdramatisch, war es ganz sicher, aber ich kam nicht mehr aus diesen Gedanken heraus.

»Ich … weiß es nicht«, brachte ich seltsam mühevoll über die Lippen. Es war die Wahrheit. Ich hatte keine Ahnung, was ich fühlte, aber die Leere in meinem Inneren schrumpfte langsam und machte etwas anderem Platz. Und Himmel, das war noch so viel, viel schlimmer. Beinahe wünschte ich mir das Loch in meiner Brust zurück.

Die Falten auf Ninas Stirn wurden noch tiefer. »Scheiße«, murmelte sie, während ich mir versucht unauffällig die Brust rieb, als würde das den brennenden Schmerz besser machen.

»Beinahe …«, sagte ich, ohne dass ich mir bewusst vorgenommen hatte, etwas zu sagen. »Beinahe wäre ich egoistisch geworden.«

Sie sah mich an, abwartend wahrscheinlich.

Also redete ich weiter. »Beinahe hätte ich ihr gesagt, dass sie nicht gehen soll.« Ich griff mir in die Haare. »Warum … warum wollte ich so etwas Egoistisches tun? Ich habe ihr doch diese Chance verschafft. Ich wollte doch, dass sie ihren Traum leben kann, weil er ihr genauso wichtig ist wie mir damals. Ich WOLLTE das. Wieso war ich kurz davor, es zu manipulieren? Das ist so … irrational.«

»Ja, ist es.« Nina zog die Mundwinkel ein wenig nach oben. Ihr Lächeln wirkte traurig, so viel konnte selbst ich erkennen. »Aber Liebe ist nun einmal nicht rational, Jasper.«

Es war, als hätte sie mir in den Magen geboxt. Sie beugte sich nach vorn, griff nach meinem Arm, um mich auf die Beine zu ziehen. »Komm, wir machen einen kleinen Spaziergang. Du bist ganz blass, du brauchst frische Luft.«

»Ich will nicht.« Mein Körper stemmte sich wie von selbst

dagegen. »Ich will einfach nur hier sitzen. Ich bin müde. Ich will nirgends hin.«

»Du bist traurig, Jasper. Vielleicht so traurig, wie du es noch nie warst. Das ist es wahrscheinlich, was du fühlst, und ich lasse nicht zu, dass du dich jetzt darin suhlst. Nicht direkt, zumindest. Du wirst das noch tun können, aber ganz sicher nicht in deinem Büro und ganz sicher nicht so, okay?« Sie zog noch einmal an meinem Arm.

Und diesmal ließ ich mich auf die Füße ziehen. Vielleicht hatte ich gerade einfach keine Kraft mehr, mich gegen sie zu wehren. Es war ein langer Tag gewesen, und irgendetwas hatte das Wiedersehen mit Emilia in mir aufgerissen. Wieder aufgerissen, denn so ähnlich hatte sich meine Brust schon nach unserer Trennung angefühlt. Damals, als ich ausgestiegen war und in meine Wohnung gegangen war, nur um dann zwei Stunden auf meiner Couch zu sitzen und Löcher in die Luft zu starren, bevor ich alles verdrängt hatte. Weitergemacht hatte.

Aber das hier … das fühlte sich noch viel endgültiger an.

Ich folgte Nina ohne jeglichen Widerstand nach draußen, schloss wie betäubt mein Büro ab und ging dann die Treppe nach unten. Ich konnte nicht genau erklären, wieso, aber plötzlich war jeder Schritt irgendwie schwer. Als wären meine Schuhe mit Beton gefüllt.

»Kein Spaziergang«, meinte ich nur, als wir das Krankenhaus verließen und der kühle Wind mir um die Nase wehte. Selbst mit der frischen Luft wurde es nicht besser. Meine Schultern wurden nur noch schwerer.

»Okay. Ich fahr dich nach Hause.« Nina winkte mir und steuerte dann auf den Parkplatz zu. Immer wieder sah sie über ihre Schulter zu mir zurück, als hätte sie Angst, dass ich davonlief.

Ich konzentrierte mich auf den Weg, konzentrierte mich auf meine Füße und bemühte mich, die Gedanken wegzuschieben, die immer wieder in meinem Kopf aufflammten. Emilia, neben mir, im Bett. Emilias Finger zwischen meinen, ihr Daumen, mit dem sie sanft über meine Hand strich. Emilias Lachen. Ihr Blick.

Das Brennen in meiner Brust wurde schlimmer, und noch dazu wurde mein Gesicht heiß. Ich ließ mich auf den Beifahrersitz fallen und drehte mich zu Nina um. »Ich glaube, ich werde krank.«

Sie presste die Lippen zusammen, während sie das Auto startete. »Willkommen in der Realität des Liebeskummers. Ich bin ziemlich sicher, dass du nicht krank wirst, sondern dich nur so fühlst. Wusstest du, dass Liebeskummer im Körper sowohl somatische als auch psychische Symptome auslösen kann? Wie eine Depression.«

Oh Gott. Musste das wirklich sein?

Ich lehnte mich im Sitz zurück, versuchte, irgendwie mit allem umzugehen, das gerade auf mich einstürmte, und scheiterte kläglich. Ich wollte Emilia sehen. Ich wollte zurück, was wir hatten. Verdammter Mist, ich wollte egoistisch sein und ihr sagen, dass sie bleiben sollte.

Stöhnend rieb ich mir die Stirn und starrte aus dem Fenster in die Dunkelheit, während wir über die Straßen rasten. »Wann hört das auf?«

»Unterschiedlich«, murmelte Nina. »Es kann eine ganze Weile dauern, bis du dich besser fühlst. Tut mir leid, Jasper.«

Wie gingen Menschen damit um? Wie machten sie einfach weiter, wenn ihnen die ganze Zeit der Schmerz so im Körper saß wie Muskelschmerzen bei einer Grippe?

Und wie konnte es sein, dass alles so widersprüchlich war? Dass alles wehtat und sich gleichzeitig so … taub anfühlte?

Die nächsten Minuten bekam ich kaum mit, bis ich plötzlich auf meiner Couch saß und Nina mir etwas in die Hand drückte. Ich blinzelte und blickte auf meine Hand hinab. Wo zur Hölle hatte sie Schokolade her?

»Iss die. Und dann reden wir über deine Gefühle.« Bevor ich

richtig schauen konnte, hatte Nina eine Decke um mich geschlungen. Etwas unwirsch befreite ich mich wieder daraus. »Wir sind nicht in einer dieser schrecklichen Romcoms, bei denen ich immer noch nicht weiß, was du daraus ziehst.«

»Ich ziehe daraus, dass es nicht nur mir schlecht geht, wenn mir das Herz gebrochen wurde.« Nina seufzte. Dann nahm sie die von mir verschmähte Decke, wickelte sie um sich selbst und nahm auf dem Teppich vor der Couch Platz. »Ich weiß, ich weiß, du redest nicht gern über Gefühle, weil du sie meistens nicht ausdrücken kannst und alles lieber mit dir allein ausmachst. Aber ob du es glaubst oder nicht, es hilft tatsächlich, darüber zu reden.«

Ich versteifte mich. Doch dann legte ich seufzend die Tafel Schokolade aus der Hand und rieb mir die Augen. Ob ich an das glaubte, was sie sagte, war vollkommen egal – sie würde mich damit nicht in Ruhe lassen, wenn ich nicht mitspielte.

»In Ordnung«, presste ich deshalb gequält heraus. Ich musste nur sagen, was sie hören wollte, dann würde ich den restlichen Abend in meinem Bett liegen können und meine Ruhe haben. Also sprach ich es aus: »Ich bin traurig.«

Ihre Augen weiteten sich, aber sicher nicht wegen dieser drei einfachen Wörter. Es lag daran, dass in dieser Sekunde, in der sie mir über die Lippen kamen, etwas aus mir herausbrach. Es lag daran, dass der Schmerz in meiner Brust explodierte und sich überall, in jede kleine Nervenbahn, ausbreitete. Es lag daran, dass sich innerhalb von Millisekunden meine Augen mit Tränen füllten und überliefen. Das war … neu. Und nicht auf die gute Art. Ich wechselte von Taubheit dazu, alles auf einmal ganz genau zu fühlen, und es war ein einziges Chaos.

»Jasper«, flüsterte Nina und griff nach meiner Hand.

Ich schüttelte sie nicht ab, sondern fuhr fort: »Ich bin so unendlich traurig. Ich will nicht, dass sie geht. Ich will sie nicht verlieren. Die Zeit, die ich in den letzten Monaten mit ihr hatte, hat … mich glücklich gemacht.« Oh, es war, als würde ich mich selbst verprügeln. Aber gleichzeitig war auch kein Halten mehr. Es war, als würde ich das alles erst jetzt wirklich verstehen, als ich es in Worte fasste. »Gleichzeitig weiß ich, dass es keine Alternative gab. Sie muss Medizin studieren. Es ist das absolut Richtige für sie. Und ich bin hier im Sankt Alex, werde nächstes Jahr Oberarzt und kann dann nicht mehr hier weg. Wir können nichts an dieser Situation ändern. Aber es ist … es ist …« Ich hob den Blick, und Nina legte mitfühlend den Kopf schief. Als würde sie mich dazu ermuntern wollen, das auszusprechen, was mir durch den Kopf ging. Also tat ich es: »Es ist beschissen, Nina.«

»Verdammt, ja, das ist es.« Sie wischte sich über die Augen, und ich erkannte, dass dort auch Tränen schimmerten. Als ich sie erschrocken ansah, lachte sie erstickt. »Tut mir leid. Das sind die Schwangerschaftshormone. Aber … du hast mit ihr wirklich glücklich gewirkt. Und du hast recht, es ist beschissen, denn du hast es verdient, glücklich zu werden. Und ich weiß, wie sich das anfühlt. Wie du dich gerade fühlst. Ich war schon oft genug selbst dort. Aber deshalb kann ich dir sagen, dass es besser wird, irgendwann.« Sie legte eine Hand auf ihren Bauch, und kurz zuckte so etwas wie ein Lächeln auf ihren Lippen, das ganz schnell wieder verschwand.

»Tut es?«, hakte ich nach.

»Ja. Du wirst jemanden finden, mit dem alles passt. Man denkt immer, dass es nie wieder so sein wird, aber schließlich passiert es genau dann, wenn du gar nicht mehr damit rechnest.« Sie presste die Lippen zusammen, bevor sie ganz schnell anfügte: »Bei mir war es auch so. Ich hab … jemanden kennengelernt. Er ist Papa. Hat sein Kind zur Sprechstunde gebracht und sich aus Versehen zu uns auf Station verirrt. Wir haben gesprochen, und es war, als hätte sich irgendetwas zusammengefügt. Wir hatten diese Woche unser drittes Date. Sein Name ist

Paul.« Nina wirkte selbst überrascht über ihr Geständnis. Etwas verlegen strich sie sich die Haare hinter die Ohren und schüttelte den Kopf. »Was ich sagen will: Irgendwann passt mit jemandem alles.«

Ich starrte sie an. Sekundenlang. Dachte daran, dass mit Emilia das erste Mal im Leben alles gestimmt hatte, alles sich richtig angefühlt hatte. Dann erst traute ich mich zu fragen: »Habe ich … eine falsche Entscheidung getroffen?«

Wahrscheinlich konnte sie mir diese Frage nicht beantworten. Aber ich wünschte mir, dass sie es könnte. Ich wünschte mir, dass sie mir eine einfache Antwort liefern könnte.

Nina schien zu überlegen, dann stellte sie eine Gegenfrage: »Fühlt es sich an, als hättest du eine falsche Entscheidung getroffen?«

»Ja. Aber ich glaube nicht, dass ich das in meinem aktuellen Zustand noch sachlich betrachten kann«, gab ich gepresst zurück. Wieder musste ich mir über die Brust reiben, auch wenn es absolut nichts gegen den Schmerz ausrichtete.

Diesmal schwieg sie noch länger. Als Nina wieder zu reden begann, sah sie mich nicht an, sondern blickte nachdenklich zu Boden. »Ich kenne Emilia nicht. Aber nach dem, was du mir erzählt hast, war es die richtige Entscheidung für sie. Wenn sie die Onkologie auch nur ansatzweise so sehr liebt wie du, muss sie Ärztin werden. Und du …« Sie lächelte mich an. »Du bist der geborene Onkologe. Der geborene Arzt. Ich weiß, dass es für dich kaum etwas Wichtigeres gibt als das. Die Onkologie und deine Patienten. Das Sankt Alex kann sich einen Oberarzt wie dich nur wünschen.«

Langsam, ganz langsam, schien sich eine Art Schleier von mir zu heben. Ich hatte das Gefühl, wieder etwas besser atmen zu können, wieder etwas klarer denken zu können. Denn ja, Nina hatte recht. Die Onkologie war das Wichtigste. Die Patienten waren das Wichtigste. Wie hatte ich diese simple Tatsache nur so aus den Augen verlieren können? Wie hatte ich das vergessen können?

Ein Lächeln wanderte auf meine Lippen. »Du hast recht«, sagte ich leise und drückte ihre Hand. Zum Dank. Und vielleicht ein bisschen, weil ich ein schlechtes Gewissen hatte. »Danke für die Erinnerung.«

Nina wirkte überrascht. Dann schien sie meinen Blick zu lesen, denn ihre Schultern sanken etwas ein, und sie lächelte ebenfalls. »Keine Ursache, Jasper.« Und dann stand sie auf und umarmte mich, länger als sonst jemals.

Und ich ließ es zu.

Epilog

VIER MONATE SPÄTER

Mein Herz schlug so schnell wie lange nicht.

Das Programmheft der Tagung an meine Brust gedrückt, lief ich zum Prager Klinikum hoch, an dem ich morgens noch Vorlesungen besucht hatte. Jetzt waren überall auf dem Weg schon Menschen in Anzügen oder schicker Kleidung unterwegs, die sich in allen möglichen Sprachen unterhielten. Ich erkannte ein paar meiner Kommilitonen, aber ich schenkte ihnen nur ein flüchtiges Lächeln oder winkte nur kurz, bevor ich meinen Weg zum Auditorium fortsetzte.

Ich war viel zu aufgeregt, um mit einem von ihnen zu reden.

Als ich beim Eintreten in den großen, noch halb leeren Vorlesungssaal einen Blick auf mein Handy warf, hatte ich direkt mehrere ungelesene Nachrichten auf meinem Display. Eine war von meiner Mutter, die mir etwas Geld für Unterrichtsmaterialien geschickt hatte. Dabei hatte ich ihr bereits mehrfach gesagt, dass sie das nicht brauchte, weil ich durch die Arbeit auf Station ein wenig Geld reinbekam – aber so richtig hielt sie sich nicht daran. Ganze drei Nachrichten waren von Lio. Er beschwerte sich immer noch, dass wir am Vorabend nicht telefoniert hatten, wie es eigentlich ausgemacht war – alle zwei Tage, ohne Ausnahme –, weil ich ihm nicht erzählt hatte, dass ich schon seit einer Woche schlecht schlief und deshalb viel zu erschöpft zum Reden gewesen war.

Die letzte Nachricht, die ganz oben auf meinem Display aufgeploppt war, war von Alica. Mein Herz schlug noch ein wenig schneller, als ich sie überflog.

Atme tief durch. Alles wird gut. Vielleicht ist es ganz schön, ihn wiederzusehen.

Seufzend ließ ich mich auf einen der Stühle in den hinteren Reihen fallen und sank ein wenig hinein. Nur zur Sicherheit. Vorsichtig hob ich das Programmheft wieder vor mein Gesicht und las es zum sicher zwanzigsten Mal in den letzten Tagen. Da stand er, sein Name. *Dr. Jasper Bennik, Vortrag über die Entwicklung von neuen Chemotherapien für Knochenkrebs.* Ausgerechnet Knochenkrebs. Es fühlte sich noch mehr an, als würde das etwas bedeuten. Ganz abgesehen davon, dass Jasper mir vor einer ganzen Weile gesagt hatte, dass er diese Veranstaltungen nicht mochte. Schon gar nicht so weit weg von Berlin. Und schon gar nicht, wenn er Vorträge halten musste.

Aber er war hier. In Prag. Ich würde ihn wiedersehen, wenn auch nur von Weitem.

Ohne den Blick von der Bühne zu nehmen, griff ich nach der Stelle an meiner Brust, unter der mein Herz vor sich hin schlug. Die letzten Tage hatte ich immer wieder überlegt, ob ich wirklich herkommen sollte. Ob ich ihn wirklich sehen wollte. Ich war einigermaßen glücklich hier in Prag. Ich liebte die Stadt, ich liebte das Studium, hatte hier neue Freunde gefunden, und meine Freunde aus Berlin hatten mich auch schon besucht. Der Kontakt hielt, entgegen meiner Befürchtungen. Auch wenn ich sie schrecklich vermisste und am liebsten alle mit nach Prag genommen hätte.

Ich war glücklich. Wenn ich mal nicht an Jasper dachte. Das kam zwar zwischen den Lerntagen, den Vorlesungen und der Arbeit auf der Onkologie ab und zu vor – aber jedes Mal, wenn er wieder in meinen Gedanken auftauchte, war es genau so schmerzhaft wie noch vor wenigen Monaten, als ich ihn das letzte Mal gesehen hatte. Die Hoffnung, dass es irgendwann leichter wurde, war mit jedem Tag etwas schwerer zu halten.

Mir war natürlich klar, dass es irgendwann so sein würde – aber mir war auch bewusst, dass es wahrscheinlich noch eine ganze Weile dauern würde.

Und dass mein Wiedersehen mit ihm es auch nicht gerade besser machen würde.

Gleichzeitig war mir vor allem in den letzten Tagen klar geworden, dass ich ihn wiedersehen MUSSTE. Dass ich ihn mehr als alles andere wiedersehen WOLLTE. Auch wenn es mich vielleicht zerriss, es zu tun.

Also blieb ich sitzen, zusammengekauert und mit rasendem Herzen, während der Vorlesungssaal sich füllte. Meine Schultern spannten sich an, als der Chefarzt des Prager Krankenhauses auf die Bühne kam und die Eröffnungsrede hielt, und als die ersten Redner auf die Bühne traten, begann ich, das Programmheft in meinen Händen zu wringen. Die Anspannung war fast nicht auszuhalten, sodass ich mich irgendwann meinem Handy zuwandte und eine Nachricht an Alica tippte.

Was, wenn ich in Tränen
ausbreche, wenn ich ihn sehe?

Ihre Antwort kam prompt:

Dann weinst du eben und gehst.
Das ist in Ordnung, Emmi.

War es das? Ich presste die Lippen zusammen und ließ das Handy wieder sinken. Zwei weitere Redner kamen auf die Bühne, zwei weitere Vorträge, denen ich normalerweise gespannt gelauscht hätte. Aber nicht heute. Nicht mit dem fiesen Brennen im Bauch.

Und dann wurde er angekündigt. Doktor Jasper Bennik, Onkologe im Sankt Alex, in Vertretung für Doktor Schober. Ich hielt die Luft an, als er auf die Bühne trat. In einem dunkelblauen Anzug, darunter ein sorgfältig gebügeltes weißes Hemd. Seine Haltung war gerade, und als der Chefarzt ihm die Hand schüttelte, wanderte ein ganz leises, ganz sanftes Lächeln auf seine Lippen.

Das war es, das alles in mir zusammenbrechen ließ. Nur diese kleine, sanfte Bewegung seiner Mundwinkel. Himmel, wie sehr hatte ich dieses Lächeln vermisst, auch wenn es diesmal nicht mehr mir galt. Wie sehr hatte ich IHN vermisst. Schon bevor er an das Mikro trat und mit seinem Vortrag begann, merkte ich, wie gut er aussah. Wie gesund. Wie strahlend, irgendwie. Er wirkte seltsam zufrieden, auch wenn das jemandem, der ihn nicht so gut kannte wie ich, wahrscheinlich gar nicht aufgefallen wäre.

Aber mir fiel es auf.

Und ich hasste mich ein wenig dafür, dass es so wehtat, ihn so zu sehen. Dass ich mir ein wenig gewünscht hatte, dass es ihm genauso ging wie mir. Dass er auch abends in seinem Bett lag, an mich dachte und Ewigkeiten versuchte, die aufkommenden Tränen zurückzudrängen – nur um dann jedes Mal aufs Neue zu versagen.

Ich starrte ihn den ganzen Vortrag lang an, ohne auch nur eins seiner Worte wirklich zu hören. Der Schmerz grub sich immer tiefer in meine Brust, sodass ich einen Moment lang das Gefühl hatte, es keine Sekunde länger auszuhalten. Aber dann war es vorbei, und Applaus toste auf.

Irrte ich mich, oder wanderte sein Blick suchend über die Menge? Suchte er nach mir?

So eingesunken in meinen Stuhl konnte er mich sicher nicht sehen. Aber mein Körper rutschte beinahe automatisch ein Stück nach oben. Wehrte sich gegen meine Absicht, ein direktes Treffen mit ihm zu vermeiden, wehrte sich gegen meine Vorsätze.

In mir stritt die Stimme, die sich auf meine Vernunft berief – darauf, wie schlimm es mir nach einem Treffen wieder gehen würde –, mit der, die einfach immer wieder schrie, dass sie mit ihm sprechen wollte.

Und dann trafen sich unsere Blicke.

Es war kein flüchtiger Moment. Eher, als würden sich unsere Blicke ineinander verhaken, als wäre es plötzlich unmöglich, woanders hinzuschauen.

Ich schnappte nach Luft, aber ich konnte mich auch nicht wegdrehen. Der Applaus war immer noch da, wahrscheinlich war kaum Zeit vergangen. Aber ich sah nur ihn, nur seine blauen Augen und dann dieses leichte Zucken seiner Mundwinkel. Diese Andeutung eines Lächelns, nach der ich sofort wieder rettungslos verloren war.

Das hier war ein Fehler gewesen. Herzukommen, statt ihn einfach zu vergessen. Und doch erwischte ich mich dabei, wie mein Herz höherschlug, als er kurz und unauffällig zum Ausgang deutete. Ein stilles »Wir treffen uns draußen«, das nur mir gehörte. Auf das ich auf keinen Fall hören sollte, es aber doch tat.

Ich stand auf, ohne darüber nachgedacht zu haben. Quetschte mich mit rasendem Herzen zum Ausgang durch und stürzte nach draußen, als wäre der Teufel hinter mir her.

Es war, als würde ich erst vor der Tür wieder aufatmen können. Nur wenige Leute waren auf dem Gang, weil die meisten dem nächsten Vortrag lauschen wollten. Die, die da standen, warfen mir kurz irritierte Blicke zu, als ich mich neben der Tür an die Wand lehnte und tief durchatmete.

Nicht, dass es etwas brachte. Mein Herz beruhigte sich kein bisschen. Kurz überlegte ich sogar, einfach abzuhauen, aber dann ging die Tür wieder auf, und begleitet von der Stimme des nächsten Redners kam Jasper nach draußen. Er hatte sein Jackett aufgeknöpft, und als er mich sah, stockte alles an ihm. Nur eine Sekunde schien es, als hätte er mich doch vermisst. Als hätte er doch an mich gedacht. Aber dann war da nichts mehr – nur ein kleines Lächeln, das wirklich wehtat, weil es diesmal doch nur mir galt.

»Emilia.«

Gott, wie er meinen Namen aussprach. Am liebsten hätte ich ihn angeschrien. Stattdessen erwiderte ich sein Lächeln, so gut ich konnte. »Jasper.«

Er drückte die Tür hinter sich zu, und jetzt waren wir beinahe allein auf dem Gang. Kurz zögerte er, was so überhaupt nicht zu ihm passte, dann meinte er: »Ich war mir nicht sicher, ob du kommst. Du hast bestimmt viel mit dem Studium zu tun.«

»Und deshalb lasse ich mir onkologische Vorträge entgehen? Komm schon, du kennst mich doch besser«, neckte ich ihn mit einem Lachen in der Stimme, während meine innere Stimme schrie: *Was machst du da? Wieso lachst du, obwohl du nichts weniger willst, als oberflächliche Gespräche mit ihm zu führen?*

Jasper steckte die Hände in die Jacketttaschen. Ein Zeichen von Unsicherheit? »Gefällt dir das Studium?«

Ich hasste es, wie steif alles zwischen uns geworden war, obwohl in mir noch die gleichen Gefühle brannten wie damals. Nichts, absolut nichts hatte sich geändert in den letzten Monaten. Und ich musste hier stehen und so tun, als wäre alles in Ordnung.

Ich atmete tief durch. »Sehr. Es ist … noch besser, als ich es mir vorgestellt habe.« Das war die Wahrheit. Viele der Grundlagen, die wir beigebracht bekamen, wusste ich bereits. Aber es war trotzdem etwas anderes, sie in einem Vorlesungssaal für Medizinstudenten zu hören. Als eine von ihnen. Der Gedanke brachte tatsächlich ein kleines, ehrliches Lächeln auf meine Lippen. »Ich liebe es, eine Medizinstudentin zu sein.«

Jasper nickte. »Dann … war es die richtige Entscheidung, oder?«

Die Worte jagten wie ein Blitz durch meinen Körper. Was genau meinte er? Die Entscheidung für ein Studium im Ausland? Oder die Entscheidung gegen ihn? Denn obwohl ich immer noch beide Fragen mit Ja beantworten würde, war ich mir nicht mehr sicher, ob es die Wahrheit war.

Ich hielt seinem Blick so fest wie möglich stand. Versuchte, etwas in seinen Augen zu lesen, Reue vielleicht, aber da war nichts. Nur ehrliche Neugierde. Nur diese ehrliche Frage. »Ja«, sagte ich deshalb. »Es war die richtige Entscheidung.«

Es war besser so. Dass er darüber hinweg war und dass ich es auch sein würde, irgendwann.

»Gut.« Jaspers Schultern sanken ein wenig ein. Er wirkte … erleichtert. Das Lächeln in seinem Gesicht echt. »Das ist gut, Emilia.«

Ich ertrug es nicht mehr. Wie er lächelte, als wäre alles gut. Als wäre alles in Ordnung. Ich wollte, dass es nicht mehr nur für mich so schwer war, aber ich konnte seine Gefühle nicht ändern. Also musste ich mich selbst schützen.

»Na dann«, sagte ich atemlos. »Es war schön, dich zu sehen, aber ich muss los. Für Klausuren lernen. Du weißt schon. Eine gute Heimreise dir.« Und damit drehte ich mich um und ging davon. Einfach so. Kurz und schmerzlos. Bereit, mich wieder meinem Schmerz hinzugeben, bis hinter mir erneut Jaspers Stimme ertönte.

»Ich wollte dich bitten, zu bleiben.«

Ich stockte. Blieb stehen. Und drehte mich dann gefühlt in Zeitlupe zu ihm um. »Was?«

Er stand noch an der Tür, die Hände in den Jacketttaschen, und sah mich an. Das Lächeln war verschwunden, aber er wiederholte sofort: »Ich wollte dich bitten, zu bleiben. Ich wollte dich bitten, das Studium nicht anzufangen und in Berlin zu bleiben. Bei mir. Ich habe den Gedanken nicht ertragen, dass du gehst und dass wir uns nicht mehr sehen. Aber ich habe es nicht getan, und ich bin froh, dass du noch denkst, dass es die richtige Entscheidung war.«

Ich starrte ihn an und konnte sekundenlang gar nichts sagen. Und plötzlich war er da. Der Schmerz in seinen Augen. Der Frust und die Verzweiflung und alles, was ich auch gefühlt hatte in den letzten Monaten. Immer noch fühlte. Hatte ich das einfach übersehen? Hatte ich es nicht sehen wollen? »Das Medizinstudium war die richtige Entscheidung«, sagte ich leise, und meine Stimme zitterte, als ich fortfuhr: »Aber, Jasper, ich weiß nicht, ob es das Richtige war, dich zu verlassen. Es fühlt sich nicht richtig an. Ich vermisse dich jeden Tag.«

Etwas in seinem Blick wurde weich. »Ich dich auch«, sagte er leise und brach mir, wieder einmal, das Herz.

Ich schluchzte auf. »Gott, Jasper, wieso tust du das? Ich kann das alles nicht. Ich kann nicht mit dir darüber sprechen und dann zusehen, wie du wieder nach Hause fährst.« Ich schüttelte heftig den Kopf. »Ich kann das nicht, tut mir leid.«

»Dann fahre ich nicht nach Hause.«

Es dauerte, bis seine Worte zu mir durchgedrungen waren. Noch einen Moment, bis ich es fertigbrachte, nachzufragen: »Was? Was meinst du damit?«

Jasper atmete tief durch, dann deutete er zur Tür des Vorlesungssaals. »Ich habe ein Jobangebot vom Klinikum hier in Prag.«

»Sie … haben dir einen Job angeboten?«

»Ich habe sie um einen gebeten.«

Mir klappte der Mund auf. Mein Kopf weigerte sich noch, zu verstehen, was gerade passierte, aus Angst vor einem Missverständnis. »Aber … warum …? Der Oberarztposten …« Ich bekam keinen richtigen Satz mehr raus.

Jasper kam auf mich zu. Ganz langsam, als wollte er mich nicht verschrecken. Seine Stirn war in tiefe Falten gelegt. »Ich habe mit Nina gesprochen, kurz nachdem du damals mein Büro verlassen hast. Sie hat mich daran erinnert, dass die Onkologie für mich das Wichtigste ist. Die Patienten. Nicht irgendein Oberarztposten, bei dem ich gar nicht mehr weiß, warum ich ihn wollte.« Er schüttelte den Kopf, als würde er sich über sich selbst ärgern. »Ich würde mich immer wieder für die Onkologie entscheiden. Aber ich habe mich gefragt, ob ein Oberarztposten wichtiger ist als du, und bin noch nie schneller zu einem Entschluss gekommen. Ist er nicht. Also habe ich ein paar Tage später mit Prag telefoniert. Es hat alles ewig gedauert, die Absprachen mit Prag und auch, meine Nachfolge im Alex zu klären. Ich wusste nicht, ob es klappt, deswegen habe ich nie etwas gesagt. Ich dachte, wenn du jetzt glücklich bist, auch ohne mich, dann lasse ich dich in Frieden. Aber wenn du …« Er blieb stehen, direkt vor mir, und sah zu mir herab. »Wenn du mich bittest, zu bleiben, so wie ich es nie getan habe – dann tue ich es.«

Nun waren die Tränen nicht mehr zurückzuhalten. »Was … was ist, wenn du das bereust?«

Er lächelte sofort. »Wieso sollte ich das? Die Onkologie und du, das ist alles, was ich will. Egal, wo.«

Mein Herz überschlug sich. Ich war mir sicher, dass es in meiner Brust gerade Saltos machte, so irre fühlte sich das alles an. »Jasper«, bekam ich gerade so über die Lippen. »Bitte bleib hier.«

»Nichts lieber als das.«

Er meinte es ernst. Ich konnte es in seinen Augen sehen und an dem zufriedenen Lächeln. Und mit dem nächsten Schluchzer warf ich ihm die Arme um den Hals und küsste ihn. Er erwiderte die Umarmung sofort und zog mich dicht an sich. Hielt mich fest, während er über meinen Rücken streichelte und mich küsste, als hätte er Angst gehabt, es nie wieder tun zu können.

So wie ich.

Aber hier war er. Hier waren wir.

Und wir bekamen beide alles, was wir wollten.

Das perfekte Happy End.

Danksagung

Zuerst einmal: Danke an dich, dass du dieses Buch aus all den schönen, bunten, interessanten Büchern auf dem Markt ausgewählt hast! Danke auch für die wundervollen Rezensionen, Kommentare und Nachrichten zum ersten Band, zu der Geschichte von Lio und Alica, die mir wahnsinnig viel bedeutet haben! Eure Rückmeldungen sind ALLES für mich und einer der besten Gründe, zu schreiben ☺

Meine wunderbaren Freund*innen sind das Beste in meinem Privatleben – und gleichzeitig die allergrößte Stütze, wenn es um mein Autorinnendasein geht. Marie, Laura, Alex ganz besonders. Ihr haltet mir den Rücken frei und seid immer da, wenn ich euch brauche. Ich wüsste nicht, was ich ohne euch tun würde <3 Auch meine großartige Familie steht immer hinter mir – vor allem meine Mama, die mein größter Fan ist, und meine Schwägerin, die sofort alle Bücher liest, wenn sie rauskommen ☺ Aber auch meine Oma, die jedes Mal so wahnsinnig stolz auf mich ist!

Wie auch letztes Mal: Danke an Eiichirō Oda, danke für *One Piece* <3

Ich danke dem Knaur Verlag, dass er meinen Büchern ein Zuhause gibt, Sabine Ley für die Unterstützung und meiner allerbesten Lektorin Tamara, die in stressigen Lektoratsphasen immer einen kühlen Kopf bewahrt, während ich schon längst durchdrehe, hahaha.

Emilia und Jasper sind wahrscheinlich meine liebsten Figuren der Reihe – und ich hoffe, ihr werdet sie genauso lieben wie ich.

Mit ganz viel Liebe
Anne

Nachtschichten, Herzklopfen und heimliche Träume:

Das St. Alex *Nachtleuchten*

Samira, die als Krankenschwester auf der Kinder-Palliativstation des Berliner St.-Alex-Krankenhauses arbeitet, hat eigentlich keine Zeit für die Liebe. Doch dann kommen sie und der junge Arzt Louis bei einer gemeinsamen Nachtschicht dem seltsamen Fall einer jungen Patientin auf die Spur – und einander näher.

Das St. Alex *Tagmond*

Tessa weiß genau, was sie will: nach der Ausbildung zur Krankenschwester ein Studium absolvieren, im Management Karriere machen und ihre Jugendliebe Martin heiraten. Länger als nötig auf der Kinderonkologie-Station zu bleiben, gehört nicht zu Tessas Plan. Und schon gar nicht Beck, der planlose Rettungsassistent mit dem großen Herzen …

Die St.-Alex-Reihe von
Anne Lück

Das St. Alex
Abendstern

Krankenschwester Maya hat großen Respekt vor ihrer Versetzung auf die Intensivstation. Zum Glück erfährt sie von allen Seiten Unterstützung. Besonders die stellvertretende Stationsleiterin Ella steht ihr zur Seite und geht ihr zunehmend unter die Haut. Doch dann erfährt Maya etwas, das die Schmetterlinge in ihrem Bauch ins Straucheln bringt …

Zwei Überflieger-Doktoranden mit ehrgeizigen Zielen
und ganz viel unerwartetem Herzklopfen:

Die Love-Studies-Dilogie von Andreas Dutter

Love Studies
Never Kiss a Villain

Für Quentin ist ein Erbe, das an den rechtzeitigen Erwerb seines Doktortitels geknüpft ist, die Chance seines Lebens. Nur hat er seine Rechnung ohne den charmanten Massimo gemacht, der immer öfter bei ihm auftaucht und für allerlei Ablenkungen sorgt. Quentin ahnt nicht, dass Massimo ebenfalls ein ehrgeiziges Ziel verfolgt …

Love Studies
Never Date your Enemy

Nach einem bösen Verrat hat Cormac die Liebe aus seinem Leben gestrichen. Daran ändert auch der attraktive Yiannis nichts. Doch als sich den beiden die Chance bietet, sich an ihren Ex-Freunden zu rächen, steht plötzlich nicht nur Cormacs Doktortitel auf dem Spiel.

Manche Menschen sind wie Sternschnuppen in der Nacht

JUSTINE PUST

Wo die Sterne uns sehen

Roman

Willa arbeitet praktisch ununterbrochen. Voller Hingabe widmet sie sich ihrem Studium der Sozialen Arbeit und den Selbsthilfegruppen, die sie ehrenamtlich leitet. Für andere da zu sein bedeutet ihr alles – gleichzeitig gelingt ihr nur so, ihr inneres Gleichgewicht aufrechtzuerhalten. Als sie Elias im Gemeindezentrum beim Rollstuhl-Basketballtraining kennenlernt, fliegen zwischen ihnen die Funken. Er geht ihr mehr unter die Haut, als ihr lieb ist, und er macht kein Geheimnis daraus, wie sehr Willa ihn fasziniert. Je mehr Zeit die beiden miteinander verbringen, desto mehr geraten Willas Herz und ihr Alltag aus dem Takt. Bis sie schließlich zu Mitteln greift, die nicht nur sie selbst verletzen …

Der Auftakt der emotionalen und romantischen Skyline-Reihe.

KNAUR